KB271149

아청빛 길의 시학

The Poetics of Navy Blue Path

아청빛 길의 시학

The Poetics of Navy Blue Path

저자 김현자(金賢子; Kim, Hyun-Ja)는 이화여자대학교 국어국문학과를 졸업했으며 동대학원에서 문학박사 학위를 받았다. 현재 이화여자대학교 인문과학대학 국어국문학과 교수로 재직중이다. 1974년 「아청빛 언어에 의한 이미지」로 『중앙일보』 신춘문예 평론부분에 당선되면서 문학비평가로 활동해 왔다.

주요 저서로 『한국시의 감각과 미적 거리』, 『한국 현대시 작품 연구』, 『시와 상상력의 구조』, 『한국 현대시 읽기』 등이 있으며, 주요 논문으로 「한국시의 은유와 환유」, 「한국 현대시의 시적 화자」, 「한국 여성시의 존재 탐구와 언술구조」, 「한국시의 원형적 동일성」, 「한국시와 통합적 상상력—서정주 시를 중심으로」, 「한용운 시의 어법과 세계관」 등이 있다.

아청빛 길의 시학

1판 1쇄 인쇄 2005년 11월 10일
1판 1쇄 발행 2005년 11월 20일

지은이 / 김현자
펴낸이 / 박성모
펴낸곳 / 소명출판
출판고문 / 김호영
등록 / 제13-522호
주소 / 137-878 서울시 서초구 서초동 1621-18 (란빌딩 1층)
대표전화 / (02) 585-7840
팩시밀리 / (02) 585-7848
somyong@korea.com / www.somyong.com

ⓒ 2005, 김현자

값 17,000원

ISBN 89-5626-187-3 93810

아청빛 길의 시학
The Poetics of Navy Blue Path

김현자

김현자

책상 위에 한 권의 시집이 놓여 있다. 펼치지 않아도 그 안에 깃들여 있을 시인의 불면의 밤과 영혼의 부대낌이 전해진다. 순정한 내면을 한 권의 시집에 실어 세상에 내어놓았으니, 그는 얼마나 더 고독해졌을까? 이제는 시인과도 결별한 텍스트가 독자의 눈앞에 있다. 시인의 죽음으로 더욱 투명해진 텍스트에 투신하며, 허무의 밑바닥에서 비로소 샘솟는 활력으로 독자는 충일해진다.

시를 읽는 것을 업으로 삼아, 한 편 한 편의 시와 아프고도 황홀하게 맞부딪치며 오롯이 시가 열어주는 길을 걸어왔다. 언어의 결정들은 아무 것도 말하지 않고 머뭇거리다 때로는 모든 것을 말한다. 불모지에 돌연 싹이 트고 풍성하게 잎이 피어난다. 내부의 수문이 열리며 구절들은 분출되고 내뿜어진다. 소리들의 격렬한 반복이 순수의 리듬으로 울리며 아청빛의 푸르고 서늘한 숲길을 열어제친다. 시가 있어 행복한 시간이 얼마나 많았던가?

그러나 고독할 시간도 공간도 없어지는 세상에서 '시 읽기의 의미란 무엇인가'라는 오래된 질문이 오히려 낯설게 들리기도 한다. 질문은 낯설어졌지만, 답은 점점 명확해진다. 시 읽기는 아름다운 감동을 경험하는 것이고 그 감동의 힘으로 훌쩍 경계를 넘어서는 것이다. 나는 무엇보다 감동이 주는 힘을 믿는다. 시 한 구절에 세상이 달라 보이고 안 보이던 것들이 보이기 시작한다. 언어 너머에 존재하는 새로운 이미지의 세계, 그 힘찬 울림에서 우리는 스스로를 넘어서고 초월하여 저 너머에 있는 것들을 보게 된다. 타자의 아픔과 나의 아픔이 공유되며 인간과 세계 사이의 갈등이 최소화되는, 새로운 삶의 결이 되살아난다.

그러므로 평론의 역할은 인간의 가치에 대한 자부심을 잃지 않으면서도 그 한계에 대한 겸손한 인식을 놓치지 않는 문학적 사유방식을 잘 읽어내어 더욱 아름답게 퍼져나가도록 북돋아주는 것이라 하겠다.

이 책은 평론가로서의 그간의 여정을 갈무리해본 것이다. 시 읽기의 출발은 언제나 텍스트이기에 1장에서는 텍스트를 자세히 읽는 작업에 비중을 둔 글들을 모아보았다. 쓰는 자와 읽는 자의 내밀한 만남이 이루어질 때, 비로소 작품이 작품으로 살아난다는 것은 문학을 대하는 나의 신념이자 방법론이기도 하다. 하나의 작품을 치밀하게 읽고 분석하는 과정에서 열리는 언어 바깥의 무한한 세계를 내보여주고 싶었다.

2장은 시인론에 초점이 맞추어져 있다. 시인들은 저마다 다른 숲길을 걸어간다. 각각의 시인을 통해 일상적인 사유나 사물의 틀을 넘어서 새롭게 획득된 생의 의미에 닿을 수 있었다. 그들의 길을 따라 열리는 비경을 독자들과도 나누고 싶다.

3장에서는 여성시를 중심으로 다루었다. 그간 여성시에 대한 특별한 관심을 가지고 자료를 수집하고 여성시사를 학문적으로 탐구해왔다. 그 과정에서 만난 여성 시인들은 각자 매우 다른 빛깔로 다가왔지만, 그러면서도 무엇인가 유사한 공통의 심연을 갖고 있었다. 여성성에 대한 선구적인 자각을 보여준 김일엽의 시, 부드러움으로 깊이 있는 서정의 세계를 펼친 김후란의 시, 전통적이면서도 파격적인 허영자의 시세계, 명징한 이미지로 모순을 끌어안는 신달자의 시 등은 한국 현대시가 일군 또 다른 시적 성취임이 분명하다.

　4장에서는 주제를 중심으로 한국시의 정서와 동향 그리고 특성을 모색한 작업을 담았다. 매, 난, 국, 죽의 동양적 소재가 한국시에서 어떤 정서적 특수성을 갖고 형상화되는가를 살펴보면서 한국문화에 면면히 이어지는 문화적 상징의 거대한 힘을 느낄 수 있었다. 그리고 길과 가족이라는 주제를 통해 한국시를 통시해보았다. 현대시의 출발점에서 오늘에 이르기까지 시는 격랑의 순간에도 우리들의 삶의 중심에서 살아 숨쉬면서 존재의 따뜻한 집이 되어 주었음을 확인할 수 있었다.

　질주하는 세상에서도 의도적으로 유유히 우회하고 때로는 섬세하고도 치밀하게 대상과 마주하다가, 영혼의 끝까지 들이미는 시들이 있기에 우리들의 삶은 조화로운 총체성을 갖는다. 시와 더불어 사유할 수 있다는 것을 더 없는 축복이라고 생각한다. 유난히도 더운 올해 여름에 정성들여 책을 만들어주신 소명출판의 박성모 사장님과 편집부원 여러분들에게 깊은 감사를 드린다. 그리고 원고 정리를 도와준 한수영, 안상원의 노고도 잊을 수 없다.

　시가 저잣거리를 걷는 이들에게 힘이 되고 정갈한 우물이 되기를 기원하며, 또 한 권의 책을 시끌벅적함에 보탠다.

2005년 10월

김 현 자

아청빛 길의 시학

차례

1부

날실과 씨실의 시선, 텍스트 자세히 읽기

마음 무거운 날 크낙산으로 가리라

김광규의 「크낙산의 마음」

① 다시 태어날 수 없어
   마음이 무거운 날은
   편안한 집을 떠나
   산으로 간다
② 크낙산 마루턱에 올라서면
   세상은 온통 제멋대로
   널려진 바위와 우거진 수풀
   너울대는 굴참나뭇잎 사이로
   삵괭이 한 마리 지나가고
   썩은 나무 등걸 위에서
   햇볕 쪼이는 도마뱀
   땅과 하늘을 집삼아
   몸만 가지고 넉넉히 살아가는
   저 숱한 나무와 짐승들

③해마다 죽고 다시 태어나는
　　꽃과 벌레들이 부러워
　　호기롭게 야호 외쳐 보지만
　　산에는 주인이 없어
　　나그네 목소리만 되돌아올 뿐
　　높은 봉우리에 올라가도
　　깊은 골짜기에 내려가도
　　산에는 아무런 중심이 없어
　　어디서나 멧새들 지저귀는 소리
　　여울에 섞여 흘러가고
　　짙푸른 숲의 냄새
　　서늘하게 피어오른다
④나뭇가지에 사뿐히 내려앉을 수 없고
　　바위 틈에 엎드려 잠 잘 수 없고
　　낙엽과 함께 썩어버릴 수 없어
　　산에서 살고 싶은 마음
　　남겨둔 채 떠난다 그리고
　　크낙산에서 돌아온 날은
　　이름없는 작은 산이 되어
　　집에서 마을에서
　　다시 태어난다

—「크낙산의 마음」 전문

1. 크낙산으로 가는 길

상징적 이미지와 복잡한 의미의 얽힘을 통해 숨겨진 심층으로 독자를 인도하는 시가 있는가 하면, 쉽고 명징한 언어로 갈라진 정서를 채워주며 읽는 과정에서 어느덧 새살을 돋게 하는 시도 있다. 김광규의 「크낙산의 마음」은 후자에 해당하는 시이다. "다시 태어날 수 없어 / 마음이 무거운 날은 / 편안한 집을 떠나 / 산으로 간다"는 이 쉽고도 명징한 문장은 담담한 목소리로 독자를 '치유와 재생의 산행'이라 부를 만한 시읽기의 세계로 인도한다.

시인이 가는 길은 크낙산으로 열려진 길이다. "크낙산"이라는 시어는 '크다'라는 동사 또는 '크나큰'이라는 형용사에 어원을 둔 시인의 신조어로서 일상성을 단숨에 압도해 버리는 청정한 울림을 만들어낸다. 또한 우리나라 광릉에 살았다는 세계적인 희귀조인 크낙새의 신비로운 이미지가 겹쳐지며, 우리가 가야 할 '크낙산'은 물리적 공간으로서의 산을 넘어선 매우 특별한 곳이 된다.

자연이 우리에게 주는 기쁨과 감동의 요소나 인간과 자연의 근원적인 관계의 문제에 관한 깊은 성찰은 주관과 정감을 바탕으로 한 시인의 자아의식과 밀접하게 관련되어 있다. 그래서 크낙산으로의 산행은 자연 자체에 내재하고 동시에 시인의 자아 속에 있는 어떤 지향성이나 작가 특유의 존재의식을 탐구하는 과정이기도 하다.

2. 집과 산의 공간적 이항대립

이 시의 의미는 공간적으로 집과 산의 이항대립 구도로 이루어져 있다. 그리고 이러한 이항대립을 따라서, 집에 속하는 나와 산에 속하는 자연 만물들이 의미상의 대립구조를 형성한다.

① 다시 태어날 수 없어
　마음이 무거운 날은
　편안한 집을 떠나
　산으로 간다

내가 편안한 집을 떠나는 이유는 마음이 무겁기 때문이며, 마음이 무거운 이유는 다시 태어날 수 없기 때문이다. 여기에서 담담하지만 매우 절실한 아이러니가 발생한다. 살아 있는 사람이 다시 태어나고 싶은 순간은 삶과 죽음의 운명에 갇혀 있는 인생의 비의(秘意)를 실존적으로 자각하는 순간이며, 안주와 일탈의 양면적 욕망에 갇혀 있는 일상성을 깨닫는 순간이기 때문이다. 따라서 편안한 집을 떠나 산으로 가는 화자의 행위는 삶의 아이러니에 대한 담담하면서도 냉철한 통찰에서 오는 것이라고 할 수 있다.

집은 편안함의 이미지로 나타나 있는데, 이 편안함은 다시 태어날 수 없다든가, 무거워 가라앉는 것과 연관되면서 무게나 비가역적 질서 등의 인공적 세계를 형성한다. 거기에 속해 있는 나 역시 비가역적이고 단절적인 시간 속에 고립되어 있는 존재이며, 단지 무거움이라는 물질적인 공간성만을 점유하고 있을 뿐이다.

그러나 이와 다르게 이 시인이 찾아가는 산은 높이 솟아 있으면서도 하찮은 미물이나 벌레들의 본성인 “몸만 가지고 넉넉히 살아가는” 가장 단순히 자연적인 세계이다. 해마다 죽고 다시 태어나는 삶과 죽음을 자연스럽게 받아들이는 생명들의 모순은, 인간들에게는 쉽사리 허용되지 않는 관습이나 태도로부터의 자유로움을 의미한다. 이 시의 산은 초월과 신성(神性)의 위용을 자랑하는 중심(中心)으로서의 장소가 아니라, ‘다시 태어날 수 없는 집’이라는 장소와 대비되고 있다는 점에서 주인도 없고 중심도 없는 곳이다.

3. 소멸과 재생의 의미구조

「크낙산의 마음」을 의미상의 단위로 나누어 보면 크게 4개의 의미단
락으로 나눌 수 있다. 1~4행 ①은 집에서 산으로 가는 과정이라면 5~14
행 ②는 크낙산의 의미를 중심으로 이루어져 있다.

> ② 크낙산 마루턱에 올라서면
> 　세상은 온통 제멋대로
> 　널려진 바위와 우거진 수풀
> 　너울대는 굴참나무잎 사이로
> 　삵괭이 한 마리 지나가고
> 　썩은 나무 등걸 위에서
> 　햇볕 쪼이는 도마뱀
> 　땅과 하늘을 집삼아
> 　몸만 가지고 넉넉히 살아가는
> 　저 숱한 나무와 짐승들

　"제멋대로", "널려진", "우거진", "너울대는" 등의 시어에서도 알 수 있
듯이 산은 무질서하고 원시적인 세계이다. 즉 만물이 자신들의 존재 방
식대로 자연스럽게 얽혀져 있는 공간이다. 자연은 도시의 반대개념으로
서의 자연이 아니라 만물이 자신들의 존재 방식대로 피고 지는 곳이다.
노자의 자연(自然)의 개념을 굳이 빌려 온다면 어떤 목적의식과 무관한
'스스로 그러한' 세계인 것이다. 자연이 스스로 그러한 세계이기에 5행에
서 14행 사이에 드러난 바위며 수풀이며 삵괭이와 도마뱀을 묘사하는 데
있어서도, 시인은 그 하나하나의 사실적인 형상화에는 관심이 없고, 오
히려 자연 속에서 만물이 살아가는 일반적인 원리를 그냥 담담하게 보
여주고 있을 뿐이다. 특별히 화해롭지도 않고 특별히 안락하지도 않고

그저 자신의 생명의 원리에 따라 숨 쉬고 움직이며 살아가는 만물은 편
안하지는 않지만 '넉넉한' 것이 된다. 심지어는 땅과 하늘조차도 특별한
공간이 아니라, 만물이 숨쉬는 배경이고 터전이며 동시에 자연의 한 구
성요소로서 '스스로 그러하게 존재하는' 자연이 된다.

> ③ 해마다 죽고 다시 태어나는
> 꽃과 벌레들이 부러워
> 호기롭게 야호 외쳐보지만
> 산에는 주인이 없어
> 나그네 목소리만 되돌아올 뿐
> 높은 봉우리에 올라가도
> 깊은 골짜기에 내려가도
> 산에는 아무런 중심이 없어
> 어디서나 멧새들 지저귀는 소리
> 여울에 섞여 흘러가고
> 짙푸른 숲의 냄새
> 서늘하게 피어오른다

15~26행 ③에서는 집과 산의 이항대립 아래서 궁극적으로 갈등하는
나와 자연 만물의 대립성이 부각된다. 현실적 삶이 내포하는 근본적 특
성이 무거움이라면, 중심은 무거움의 개념에 의해 우리를 벗어나지 못하
게 한다. 반면에 한갓 이름 없는 풀꽃이나 새들의 삶은 유유자적한 우주
적 근원의 품성을 구현하고 있다. 이름 없는 풀 앞에서 "호기롭게 야호"
를 외치는 화자의 모습은 무게와 중심의식에서 벗어나지 못하는 인간을
담담하면서도 냉소적으로 객관화시키는 것이라 할 수 있다. 화자는 해마
다 태어나고 죽는 생명체를 '부러워하고' 주인이 된 듯이 '야호'를 외친
다. 그렇지만 실상 산에는 봉우리도 골짜기도, 그리고 그것들의 중심도
존재하지 않는다. 새소리, 물의 흐름, 숲의 냄새는 그냥 그렇게 자연스럽

게 자기 생명의 원리를 다할 뿐이다. 중심이 없다는 것은 경계가 없는 것이고 단절이나 억압의 개념 역시 존재하지 않는 것이기에 소리와 냄새는 자유자재로 하늘과 땅을 넘나드는 것이다. 그러한 자연의 생명원리에 비추어 보면 호기롭게 산을 제압해보려는 화자의 "야호" 소리는 사람은 왜 다시 태어날 수 없는지에 대한 답을 명확하게 보여준다. 자신의 생명의 원리대로 살지 못한 채 무겁게 중심을 잡으려 하고, 그 중심을 위해 욕망을 불태우기 때문이 아니던가.

④ 나뭇가지에 사뿐히 내려앉을 수 없고
   바위틈에 엎드려 잠 잘 수 없고
   낙엽과 함께 썩어버릴 수 없어
   산에서 살고 싶은 마음
   남겨둔 채 떠난다. 그리고
   크낙산에서 돌아온 날은
   이름없는 작은 산이 되어
   집에서 마을에서
   다시 태어난다

27행에서 35행 ④에서는 산에서 다시 집으로 가는 공간의 이동이 나타난다. 시인은 집과 산, 나와 산의 대립적 의미구도에서 한 발자국 더 나아가 자연의 '스스로 그러한 생명의 원리'를 터득하는 과정을 보여준다. 생명의 원리란 바로 무게에서 벗어나는 소멸의 과정이다. 땅과 하늘, 높은 봉우리와 깊은 골짜기의 대립성도 자연이라는 거대한 총체 속에서 변별할 수 없는 하나의 대우주로 통합되었고, 이 속에 내재하는 생명 역시 대우주의 곳곳에 "사뿐히 내려앉"거나, "잠"자거나 "썩어버"린다. 완전한 소멸만이 다시 태어남의 바탕이며, 크낙산이 넉넉하고 큰 산이 될 수 있는 비밀임이 드러난다. 하강과 소멸의 이미지가 주를 이루면서 하늘의 공간도 땅의 공간도 생명을 잠재우고 무화(無化)시키는데, 이 철저한 무화에서 생명은 '서늘하게 피어오르게' 되는 것이리라.

따라서 화자는 중심과 무거움을 버리고, 또는 소멸시키고 '작은 산'이 된다. 이것은 멧새나 살쾡이나 이파리들과 다른 사람의 존재론적인 재생의 방식이다. 무거움을 떨치는 순간 그는 치유되기 시작하며, 중심을 잡으려는 발버둥에서 벗어나는 순간 작은 생명으로 재생한다. 크낙산이 어미라면 화자는 그 어미의 품에서 새롭게 태어난 새로운 작은 생명이 되는 것이다.

산행의 종착점은 집과 마을이다. 인간의 삶은 늘 일상의 집안에 있으며, 결국 산은 일상의 집을 찾아 돌아오는 먼 길이다. 시인은 삶에 대한 명징하고 예리한 통찰을 쉬운 언어로 담담하게 들려준다. 음악적으로 고르고 단정한 호흡에 실려서 우리는 그의 산행에 동참한다. 인생에 대한 아이러니적인 냉소와, 생명의 신비로움에 대한 깊은 사색과, 거기에서 얻어지는 삶의 깨달음까지를 무겁지 않게 받아들일 수 있는 것은 시인의 호흡과 어조와 정서가 일관된 균형을 이루면서 흘러가기 때문이다. '일상-비일상-새로운 일상'이라는 얼핏 보면 평이한 구성 역시 이러한 균형을 유지하는 데 중요한 역할을 하고 있다고 해도 과언이 아닐 것이다.

4. 크낙산의 마음과 시의 힘

우리들은 모두 다시 태어날 수 없는 슬픔을 갖고 살아간다. 그렇기 때문에 우리 모두는 '영원히 사는' 꿈을 갖는다. 시인은 이 시에서 일상에 답답하게 갇혀 사는 우리들에게 다시 태어나는 방법을 일러준다. '몸만 가지고 살아가는' 나무와 짐승들처럼 그들을 부러워하며 산에서 살고 싶은 마음이 간절하다. 우리 역시 시인의 시를 통해 크낙산을 다녀온 이후,

다시 태어나는 것이 가능하다. 시인은 크낙산을 통해 그러한 깨달음을 얻었지만 우리는 한편의 시를 통해서 재생을 시도할 수 있다. 이것이야 말로 시의 힘이 아닌가? 집과 마을, 그리고 산. 이 시를 읽음으로써 새로운 '나'는 세상의 모든 공간에서 무수히 태어날 수 있다.

시인과 그리운 영혼의 울림

1. 내적 시공간으로 여행을 떠나며

인터넷이라는 초고속 그물망으로 무장한 첨단과학의 시대에 사는 덕분에 시공간에 대한 새로운 경험을 쉽게 할 수 있다. "나는 접속한다. 고로 존재한다"는 어설픈 패러디가 그럴듯하게 느껴질 정도로 접속과 통신은 삶의 중요한 양식이 되어 버렸다. 오디세우스의 항해는 이제 정보의 바다로 불리는 가상공간 속에서 이루어지며, 많은 이들이 이 바다에서 떠돌며 '이곳'이 아닌 '저곳'을 찾는 끝없는 항해를 하고 있다.

그러나 이런 시대일수록 더욱 아쉽고 그리운 것이 '정제된 언어'이다. 어디든지 원하는 곳에 쉽고 빠르게 갈 수 있다는 21세기적 신념이 난무하는 곳에서는, 또한 초고속 선을 타고 말과 글이 숨가쁘게 명멸하는 소음 속에서는, 오히려 자기의 내면으로 향하는 통로가 보이지 않는다. 정제된 한 줄의 시를 통해서 봉인된 시간과 공간의 벽을 사뿐하게도 뛰어넘었던 시인들의 몸짓을 바라보고 싶고, 시어들이 이루는 소리와 침묵의 머뭇거림 속에서 길을 찾고 싶은 것은 이러한 이유들 때문이다.

우리의 갈망을 헤아리듯, "그러나 나는, 또한 이런 시대일수록 조용하고 맑은 감성으로 아름답고 슬프고 그리운 영혼의 울림을 표현해 내는 일이 뜻 있고 가치 있음을 믿고 있다"라고 확고히 말하는 시인이 있다. 바로 이수익 시인이다.

그의 시들은 담백하고 따뜻하다. 그는 마음속으로는 격랑이 일고 파멸에 이르는 죽음까지 사유하면서도 그것들을 정갈하게 다스리는 법을 우리에게 일러준다. 실험시, 도시시, 해체시 등 온갖 종류의 시들이 난무하는 가운데 이 시대의 시인들이 시를 가장 잘 쓰는 시인으로 그를 뽑은 것은 시의 본령을 조용히 일깨우는 이 청량한 목소리를 갈구하고 있기 때문이 아닐까. 또한 그의 시들이 지니고 있는 영혼의 울림이 오히려 더 크게 와 닿는 시대이기 때문이 아닐까.

이수익의 시는 때로 동시같이 단순해 보이지만 겹겹이 다층적인 구조로 정교하게 짜여진 시이고, 쉽게 쓰여진 시 같지만 인간의 언어와 세계에 대한 오랜 성찰과 숙고의 시간을 거친 공들인 시이다. 그가 그려내는 공간은 경험이 녹아 있는 육화된 공간이어서, 어딘가 우리 모두의 내부에 저장되어 있던 기억을 아련하게 일깨운다. 그래서 그의 시어 하나하나는 서로 다른 울림이 되고 이 울림들이 총체적으로 만들어내는 화음은 우리들의 마음에 큰 파장을 남긴다.

2. 황소방울, 이중적 시공간의 매개체

일상적 삶이란 시간과 공간으로 이루어진 구조물이다. 이는 개인이 함부로 거부하거나 변모시키기 어려운 지배적인 힘을 가진 거대한 틀이다. 그러나 시인은 골동품 가게에 있는 낡은 소방울 하나를 가지고 봉인된 일상의 시공간을 고요히 열어제치는 시적 상상력의 신비로운 풍경을 이끌어낸다.

> 청계천 7가 골동품 가게에서
> 나는 어느 황소 목에 걸렸던 방울을
> 하나 샀다.
>
> 그 영롱한 소리의 방울을 딸랑거리던
> 소는 이미 이승의 짐승이 아니지만,
> 나는 소를 몰고 여름 해질녘 下山하던
> 그날의 소년이 되어, 배고픈 저녁 연기 피어오르는
> 마을로 터덜터덜 걸어 내려왔다.
>
> 장사치들의 흥정이 떠들썩한 文明의
> 골목에선 지금, 삼륜차가 울려 대는 경적이
> 저자바닥에 따가운데
> 내가 몰고가는 소의 딸랑이는 방울소리는
> 돌담 너머 옥분이네 안방에
> 들릴까 말까,
> 사립문 밖에 나와 날 기다리며 섰을
> 누나의 귀에는 들릴까 말까.

―「방울소리」 전문

「방울소리」에는 두 겹의 시공간이 등장한다. 화자는 "청계천7가의 골동품 가게"에서 "황소 목에 걸렸던 방울"을 하나 산다. 그리고 이 방울을 통해 '어린 시절 옥분이가 살고 누나가 나를 기다리는 고향'의 마을을 회감(回感)하게 된다. 그 회상의 공간은 또한 '유년시절'에 담긴 공간이기에 시간적으로도 현재와는 거리가 있다. '청계천 7가의 저자—고향'이라는 이중적 공간과, '현재—과거'라는 이중적 시간이 이 한 편의 시에 모두 담겨 있는 것이다.

1연에서 공간은 '청계천 7가의 저자바닥'이다. 구체적 장소로서의 이 공간은 2연에서 소년시절 소를 몰고 하산하던, '마을 어귀'로 전이된다. 바로 저녁연기가 피어오르는 고향이자 유년의 공간으로 이동한 것이다. '下山하던 마을 어귀'는 다시 "돌담 너머 옥분이네 안방"과 "사립문 밖"으로 연결된다. 이 공간은 화자의 내면의 원형공간이자 딸랑거리는 방울소리가 안착하는 공간이다. 특히 그곳에는 생각만으로도 애틋하고 그리운 대상, "옥분이"와 "누나"가 있다. 결국 이 공간은 화자에게 있어 평안과 그리움의 회귀적 공간이 되는 것이다. 옥분이와 누나가 있었던 따뜻한 고향은, '삼륜차의 경적', '따가운 소리'로 나타나는 메마른 도시와 강한 대조를 이룬다. 이러한 대조는 각 공간이 만들어내는 소리들로 뒷받침된다. 문명의 공간은 "삼륜차가 울려대는 경적"으로 시끄럽지만 고향의 공간은 "소의 딸랑이는 방울소리"로 맑고 영롱하다.

그러나 시끄러운 일상의 공간과 돌아가고픈 그리움의 공간은 "방울소리"로 연결되며 그 단절을 극복한다. 결국 '방울'은 대립적인 공간과 시간을 연결해 주는 매개항이 되는 것이다. 이로써 '청계천 7가'는 '고향의 마을'로, '시장'에서 '옥분이네 안방과 고향집 사립문 밖'으로의 공간적 이동을 할 수 있게 되는 것이다.

화자는 현실의 공간인 문명, 그 중에서도 문명의 시끄러움을 가장 잘 표상하는 장사치들과 삼륜차의 경적이 시끄러운 시장 한복판에서도 '황소방울'이라는 매개체를 통해 어린 날의 한 마을로 돌아간다. 문명의 떠들썩한 소리, 경적소리를 뒤로하고, 돌담 너머 옥분이의 안방과 사립문 밖에 나를 기다리는 누나의 귀에 들릴 만한 '방울소리'를 들으며 공간을 초월하는 것이다. 소의 딸랑이는 방울소리는 이웃집 소녀 옥분이와 나를 동일화시키고 나를 기다리고 서 있는 누나와 나를 이어준다.

이 시에서 제시되는 시간 역시 이중적이다. 화자가 회상하는 공간이 '유년시절'의 기억 속에 담긴 것이기 때문이다. 이에 시간은 어른의 시간에서 소년 시절로 역행한다. 그 역행과정의 매개는 방울이다. 이 매개항을 중심으로 1연은 현재, 2연은 과거가 된다. 그 이동의 과정은 "下山하던 그날의 소년이 되어"라는 구절로 뒷받침된다.

이러한 시간이 시의 후반부에 이르러서는 혼재되어 나타난다. 실제적으로 시인은 청계천 7가의 저자바닥, 현재의 공간에 서 있지만 내면적으로 유년의 고향, 과거의 공간으로 회귀하고 있는 것이다. '고향마을'이라는 과거의 공간과 '골동품 가게가 있는 시장거리'라는 현재의 공간이 중첩되어 나타난다. 수학적, 물리적 개념으로서는 불가능한 시간·공간의 중첩이지만, 이 한편의 시 속에서는 가능하다. 이러한 상상력의 힘이 바로 시의 아름다움을 북돋우고 있는 것이다.

이러한 현재-과거-현재로의 시간의 넘나듦은 그립고 아련한 추억의 잔향을 더욱 더 깊고 은은하게 음미할 수 있게 해 준다. 그러나 고향의 시간은 살아 있는 시간이 아니다. 따스하고 안온한 고향의 은은한 방울소리는 이제 없고 삼륜차의 경적과 떠들썩한 문명의 골목만이 화자의 눈과 귀를 자극하고 있을 뿐이다. 명백하고 또렷하게 살아 있는 현재와, 아스라히 사라져 더욱 애틋하고 아쉽기만 한 과거와의 대립은 사라져버린 과거에 대한 그리움을 한층 더 간절히 불러일으킨다.

"황소 목에 걸렸던 방울"은 이렇게 두 공간과 시간을 매개해주는 매개항의 역할을 한다. 그 방울을 목에 달았던 소는 이제 '저승의 짐승'이지만 방울은 여전히 남아 과거의 시간을 이야기해 준다. 시인의 몸은 현재

청계천 골목에 서 있으면서도 과거와 현재의 매개물인 방울로 인해 마음은 현재의 문명적 도시 공간을 훌쩍 뛰어넘어 아련한 고향, 자연의 공간으로 치닫고 있는 것이다.

3. 들릴까 말까, 그 애매성의 미감

이 시의 매력은 대립적이고 이중적인 것들 사이의 넘나듦, 그 과정의 머뭇거림에 있다. 화자로 하여금 시공간의 경계를 넘나들게 하는 것은 '방울소리'이며, 이런 모호한 경계점을 잘 보여주는 부분이 바로 "들릴까 말까"라는 미정(未定)의 독백이다. 현실과 방울소리 속의 시공간, 화자와 소몰이 소년으로 돌아간 화자 사이에서 이루어지는 섬세하면서도 정밀한 정서의 균형이 "들릴까 말까"는 시어를 통해 전해온다.

이 시어는 하산하는 소년과 그 옆에서 육중한 몸을 흔들며 느릿느릿 걷는 소의 모습을 환기시킨다. 우리는 소의 발걸음에 따라 좌우로 흔들흔들하는 방울의 모양과 소리를 함께 듣게 된다. 소방울의 딸랑거림은 완급을 조절하며 경계의 이편과 저편의 왕래를 가능케 한다. 사립문 밖이라는 경계에 서 있는 누나, 그보다 더 깊숙한 곳 '담장' 안 '안방'에 있는 옥분이는 그 날의 소년과도, 오늘날의 나와도 닿을 듯 말 듯한 거리를 유지하고 있다.

이와 같이 '들릴까 말까'는 시어의 애매성과 모순성을 극적으로 보여주고 있으며, 작품 속에서도 시공간의 경계를 넘을 듯, 넘지 않을 듯 아슬아슬한 긴장을 유지한 시구이다. 모호한 경계를 드러내는 이 구절은, 앞에서 해질 녘의 시간이 갖는 밤과 낮의 경계처럼, '과거-현재 / 밤-낮'의 대립적 시간을, '이승-저승 / 도시-농촌 / 산-마을 / 일상-회귀'의 대립적 공간을 하나로 통합하고 연결시키는 기능을 하고 있다. 두 대립항 사이의 경계는 "들릴까 말까"를 통해 점차 흐려지고 모호해진다. 이질적 요소들이 "들릴까 말까"란 이중의 복합적 심리 속에서 불분명하게 형상화되고 있는 것이다. 방울소리는 화자를 타임머신처럼 새로운 시공간 속으로 옮겨 놓을 뿐 아니라, 그 소리의 들릴 듯 말 듯한 희미한 경계를 통해 시간과 공간을 혼재시킨다.

또한 이 "들릴까 말까"는 의미론적인 면에서 뿐 아니라 형태론적으로도 대립적 관계에 있다. 이것이 하나의 어구로 묶여 있음으로 해서 대립적 요소를 통합시키는 데 더욱 적극적으로 기능하고 있는 것이다. "들릴까 말까"의 그 머뭇거림 안에는 들었으면 하는 기대와 설렘도 담겨 있다. 혼잣말하듯 가벼운 어조는 딸랑거리며 영롱한 소리를 내는 방울소리의 경쾌함과 어울려 즐거움을 더해주고 있다.
하지만 그 경쾌함 속에는 어떤 안타까움이 있다. 골동품상에서나 과거의 흔적들을 찾을 수 있는 것이 거부할 수 없는 현실이고, 유년시절이란 다만 추억할 수만 있을 뿐, 물리적으로는 회복할 수 없는 먼 기억이자 대상이기 때문이다. 그러므로 생각하면 생각할수록 그 아름답고 소중한 세계는 닿을 듯도 하지만 결코 닿을 수가 없다. 들릴 듯 말 듯한 이 안타까움의 감정은 대상에 대한 그리움과 애틋함을 더욱 배가시키는 것이다.

4. 생명의 아름다운 여음(餘音)

시인은 일상의 작은 사물 하나를 통해서도 우주의 법칙과 질서를 파악하며, 세계 전체를 읽어내는 눈을 가진 사람이다. 또한 그는 자신이 직조해낸 촘촘한 언어, 그것의 결을 통해 독자로 하여금 자신과 세상을 다시 바라보게 한다.

이수익 시인은 작은 사물, 낡고 허름한 골동품 가게의 방울 하나를 통해서도 과거와 현재, 도시와 고향, 이승과 저승이라는 대립적 시·공간을 넘나들며 그것들을 총체적으로 아우르고 있다. 현재의 문명화된 공간에서는 방울이 비록 낡고 허름한 골동품에 불과한 것일지라도 과거로 옮겨갔을 때에는 먼지 쌓인 의미 없는 폐물이 아니라, 우리가 잃어버린 아름다운 추억과 소중하고 따뜻한 것들을 불러내고 그것에 생명을 불어넣는 존재가 된다. 그러한 기억을 살려내는 과정을 통해, 시인과 그의 시를 읽는 독자는 현실 속 각박함 속에서 상실된 자아를 회복하고 단절된 자아의 연속성을 확보하게 된다. 우리는 이 시에서 '방울소리'가 현재에서 과거로 옮겨가는 동안, 충만하고 따사로운 유년시절로 초대된다.

사라지면서 사람들의 마음속에 더욱 아름다운 여음(餘音)을 남기는 소방울소리의 힘, 그것은 시간과 공간을 신속하게 하나로 이어줄 수 있다고 자만하는 속도의 시대에서 시적 상상력만이 발견할 수 있는 내면의 통로를 여는 열쇠일 것이다. 내면의 통로는 잘 보이지 않기에 안타까우며, 안타깝게 다가가는 것이기에 영원하고 아름답다.

끝까지 확답(確答)하지 않는 것, 에둘러 말하고 비껴가는 것, 미정(未定)으로 남겨두는 것, 바로 여기에 시의 아름다움이 있는 것이라면, 이 시는 시의 언어가 가진 그 절묘한 미감과 감각을 잘 살린 작품이라고 말할 수 있겠다. 이 시를 통해 시인은 자신이 듣고 있는 방울소리가 독자들에게도 들리는지를 묻고 있는 것은 아닐까.

난생의 꿈, 그 미완의 힘

1. 달걀이라는 일상성을 넘어서

달걀이란 말과 알이라는 말은 비슷하면서도 다르다. 달걀은 일상에서 냉장고의 한 귀퉁이서 요리될 날만을 기다리는 먹을거리다. 달걀은 엄연한 하나의 알이지만 이미 차가운 껍질에 쌓여 정지된 생명이기에, 껍질을 깨고 나올 생명의 약동으로 분주한 알과는 전혀 다르다. 달걀과 알의 거리는 일상과 신화의 거리이며, 달걀에서 알의 본질을 회상해내기에는 이미 일상의 껍질이 너무 단단하고 차갑다. 주몽이나 김알지 신화에서 신비롭게 숨쉬던 알은 이제 식은 달걀이 되어 냉장고의 한 편을 차지하고 있다. 알의 신화성이 사라진 세계에서는 인간의 존재성 역시 특별한 '알'이 될 수 없으며, 차가운 달걀들처럼 그저 일상의 공간을 점유하고 있을 뿐이다.

따라서 한 시인의 시선이 알이 아니라 달걀에 가 있다는 것은 오히려 따뜻하며 리얼하게 느껴진다. 알은 이제 유토피아가 되어 고대적 상상력의 세계에 남아 있고, 알을 잃어버린 세계에서 달걀은 우리들의 삶과 생명이 처한 무생명의 공간을 즉자적으로 보여주는 것이기 때문이다. 어떠한 자극도 줄 수 없는 평범하고도 낯익은 세계를 새롭게 바라보고, 그만의 정제된 언어로 그 세계에 새 숨을 불어넣어 주는 것은 시인의 몫이다. 시인은 그 예민하고도 섬세한 통찰의 언어로 이미 창조된 세계마저 재창조해낼 수 있으며, 이미 굳어져버린 질서에 칼을 들이댈 수 있는 것이다. 시인은 일상적 삶, 꿈꿀 수 있는 신화가 부재하는 바로 그 닫힌 공간을 새로운 이야기가 피어날 수 있는 공간, 다른 꿈이 소통할 수 있는 공간으로 중층화, 다층화하여 열어줌으로써, 독자로 하여금 현실을 떠난 바로 그 자리에서 더욱 깊은 삶에 대한 성찰을 경험하도록 한다. 이것이 바로 굴절을 경험한 내면화된 진실의 힘이며, 이 진실이 언어의 옷을 입어 생명력을 얻을 때 그 진실은 고정된 세계를 바라보는 주체의 시선을 움직이고, 그 낱낱의 움직임들은 다시 한번 닫힌 세계를 흔드는 동력이 된다.

　김승희의 시 「달걀속의 생(生)·5」에서 시인은 일상을 넘어 존재하는 본질의 세계를 투시하고 있다. 일상에서 달걀이 존재하는 공간은 물론이고, 그 달걀이 포함하고 있는 의미의 공간은 새로운 상상력으로의 확장 가능성이 결여되어 있기에 우리에게는 아무런 감흥을 일으키지 못하지만, 시인만은 이러한 죽은 공간을 관통해 새로운 이해를 시도한다. 냉장고에서 끄집어 낸 시인의 달걀에는 삶에 대한 이러한 꿈과 열정이 살아 있다. 그러면서도, 시인의 거리낌없는 언어만큼은 가공되지 않은 날것으로 완성되지 않은 열정에 대한 절망과 괴로움과 함께 살아 숨 쉰다. 이는 시인 자신이 현실에 대해 끝까지 눈감아버리지 않기 때문일 것이다. 시인은 결코 갇힌 공간을 등지고 도망가지 않으며, 팽팽하게 맞서 응시하되 그 공간에 다시 갇히지 않는다. 당장은 틀을 부수지 못할지라도 그 자리에서 당당히 꿈꾸며, 지금은 불안과 고독을 감수해야 할지라도 오래 오래 앓다가 터뜨릴 열정을 품는 것, 그것이 시인의 달걀이며 달걀에 얹혀진 시인의 열정이다.

2. 기다림과 자기 부정, 그 지난한 꿈꾸기

달걀을 보면
알 수 있지.
아, 저렇게 해방을 기다리는 사람도
있구나.

조그맣게 차갑게
두 눈을 감고
아, 어찌 해,
저리도 못다한
벙어리 사랑을.

외치고 싶고
깨지고 싶어도
시간의 실금이 온몸에 강물처럼 퍼지기를
기다려. 배꼽 같은 씨눈이
노른자위를 먹어 치워
흰자위를 먹어 치워
아, 그 안에서 원무처럼 일어서는
열애 같은 혁명을 기다려.

달걀을 보면
눈물이 어리지.

아, 저렇게 미해방의 절벽 위에서
꿈꾸는 사람!

—「달걀속의 生·5」 전문

달걀은 부화되어 새로운 생명으로 거듭날 수도 있고, 깨어져 존재 자체도 증명하기 힘들 수도 있다는 불확실성을 전제한다. 그것 자체가 생명성과 무(無)생명성의 상반된 성질을 함께 지닌 것이기에, 달걀의 이러한 불확실성과 그로 인한 긴장은 시인의 언어 운용과 시적 형상화과정을 통해 더욱 효과적으로 유지된다. 다시 말해, "해방", "배꼽같은 씨눈", "열애 같은 혁명" 등 생명성을 드러내주는 시어와 "두 눈을 감고", "벙어리", "미해방의 절벽" 등의 생명에 대한 대립적 성격을 나타내는 시어의 대칭으로 인한 긴장은 결국 무(無)생명성을 극복하는 생명성, 그 깨어남에 대한 열띤 갈망이라는 하나의 이미지 구축에 기여하게 되는 것이다

1연의 시어에서 볼 수 있듯이, '해방을 기다리는 삶'으로 압축될 수 있는 이 시에서의 달걀은 곧 살아 있는 채로 무수한 죽음과 자기 해체를 경험하면서 자아의 혁신을 기다려야 하는 불확실한 우리의 삶을 은유한다. 불확실한 현재에서의 기다림이란 기약 없는 완성에 대한 고독한 싸움이기에 헤아릴 수 없을 만큼 깜깜한 절망과 괴로움을 가져다주는데, 더욱이 현실을 해방되어야 할 것, 즉 '억압된 상태'로 파악하는 이에게 그 고통은 참기 힘든 것이리라. 억눌리고 상한만큼의 높이와 넓이로 뛰쳐나가고 싶고, 튀어오르고 싶고, 벗어나고 싶어하는 마음! 그것이 달걀과 우리의 삶이 함께 간직한 욕망인 것이다.

이러한 간절함과 절박함을 가진 달걀의 존재를 깨달은 시인은 2연에 이르러 자신의 감정을 대상에 이입한다. 그러면서도 그 감정이 쉽게 흘러넘치지 않도록 극도로 자기 자신을 절제하는 모습을 보여준다. 이는 새로운 삶에 대한 준비의 자세이며, 통과의례가 수반하는 아픔과 희망에 대한 자기 절제의 몸짓인 것이다. 그러나 해방에 대한 희망은 이렇듯 간

절하지만, 현재의 시간만큼은 "조그맣고 차갑게" 갇혀 있어야만 하는 열정이 안타까워 시인은 "아, 어찌해"라고 즉자적이고 원초적인 감정을 드러낸다. 시인에게 있어 안타까움의 대상은 이제 생명의 숨소리조차 잃은 듯 보이고, 사랑하면서도 말 못하는 "벙어리 사랑"으로 인식된다. 못다한 뜨거운 사랑에 차갑게 눈감아 버리는, 그래서 더욱 비장하게 느껴지는 生의 주체는 그 결핍으로 말미암아 결국 우리 자신이 되고, 우리 자신에 대한 안타까움으로 전이된다.

1연과 2연에서의 '기다림'이 주는 괴로움은 그것이 바로 "벙어리 사랑"의 기다림이기에 더욱 더 견딜 수 없는 고통이 된다. 이어 3연에서는 이러한 고통이 극대화되고 절정에 이르게 되며, 시의 어조 또한 강렬한 울림을 갖는다.

외치고 싶고
깨지고 싶어도
시간의 실금이 온몸에 강물처럼 퍼지기를
기다려.

해방에 대한 열망, 사랑에 대한 갈구가 크면 클수록 기다림은 상상할 수 없는 인내와 고통을 안겨다준다. 그러나 화자는 그것을 곧 '외침'이나 '깨짐'을 통해 분출해내는 것이 아니라 그 견딤의 시간마저 온몸에 미세한 "실금"으로 뿌리내리고 퍼지기를 기다린다.

한편, 부화로 상징되는 해방에 도달하기 위해서는 이러한 기다림뿐만 아니라, '자기 부정'의 과정 또한 필요하다. 기다림 하나만으로도 이미 충분히 지친 존재는 또 다시 '자기 부정'이라는 괴로운 현실 앞에 서게 된다. 새로운 삶을 꿈꾸기 위해서는 노른자위와 흰자위를 먹어 치워야만 하는, 전신(前身)의 자신을 버려야만 하는 아픔을 피할 수 없는 것이다. 여기에서 시인은 대상으로 하여금 이러한 '자기 부정'의 과정을 온전히 승인토록 하는데, 이 부정은 안온한 부정이 아닌, 변증법적 지양이 된다.

즉, 새로운 삶의 단계로의 해방과 도약은 노른자와 흰자뿐인 존재에 대한 부정이지만, 역설적이게도 노른자, 흰 자위를 완전히 부정하고서는 완전한 해방에 이를 수 없는 것이다

새로운 탄생을 위해 되풀이되는 자기 부정과 자기 해체. 그 과정 가운데에서 씨눈은 현존하는 주체이자 매개의 역할을 충실히 담당한다. 그렇기 때문에 시간적 순서로 변별되는 하나 혹은 둘의 존재를 감싸 안으며, 시간의 실금이 온몸에 퍼지기를 기다리거나, 외치고 싶고 깨지고 싶어도 꾹 참고 기다린 끝에 얻어지는 값진 변용의 주인공이 되는 것이다.

이로써 극도의 긴장과 고통, 자기 부정과 해체의 과정은 이제 적극적인 생산과 혁명의 과정으로 변모한다. 기다림과 자기 부정을 통해 그 안에 팽팽하게 내재된 에너지와 생명에의 솟구치는 열망은 "열애 같은 혁명"의 불꽃을 당기고, 이제 힘찬 폭발력을 지니게 된다.

> 아, 그 안에서 원무처럼 일어서는
> 열애 같은 혁명을 기다려

가장 고통스러울 때 그것을 피하지 않고, 오히려 그 고통을 있는 그대로 받아들이는 동시에 자기 존재 자체를 스스로 부정함으로써 기다림을 지탱하는 힘을 얻는 것. 이때의 기다림은 오지 않을 것에 대한 체념적 기다림이 아닌, 반드시 오고야 말 "열애 같은 혁명"에 대한 기다림이 되며, 기다림 끝에 쟁취하는 "열애 같은 혁명"은 그 생명성으로 인해 "원무" 즉, 춤을 추는 것으로 이어진다. 다시 말해, 그 갇힘과 닫힘을 철회하고 준비된 생명성을 마음껏 발산하는 것이다. 뜨거운 사랑으로서의 몸짓인 "원무"는 그리하여 하나의 완전한 성취이자 완성에의 꿈이다.

> 달걀을 보면
> 눈물이 어리지.
> 아, 저렇게 미해방의 절벽 위에서

그러나, 새로운 해방에 대한 열망과 꿈이 간절하다고 해서, 주어진 현실이 쉽게 변할 리는 없다. 결국, 현실은 그리 녹록하지도 나긋나긋하지도 않다는 사실을 다시 한번 상기할 수밖에 없다. 4연에서 다시 돌아온 달걀의 자리는 "미해방의 절벽"이라는 가혹한 공간이며, 보는 이로 하여금 눈물이 어리게 하는 안타까운 현실이다. 해방과 미해방의 대립, 원무처럼 일어섬과 절벽 아래로 떨어짐이 대립하는 그 경계, 그 불확실의 운명에 지금 존재는 놓여 있는 것이다. 이 '절벽'은 까딱하면 끊어질지도 모르게 아슬아슬한 삶과 죽음, 생명성과 무생명성의 긴장이 살아 있는 곳이다. 허나, 이 '미해방'의 절벽은 비록 해방에 바로 맞닿아 있는 것은 아닐지라도 해방과 가장 가까운 곳에 위치해 있으며, 이 절벽이라는 아슬아슬한 자리를 버텨내며 꿈꾸는 해방이었기에 그 해방은 더욱 찬란한 것이 된다.

"미해방의 절벽" 위에 서 있는 존재는 비단 부화를 기다리는 달걀뿐만 아니라 해방을 꿈꾸는 모든 존재와 동일시된다. 그렇기 때문에 시인은 달걀의 눈물겨운 투쟁을 보며 "꿈꾸는 사람!"을 연상하는 것이다. 우리 존재의 불확실성을 날카롭게 직시하면서도 시인은 삶에 대한 사랑과 희망을 끝끝내 버리지 않는다. 그것은 "꿈꾸는 사람"의 영원히 깨지지 않는 무한한 꿈으로서 언제나 "미해방의 절벽" 위에 놓인 우리에게 삶의 동인이 되어 줄 것이기 때문이다.

3. 완성되지 않은 해방을 기다리며

냉장고에서 갓 집어든 달걀은 부화의 가능성, 해방의 가능성이라는 의미의 확장을 실현해 내지 못한다. 우리가 일상에서 빈번히 접하는 달걀은 더 이상 새 생명의 가능태로 바라볼 여지를 남겨주지 않기 때문이다. 그러나 김승희 시인은 이처럼 절망적이고도 건조한 '현실 냉장고' 속에서도 해방을 꿈꾸고 있는 견고한 달걀 하나를 꺼내들 줄 안다. 또한 그 꺼내든 한 알의 달걀을 가지고 무한한 꿈을 꿀 수 있다. 달걀의 꿈이란, 오랜 기다림과 자기 절제와 부정의 고통을 감수해야 하는 아프고도 힘든 것이지만 그래서 더욱 찬란하고 아름다우며 영원히 깨어지지 않는, 혹은 포기할 수 없는 고귀한 것이 된다. 때문에 시인은 마지막 연까지 혁명과 해방, 그 새로운 시작을 알리는 부화에 대한 아직 완성되지 않은 희망을 이야기해 나갈 수 있는 것이다. 그렇지만 시인은 이 밝은 한 줄기 생명에의 꿈에 들뜨지 않으며 끝까지 현실을 잊지 않는다. 냉장고 속에서 차갑게 식어 가는 존재들과, 치열하게 꿈꾸고 있으나 아직 해방되지 못한 달걀의 절박한 상황에서 시인은 달걀 이면에서 눈물겹고 지리한 삶의 고단함으로나마 생 자체를 온전히 '살아 있는 것'으로 요동치게 하려는 우리 인간의 삶을 바라보고 있다. 우리 자신 역시 달걀 속의 생(生)을 떠올릴 때, 다시금 우리 삶의 존재 방식에 대해 한 번 더 되묻지 않을 수 없다. 물론, 오랜 기다림과 자기 절제, 그리고 자기 부정이 필요한, 눈물겨운 싸움과 고단함을 견뎌 내야만 하는 우리의 생이 결국에는 어떠한 모습으로 해방의 원무로 일어설 수 있을지, 아니면 끝끝내 미해방의 절벽 아래로 떨어져 버리고 말 것인지는 그 누구도 장담할 수 없다. 완성되지 않은 희망의 끝없는 꿈꾸기가 오히려 아무 것도 실현해낼 수 없는 현실에 대한 역설일 수도 있지만, 그럼에도 불구하고 가장 절망스럽고 냉혹한 현실에서 희망을 '기다리고' '꿈꾸는' 것 자체로 이미 희망은 우리 삶의 혁명으로 다가와 있는 것일는지도 모르기에 오늘도 우리에게는 달걀 안에서 꿈틀거리는 그 열정이 필요한 것이 아닐까.

기다림을 위한 명상과 시적 거리

황지우의 「너를 기다리는 동안」

① 네가 오기로 한 그 자리에
   내가 미리 가 너를 기다리는 동안
   다가오는 모든 발자국은
   내 가슴에 쿵쿵거린다
   바스락거리는 나뭇잎 하나도 다 내게 온다
② 기다려 본 적이 있는 사람은 안다
   세상에서 기다리는 일처럼 가슴 애리는 일 있을까
   네가 오기로 한 그 자리, 내가 미리 와 있는 이곳에서
   문을 열고 들어오는 모든 사람이
   너였다가
   너였다가, 너일 것이었다가
   다시 문이 닫힌다
③ 사랑하는 이여
   오지 않는 너를 기다리며

마침내 나는 너에게 간다
아주 먼데서 나는 너에게 가고
아주 오랜 세월을 다하여 너는 지금 오고 있다
아주 먼데서 지금도 천천히 오고 있는 너를
너를 기다리는 동안 나도 가고 있다
④남들이 열고 들어오는 문을 통해
내 가슴에 쿵쿵거리는 모든 발자국 따라
너를 기다리는 동안 나는 너에게 가고 있다.
—「너를 기다리는 동안」 전문

1. 황지우의 시세계

1980년대 황지우가 발표한 실험적 기법의 해체시들은 그를 전위적인 시인으로 문학사에 위치시켰다. 1980년대 전반에 걸쳐 행해진 그의 해체실험은 폭력으로 점철된 시대에 대응하는 미적 형식의 일단을 보여준다. 등단과 동시에 문단의 이목을 집중시켰던 그의 시의 기발한 발상과 형식적 파괴, 일탈 등은 우리에게 강렬한 깨우침과 충격의 인상으로 남아 있다.

초기의 전위적인 시세계는 이후『게 눈 속의 연꽃』등으로 가면서 점차 변모되는 양상을 보인다. 내면의 섬세한 정조를 포착하는 가장 서정시다운 시들이 그의 시세계를 변전·확장하면서 황지우는 시인으로서의 진면목을 보여주기 시작한다. 그의 해체적인 폭발성만큼이나 서정성 또한 놀라우리만큼 빛난다.

2. 기다리는 시간의 구조

우리의 삶은 어쩌면 기다림의 연속인지도 모른다. 유년시절에는 장에 간 어머니를 기다리고, 젊은 날에는 애인을 기다리고, 늙어서는 자식의 방문을 기다린다. 우리 생의 시간적 국면들은 '기다림'의 과정 속에서 흘러오고 또 흘러가는 것이다. 생의 의지는 이러한 기다림의 행위 속에 내재하는 자아와 타자의 관계성을 통해 발현된다. 현재에는 부재할지라도 끊임없이 기다림을 유발하는 누군가가 있다는 것을 확신할 수 있을 때 주체는 비로소 고통스러운 세계 속에 희망이라는 단어를 아로새길 수 있게 되는 것이다.

청자지향적인 발화로 이루어지고 있는 이 시는 현상적 청자인 '너'를 향한 나의 절실한 '기다림'을 섬세하고 서정적인 언어로 그려내고 있다. 그런데 이 시에서의 화자, 즉 기다림의 주체가 보여주는 성격은 지향대상의 부재라는 현실적 갈등을 청자에게 접근하려는 의지적이고 적극적인 행위를 통해 극복하려 한다는 점에서 주목을 요한다. 이 시의 화자는 보편적인 기다림의 양태인 수동적 행위성에서 벗어나 자아와 타자의 거리를 직접적으로 극복할 수 있는 능동적 행위성을 보여줌으로써 보다 긍정적인 미래관을 담보해내고 있기 때문이다.

'기다림'에 대한 화자의 능동적 태도는 크게 네 개의 의미단락으로 나뉘어지는 시행 전개를 통해 정적인 행위성에서 동적인 행위성으로 변화되는 양상을 드러낸다.

먼저 1~5행 ①에서는 '너'를 기다리는 실제적 상황 속에서 잔뜩 긴장한 화자의 마음 상태가 드러나고 있다.

① 네가 오기로 한 그 자리에
  내가 미리 가 너를 기다리는 동안

다가오는 모든 발자국은
내 가슴에 쿵쿵거린다
바스락거리는 나뭇잎 하나도 다 내게 온다

2행의 "미리"를 통해 알 수 있듯이 화자는 약속 시간보다 먼저 와서 '너'를 기다리고 있다. "다가오는 모든 발자국은 / 내 가슴에 쿵쿵거린다"에서 볼 수 있는 화자의 긴장은 이렇게 그가 약속 시간에 앞서 와 있기 때문에 발생한 것이다. 시간이 다 되지 않았으므로 '나'는 '너'의 '옴'을 확신할 수 없다.

기다림의 시간만큼 시간의 상대성을 뼈저리게 느끼는 순간이 있을까. 비단 사랑하는 사람과의 만남뿐 아니라, 심사 결과를 기다릴 때, 병원 진찰 결과를 기다릴 때, 1분은 한 시간 같고, 하루는 영원의 시간같이 아득하게 느껴진다. 두근거림에 심장 박동이 빨라지는 만큼, 시계 바늘은 느릿느릿 움직인다.

설탕물 한잔을 마시고 싶을 때 내가 서둘러야 소용이 없고 설탕이 녹기까지 기다려야 한다. 이 조그마한 사실은 큰 교훈을 지니고 있다. 왜냐하면, 내가 기다려야 하는 시간은 물질계의 전 역사에 걸쳐 적용되는 수학적인 시간이 아니고, 그것은 설사 세계의 역사가 단숨에 공간속에 전개되었다 하더라도 마찬가지다. 그 시간은 나의 조바심, 다시 말하면 마음대로 더 늘일 수도 없고, 더 줄일 수도 없는, 나에게 속하는 지속의 어떤 부분과 합치되고 있다. 그것은 사유적인 것이 아니라 체험적인 것이다. 그것은 상관성이 아니고 절대적인 것이다.
— 바슐라르

불안, 초조, 기대, 조바심 등 모든 복합적인 감정과 수백 가지의 생각들이 머릿속에 오가는 이 순간을 화자는 "세상에서 기다리는 일처럼 가슴 애리는 일이 있을까"라고 말하고 있다.

기다리는 순간 우리는 새로운 시간과 공간에 처하게 된다. 감각의 모든 날은 세워지고 신경이 온통 곤두선다. 카페의 시끄러운 웅성거림 속에서도 세상의 온갖 미세한 소리들이 기다리는 사람의 마음속에 와 박힌다. 세상의 모든 소리들과 내 몸 내부에서 울리는 소리들이 확성기를 갖다댄 듯 커진다. "나뭇잎 바스락거리는 소리까지도" 화자에게는 '너'가 오는 소리로 들릴 정도이다. 특히 발자국이 가슴을 울리는 소리와 촉감을 동시에 표상하는 "쿵쿵"이라는 의성어는 기다림에 가슴조리는 화자의 내면상황을 효과적으로 드러내준다.

1~5행 ①이 '너'가 오게 될 미래적 상황에 대한 화자의 기대와 긴장된 마음 상태를 초점화하고 있다면 6~12행 ②는 기다림의 과정 속에서 화자의 희망이 점차 좌절되어 가는 상황을 전경화하고 있다.

> ② 기다려 본 적이 있는 사람은 안다
> 세상에서 기다리는 일처럼 가슴 애리는 일 있을까
> 네가 오기로 한 그 자리, 내가 미리 와 있는 이곳에서
> 문을 열고 들어오는 모든 사람이
> 너였다가
> 너였다가, 너일 것이었다가
> 다시 문이 닫힌다

기다림이라는 것은 대상에 대한 사랑과 함께 대상이 부재하는 주체의 실존적 상황을 동시에 지시해주는 것이다. 그래서 "기다려 본 적이 있는 사람"은 기다림이라는 것이 가슴 벅차는 희열과 "가슴 애리는" 절망을 동시에 안겨준다는 것을 안다. 6행의 단정적 언술 "기다려 본 적이 있는 사람은 안다"와 7행의 자문자답 "세상에서 기다리는 일처럼 가슴 애리는 일 있을까"는 이러한 희망과 절망의 이중적 감정에 휩싸여 네가 올 것이라는 확신이 점점 엷어지고 있는 화자의 내면상황을 드러내 준다. 이는 특히 절정으로 상승했다 급격하게 하강으로 내리꽂히는 화자의 어조 변화를 통해 유표화된다. 10행에서 한 행으로 처리되고 있는 "너였다가"는

화자의 기대감이 절정에 달하는 순간을 단적으로 보여주고 있다. 절정에 달한 감정은 11행의 전반부에서 "너였다가"가 반복됨으로써 점층적으로 강화된다. 그러나 그 뒤로 쉼표를 통한 인위적 휴지가 기대로 가득 찬 감정의 흐름을 끊어 놓는다. "너였다가"가 "너일 것이었다가"라는 불확정적인 언술 형태로 전환되면서, 절정으로 치닫던 감정은 순식간에 바닥으로 곤두박질친다. 여기서 '너였다'라는 언술형의 반복과 변형은 마지막의 "너일 것이었다가"가 갖는 부정적 의미를 강화하고 있다. 문을 통해 들어오는 사람이 '너'였다면 '나'의 확신에 찬 기대는 현실로 이루어졌을 것이다. 그러나 문을 통해 들어온 것은 '너'가 아니다. 12행의 "다시 문이 닫힌다"는 '문'이 열릴 때마다 화자의 가슴을 뛰게 하던 희망이 완전히 좌절되어 버리는 상황을 극적으로 보여준다.

그러나 이러한 좌절의 순간은 오히려 시적 정황에서 새로운 국면이 시작되는 지점이 된다. 국면의 전환은 ①~②에서 형상화되고 있는 '나'의 소극적인 기다림이 13~19행 ③에서 적극적인 기다림으로 변모되기 시작하면서 이루어진다.

③사랑하는 이여
　오지 않는 너를 기다리며
　마침내 나는 너에게 간다
　아주 먼데서 나는 너에게 가고
　아주 오랜 세월을 다하여 너는 지금 오고 있다
　아주 먼데서 지금도 천천히 오고 있는 너를
　너를 기다리는 동안 나도 가고 있다

13행의 돈호법 "사랑하는 이여"는 화자가 여전히 ②에서 좌절되어 버린 '너'와의 만남을 희구하고 있다는 사실을 보여준다. 그러나 그 소망에 대한 '나'의 태도는 이전과는 확연히 다르게 나타난다. 그것은 2행의 "오지 않는 너를 기다리며"를 통해 단적으로 드러나고 있다. 여기서 이전까지는 "오기로 한" '너'로 지칭되던 청자는 12행의 "문이 닫힌다"라는 절망적인 좌절의 경험 이후 "오지 않는 너"로 지칭되기에 이른다. 그러나 "오지 않는 너"일지라도 화자는 끝까지 그를 기다린다. 아니, 이제는 수동적으로 기다리는 것이 아니라 직접 '너'에게 간다. 이제 화자의 마음은 "네가 오기를 기다리는 마음"에서 '오지 않는 너를 기다리며 너에게 가는 마음'으로 발전된다. "마침내"라는 시간부사는 이러한 마음의 발전상이 하나의 의지로 집약되는 순간을 보여주고 있다. 화자는 네가 오고 있다는 것을 알기에 '너'를 향해 간다. 서로를 향해 가고 있는 두 사람이 언젠가는 만날 수 있다는 것을 확신하기에 "너를 기다리는 동안 나도 가고 있다." '나'는 기다리고 '너'는 오는 일방적 관계는 이제 '너'는 오고 '나'도 '너'를 향해 가는 쌍방적인 관계로 변화된다. 더 나아가 "아주 먼 데서 나는 너에게 가고 / 아주 오랜 세월을 다하여 너는 지금도 오고 있다"에서 '너'와 '나'가 처한 공간과 시간은 무한대로 확장되어 만남을 위한 '너'와 '나'의 '가고 옴'이 지속적인 운동성으로 경험될 수 있게 해주고 있다. '너'를 기다리는 물리적 시간이 문학적 시간으로 바뀌어 궁극적으로는 두 사람을 만나게 만들 영원한 시간으로 변용되고 있는 것이다.

이러한 동적 이미지로의 변환을 통하여 아무리 멀리 떨어져 있는 만남이라 할지라도 내가 너에게 가고, 네가 나에게 오는 행위의 복합성으로 말미암아 언젠가는 우리가 반드시 만나게 될 것이라는 희망적인 미래상이 제시된다.

④에서 화자는 직접 '남들이 열고 들어오는 문'을 열고 밖으로 나감으로써 너를 향해 가는 행위를 실천적으로 완성해내고 있다. '네가 오기로 한 곳'의 문을 열어젖히고 외부적 공간으로 나아감으로써 화자는 아직 오지 않은 '너'를 마중한다.

④ 남들이 열고 들어오는 문을 통해

내 가슴에 쿵쿵거리는 모든 발자국 따라
너를 기다리는 동안 나는 너에게 가고 있다.

이러한 기다림의 순간은 사랑 자체에도 해당된다. 이때 기다림은 두 사람이 서로 사랑하는 마음이 통하기 위해 그 사람이 내 마음을 알아주고 내가 그 사람의 마음과 통할 때까지 기다리는 시간이다. 둘의 만남, 즉 사랑의 결실이 '나'와 '너'가 서로를 향해 동시에 옮기는 실천적 발걸음을 통해 비로소 얻어질 수 있는 것은 바로 이 때문이다. 그리하여 여기서 두근거리며 뛰는 심장은 들어오는 모든 사람들의 발소리이며, 내가 너의 마음으로 가고 있는 나의 발소리이기도 하다.

3. 물리적 거리와 시적 거리

①에서 화자는 앉아서 너를 기다리기만 한다. 기다리는 동안 들리는 모든 발자국소리와 나뭇잎소리마저 '너'로 착각할 만큼 온 신경이 '너'에게 집중되어 있다. 화자의 불안과 떨림은 청각과 촉감이 결합된 의성어 "쿵쿵"을 통해 절실하게 전달된다. 4행 "내 가슴에 쿵쿵거린다"는 빠르게 뛰는 심장소리를 통해 '나'의 마음 졸이는 상황을 단적으로 보여준다. "모든 사람들"의 발자국이 화자의 가슴을 밟고 지나가는 상황을 연상시키는 술어 "쿵쿵거린다"와 주어 "발자국"의 연결 또한 화자의 긴장과 불안을 배가시켜 준다.

화자는 기다리고 있지만 '너'가 화자에게 오고 있는지는 미지수다. 분명 화자와 '너' 사이에는 만나지 못할 만큼의 거리가 존재한다. 바로 이 거리감이 화자를 애타게 하는 요소이다. 이 시가 팽팽한 긴장감을 유지하는 데 큰 역할을 하는 것은 바로 이 거리감이다. "문을 열고 들어오는 모든 사람이 / 너였다가 / 너였다가, 너일 것이었다가 / 다시 문이 닫힌다"에서 그 긴장감은 극도로 팽팽해졌다가 수축한다. 그것의 어조 또한 점점 상승하다가 "문이 닫힌다"에서 갑자기 하강한다.

①~②까지는 평면적으로 진행되던 시적 정황은 ③에서 화자의 발상의 전환을 통해 획기적으로 뒤집어진다. "먼 데", "오랜 세월"에는 공간적, 시간적 거리감이 드러나 있다. 만나기로 한 장소에서 기다리다 못해 화자는 자신도 '너'를 향해 가기 시작한다. 너를 기다리고 기다리다 그 자리를 박차고 일어나 직접 너를 찾아 나서는 간절한 마음은 둘 사이의 물리적 거리를 좁히는 충분한 이유가 된다. 이 부분에서 갑자기 시의 거리감이 움직이기 시작하고, 속도가 생기기 시작한다. '나' 또한 '너'를 향해 감으로써 두 사람 사이의 거리가 더 빠른 속도로 좁혀지기 시작하는 것이다. 기다리는 시간과 장소를 통해 형상화된 시간적·공간적 거리가 2차적으로 심리적 거리를 만들어내고, 이러한 심리적 거리를 좁히기 위해 화자는 스스로 움직인다.

"너를 기다리는 동안 나는 너에게로 가고 있"음으로 그 거리는 좁혀진다. 화자의 간절함과 의지가 물리적 거리를 극복하고 있는 것이다. "오지 않는 너를 기다리며 마침내 너에게로 가"는 이 행위는 '나'와 '너' 사이의 거리를 좁히는 동시에 둘 사이의 물리적 단절을 넘어서려고 하는 화자의 의지를 여실히 보여준다. 그리하여 화자는 "남들이 열고 들어오는 문을 통해 / 내 가슴에 쿵쿵거리는 모든 발자국 따라" '너'가 걸어오고 있을 그 길을 '너'가 발걸음을 멈출 이곳에서부터 거슬러 올라가기 시작한다. 이제 "너를 기다리는 동안"은 "너에게 가고 있"는 화자의 역동적 움직임으로 인해 '너'와 '나'의 만남이 상상적으로 이루어질 수 있는 실천적 시공이 된다. 여기서 시적 공간은 "네가 오기로 한 그 자리"라는 한정된 자리에서 나도 너를 향해 계속 가고, 너도 나를 향해 계속 오고 있는 '영원성을 지닌 공간'으로 전환된다. 서로에게 다가가는 화자와 청자의 감정을 통해 둘 사이를 단절시켰던 물리적 거리가 극복되고 있는 것이다.

간절한 마음은 둘 사이의 물리적 거리를 좁히는 적극적인 마음의 움직임이다. 그리하여 사랑하는 사람과의 실제적인 거리는 아직 멀지만, 사랑하는 사람을 향한 화자의 심리적 거리는 사랑하는 사람을 바로 앞에 두고 있는 것처럼 가깝게 경험되는 것이다.

4. 균형과 공감의 거리

황지우의 「너를 기다리는 동안」은 기다림의 정서와 거리감이 적절한 긴장관계를 유지하여 공감을 일으키는 작품이다. 시적 거리 의식은 언어를 통해 상상력의 공간을 무한히 확장해 나간다. 화자와 대상, 독자와 시인 간의 거리, 멀거나 가깝거나 적절히 균형을 유지하는 거리 등은 시의 표현과 미감을 나타내는 데 있어서 긴장감을 조율하는 악기의 현과 같은 요소이다. 시를 통해 나타나는 거리는 물리적으로 감지할 수 있는 거리가 아니라 시를 읽음으로 인해 느껴지는 감정적, 미적 거리이므로 그 응축과 확장이 무한하다. 시의 텍스트는 단순히 행간, 자간의 거리에서 머무는 것이 아니라 시 속에 형성된 공간감과 독자의 정서적 거리를 통해 상상력을 자극하고 그 의미를 확장시켜 나간다.

가고 싶은 생(生)의 열망과 풍경소리

김명인의 「안정사(安靜寺)」

1. 김명인과 삶의 탐색

김명인의 시는 단단하다. 이 단단함은 세계에 대한 경직된 자세와도, 그렇다고 공격적으로 웅크려진 날카로움과도 다르다. 오히려 그 단단함은 고요한 견고함에 가깝다. 그의 시에서는 감정의 과장이나 엄살 부리지 않는 담담한 구도(求道)적 체취가 묻어난다. 이런 그의 자세는 등단한 이래부터 지금까지 그의 시 전체를 아우르고 있다.

첫 시집 『동두천』(1979)과 두 번째 시집 『머나먼 곳 스와니』(1988)에서 그는 전쟁의 삶이 주는 고단함과 여기에서 기인하는 개인적인 슬픔을 표현했으며, 이를 확장시켜 사회적이고 역사적인 슬픔을 담아내었다. 동두천에서의 교사체험과 베트남 참전 경험은 그에게 혼혈아, 전쟁고아 등 역사 밖으로 내쳐진 이들을 구체적으로 그려낼 힘을 주었다.

그러나 그의 시가 주는 감동은 민중적, 혹은 참여적인 시들에서 발견할 수 있는 직접적이고 선언적인 울림과는 다르다. 그는 대상이 주는 생것 그대로의 날카로운 감정, 곧 부끄러움이나 슬픔, 괴로움 등을 직접적으로 토로한다거나 독자들에게 각성을 요구하는 방법을 취하지 않기 때문이다. 담담한 시선은 삶의 순간들을 통합적으로 수렴한다. 시인의 눈에 포착된 외적 세계는 과장되어 있지 않으며, 의도적으로 배제되어 있지도 않다. 역사와 개인, 현실과 내면, 부정의 정신과 포괄의 시의식이 놀라운 평형감각을 바탕으로 공존하고 있다.

이러한 평형의 감각은 대상에 대한 진지하면서도 객관적인 시선과도 연관된다. 한 발 물러서서 걸러내되 대상에게서 받은 인상을 천천히 곱씹기 때문이다. 뒤에 발표되는 작품에서 보이는 풍경과 길, 그리고 여행 등을 통해 드러나는 삶의 탐색과정은 곧 존재의 자아 확인과 모색, 그리고 구도에의 탐구로 이어진다. 담담한 어조와 거리두기 의식, 그리고 이 모두를 조화롭게 균형 짓는 시적 서정성은 그의 시 세계를 더욱 빛나게 하고 있다.

2. 풍경(風磬)소리를 따라 열리는 생의 풍경(風景)

안정사 옥련암(玉蓮庵) 낡은 단청의 추녀 끝
사방지기로 매달린 물고기가
풍경 속을 헤엄치듯
지느러밀 매고 있다
청동 바다 섬들은 소릿골 건너 아득히 목메올 테지만
갈 수 없는 곳 풍경 깨어져 몸 부딪쳐 우는 저 물고기

벌써 수천 대접째의 놋쇠 소릴 바람결에
쏟아 보내고 있다
그 요동으로도 하늘은 금세 눈 올 듯 멍빛이다
이 윤회 벗어나지 못할 때 웬 아낙이
아까부터 탑신 아래 꼬리 끌리는 촛불 피워 놓고
수도 없이 오체투지로 엎드린다
정향나무 그늘이 따라서 굴신하며
법당 안으로 쓰러졌다가 절 마당에 주저앉았다가 한다

가고 싶다는 인간의 열망이
놋대접풍으로 쩔렁거려서
그리운 마음 흘러 넘치게 하는
바다 가까운 절간이다

—「안정사(安靜寺)」 전문

이 시는 어느 절간의 정취를 한 편의 수채화처럼 펼쳐 보이고 있다. 절집 지붕의 추녀 끝에 매달려 있는 풍경이 바람에 흔들리고 절 마당에서 기도드리는 아낙이 있고, 정향나무가 그늘을 드리우며 서 있는 평화로운 장면이 떠오른다. 세속과 떨어져 있는 절간이라면 으레 떠올릴 법한 풍경을 시인은 담담하게 산문적인 서술 형태로 관조하고 있다. 그것은 시인 자신의 비어 있는 마음의 경지를 보여주고 있기 때문에 무섭도록 아름답게 느껴진다.

안정사 옥련암(玉蓮庵) 낡은 단청의 추녀 끝
사방지기로 매달린 물고기가
풍경 속을 헤엄치듯
지느러밀 매고 있다

안정사 옥련암은 이 시의 배경이 되는 장소이다. 안정사라는 고유 명사의 의미와 함께 옥련암은 운맞춤을 이루며 조용하고 단아한 인상을 환기한다. 더불어 안정사가 있는 장소를 확대해 생각해 본다면, 이곳이 바로 경계의 공간이라는 것을 알 수 있다.

하늘과 땅, 그리고 바다를 앞에 둔 그 중심에 있는 건축물, 곧 절의 "추녀 끝"과 "안정사"는 전형적인 삼계(三界)의 구조를 보여준다.

하늘과 땅 사이에 있는 산은 수직적인 상하를 연결하는 공간이다. 우뚝 솟은 산은 땅에 발을 두고 있지만 하늘을 향해 솟아 있기에 경계의 공간이 된다. 하지만 시인은 안정사라는 공간을 수직적 상하의 경계에만 두지 않는다. 바로 땅과 바다라는 물과 뭍의 경계를 두고 있기 때문이다.

두 공간의 경계에 있다는 것은 곧 어느 곳으로도 갈 수 있는 가능성을 담보로 하지만, 동시에 그 어느 곳으로도 갈 수 없음을 의미하기도 한다. 이 두 모순되는 의미의 충돌은 상호 대립되는 공간의 배치와 더불어 시 전체에 긴장감을 불어넣는다. 이 긴장감의 절정에 놓인 것이 바로 "낡은 단청의 추녀"의 날카로운 끝이다. 추녀 끝에 매달린 풍경 속의 물고기는 놋쇠로 된 광물질의 정적인 사물이다. 실제로 물고기가 사방지기로 매달려 있다는 것은 십자로 된 풍경 속 놋쇠로 붙박여 있는 네모꼴 안에 한정되어 있는 제약을 말해 준다. 지기란 문을 지키고 있는 문지기처럼 무언가를 지키는 존재를 의미하기도 하지만, 동시에 방향을 표시하는 기구일 수도 있다. 어떤 의미이든 둘 다 한 자리에 멈추어 있는, 공간적인 제약을 받는 존재라는 점에서는 차이가 없다.

그러나 실제의 풍경은 추녀 끝에 매달려 있는 것이기도 하지만, 동시에 바람을 따라 흔들리면서 소리를 내는 대상이기도 하다. 정적인 동시에 동적인 대상인 것이다. 그런 의미에서 풍경 속을 헤엄치는 물고기는 매달려 있는 고정된 사물에서 움직임을 가진 생명체로 전이된다.

청동 바다 섬들은 소릿골 건너 아득히 목메올 테지만
갈 수 없는 곳 풍경 깨어지라 몸 부딪쳐 우는 저 물고기

벌써 수천 대접째의 놋쇠 소릴 바람결에
쏟아 보내고 있다
그 요동으로도 하늘은 금세 눈 올 듯 멍빛이다

　5~9행은 가장 산문적인 해석이 어려운 부분인 동시에 잘 짜인 은유의
고리를 발견할 수 있는 부분이다. 먼저 "청동 바다 섬들은 소릿골 건너
아득히 목메올 테지만"에서 바다의 색깔이 청동으로 되는 것은 풍경의
물고기가 청동으로 만든 것이기 때문에 그 색깔의 공통항에 의해 가능
해진다. 그렇다면 섬들은 왜 소릿골 건너 아득히 목메어 오는 것인가?
아마도 그것은 "갈 수 없는 곳 풍경 깨어지랴" 몸 부딪치는 물고기 때문
일 것이다. 물고기는 바다에서 자유롭게 헤엄쳐야 함에도 불구하고, 이
물고기는 지상의 추녀 끝에 매달려 있을 뿐이다. 아무리 열심히 헤엄친
다 해도 그것은 허공에서의 몸부림으로만 남을 뿐 바다로 갈 수는 없는
것이다. 그래서 이 몸부림은 가고 싶은 곳에 대한 기원의 소리, 풍경소리
가 된다. 그와 더불어 "소릿골"은 그러한 바람이 쌓이고 쌓여 골이 패인
곳이라는 의미망이 구축된다. 뒤이은 "수천 대접째의 놋쇠 소리"는 대접
으로 퍼 나르는 물과 물고기의 몸부림으로 읽을 수 있는 '소리'를 병치
시킴으로써 물고기의 몸부림과 소리를 은유의 틀로 연결한다. 이 은유는
결국 물고기를 포함한 모든 삼라만상의 갈등을 상징하는 것이다. 이 은
유의 틀은 뒤의 행에서도 여전히 유효한 고리가 된다.

　물고기는 매여 있기 때문에, 혹은 청동으로 만든 것이기 때문에 바다
로 갈 수 없다. 그러나 이 몸부림을 바라보는 바다 위의 섬들 역시 물고
기에게 가까이 갈 수 없는 것은 마찬가지다. 섬 역시 바다 한가운데 갇
혀 있는 존재이기 때문이다.
　그리하여 이 대상들은 서로 바라만 보며 아득한 거리를 유지한 채, 그
채울 수 없는 거리 때문에 슬픔에 잠긴다. "청동 바다 섬들은 소릿골 건

너 아득히 목메" 온다는 표현은 풍경의 사물성으로부터 기인한 것이며, 바로 존재론적 제약으로부터 기인하는 은유인 것이다.

물고기의 움직임은 다시금 '매달려' 있고, '몸부림'치고 '요동'하는 땅에 속하는 모든 것들의 운명으로 연결된다. 그래서 물고기의 움직임에 의해 멀리 떨어져 있는 하늘조차 멍빛이 되는 것이다. "멍빛"은 온몸을 부딪쳐 우는 물고기의 몸에 새겨지는 것이어야 한다. 그러나 이 푸른 멍빛은 비단 물고기의 몸에만 물드는 것이 아니라 하늘로까지 확장된다. 하늘을 향해 몸부림치는 물고기의 요동이 하도 격렬해서 하늘조차 멍이 들어 버린 것이다.

사실 멍이 든다는 것은 인간의 피부에서나 가능한 것이다. 그러나 시인은 인간의 영역에 해당하는 "멍빛"을 물고기에게로, 그리고 하늘빛으로 바꾸어 나간다. 푸른 하늘을 배경으로 흔들리는 청동의 물고기로 인해 더더욱 푸르러지는 하늘빛의 전이를 통해, 물고기의 몸부림에서 느껴지는 긴장감은 극대화된다.

이제 청동바다는 추녀 끝에 매달린 물고기가 결코 갈 수 없는 곳이 되어 버린다. 풍경(물고기)은 단지 바람에 흔들리는 것이 아니라 존재론적인 제약으로부터 벗어나고 싶어하는 물고기의 몸부림이 되는 것이다. 이러한 사물들의 움직임은 그 다음 행의 "윤회"라는 말로 집약되고 있다.

3. 아낙과 물고기, 정향나무의 동일화

이 윤회 벗어나지 못할 때 웬 아낙이
아까부터 탑신 아래 꼬리 끌리는 촛불 피워 놓고
수도 없이 오체투지로 엎드린다

정향나무 그늘이 따라서 굴신하며
법당 안으로 쓰러졌다가 절 마당에 주저앉았다가 한다

　10~14행은 위의 5~9행의 의미망이 좀 더 정교하게 정리되는 부분이다. 위에서 언급한 물고기와 자연물의 겹침뿐 아니라 이 시의 심층부에 깔려 있던 인간의 영역이 위로 드러나고 있기 때문이다. 청동의 풍경은 자연물인 물고기로, 그리고 이 물고기는 바다와 하늘이라는 자연물을 통해 그 영역을 확장시킨다. 그러나 벗어나고자 하는 욕망으로 인해 몸부림치는 물고기의 움직임이라든가 '멍빛이 되는 하늘', '목이 메는 섬' 등은 모두 인간의 몸으로 유추되는 표현들이다. 곧 이들 은유의 기본이 모두 인간의 영역과 연결되는 것임을 알 수 있다. 화자가 10~14행에서 절하는 아낙에게로 시선을 돌리면서 이러한 은유 체계는 보다 견고해진다.
　이 부분에서 사방지기로 매달린 물고기는 '오체투지로 엎드린 아낙'의 이미지로 동일화된다. 또한 아낙을 따라서 '굴신(屈身)하는 정향나무'도 마찬가지이다. 이유는 알 수 없지만 '수도 없이 오체투지하는' 아낙에게서는 알 수 없는 슬픔이 묻어나온다. 그녀를 따라 절하는 정향나무 역시 마찬가지이다. 이들의 슬픔은 어디에서 기인하는 것인가.
　본디 촛불이나 향은 성스러운 공간에서 기원을 발(發)하는 이들의 소원을 상징하는 것이다. 하늘로 올라가는 연기나 타오르는 촛불의 일렁임은 지상에 못 박힌 몸뚱어리를 태워 올리며 하늘로 올라가 그 기원의 끝으로 달한다. 소원의 성격이 있던 자리에서 몸을 바꾸어 상승하는 촛불의 그것에 비유될 수 있다면, "탑신 아래 꼬리 끌리는 촛불"은 아낙과 나무의 슬픔을 읽어낼 수 있게 해준다.
　화자는 일렁이는 촛불에 집중하기보다는 "꼬리 끌리는 촛불"을 이야기한다. 꼬리를 가진 촛불, 인간화된 촛불은 가볍게 날지 못하고 무겁게, 무겁게 몸을 끈다. 수도 없이 오체투지로 '엎드리'는 아낙과 정향나무의 '그늘'의 움직임 역시 마찬가지이다. 물고기와 아낙은 갈 수 없는 곳으로

가고자 하는 열망을 가졌고, 거기에 식물인 정향나무조차 아낙을 따라 '쓰러졌다 주저앉았다' 한다. 수없이 머리 조아리는 마음의 간절함, 그리고 그녀를 따라 움직이는 나무그늘의 모습은 몸부림치는 물고기의 열망과 다르지 않다.

그러나 물고기가 추녀 끝에 매여 있기에 몸만 멍빛으로 머물 뿐 섬으로 갈 수 없듯이, 베어지지 않는 한 뿌리박힌 땅을 떠날 수 없는 나무와, 그 나무를 떠날 수 없는 나무그늘의 운명 역시 그러하다. 그들의 열망은 목표에 닿지 못하고 수없이 그 자리에서 미끄러지는 것이기 때문이다.

법당 안에서 나가지 못하고 절하는 "아낙"과, 땅에 붙박여 오로지 움직일 수 있는 것은 그늘밖에 없는 나무의 "굴신"은, 몸부림치고 기어다니고, 매달리는 땅의 속성, 곧 슬픈 인간의 마음을 닮았다. '엎드리다', '쓰러지다', '주저앉다', '몸 부딪치다'의 서술어는 위에서 언급한 "탑신 아래 꼬리 끌리는 촛불"을 통해 더 깊은 슬픔을 드러낸다. 건축물인 무생물의 탑조차 "탑신(塔身)"이라는 몸의 언어로 표현함으로써 시인은 은연중에 인간의 영역으로 이들을 설명하고자 하는 무의식적 소망을 드러낸다. 물고기·인간·나무는 어디론가 가고자 하는 열망으로 동일화되지만, 결국은 갈 수 없는 것들의 몸부림과 한계를 여실히 보여주고 있다.

> 가고 싶다는 인간의 열망이
> 놋대접풍으로 쩔렁거려서
> 그리운 마음 흘러 넘치게 하는
> 바다 가까운 절간이다

2연에서는 보다 직접적으로 이들의 열망이 무엇인가를 보여준다. 어디로인지는 알 수 없지만, 가고 싶다는 인간의 열망이 직접 언급되기 때문이다. 열망과 쩔렁대는 놋대접은 "쩔렁거려서"라는 술어에 의해서 관념과 사물이라는 이질적인 먼 거리를 건너 나란히 병치된다. 지금까지의 서술이 객관적인 서술어를 통해 끓어오르는 열망을 담담하게 걸러낸 것이었다면 시인은 이제 '흘러 넘치'는 '마음'을 직접적으로 언급함으로써 시인은 7행의 "수천 대접째의 놋쇠 소리"와 "쩔렁대는 소리"를 연결시킨다. 그 간절함을 표출하는 것이다.

이 열망이 흘러넘치게 되는 이유는 아마도 화자가 "바다 가까운 절간"이 배경이 된다는 것을 인식하기 때문일 것이다. 바다 가까운 절간, 바다 가까운 산은 두 경계 사이에 놓인 애매모호한 공간이자 긴장감 넘치는 공간이라 할 수 있다. 이 공간의 긴장이 강하면 강할수록, 가고 싶다는 인간의 열망은 더더욱 강렬해질 것이며, 강렬해진 열망은 결국 '놋대접'에 담겨 있다가 불쑥, 흘러넘치는 물이 되는 것이다. '인간의 열망'이라는 직접적인 표현을 통해, 화자는 물고기와 섬, 바다, 아낙을 인간으로 귀결시키고, 그들의 몸부림을 인간의 열망으로 정리한다. 이 모든 것은 안정사가 경계의 공간에 세워져 있기에 가능한 것이다.

특별히 '바다 가까운 절간'이라는 맨 마지막 행은 모든 것이 귀결되는 부분이다. 이 마지막 행을 통해 위에서 언급한 모든 은유적인 틀과, 섬세하게 짜여진 의미망이 정리되고 거리가 조정된다. 산과 하늘, 땅과 바다가 수직의 대립축을 이루고, 땅과 바다의 사이에 놓인 산 속의 절과 그 중심에 놓인 풍경과 탑은 자연물에서 인공물로 이동하는 화자의 시선을 보여준다. 하지만 시인은 건축물인 물고기를 자연물로 전이시키고, 물고기를 인간의 영역으로 끌어당긴다. '풍경 속을 헤엄치는 물고기', '목메어 슬픈 섬', '몸 부딪치는 물고기'가 그것이다. 시인은 물고기의 몸부림을 놋쇠소리로 은유화하고, 그것을 다시금 인간의 열망으로 전이시킨다. 이 섬세한 배열의 절정은 아낙과 물고기, 그리고 나무그늘의 움직임으로 집약되고, 마지막에 가서 보다 직접적으로 표출되면서 자연스럽게 파격을 시도하는 데에서 드러난다. 이제까지의 긴장감이 '닫혀 있음', 혹은 절제에서 오는 긴장감이었다면 지금의 파격은 절제했던 감정의 표출구를 슬며시 열어 놓고 한 걸음 물러서는 데에서 오는 유연함이라 하겠다.

4. 평정심의 미학과 투명한 결정(結晶)

풍경소리를 따라가다 보면, 마음에는 어느덧 절집 한 칸이 자리 잡는다. 그리고 울음소리가 바람소리가 되고 다시 파도소리가 되어 먼 우주적 공간으로 확산되어 가면서 마음의 법당은 고요해진다. 맑고 고요한 절 안정사는 삶에 대한 깊은 통찰과 담담한 균형의식이 이루어낸 아름다운 경계공간이며, 굴신하는 몸들을 쉬게 하고 투명하게 씻어주는 안식의 장소이기도 하다.

절과 인간과 사물이 소리를 매개로 해서 절간으로 집약되는 것, 그리고 공간의 수직적 계층화에 의해서 하늘과 하늘에 가까운 추녀 끝에서 시작해서 무생물이 생물로, 생물이 인간으로 전이되는 전 과정을 살펴보았다. 탑과 촛불, 아낙, 나무, 땅에 이르기까지 하나의 궤로 이어지면서 안정사라는 공간으로 드러나고, 그것을 바다 가까이로 가져감으로써 시의 내포적 의미는 은유적으로 구체화된다. 시의 첫 행으로부터 마지막 행에 이르는 전 과정이 의미와 더불어 공간적 조형감을 형성하는 것이다.

시의 처음부터 끝까지 시인은 잘 짜여진 은유적 틀을 통해 삼라만상의 고뇌와 인간의 열망을 효과적으로 드러낸다. 그러나 그는 그 열망을 적극적으로 노출하지도, 그렇다고 무조건적으로 억누르지도 않으며 적절하게 거리를 조정한다. 이러한 그의 태도는 열망에 대한 집착, 혹은 간절함을 한 걸음 물러서서 비우려고 하는 구도자적 자세와도 연결된다 할 수 있다. 열망을 인정하되 비우려 하는 것, 그것을 절제하고 담담하게 표현하는 것이 그의 시 특유의 빛나는 미학성이라 할 것이다.

풍경으로 태어나는 생(生)의 아름다움

정현종의 「나방이 풍경을 완성한다」

1. 풍경의 통로로서의 '창'

평범한 사물과 세계를 통해서도 온 우주의 원리와 그 생명의 깊이를 감지해내고 그것을 극도의 정제된 언어로 형상화해내는 것은 시인의 몫이다. 이때 대상과 시인의 거리는 시적 긴장과 미감을 만들어내며 시의 참맛을 느끼게 해준다.

선시(禪詩)는 대상, 특히 자연에 대한 관조와 거리를 유지함으로써 그 미적 세계를 이루는 시 경향의 하나인데, 정현종은 도시적이고 기계적인 삶에 맞서는 방법으로서 선(禪)적 정신세계를 적극적으로 수용하고 있는 시인이라고 할 수 있다. 이러한 특성은 그의 후기 시로 갈수록 더욱 더 분명하게 드러난다. 그러나 정현종에게서 발견되는 선(禪)은 초월적인 세계만을 지향하는 정신주의도, 무리한 관념주의도 아니다. 일반적으로 '선시(禪詩)’라고 할 때에 자칫하면 빠지게 될 수도 있는 위험, 즉 현실과의 괴리가 낳을 수 있는 문제들을 뛰어넘고 있기 때문이다. 그는 일상의 사소한 경험에서, 혹은 작은 생명체의 몸짓 하나에서도 깨달음을 찾아내고자 하는, 자연적 질서에 대한 긍정론자이다. 이에 그의 시가 보여주는 사유와 성찰은 건강하고 투명한 ‘생명주의’라고 명명될 수 있을 것이다.

> 나는 시를 쓰려고 한다기 보다는 시라는 것을 태어나게 하는 그 힘들과 신호들의 소용돌이 속에 항상 있고 싶을 다름이며 만일 내 속에서 시가 움튼다면 그 발아(發芽)는 마땅히 예의 그 소용돌이의 중심으로부터 피어나는 것이기를 희망하고 있거니와……

시작(試作)에 대한 시인의 이러한 진술은 그의 선시적 경향이 지향하고 있는 바를 감지할 수 있게 해 준다. 그는 아주 작고 미세한 대상의 사소한 움직임과 꿈틀거림마저 조심스럽고도 끈질기게 바라볼 줄 안다. 그러면서도 그 대상을 지배하려고도, 움직이게 하려고도 하지 않는다. 바라보는 대상에 주체는 이미 동화되고 대상과 주체는 이미 하나가 되어 있다. 이제 바라봄의 대상에 두었던 거리는 내 안으로 좁혀지고 그 안에서 주체는 작은 생명의 떨림 속에 자유롭고도 새롭게 피어나는 것이다.

시 「나방이 풍경을 완성한다」는 사물의 근원과 본질을 일상적인 사건을 통해 탐구해내고자 하는 정현종 시의 특성을 잘 보여준다. 이 시에서 시인은 일상을 새로운 풍경으로 포착하고 그 풍경에 생명성을 투영함으로써, 불연속적인 순간 속에 내재되어 있는 충일한 생명력을 보여주고자 한다. 특히 시인의 원거리의 시선이 포착하고 있는 말 없는 서경의 순간은 사변적 논리를 넘어선 자유롭고 투명한 선의 세계를 구축하고 있다.

2. 관조와 몰입의 변증법

넓은 창
바깥
먹구름떼
쏟아지는 비
저녁빛에 젖어
큰바람과 함께 움직인다.
그렇게 싱싱한 바깥
그 풍경 속으로
나방 한 마리가 휙 지나간다
— .

나방이 풍경을 완성한다!

—「나방이 풍경을 완성한다」 전문

이 시는 두 연으로 구성되고 있지만, 의미론적으로는 네 부분으로 세분할 수 있다. 창 밖의 전체적인 풍경을 제시하고 있는 1연 1~6행과 갑자기 그 풍경 속을 가로질러 날아가는 '나방'을 보여주는 1연 7~9행이 말 없는 서경의 순간을 보여주고 있다면, 느낌표 하나로 처리되고 있는 1연 10행은 그러한 풍경 즉 현상에 대한 시인의 자각의 순간을 드러내고 있다. 이렇게 시인이 바라보고 있는 풍경과 그 풍경에 대한 인식은 연과 연 사이의 휴지(休止)를 거쳐 마지막 2연에 이르면 단 한 행에 의해 집약되어 나타나고 있다.

넓은 창
바깥
먹구름떼

쏟아지는 비
저녁빛에 젖어
큰바람과 함께 움직인다.

　시의 첫 부분에서는 원거리의 시선에 의해 포착된 외부 세계의 장면들이 묘사되고 있다. "넓은 창"이라는 시어가 가리키듯이 시인은 시선을 넓게 하여 대상을 바라본다. 창을 통해 시인은 창 밖의 자연과 그 현상을 살핀다. 여기에서 "넓은 창"이라는 프레임은 일상에서 특별하게 선택된 새로운 세계를 변별해낸다. 시인과 외부 세계를 직접적으로 단절시키는 '창'이라는 매개항은 소리와 냄새와 촉감 등을 차단함으로써, 비 오는 저녁 풍경을 단지 시각적인 이미지로만 경험할 수 있게 하는 것이다. 창으로 차단되어 있으므로 소리를 들을 수도, 냄새를 맡을 수도 없다. 단지 "저녁빛에 젖어" 희뿌옇게 된 풍경의 색감과 "큰 바람"에 움직이고 있는 "비"의 모습, 그리고 그 풍경 속을 '휙 지나가'는 "나방 한 마리"가 보일 뿐이다. 자아와 세계의 거리를 가장 멀리 잡는 시각 이미지는 풍경의 객관적 제시와 함께 그 풍경에 대한 인식론적인 접근을 가능케 해줄 수 있다. 이러한 이미지의 활용 방식은 시 속에 펼쳐지고 있는 풍경에 대한 시인의 관조적인 태도를 그대로 드러내준다. 이 시의 중심은 단순히 풍경을 제시하는 데 있는 것이 아니라, 그 풍경에 대한 시인의 인식과정을 드러내주는 데 있는 것이다. 시인의 시선은 우주적으로 확장되고 있다. 이러한 창 밖으로 가득히 메워지는 무언가가 있다. "먹구름 떼"와 "쏟아지는 비"가 그것이다. 여기에서 "바깥 / 먹구름떼 / 쏟아지는 비" 등은 조사나 연결사가 생략되어 매우 간결하게 표현되고 있을 뿐 아니라, 각 행을 명사형 종결어구로 끝맺고 있다. 이로써 창 밖의 풍경은 넓은 창을 가득히 메워 미적 효과를 극대화시킬 뿐 아니라 시각적인 이미지 자체를 전경화시킴으로써 선 굵은 이미지들을 간결하고도 효과적으로 제시하고 있다.

그런데 이 창 밖의 "먹구름 떼"와 "쏟아지는 비"는 "젖어드는" 어두운 풍경 속으로 잠기지만은 않는다. 그것은 큰 바람과 함께 움직임으로써 정지된 장면에 생기를 불어넣어주고 있는 것이다. 이에 창 밖 너머에 있는 일상의 무심한 공간에서 한 장의 선명하고도 살아 있는 장면이 구축된다.

　이러한 과정에서 넓은 창은 풍경을 발견하는 통로이며, 풍경의 발견자로서의 시인의 위치를 확인시켜 주는 것이기도 하다. 자연을 관조하고 우주 탄생의 비밀을 엿보는 시인의 옆자리에서 우리는 풍경의 창조자가 되어 창 너머의 세계를 들여다본다. 그 풍경은 정지해 있는 것이 아니다. 큰 바람과 함께 생동하며 움직인다. 시인의 관조적인 시선도 곧 변화를 맞이한다.

> 그렇게 싱싱한 바깥
> 그 풍경 속으로
> 나방 한 마리가 휙 지나간다

　창 밖을 가득히 메우는 일기(日氣) 현상과 그 움직임은 먹구름 낀 날씨가 가질 법한 자칫 음산하고 어두운 분위기로 상투화될 수 있다. 그러나 이 시에서 시인은 그 상투성을 벗어난다. 외부를 "싱싱한 바깥"으로 명명하고 있기 때문이다. 이것은 하나의 일탈이자, 이 시가 주는 신선한 충격이라고도 할 수 있다.

　이 싱싱하고 커다란 풍경 속으로 갑자기 작은 "나방 한 마리가 휙 지나간다." 이 시의 방점은 바로 이 구절에 있다. 나비도 아닌 초라한 나방. 나방과 나비는 같은 군(群)의 생명체이자, 같은 전신(轉身)의 과정을 거치는 존재임에도 얼마나 다르게 다가오는가? 노랑빛·흰 빛·호랑무늬·오색찬란하고 화려한 무늬의 날개를 가진 나비에 비해 칙칙하고 어두운, 작고도 괴기스럽기까지 한 나방. 그것은 바라보기에도 눈물겹도록 애처

롭기까지 하다. 그런데 이 작고 초라한 나방 한 마리가 어두운 저녁 창
밖으로 보이는 전우주적이고도 거대한 풍경 속에서 생명체가 지니는 무
한한 역동성을 드러내는 것이다.

　이 역동성은 풍경과 대상의 존재 방식과 움직임의 방향성을 통해서도
드러난다. "큰 바람과 함께 움직이"는 "비"가 무겁고 느린 수직의 하강
운동을 보여주는 반면, 그 풍경 속을 "휙 지나가"는 "나방"은 가볍고 빠
른 수평 운동을 보여준다. 하강하는 수직 운동이 자연의 커다란 움직임
을 드러내고 있다면, 그것과 대비되는 '나방'의 작고 재빠른 수평 운동은
동적이고 경쾌한 생명체의 움직임을 보여주고 있는 것이다.
　'먹구름', '비', '저녁빛', '큰 바람'이 만들어내는 거대하고 우주적인
순간에 나방 한 마리가 끼어든다. 그런데 낯선 이 작은 존재를 통해서
넓은 창밖의 풍경은 일순 해체되며 전혀 다른 서경의 순간이 펼쳐지게
된다. 넓은 창이라는 고정된 틀이 '휙' 하고 벗겨지면서, 거대한 우주의
크고 수직적인 뚜렷한 운동성이 나방 한 마리의 날개짓과 충돌하는 것
이다. 무생물적 세계와 생명의 존재, 수직적 하강과 수평적 가로지름, 큰
것과 작은 것의 맞부딪침에서 시는 역동적인 생명성을 획득한다. 이제
작은 생명은 풍경의 일부로 몰입되어, 새로운 풍경이 만들어진다. 따라
서 관조와 풍경이라는 동양적 서경의 거리의식은 소멸되고, 관조하는 자
의 자리 역시 풍경에 몰입되면서 전혀 다른 풍경이 새롭게 구축되는 것
이다.

　　　—·

　감탄사, 그것도 옆으로 뉘어져 있는 감탄사 하나로 이루어지고 있는
10행은 바로 이러한 자각의 순간을 강렬하게 표현해준다. 갑자기 시인에
게서 저절로 터져나오는 탄성은 독자들을 어리둥절하게 한다. '—·'는

1~9행에서 제시되었던 "싱싱한 바깥 / 풍경"을 통해 화자가 무엇인가를 깨닫게 되었다는 사실을 보여준다. 1연과 2연을 통해 볼 수 있듯이, 1연 10행의 느낌표는 풍경을 완성시키는 나방의 몸짓에 대한 시인의 경탄을 드러내준다고 할 수 있다. 작은 "나방"의 존재 하나가, 그리고 단지 비 오는 풍경 속을 '휙 지나가'는 그것의 작은 몸짓 하나가 풍경을 그냥 그림이 아닌, 실제로 살아 움직이는 역동적인 세계로 만들어 주다니! 시인은 이러한 생명의 위대함에 대한 자각을, 그리고 이를 통해 느끼게 되는 작은 생명체에 대한 경이를 느낌표 하나로 표현하고 있는 것이다. 이것은 바로 화룡점정(畵龍點睛)의 경이와 감탄의 순간이 아닐 수 없다.

특히 가로로 뉘어져 있는 느낌표의 모습은, 시인의 인식적 전환, 혹은 깨달음이 수평으로 빠르게 직선 운동 하는 "나방"의 움직임을 따라 이루어진 것임을 형상적으로 드러내준다. 나방의 움직임과 시인의 인식과정이 동일한 호흡으로, 혹은 같은 리듬으로 이루어지고 있는 것이다. 따라서 나방은 생명을 풍경의 일부분으로 관조하게 하는 매개체이며, 누워있는 느낌표는 자신을 포함한 모든 생명을 풍경으로 보는 깨달음의 과정을 말해준다. 즉 풍경을 해체하여 새로운 풍경을 창조했듯이, 언어를 부정하고 감탄부호를 옆으로 뉘어 놓음으로써, 존재에 대한 성찰을 언어 이전의 침묵과 무언(無言)의 메시지로 전달하는 것이다.

나방이 풍경을 완성한다!

연과 연 사이의 침묵을 거쳐 시인은 단숨에 자신의 깨달음을 일갈하고 있다. "나방이 풍경을 완성한다"고 10행의 마침표에서 이미 언어를 넘은 메시지가 전달되었을 터인데도 불구하고 왜 이 마지막 행은 또다시 필요했던 것일까? 나방이 풍경은 완성한다는 단호한 맺음은 관조자로서의 인간존재에 대한 단호한 부정이기도 하다. 한없이 작고 초라한 나방 한 마리가, 나비도 아닌 나방 한 마리가 온 우주와 생명이 깃들어 있는 하나의 풍경을 "완성(完成)"하다니! 만물의 영장이자 우주와 세계의 중심이라 자부하는 인간 앞에 이 작은 생명체는 그 작은 몸짓 하나로 전우주적 풍경을 완성한다. 이에 우리 인간은 그 작은 존재 앞에 무력해지는 스스로의 부끄러운 모습을 발견하게 된다. 이러한 과정에서 우리는 다시 우리의 모습을 반추하게 된다. 우주의 풍경을 완성할 때, 인간의 자리란 어디인가? 나방이 풍경을 완성한다는 것을 깨달을 때, 이미 시인은 더 이상 방관적인 관조자가 아니며, 스스로의 생명의 근원성을 저 풍경의 어느 부분에서 확인했음이 아닌가? 먹구름떼, 쏟아지는 비, 저녁빛의 어느 하늘 아래, 큰 바람 속에서 풍경의 일부분이 된 생(生)의 아름다움을 시인이 작은 나방의 존재를 통해 발견했음을 이 마지막 행은 강조해 주고 있다.

3. 풍경을 완성하는 시적 탐구

정현종의 「나방이 풍경을 완성한다」는, 순간적으로 지나가는 풍경에 "완성"이라는 단어를 부여함으로써 일상 속에서 찾아낸 깨달음의 모색 혹은 우주와 사물에 대한 존재론적 성찰을 보여주고 있는 시이다. 이는 바슐라르가 말한 바, "삶은 '가치 부여 작용'이며, 그러한 가치 부여 작용이 존재를 결정한다"라는 지적과도 상통한다.

정현종이 그려내고 있는 "풍경", 즉 말 없는 서경 속에서 마음, 곧 인식의 주체는 소멸되고 있다. 여기에서는 다만 자연이라는 대상과 주체의 합일과 '바라봄'이라는 행위의 흔적만 남겨지고 있을 뿐이다. 근본적으로 이러한 정관(靜觀)은 '바라봄'의 생생한 체험을 수용하기 위해서 그 전제로 '텅 비어있는 상태'를 요구한다. '텅 빔'은 일종의 몰입이며, 주체와 대상 간의 이질성 때문에 발생하는 거리를 소멸시키는 행위이다. '텅 빔'에서 일어나는 거리의 소멸은 주체가 대상을 일체적으로 포용할 때 비로소 가능해진다. 이러한 합일의 순간은 주객의 융합과도 연관된다. 그리하여 시인은 자연을 회감(回感)하고, 자연은 시인을 회감한다.

풍경이란 객관화된 거리에 의해 유지되는 것이기에, 풍경이란 언어에는 항상 근대적인 오만함의 향기가 떠돈다. 그러나 정현종의 이 시는 풍경을 발견하는 것을 넘어 풍경을 완성하는 빛나는 시적 탐구과정을 보여준다. 이로써 깨달음 안에 새롭게 생을 투신해가는 개체와 세계 사이의 조화의 미덕을 발견하고, 화해로운 동일시의 인간과 사물의 근원, 그 본질을 탐구해가는 과정을 깊이 있게 음미할 수 있게 해 준다. 이러한 사유의 바탕에는 모든 사물의 개별적 차이와 분별을 통합하는 원리가 자리하고 있다.

문명화된 세계, 발전과 변화의 속도가 모든 가치의 척도가 되는 이 시대에 정현종의 이 짧은 한 편의 시는 우리가 존재하고 인식하는 사유의 내용과 방식에 대한 새로운 성찰을 가져다 주기에 더욱 의미 있게 다가온다. 세계와 대상에 대한 우리의 일상화된 관념이 분절과 지배, 소유라한다면, 정현종의 시가 보여주는 대상에 대한 관조와 성찰, 그리고 통합에 대한 지향은 현재 우리가 살아가고 있는 현실을 다시금 반추해 보고 바라보게 하는 더 없이 소중한 계기가 될 것이기 때문이다.

사랑의 양면성과 아니마적 몽상의 세계

김소월론

1. 소월 시의 사랑과 의미

사랑은 인류 공통의 주제이며 보편적인 관심사가 되어 왔다. 그러나 그 함의가 워낙 깊고 넓어서 사랑의 본질에 대한 우리의 접근을 그만큼 어렵게 한다. 사랑은 충일과 환희를 주는 반면에 그 속에 내재한 이기성, 파괴 의식은 부정적 측면을 지니기도 한다. 사랑은 자아와 타자 사이의 완전한 합일을 이룰 경우 기쁨과 생명력을 부여하지만 둘 사이에 근원적으로 완전한 일치나 합일이 불가능하다는 존재론적 단절의식에 사로잡힐 경우엔 죽음까지 치닫는 고통과 절망을 낳는다.

김소월의 시에 나타난 사랑은 인간 내면에 존재하는 그리움과 맞닿아 있다. 그의 시 대부분은 떠나려 하는 님, 가고 없는 님, 흔적만 남긴 채 사라진 님, 이 모든 부재하는 님에 대한 그리움, 사랑의 환희나 기쁨보다는 갈망 그 자체에 편중되어 있다. 그 깊고 애달픈 슬픔의 정조, 한없는 회의와 주저, 그리고 망설임 속에서 갖는 갈등과 고뇌가 절제와 극기의 미학으로 다스려지고 있다는 점이 그의 시가 시대를 초월해 보편성과 시적 아름다움을 갖는 이유일 것이다. 소월이 시화(詩化)하고자 한 사랑의 구체적 모습을 살펴보자.

2. 사랑의 비실체화와 아니마의 언술

사랑은 언제나 대상을 전제로 하기 때문에 타자 지향성을 지닌다. 그리고 그 범주를 남녀간의 사랑으로 한정할 경우 현실적 시간과 공간 속에서의 친밀한 상호 작용과 의사 소통을 필요로 한다. 김소월의 시는 언제나 사랑을 노래하고 그것이 이루어지지 못하는 데서 오는 슬픔과 회한으로 젖어 있다. 그러나 그 사랑은 현실적 맥락을 벗어나 다분히 비실체화되어 나타난다. 김소월 시에 나타나는 사랑은 남녀간의 애끓는 정분을 노래하는 동시에 우주 속에서 개별자로 살아가는 인간의 존재론적 슬픔과 맞닿아 있는 사랑이라는 점에서 주관적 요소와 객관적 요소를 동시에 지닌다. 또한 상반되는 사랑의 방식 모두가 대상과의 완전한 합일이나 사랑의 결실을 이룰 수 없다는 절망에 대한 근원적 인식에서 출발하고 있기 때문에 극복할 길 없는 존재론적 단절의식을 낳는다.

먼저 그의 시에서 님과의 사랑이나 만남이 '꿈', '잠', '그림자', '비단안개', '눈' 속에서만 가능하다는 점은 주목을 요한다. 이들은 모두 현실적 시·공간을 모두 벗어난 상태로 일상의 경계가 흐릿해지는 순간이다. 흐릿하고 아득한 무채색과 향암성(向暗性)은 운동성을 정지시키며 초자아가 강하게 욕망을 억압하던 낮 동안 움츠려 있던 가슴속 깊은 열정을 비로소 눈뜨게 한다. 그의 시 속에는 대낮의 강렬한 빛이 어둠으로 바뀌고 난 후, 즉 우주의 모든 사물이 '가라앉음'과 '고즈넉함'으로 완만하고 느린 관조의 자세를 보이는 저녁, 밤의 시간에서 의미를 지닌다. 그 시간 속에서 모든 사물과 인물은 무채색에 휩감기며 대상에서 고립되어 떠 있는 느낌을 준다. 그러나 밤에 이루어지는 님과의 만남은 꿈과 상상 속에서만 가능한 것이기 때문에 현실 속의 화자는 더 큰 슬픔과 결핍감을 경험한다.

① 그러나 자다 깨면 님의 노래는
　　하나도 남김없이 잃어버려요

—「님의 노래」 중에서

② 눈물이 비단 안개에 들리울 때
　　그때는 차마 잊지 못할 때리라

—「비단안개」 중에서

③ 흰 눈은 한 잎
　　또 한 잎
　　嶺 기슭을 덮을 때
　　짚신에 감발하고 길심 매고
　　우뚝 일어나면서 돌아서도
　　다시금 또 보이는
　　다시금 또 보이는

—「두 사람」 중에서

①의 꿈에서 듣는 님의 노래는 화자에게 가장 큰 기쁨과 존재의 충일감을 맛보게 한다. 그것은 육체적이고 감각적인 접촉은 아니지만 영혼의 울림으로 화자와 님을 이어준다. 현실의 공간에의 나와 잠의 세계에 있는 님은 노랫가락에 의해 만날 수가 있으며 또한 현실에서 이룰 수 없는 꿈

들이 잠의 세계에서는 가능하다. 「님의 노래」에서 님에 대한 믿음은 확신을 넘어서서 전인적 상태에 젖어들다가 갑자기 절정에 가서 잊고 마는 심리적 변화를 보여주고 있다. 그 변화는 잠자기 전과 후를 경계로 구별되어 나타난다. ‘잠’은 감각과 통하고 님에 대한 확신의 심리를 방해하는 기능이 있다. ‘잠’과 ‘님의 노래’의 대립은 ‘잊다 / 기억하다’라는 서술어의 충돌로 나타난다. 그러나 동시에 잠은 현실을 떠난 또 다른 세계를 대변하기도 한다. 일상적인 일을 마쳤을 때 잠과 꿈의 세계를 대면할 수 있으므로 잠은 잊고 기억되는 대립을 넘어선 초월적인 상태이며, 여기에서 님의 노래와 만나게 된다. 잠이 생래적인 것이 될 때에는 기억을 방해하는 기능이 될 수도 있지만 잠이 비현실적인 것이 될 때에는 기억이 내재화된 망각이라고 볼 수 있다. “언제나 내 가슴에 젖어 있어요 / 하나도 남김없이 잊고 말아요”의 상충되는 서술형으로 단순한 「님」의 형상을 초월한 영적인 상태에까지 갈 수 있다.

②의 ‘비단안개’는 안개가 주는 무채색의 평온한 느낌, 비단이라는 직물이 지닌 부드럽고 포근한 감촉이 어울려 비현실적 시공간을 만들어낸다. ‘비단안개’는 안정된 세계에의 목표도 갖지 않고 반사하는 흰색과 낮은 소리의 세계를 지닌, 쉽사리 그 본성을 파악하기 어려운 ‘물’이 기체화한 것으로 시인의 의식의 지향성을 나타낸다. 형태가 분명하지 않은 것, 빛을 반사하는 어둠과 결부되어 있는 흰색의 애매모호함, 조용한 소리의 움직임이 부단히 김소월의 ‘물’의 의식을 지배하며 이는 그의 시가 비실체성을 지니는데 크게 기여한다. 현실 속에서 도저히 불가능한 님과의 사랑은 비단안개가 마을을 드리울 때에야 가능하다. 이 침묵과 고요의 시간 속에서 화자는 죽음과 같은 그리움과 옛사랑과의 생이별을 경험하게 된다.

③에서 시인은 눈이 내리는 것을 식물의 잎이 돋아나는 것으로 비유하고 있다. 님을 등지고 뒤로 돌아서서 앞을 향해 나아가는 길에도 무수히 보이는 님의 얼굴은 기실 눈이 자꾸 한잎 한잎 쌓이는 집약의 시선

때문에 가능한 것이다. 이때 눈은 한잎 한잎 쌓이고 덮여 하나의 풍경을 이루는 것이 아니라 그 속에 인간사의 이별과 만남을 내포하고 있는 복합적인 의미의 눈이다. 그것은 님과의 거리를 더욱 아득하게 하고 결국은 만남을 방해하는 장애물이지만 뒤돌아서서도 님과의 만남을 절박하게 기대하도록 하는 이중적 의미를 지닌다.

> 나들이, 단 두 몸이라, 맘빛은 배여 와라
> 아, 이거 봐, 우거진 나무 아래로 달 들어라
> 우리는 말하며 걸었어라, 바람은 부는 대로
>
> 등불 빛에 거리는 해적여라, 희미한 하느편에
> 고이 밝은 그림자 아득이고
> 픽도 가까인, 풀밭에서 이슬이 번쩍여라
>
> 밤은 막 깊어, 사방은 고요한데,
> 이마즉, 말도 안 하고, 더 안 가고
> 길가에 우두커니, 눈감고 마주서서
>
> 먼먼 산, 산 절의 종소래, 달빛은 지새여라

—「합장」 전문

이 시에서 두 인물의 행동의 변화를 따라가다 보면 일정한 시적 메시지에 도달하게 된다. 이윽히 젖어드는 달빛을 보며 "아 이거 봐"라고 탄성을 지르며 걷던 두 사람은 3연에 와서는 '말도 안 하다', '더 안가다' '눈감고 마주서다'의 순서로 차츰 움직임이 느려지면서 어느 한 지점에 가서는 붙박힌 듯 정지한다.

두 사람의 정지된 모습은 고요한 사방, 먼 산의 절 종소리와 어울려 배경과 사람과 사물이 다 같이 낮은 소리에서 시작하여 소리를 없애고 있는 통일된 상황을 만들어낸다. 이 속에서 '합장'을 가능하게 하는 빛과 소리와 행위의 정지로 인해 우주적 질서와의 동화가 가능해지며 그것은 두 사람에게 충만과 공허를 경험하게 한다.

소월의 사랑이 비실체성을 지니는 것은 그의 시에서 반복적으로 나타나고 있는 아니마적 몽상의 세계와 관련이 깊다. 부드럽고 감각적인 어휘, 유성 자음의 반복적 사용으로 유음화된 음상 등은 부드럽고 섬세한 여성형 언어를 이루어낸다. 또한 '물'과 '어둠'·'밤'이 결합되어 이루는 공포감과 바슐라르가 말한 여성적 자살의 상징인 오필리아 콤플렉스를 연상케 하는 여성적 자살의 분위기는 앞서 말한 여성적 요소가 음절 하나하나에 스며 있는 말과 더불어 소월 시의 아니마적 화법을 유도한다.

3. 죽음을 향해 집결되는 사랑의 극단성

사랑은 몰입한 자로 하여금 현실 속에 가로놓인 장애를 극복하게 만드는 희망의 동력이 된다. 또한 사랑은 무한한 기쁨과 생명력의 원천이 되기도 한다. 그러나 그것이 애초부터 이루어질 수 없는 것이라면, 사랑에 빠진 자가 현실적 장애를 극복하고 사랑을 쟁취할 적극성과 의지를 지니지 않은 유약한 사람이고 님에 대한 철저한 단절의식과 한번 간 것은 절대 돌아오지 않는다는 불귀의식(不歸衣食)에 사로잡혀 있다면 그 사랑은 파괴나 죽음, 극단적 절망의 부정항이 된다.

'스러지다', '없어지다', '잦아들다'등의 소멸을 나타내는 행위어는 소월의 시에서 중요한 의미를 지닌다. 시인이 살아 있는 존재에 대해 추구하는 모든 가치는 대부분 상대적으로 무화되는 것을 인식하는 것에 의해 드러난다. 형체가 없어져 스러지는 사물의 소멸은 사랑하는 사람의 상실, 즉 님과의 이별로 구체화되며 님과 헤어져 있음은 존재를 잃어버리는 것을 의미하므로 '사라짐'과 더불어 일련의 의미망을 구축해 간다. 상실의 감정은 님의 노래와 발자국 소리, 그리고 님의 마음을 물과 같이 유동적인 것으로 만들어 흘러가 버리게 하거나 재로 만들어 기체화시키 거나 님의 노래와 소리를 무형체의 사물에 비겨 사라져 가게 만든다. 한 번 가버린 것은 절대 돌아오지 못한다는 극한의 불귀의식은 결국 가버 린 것, 사랑에서 이별로 삶에서 죽음으로 가버린 것들을 끊임없이 의식 하고 집착하는 가운데서 형성된 것이며 따라서 사랑에 대한 극단적인 집착이나 자기 파괴 본능을 만든다.

> 당신은 무슨 일로
> 그러합니까?
> 홀로이 개여울에 주저앉아서
>
> 파릇한 풀포기가 돋아 나오고
> 잔물은 봄바람에 해적일 때에
>
> 가도 아주 가지는
> 않노라시던
> 그러한 약속이 있었겠지요

—「개여울」 전문

이 시에서 물의 흐름은 시간의 흐름과 관련되어 님과의 이별을 주제로 하고 있다. 그 이별은 '흐르다—잊다'의 단일한 형태로 나타나 있는 것이 아니라, '생각함'과 '잊음'에 대한 무수한 머뭇거림으로 나타난다. 그리하여 그의 흐름은 늘 멈춤과 대응되어 나타나며 자주 우회한다. 개여울에 파아랗게 돋아 나오는 풀포기는 물이 쉽게 흘러가지 못하게 하는, 물의 '장소에 대한 애착감'을 나타낸다. 곧 '냇물의 식물은 혼을 발산하고 있는 것'이라고 생각하게 한다. 즉 흘러가지 않으면 안 되는 물의 운명은 흐름을 멈출 수 없는 대신에 물 속에 뿌리를 내리는 식물에 의해 잠시 장소에의 안정, 정착에 대한 갈망을 나타내 보인다. 그러나 안정된 대지에 뿌리를 내리지 못하고 물 속에서 돋아나 온몸으로 흔들리는 풀의 운명은 늘 불안하다. 흐름과 멈춤 사이에서 고뇌하는 불안한 서술이 '가다 / 가도 아주 가지는 않다'의 대립과 더불어 물풀의 움직임과 일치되는 것이다. 이는 님의 행위로 나타나지만 기실 그 이면에는 언젠가는 님이 떠날 것이라는 불안과 체념의 부정적 정서를 지니면서도 그렇지만 아주 떠나지는 않을 것이라고 애써 만남을 낙관하려는 화자의 '잡다 / 그냥 보내다'의 이중적 갈등을 함축하고 있다.

소월의 시에는 이와 같이 물을 앞에 두고 그 물에 자신의 마음을 실어 보내는 행위가 자주 나타난다. 그때 물은 님에게 나의 마음을 전하는 매개물이 되는 동시에 님이 계시는 마을과 화자의 공간을 분리시키는 장애물이 되기도 한다. 님을 잊지 못해 풀을 따라서 물에 던져 보내고(「풀따기」), 님 계시는 창 아래로 흘러가는 개울을 바라보기도 한다(「산 우에서」).

> 그리운 우리 님은 어디 계신고
> 가엾은 이내 속을 둘 곳 없어서
> 날마다 풀을 따서 물에 던지고
> 흘러가는 잎이나 맘해 보아요
>
> —「풀따기」 전문

"풀"은 님을 향해 나아가는 화자의 마음을 투영시킨 상관물이다. 풀잎은 가벼운 몸으로 냇물을 따라 어딘가로 흘러갈 수 있다. 그러나 뒷산에 홀로 앉아 있는 화자는 그 풀잎처럼 가볍게 님이 있는 곳으로 움직여 갈 수가 없다. 극도의 단절의식이 님과 화자 사이에 가로놓여 있기 때문이다. 화자의 마음을 실어 보내는 그 풀잎은 님이 계시는 곳이 어딘지 불분명해서 그곳까지 흘러가 마음을 전달하는 매개물이 되지는 못한다. 오히려 그것은 아무 곳으로나 정처 없이 흘러가 흔적도 없이 사라지거나 물살과 바위에 찢겨 산산조각으로 흩어지는 것으로 무의미와 죽음에 이른다. 물에 풀을 던지는 행위는 사랑하는 사람에 대한 애증으로 연못에 몸을 던져 자살하는 여성적 자살의 원형인 오필리아 콤플렉스와 맞닿아 있다. 냇물에 떠도는 풀잎은 우리 운명의 무의미성, 사랑의 불가능함의 상징이다. ‘물이 흐르다’, ‘가다’, ‘떠나가다’의 서술어가 지향하는 장소가 늘 밝혀져 있지 않고 불분명하게 나타난다는 점은 님과의 이별이 단순히 다른 공간으로의 이동이나 일시적 분리가 아니라 완전히 존재 자체가 무화되어 결국 죽음으로 이어진다는 김소월의 시적 발상을 보여준다.

　사랑 속에 원초적인 불화와 절망이 존재한다는 시적 인식은 점차 죽음과 소멸로 집중되어 간다. 열정적인 사랑은 끊임없이 님과 나와의 존재론적 결합을 갈망하게 하지만 근원적으로 극복할 길 없는 두 영혼 간의 불일치는 영혼과 육체를 소진시킨다. 그것은 더 크고 깊은 존재로의 상승 체험을 가져다주지 못하고 자아의 파멸, 죽음, 해체에 이르는 극단적, 폭력적 에너지로 변화된다.

　　　그대가 바람으로 생겨났으면
　　　달 돋는 개여울의 빈틈 속에서
　　　내 옷의 앞자락을 불기나 하지!

　　　우리가 굼벵이로 생겨났으면!
　　　비 오는 저녁 캄캄함 녕기슭의
　　　미욱한 꿈이나 꾸어를 보지.

　　　만일에 그대가 바다 낭끝의
　　　벼랑에 돌로나 생겨났다면
　　　둘이 안고 굴며 떨어나지지.

만일에 나의 몸이 불귀신이면
그대의 가슴속을 밤 도와 태와
둘이 함께 재되어 스러지지.

—「개여울의 노래」 전문

화자가 애인과 일체가 되기를 바라는 마음은 "굼벙이", "돌", "불귀신"으로 변전(變轉)되어 간다. 화자는 자신이 사랑하는 사람이 "바람"이 되어 주기를 바란다. 그때 바람은 우주를 자유자재로 넘나들면서 존재에 대한 두려움 없이 온 우주의 공간을 흔든다. 화자는 연인이 바람이 되어서, 고립된 공간에서 폐쇄된 삶을 살아가며 연인과의 합일이 불가능한 화자를 끊임없이 개방된 공간으로 이끌어 주고 흔들어 주길 바란다. 그러나 그 '바람'은 점차 운동성이 둔화된 동물(굼벙이)에서 완전히 정지된 무생물(돌)로 바뀌어 간다. 불안정, 유체성(流體性)의 바람과 응고함으로써 형태의 안정성을 추구하는 돌의 고체성이 시 속에서 대립적 이미지를 형성하는데 이는 곧 바람의 석화(石化), 즉 죽음의 의미항을 만들어낸다.

이 시의 배경이 되고 있는 "개여울의 빈틈", "기슭", "바다 낭끝"은 외롭고 고립된 공간이다. 그 속에서 화자는 님과의 분리, 이별의 슬픔을 경험하고 있다. 그 경험은 극단적이고 파괴적인 사랑, 그래서 자신의 영혼과 육체가 소진될 수 있는, 현실적 자아가 이루어낼 수 없는 사랑에 대한 가정을 낳는다. 그 가정은 상상 속에서 이루어지는 것이지만 이면에 깔린 화자의 극단적인 치열함, 형체를 보전하지 않고 미진한 것을 남기지 않는 완전한 소멸의 아픔을 더욱 강조해 주면서 장렬한 아름다움을 보여준다. "바람"이 미천하고 더러운 것으로 생각되는 "굼벙이"에서 다시 견고한 "돌"이 되어 가는 변전의 과정은 사랑을 잃은 자의 내면 공간에 있는 고뇌가 변화하고 응결하여 이룩된 것이다. 바람이 석화하는 고체화, 그것이 다시 재가 되는 기체화의 과정은 결국 죽음의 완성에로 이행된다.

4. 사랑의 양면성과 모순 어법

소월 시의 화자는 사랑에 대해 끊임없이 회의하면서 차마 떠나지도 못하고 미련을 버리지도 못한다. 따라서 '그립다 말을 하다 / 그냥 가다', '떠나는 님을 잡다 / 그냥 보내다', '저기 있는 님에게로 가다 / 아니 그만 두다'등의 어법이 주를 이루게 된다. 이 선택의 기로에서 시적 자아는 갈등을 하고 시적 긴장은 고조된다. 시인은 오히려 님과 자신과의 거리가 가까워지는 것, 혹 그의 사랑을 늘 확인해야 하는 것, 그리고 님 가실 길에 뿌려놓은 꽃에 담긴 마음을 읽고 행여 돌아설지도 모른다는 두려움을 갖는다. 그래서 그는 끊임없는 망설과 머뭇거림, 미련과 포기의 줄다리기를 멈추지 못한다. 오히려 자신이 뿌린 꽃을 즈려 밟고 가 달라거나, 먼 후일 나를 찾는 당신에게 잊었노라 답하겠다는 역설의 언술을 자신의 방어기제로 삼고 있는 것이다.

소월 시의 화자는 실제의 님과 마주해 사랑을 나누기보다는 오히려 멀리서 님을 그리며 애틋해 하는 자신의 심리 상태를 더 사랑하고 있다. 즉 그 시의 사랑에서 문제되는 것은 님에 대한 나의 사랑이나 나에 대한 님의 사랑이 아니라, 내가 품은 사랑에 대한 나의 사랑이다. 그러므로 '님'이라는 실체의 존재를 상정하게 될 때 사랑은 한없는 회의와 주저, 망설임을 동반하게 된다. 오히려 소월은 소멸되어 가거나 뒤를 보이며 사라지는 것들의 모습에서 사랑을 완성시키며 이미 죽은 님에 대해서는 목소리 높여 사랑을 외친다. 그러나 실존하는 님에 대해서는 내 존재를 넘어서 그에게 가 닿을 수 있는 진리와 진실로서의 사랑의 의미에 대해 끊임없이 회의하게 되는 것이다. 어느 누구도 사랑에 대해 자신할 수 없기에 사랑 자체에 대해 천착하는 시인의 고뇌에 쉽게 공감하게 된다. 소월 시의 사랑이 실존하는 것보다는 실존하지 않는 것, 소멸해 가는 존재들에 대한 비현실적인 사랑으로 그려지며 자주 객관화되는 것은 바로 이 때문이다.

> 당신을 생각하면 지금이라도
> 비 오는 모래밭에 오는 눈물의
> 축업은 배갯가의 꿈은 있지만
> 당신은 잊어버린 설움이외다
>
> ─「님에게」 중에서

> 세월은 물과 같이 흘러가지만
> 가면서 함께 가자 하던 말씀은
> 당신을 아주 잊은 말씀이지만
> 죽기 전 또 못 잊을 말씀이외다
>
> ─「님의 말씀」 중에서

두 시는 자신을 버리고 떠난 님에 대해 화자의 마음속에 일어나는 갈등과 분열을 모순 어법으로 보여주고 있다. 「님에게」가 화자가 자신의 마음을 남에게 전하는 메시지 지향의 언술이라면 「님의 말씀」은 님이 과거에 한 언약을 님이 떠난 후에 화자가 되뇌이며 원망하는 독백적 구조를 지닌다. 「님에게」의 화자는 자신이 님을 잊었다는 것, 그리움이 이미 "잊어버린 설움"이 되었다는 것을 끊임없이 상기시킴으로써 님에 대해 자신이 기대나 기다림을 갖지 않도록 스스로에게 다짐한다. 그러나 그 단호함은 "축업은 배갯가의 꿈은 있지만"이라는 한정 어구에 의해 뒤집히며 둘 사이에서 팽팽한 긴장을 형성한다. 아직도 나는 님을 잊지 못해 밤을 지새우고, 나의 방은 눈물로 인해 '비 오는 강가'가 되었지만 님을 완전히 잊었다고 말하는 역설은 '잊다 / 못 잊다' 사이에서 끝없이 갈등하는 자아의 분열을 더욱 강조하고 있다. 습기로 젖어 있는 화자의 방, '비', '눈물'등이 시의 분위기를 애상적으로 잘 이끄는데 '─이외다'라는 서술형 종결어미를 씀으로써 화자가 상황 자체에서 일정 정도 거리를 두고 있음을 강조하는 객관화를 보여준다.

「님의 말씀」에서 '흐르다', '움직이다', '따라가다' 등에 의해 펼쳐지는
물의 미감은 영원한 흐름과 존재의 상징이다. 이 시에서 화자는 강물, 세
월을 따라 떠나가 버린 님에 대한 그리움, 사라진 것의 아름다움에 붙잡
혀 있다. 그렇지만 님을 잊어야겠다는 단호한 의지는 끝없이 '잊다 / 못 잊
다', '떠난 님 / 떠나지 못하고 이곳에 고착되어 있는 나', '함께 가다 / 혼자
떠나다' 등의 이항대립 속에서 긴장과 갈등을 형성한다. 「님의 말씀」에서
도 서술형 종결어미들 '―이외다'로 통일함으로써 이별의 상황 자체를 객
관화하고 독자에게 정서적, 미적 거리를 경험하게 한다.

       그립다
       말을 할까
       하니 그리워

       그냥 갈까
       그래도
       다시 더 한 번……

                                        —「가는 길」 중에서

  「가는 길」은 그리움과 사랑의 서정에 대한 머뭇거림을 비교적 구체화
하여 드러내고 있다. "그립다 / 말을 할까"와 "그냥 갈까" 사이에서 화자
는 어떤 행동도 하지 못한 채 흐르는 시간과 강물에 의해 재촉을 당하고
만 있다. 이 시에서도 소월 시의 특징은 여실히 드러난다. 즉 그립다고
사랑한다고 '말'을 하는 것은 실제로 존재하는 현실적 사랑을 의미하기
에 사랑의 대상이 실존한다는 것을 인정하며 '저만치' 떨어져 있는 그와
나의 거리를 무화시키는 것을 뜻한다. "그립다"고 한 번 말을 하게 되면
그 감정과 정서는 '말'이 갖는 언어의 힘과 주술성에 의해 그야말로 그

리움, 사랑으로 각인된다. 그렇지만 화자는 아직 자신의 사랑에 대한 확신이 없어 "그냥 갈까" 하고 나서 보지만 그것도 미련을 남기기는 마찬가지이다. '말'함으로써 사랑을 확인하려는 것과 '그냥 감'으로써 사랑을 유보하려는 것 사이에서 화자는 여러 이항대립을 통해 그 균형과 긴장을 유지한다.

애끓는 사랑과 그 이면의 차가움, 사랑을 잃은 좌절 가운데에서도 자신을 지키고 극복해 나가는 지혜로움, 멀어짐으로써 오히려 사랑의 의미와 진실을 들여다볼 수 있는 객관화와 그 거리의 확보, 이것이 소월 시의 역설적 어법에 숨은 화자의 심리기제이자 사랑의 양면성을 수용하는 모습의 언술이기도 하다.

> 붉은 해는 서산마루에 걸리었다
> 사슴의 무리도 슬피 운다
> 떨어져 나가앉은 산 위에서
> 나는 그대의 이름을 부르노라
>
> —「초혼」에서

이 시는 초혼제를 배경으로 사랑하는 사람의 죽음, 헤어짐으로 인한 인간으로서의 극한에 이르는 슬픔과 절정의식을 노래하고 있다. 사랑하는 사람은 부서지고 헤어지고 주인 없는 이름으로 완전히 파괴된다. '고체의 흩어짐', '기체의 떠돌아 다님', '소리의 무응답'으로 묘사되는 님의 비실체성은 결국 님과의 이별이 단순한 공간적 분리가 아니라 전우주의 질서 내에 존재하지 않는 완전한 상실과 무화임을 깨닫게 한다. 산 위라는 고립된 공간에서 느끼는 하늘과 땅 사이의 아득한 거리는 삶과 죽음으로 나뉘어진 나와 사랑하는 사람과의 거리 의식에서 비롯된다. 화자의 슬픔은 단지 연인의 죽음에 머물지 않고 죽어 가는 우주의 모든 존재를

향하여 집결되는 슬픔으로 보편화, 객관화되며 그것에 대한 시인의 사랑
은 회의와 주저를 넘어서 여전히 '심중에 남아 있는 말 한 마디', 즉 「가
는 길」에서처럼 '그립다', '사랑한다'는 말 한 마디는 끝끝내 마저 하지
못한 채이다. 죽음과 삶으로 갈리어 하늘과 땅 사이 거리가 너무 먼 이제
야, 살아서 한 번도 하지 못한 사랑의 고백을 하게 된 것이다. "선 채로
이 자리에 돌이 되어도 / 부르다가 내가 죽을 이름이여"는 서름(설움)이 돌
로 변용되면서 굳어지는 이미지의 변용을 보여주는데, 이별의 슬픔으로
인한 자아의 파멸을 돌의 강한 견고함의 심상으로 응축 제시하고 있다.

5. 사랑의 존재와 깊이

　　김소월 시에 나타나고 있는 사랑은 첫째, 비실체화되어 있으며 부드럽
고 섬세한 아니마적 세계를 보여준다. 그의 시에서 님과의 사랑이나 만
남은 꿈과 그림자, 안개, 눈 등의 현실적 시·공간을 벗어난 상태에서만
가능하다. 이러한 특성은 부드럽고 감각적인 어휘, 유성 자음의 반복적
사용으로 유음화된 음상 등에 의해 뒷받침되고 있다. 또한 '물'과 '어
둠'·'밤'이 결합되어 이루는 공포감, 바슐라르가 말한 '여성적 자살'의
상징인 오필리아 콤플렉스를 연상케 하는 분위기는 여성적 요소가 음절
하나 하나에 스며 있는 시어와 더불어 소월 시의 아니마적 화법을 주도
한다.

　　둘째, 사랑 속에 원초적인 불화와 절망이 존재한다는 시적 인식은 죽
음과 소멸의식으로 집중되고 있다. 열정적인 사랑은 끊임없이 님과 나의
존재론적 결합을 갈망하게 하지만 근원적으로 극복할 길 없는 두 영혼
간의 불일치는 영혼과 육체를 소진시킨다. 그것은 더 크고 깊은 존재로

의 상승 체험을 가져다주지 못하고 자아의 파멸, 죽음, 해체에 이르는 소멸의 상상력에 의해 극단적 이미지를 생성한다.

셋째, 소월 시의 화자는 사랑하는 대상에 대해 끊임없이 회의하면서 차마 떠나지도 못하고 미련을 버리지도 못한다. 소월은 이러한 사랑의 양면성을 통찰하고 있었기에 그의 시는 확신에 찬 단정적인 사랑이 아니라 일정한 거리를 사이에 둔 채 끊임없이 망설이면서도 또한 그 기대를 포기할 수 없는 번민과 고통으로 가득 차 있다. 애끓는 사랑과 그 이면의 차가움, 사랑을 잃은 좌절 가운데에서도 자신을 지키고 극복해 내는 지혜로움, 거리가 멀어짐으로써 오히려 사랑의 의미와 진실을 들여다볼 수 있는 객관화된 거리의 확보 등은 소월 시의 모순 어법에 숨은 화자의 심리 기제이며 사랑의 양면성을 수용하는 언술이기도 하다.

결국 사랑이 본질적으로 지닌 이중성과 추상성들은 김소월 시에서 인간의 본원적인 존재론적 문제로 연계되고 있다. 그것이 소월의 시가 시대를 초월해 언제나 우리 자신을 존재의 심화에 이르게 하며 공감을 불러일으키는 이유라고 생각된다.

아청빛 이미지와 화해의 시학

윤동주론

1. 순정한 영혼의 고백

한국 현대 시인 중에서 특히 윤동주의 생애는 우리에게 한 시인의 체질이나 심성, 시인과 사회적 배경의 문제를 깊이 생각해 보게 한다. 그가 시를 쓴 시기의 개인적·민족적 불행은 시인에게 항상 있기 쉬운 미화나 과장을 가능한 한 절제한다 하더라도 비극적인 생이 내포하는 긴장된 감정과 함께 그만큼의 고통을 우리에게 준다. 시집 『하늘과 바람과 별과 시』에 들어 있는 전편의 시들은 강한 자전적 성향을 지니고 있다.

르네 웰렉은 객관적 시인과 주관적 시인의 두 유형의 시인을 제시하면서, 구체적인 개성의 말살을 강조하는 시인과, 자화상을 그리며 자기 자신을 표현하려고 하는 시인을 구분하고 있다. 그에 의하면 주관적 성향이 강한 시인들은 그들의 시작(試作)이 괴테의 말대로 '위대한 고백의 편린'들이기 때문에 작품 자체가 전기적이라는 것이다. 이러한 시인은 그들의 문학관 자체가 자기 자신에 관한 것을 쓰는 데 있으므로 그 생활 태도나 작품의 내용, 그리고 사상 등이 일치할 경우가 많다. 1930년대의 김광균이나 김기림 같은 이미지스트들과는 달리 윤동주는 그 대표적 경우에 해당되는 시인이라 할 수 있다.

그의 생애는 그의 창작과정을 해명하기 위하여 작품의 연대적 배열, 집중적으로 관심을 쏟았던 대상, 사물에 대한 그의 지향성들과 관련지어 검토되어야 한다. 그것이 윤동주의 작품의 체계적인 연구에 대한 바탕을 제공한다는 점에서 직접 관계를 갖게 되는 것이라 할 수 있다.

그와 어릴 적부터 가까웠던 친구인 문익환 씨의 회고에 의하면, "나는 그를 회상하는 것만으로 언제나 넋이 맑아지는 것을 경험"했고 "그는 아주 고요하게 내면적인 사람이었다"는 것이다.

이와 같은 증언은 그의 사람됨이 작품과의 유기적 합일을 지녔음을 보여준다. 그의 시들은 한 시인의 순결한 젊은 영혼이 사람들에게 줄 수 있는 눈부신 순수의 빛을 펼쳐 보여주고 있다. 맑고 밝아서 투명한 소리가 날 것 같은 색깔, 어디서 우는지 몸은 보이지 않은 채 소리만 들리는 뻐꾸기, 아무도 모르게 조용히 흐르는 산 속의 샘물처럼 우리의 영혼을 씻어 내린다.

윤동주 시의 상상력의 질서 속에는 순결, 그것을 안고 있는 시인의 정신적 모습이 각인되어 있으며 윤리관의 완성을 위한 몸부림과 희망의 과정이 나타나 있다. 또한 그것이 어떻게 생(生)의 해명에 이르고 있는가를 입증해 주고 있는 것이다.

2. 자의식의 공간과 '들여다보기'

　그의 생애가 보여주고 있는 전기적 요소와 시적 사유의 결합은 자의
식의 흐름에 있다고 할 수 있다.
　「서시」에서 상징적으로 보여주고 있는 것처럼 하늘과 땅의 근원적 질
서 속에서 그의 본질은 스스로를 응시하며 자신에 대해 물음을 던지고
있는 데에 있다. 모든 살아 있는 것들의 괴로움, 잎새에서 느끼는 생명
의식, 그리고 우주 속에서 느끼는 세월과 그 흐름이 가져다 주는 변화,
그 모든 것은 생명과 죽음, 존재와 소멸의 내밀한 대조를 이루고 있고
그 모순된 관계 속에서의 자기를 발견한다. 그 물음을 해명하기 위하여
그의 시에는 '들여다보다'라는 동사가 자주 등장하고 있다. 그가 치밀한
내성(內省)의 성향을 지녔음은 이 말없이 대결하는 집중의 동사를 애호하
는 데서도 잘 드러나고 있다.
　「또 다른 고향」의 어둠 속에서 '백골'을 들여다본다든지 「소년」에서
'하늘'과 '손바닥'을 들여다본다든지 「자화상」에서 우물에 떠오른 모습
을 들여다보는 것은 바로 자기 응시의 자세다.

　　여기저기서 단풍잎 같은 슬픔 가을이 뚝뚝 떨어진다. 단풍잎 떨어져 나온 자
　리마다 봄을 마련해 놓고 나뭇가지 우에 하늘이 펼쳐있다. 가만히 하늘을 들여
　다 보려면 눈썹에 파란 물감이 든다. 두 손으로 따뜻한 볼을 쓸어보면 손바닥
　에도 파란 물감이 묻어난다. 다시 손바닥을 들여다 본다.

—「少年」 중에서

　윤동주 시에 있어 하늘은 시인의 내면의식과 일치하는 것이다. 하늘은
높고 아득하며 영원을 상징하는 공간으로 낮고 유한한 땅의 현실과 대
립되는 의미를 갖는다. 그것은 가을에 이어 봄이 다가오는 순환의 계절

을 수용하고 있기에 떨어지는 단풍잎의 죽음이 새싹으로 재생되는 역설
을 가능케 하는 공간인 것이다. 현상적으로는 우주의 맑고 푸른 아름다
움을 의미하지만, 관념적으로는 현실을 뛰어넘는 초월의 공간이자 이상
의 공간인 것이다.

　소년은 하늘을 올려 보지 않고 '들여다본'다. 주체와 대상을 역으로
함으로써 이미지들을 변형시키는 것이다. 여기에서 "하늘"은 바로 대상
을 투영하는 거울이다. 지상에 서서 하늘에다 자신을 비춰 보는 소년의
이미지는 순수함에 대한 강렬한 집착을 보여주었던 윤동주의 삶과 영혼
의 표상이라 할 수 있다.

　　산모퉁이를 돌아 논가 외딴 우물을 홀로 찾아가선
　　가만히 들여다 봅니다.

　　우물속에는 달이 밝고 구름이 흐르고 하늘이
　　펼치고 파아란 바람이 불고 가을이 있읍니다.

　　그리고 한 사나이가 있습니다.
　　어쩐지 그 사나이가 미워져 돌아갑니다.

　　돌아가다 생각하니 그 사나이가 가엾서집니다.
　　도로가 들여다 보니 사나이는 그대로 있읍니다.

　　다시 그 사나이가 미워져 돌아갑니다.
　　돌아가다 생각하니 그 사나이가 그리워집니다.

　　우물속에는 달이 밝고 구름이 흐르고 하늘이
　　펼치고 파아란 바람이 불고 가을이 있고
　　追憶처럼 사나이가 있읍니다.

—「自畵像」 전문

자기 성찰에의 동경과 자기 자신을 팽개치고 싶은 혐오, 그리고 자기 연민과 공격적 태도가 번갈아 나타나며 시적 긴장을 유발한다. 그러므로 들여다보는 행위는 조용한 행위이자 동시에 가혹한 자기 응시이며, 그 밑바닥에는 이 세상 무엇으로도 구제받기 힘든 자의식의 갈등—자기 혐오와 동경—이 도사리고 있다.

우물은 자연의 거울이라고 말할 수 있다. 물과 거울은 어떤 사물을 반영한다는 점에서 일치하지만 하나는 자연의 산물이며 하나는 문명의 산물이다. 요컨대 자연을 대상으로, 전원의 언어를 사랑하던 윤동주에게 자의식을 비추이는 보다 친근하고도 정밀한 반영체는 바로 "우물"이 될 수 있는 것이다. '미움'과 '그리움', '돌아감'과 '다시 돌아옴'의 대응적 행동의 반복을 통해 이 시에서 '들여다봄'은 실존 자체의 서러움임을 고백하고 있다.

> 그러면 어느 隕石밑으로 홀로 걸어가는
> 슬픈 사람의 뒷모양이
> 거울 속에 나타나온다.
>
> —「懺悔錄」 중에서

물이 고여 있는 우물을 들여다보며, 혹은 뒷모습을 보이며 걸어가는 자아를 역사의 구리 거울을 통하여 바라보며 시인은 자기 정진을 계속한다. 「서시」―「자화상」―「참회록」으로 이어지는 이 시인의 내면적 지향성은 '운석', '홀로 걸어가는', '슬픈 사람의 뒷모양' 등의 이미지와 연결되어 비극적인 고독감을 환기시키고 있다. '하늘'·'우물'·'거울'은 모두 현실을 반영하는 대상인데, 시인은 이 외부적인 것들을 내면으로 끌어들여 자신의 모습뿐만이 아니라 인간존재의 보편적인 모습까지도 읽어 내는 것이다.

그가 자신을 들여다보는 또 하나의 공간이 되는 방은 자기 탐구를 위

한 심층적 공간이 된다는 점에서 '우물', '거울'과 같은 맥락으로 이어진
다. 중학생 때부터 집을 떠나 하숙을 한 개인적 상황이 많아 작용한 탓
도 있겠지만, 그의 시에 묘사되고 있는 방은 한결같이 작고('이제 내 좁은
방에 돌아와 불을 끄옵니다'), 어둡고('어둔 방은 우주로 통하고'), 외로운('육첩방은
남의 나라') 공간으로 나타난다.

그의 괴로움은 어둡고 부정적인 인간의 실존이 지니는 보편적 상황과
더불어 어두운 일상 속에 매몰되고 있는 자기 자신을 들여다보는 괴로
움이라는 이중적 의미를 지닌다. 그러한 갈등을 그는 자주 둘 내지 셋의
자신으로 분리해서 나타내고 있다.

> 돌아가다 생각하니 그 사나이가 가엽서집니다.
> 도로 가 들여다 보니 사나이는 그대로 있읍니다.
>
> —「自畵像」 중에서

> 어둠 속에 곱게 風化作用하는
> 白骨을 들여다보며
> 눈물짓는 것이 내가 우는 것이냐
> 白骨이 우는 것이냐
> 아름다운 魂이 우는 것이냐
>
> —「또 다른 故鄕」 중에서

「자화상」의 예에서 시인은 자신을 "사나이"로 객관화시킨다. 미움과 그
리움, 돌아감과 다시 돌아옴의 대응적 행동의 반복을 통하여 화자는 객관
적 서술과 자책, 그리고 자기 긍정을 되풀이한다. 이 객관화된 인물은 결
국 윤동주의 자아 의식이자 우리들 모든 보편적 인간의 두 모습이다.

시인의 자신에 대한 회의와 고뇌는 계속되어 「또 다른 고향」에서는
"백골"과 "나" 그리고 "아름다운 혼"의 세 형태로 나타나고 있다. 어둠이
내포하고 있는 고립이나 죽음, 그리고 폐쇄적인 시간적 배경 속에서 스

스로의 내면적 고통과의 치열한 투쟁을 보여주고 있는 것이다.

친구였던 장덕순 교수의 이러한 회고는 그의 시 속에 나타나 있는 갈등이 시인 자신의 심리 상태와 깊은 연관을 맺고 있음을 알려 주며 윤동주의 무의식적 자아가 갖는 모순의 복합성을 보여주는 예라고 할 수 있다.

이 분리되어 있는 자아를 직시하는 자기 성찰의 과정에서 그의 '부끄러움'의 시어가 탄생한다. 그것은 부끄러운 이름을 슬퍼하는 '벌레'나 "무화과(無花果) 잎사귀로 부끄런 데를 가리고"의 구절 속에 표상되어 있는 바와 같이 생명 있는 것이 지니는 원초적 감성을 말하는 경우와, 시인의 의식과 행동의 갈등에서 기인되는 자책감을 드러내주는 감정적 표상의 두 갈래로 크게 분류할 수 있다. 가벼운 수사적 의미에 해당되는 첫 번째 의미를 제외한다면 그의 부끄러움은 대부분 진실을 추구하는 의식 세계와 현실적인 삶 사이의 갈등을 의미하는 것이다.

3. 바람과 별의 이항대립

앞에서 살펴보았듯이 윤동주는 유별날 정도로 세계를 부끄럽고 고통스럽게 감지했다. 그의 예민한 촉수는 늘 세계를 향해 곤두서 있다. 시인

에게 있어 정신의 아픈 각성, 자각은 무엇보다 먼저 오감을 통한 몸의
느낌으로 감지된다.

志操 높은 개는
밤을 새워 어둠을 짖는다.

―「또 다른 故鄕」 중에서

거 나를 부르는 것이 누구요,

―「무서운 時間」 중에서

窓밖에 밤비가 속살거려
六疊房은 남의 나라,

―「쉽게 씌워진 詩」 중에서

電信柱가 잉잉 울어
하나님 말씀이 들려온다.

―「또 太初의 아침」 중에서

가슴속 깊이 돌돌 샘물이 흘러
이밤을 더불어 말할이 없도다.

―「산골물」 중에서

밤이면 밤마다 나의 거울을
손바닥으로 발바닥으로 닦아 보자.

―「懺悔錄」 중에서

‘어둠을 짖는 개의 소리’, ‘부끄러운 나를 부르는 소리’, 남의 나라임을
깨닫게 하는 ‘밤비의 속살거림’은 모두 나를 일깨우는 각성의 소리들이
다. 각성의 소리는 평화로운 존재의 상태를 뒤흔들어 고통스러운 번민을
시작하게 하는 촉매제의 역할을 한다. 마찬가지로 전신주가 바람에 흔들

리는 소리를 계시를 내리는 신의 준엄한 목소리로 듣고, 밤의 적막하고 고독한 정회를 청각과 촉각의 공감각을 통해 감지하고 있으며, 성찰의 정신 작용이 '손바닥'·'발바닥'의 육체적인 감각으로 전이시켜 받아들인다.

이처럼 관념을 감각적 이미지로 전환하는 것은 윤동주 시에서 두드러지는 점으로서 특히 청각과 촉각이 중추적인 이미지군을 형성하는데, 자아를 일깨우는 대표적인 이미지로는 '바람'을 들 수 있다. 바람은 존재를 스쳐 지나가고, 때로는 흔들리게 함으로써 청각과 피부감각을 동시에 환기시킨다.

재만 남은 가슴이
문풍지 소리에 떤다

—「가슴 2」 중에서

내가 오래 기르든 여윈 독수리야!
와서 뜯어 먹어라, 시름없이

—「肝」 중에서

바람이 부는데
내 괴로움에는 理由가 없다.

(…중략…)

바람이 자꼬 부는데
내 발이 반석우에 섰다.

—「바람이 불어」 중에서

이파리를 흔드는 저녁바람이
솨——— 恐怖에 떨게 한다.

> 나무틈으로 반짝이는 별만이
> 새날의 希望으로 나를 이끈다.
>
> —「山林」 중에서

> 오늘밤에도 별이 바람에 스치운다.
>
> —「서시」 중에서

바람은 때로는 무력한 자아를 여지없이 뒤흔들고, 공포에 떨게 한다. 무소부재(無所不在)하여 천상과 지상의 질서를 이어 주는 바람은 「서시」에서 보여주었듯이 땅 위의 잎새를 시들게 한다. 그러므로 "잎새에 이는 바람"은 윤동주의 인간적 존재를 소모시키는 무기력과 상통하는 것이 된다. 그것은 지상의 존재를 메마르게 하고 좌절하게 하는 것이다. 하지만 바람은 역으로 고통을 감내하는 정신을 고양시키기도 한다. 프로메테우스의 간을 뜯어먹는 독수리는 바로 바람의 변형으로 볼 수 있으며, 화자는 자기를 가해하는 독수리에게 당당하게 맞서고 있다. 인간을 위하여 불을 도적질한 프로메테우스의 행동이 정의로웠던 것만큼 화자의 영혼도 진실을 향해 깨어나 있기 때문이다.

생명이 내포하고 있는 죽음과 절망을 극복하기 위하여 윤동주는 견인(堅忍)의 시선을 천상의 '별'로 옮긴다. 어둠 속에서도 홀로 빛나며 바람이 일어도 괴로워할 필요가 없는 별의 높이와 함께 그는 자신의 정신을 상승시키고자 하는 것이다. 별은 윤동주의 시세계를 구성하는 중심이며 추상적인 것과 구체적인 사물을 넘나드는 구심점이 되고 있다. 그러므로 윤동주의 시에서는 자아의 지향성이 투사된 별과 존재를 일깨우는 바람의 이항대립의 긴장 관계를 유지하면서, 그 정신의 팽팽함이 감각적 이미지를 통하여 구체적으로 환기되는 것이다.

「별 헤는 밤」에서 그가 별 하나하나에 의미를 부여하고 있는 대상은 추억, 사랑, 쓸쓸함, 동경, 시, 어머니, 릴케, 프랑시스 잠 같은 시인들, 어릴 때의 친구들이다. 지상에서 너무나 멀리 떨어져 있는 공간적 거리로 인하여 별은 처음 그에게 상실의 아픔과 차가운 단절을 환기시킨다.

동시에 그것은 윤동주의 중요한 시적 주제의 하나가 되고 있는 추억과 연관된다. 어릴 적 다니던 중국인 학교의 여자 친구들, '참을성 있고 다정하고 재간 있고 자상한 분'이었던 그의 어머니, 그리워 하지만 멀리 떨어져 있는 대상들로, 별은 그에게 아름다움을 불러일으키는 중요한 계기가 되는 것이다. 그러나 별은 시공의 제약 때문에 그의 동경과 노래로 전환된다. 순수와 빛남의 여러 요소들이 그의 세계 속에 질서를 부여한다.

> 그의 아명은 해환(海煥)이었는데, '해환'이라고 10여 세까지 불리운 듯하다. 내가 달환(達煥)이고 내 밑으로 죽은 동생의 '별환'이었다. '해', '달', '별'을 자식들 이름에 차례로 아버지가 붙이신 것이라 한다. 동주란 이름도 아버지가 지은 것이며 '東'자는 '明東'에서 따온 것이 분명하다.
>
> ― 윤일주, 「윤동주의 생애」 중에서

빛을 지닌 우주의 존재와 연결시켜 골고루 아들들의 이름을 명명한 아버지의 염원은 윤동주의 생애와 빛나는 것에 대한 운명적 요소를 느끼게 해준다.

4. 길의 탐색과 미래시제

윤동주 시의 대부분은 주지하다시피 자기 완성을 향한 실존적 노력으

로 집중되어 있다. 「서시」·「자화상」·「참회록」·「별 헤는 밤」 등의 시
편들이 모두 자아의 순수성을 지켜가고자 하는 고통스런 영혼의 목소리
며, 그 자아 성찰의 공간으로 '하늘'·'거울'·'우물'·'방' 등의 이미지가
등장하고 있는 것이다. 그런데 '우물'이나 '거울'의 이미지가 동적으로
변화해 자기 성찰과 수련의 과정을 상징하는 것이 바로 '길'의 공간이다.
　길은 보편적 의미에서 탐색의 과정을 상징하는 것으로, 무위의 공간이
아니라 생명의 끊임없이 움직임, 동성(動性)을 자극하는 요소를 지닌다.
또한 출발과 도착의 과정을 지닌 행위의 공간이다.
　「서시」의 "나한테 주어진 길을 / 걸어가야겠다"라는 운명적 목소리를
떠올리지 않더라도 윤동주 시의 곳곳에서 여기저기로 뻗어 있는 '길'들
과, '길모퉁이', '뒷골목', 어느 낯선 '거리'에 서 있는 시인의 모습을 쉽
게 찾아볼 수 있다.

> 黃昏이 짙어지는 길모금에서
> 하로종일 시들은 귀를 가만히 기울이면
> 땅검의 옮겨지는 발자춰소리,
>
> 　　　　　　　　　　　　　　　　　　　　—「흰 그림자」 중에서

> 거리 모퉁이 붉은 포스트상자를 붙잡고 섰을라면 모든 것이 흐르는 속에 어
> 렴풋이 빛나는 街路燈, 꺼지지 않는 것은 무슨 象徵일까?
>
> 　　　　　　　　　　　　　　　　　　　　—「흐르는 거리」 중에서

　길의 한가운데도 아니고 한 모퉁이에서 어둠이 오는 소리, 소란하게
흘러가 버리는 거리의 일상에 예민하게 귀기울이는 시인은 바로 성찰의
고행을 감행하는 자다. 즉 길 위의 삶을 선택했던 시인의 지향성은 여기
또는 지금이 아닌 다른 시간과 공간에 대한 일정한 목적성을 갖는다. 이
러한 공간 이동의 이미지가 보다 구체화되어 나타나는 것이 바로 '정거
장', '플랫폼'이다.

봄이 오든 아침, 서울 어느 쪼그만 停車場에서
希望과 사랑처럼 汽車를 기다려,

나는 푸라트·폼에 간신한 그림자를 떨어뜨리고,
담배를 피웠다.

내 그림자는 담배연기 그림자를 날리고
비둘기 한떼가 부끄러울 것도 없이
나래속을 속, 속, 햇빛에 비춰, 날었다.

—「사랑스런 追憶」 중에서

대낮의 햇빛 속에 서 있는 것 자체에서 느끼는 부끄러움은 세계를 향하는 화자의 시선과 삶에 대해 느끼는 복합적인 자괴감을 의미한다. 화자는 비둘기처럼 햇빛 속을 날아다닐 수 없다. 세계에 대한 부적응, 불협화의 상태에 놓여져 있기 때문이다. 그러므로 기차를 기다리며 플랫폼에 서 있는 "간신한 그림자"는 필연적으로 그 곳을 떠날 수밖에 없다.

정거장은 잠시 멈추는 곳, 또는 돌아오고 떠나는 곳이라는 점에서 유동의 이미지를 내포한다. 그래서 정거장을 서성이는 시인의 시선은 곧이어 길 위에 나서게 된다. 정거장 플랫폼에서 그 시적 상상력이 보다 동적으로 움직였을 때, 시 전면으로 길의 이미지가 떠오르게 된다.

잃어버렸읍니다.
무얼 어디다 잃었는지 몰라
두 손이 주머니를 더듬어
길에 나아갑니다.

돌과 돌과 돌이 끝없이 연달아
길은 돌담을 끼고 갑니다.

담은 쇠문을 굳게 닫아
길 우에 긴 그림자를 드리우고

길은 아침에서 저녁으로
저녁에서 아침으로 통했읍니다.

돌담을 더듬어 눈물 짓다
쳐다보면 하늘은 부끄럽게 푸릅니다.

풀 한포기 없는 이 길을 걷는 것은
담 저쪽에 내가 남어 있는 까닭이고,

내가 사는 것은, 다만,
잃은 것을 찾는 까닭입니다.

—「길」 전문

「길」의 공간성은 언제나 도달해야 할 목적지를 갖고 있음을 의미한다. 따라서 길은 바로 그 목적지를 향해 가는 과정으로서의 길이며, 목적지에 다다르기 위해 시련을 극복해야 하는 정신적 세계로서의 길이다.

윤동주의 '길'은 깊은 자아 성찰에의 지향성을 가지며, 본래의 자아를 회복하려는 형이상학적인 의미를 지니고 있다.

1연에서 화자는 잃어버린 것을 찾아서 방황하는 자신을 이야기한다. 목적어가 생략된 채 대뜸 "잃어버렸읍니다"로 시작하는 서두의 그 급작한 어조 때문에 독자의 주의를 집중시키고 있다. 상실감은 찾고자 하는 의지를 촉발시키고 그 의지에 의해 길을 가게 한다. 상실의 상황과 그 상황에서 무의식적으로 나온 행동인 주머니를 더듬어 내려가는 행동이 형상화되어 있다.

두 손으로 잃은 것을 찾는 행위는 두 발로 길을 걸어가는 행위와 대비된다. 즉 두 손은 두 발로, 주머니의 좁은 공간은 길이라는 확장된 공간으로 나아가고 있는 것이다. 주머니는 길에 비하여 작고 내밀한 공간으로 화자의 내면과 동일화될 수 있다. 두 손으로 주머니를 더듬는 행위는 곧 잃어버린 대상이 화자의 내면에 존재해 있던 상(像)임을 추정케 한다.

2연은 화자가 걸어가는 길의 모습을 제시하고 있다. 그것은 돌과 돌이 연이어 있고, 담이 있으며, 그 담을 끼고 길이 계속되고 있는 길이다. 돌담은 화자가 걸어가는 길을 안과 밖으로 갈라놓는 경계의 역할을 하고 있다.

<table>
<tr><td>담 밖의 나
현재의 세계
현실적 자아</td><td>돌담
(경계선)</td><td>담 안의 나
잃어버린 세계
이상적 자아</td></tr>
</table>

즉 돌담을 경계로 하여 화자는 한 쪽 세계를 볼 수 없게 된다. 그것은 화자가 잃어버린 세계이며 도달해야 할 세계지만, 그 세계는 결코 도달할 수도 볼 수도 없는 것이다. 돌담이 계속되는 한 화자가 걸어가야 할 길은 계속될 수밖에 없는 것이다. 길에서 장애 요소가 길 앞에 놓여진 것이라면 화자는 그 장애물을 뛰어넘는다든가 깨뜨림으로써 고통의 세계를 극복하고 새로운 자아로의 지향을 뚜렷하게 나타낼 수 있다. 그러나 이 시에서 장애 상황은 앞에 놓인 것이 아니라, 화자와 평행으로 놓여진 돌담으로 자아의 안과 밖, 현실과 이상을 구분하면서 끊임없이 계속되는 삶의 과정인 것이다.

3연에서는 담 저쪽으로 갈 수 있는 통로를 제시하고 있는데, 그것은 굳게 닫힌 쇠문으로 그려지고 있다. 이를 통하여 담의 견고성이 더욱 부각되고 있으며, "길 우에 긴 그림자"는 어둡고 암울한 분위기를 암시한다. 이 시에서 '길다'는 형용사는 1연의 길게 나아가는 화자, 2연의 돌담을 끼고 연달아 있는 길, 3연의 긴 그림자 등 길이라는 공간어가 갖는 선(線)의 개념과 연결된다.

그것은 길의 진행, 곧 시간의 경과를 의미하는 것으로 아침에서 저녁으로, 저녁에서 다시 아침으로 연속되어 이어지는 시간의 지속과 더불어 살아가는 삶의 과정과 일치한다. 길을 걷는 것은 하루 하루를 살아가는 것이며, 산다는 것은 잃은 것을 찾는 탐색의 일종인 것이다. 그것은 계속되는 방황과 고통을 함유하며, 그러한 시간의 깊이는 윤리적 가치의 깊이와 중복되어 있다.

5연에서는 "돌담을 더듬어 눈물짓"는 화자의 비애에 젖은 모습을 볼 수 있다. 여기서 새로운 공간으로 '푸른 하늘'이 등장한다. 하늘은 화자의 부끄러운 무능과 대조되는 무한한 능력을 가진 초월적 공간으로 윤동주의 시에 자주 등장하는 중심어 중의 하나다.

하늘은 비본질적 자아를 일깨워 주는 지고한 존재다. 존재 각성은 '부끄러움'을 통해서 이루어진다. 부끄러움 또한 윤동주의 시 세계에서는 빼놓을 수 없는 시어로 준엄한 자아 성찰의 모습을 집약하고 있다. 그의 다른 시에서도 부끄러움을 통한 자아의 갈등과 각성을 볼 수 있다. 윤동주의 시적 자아는 윤리적 존재들이며 도덕적인 삶의 본보기들이다. 그들을 둘러싸고 있는 여러 가지 상황도 그 단정한 태도를 흐트러지게 하는 일은 거의 없다.

6~7연에서는 삶에 대한 화자의 총괄적인 태도가 집약되고 있다. 시인은 그림자가 드리우고, 풀 한 포기 나지 않는 부정적인 조건에도 불구하고 모든 비참함을 넘어서 끊임없이 가야 하는데, 이는 잃어버린 자기 자신이 여전히 담 저쪽에서 존재하고 있기 때문이다. 담 저쪽에 남아 있는 자아는 화자가 잃어버린 참된 자아이기 때문이다.

그러므로 방황과 갈등, 그리고 이쪽(담 안)과 저쪽(담 밖)의 선택을 의미하는 길 위에서 화자는 저쪽의 세계를 선택함으로써, 이쪽 세계의 고통과 방황을 맞게 되는 것이다. 그것은 외관을 넘어서 존재의 본질, 현재 잊고 있는 존재의 무엇인지 알 수 없는 먼 역사를 찾아가는 것이다.

마지막 연에서 내가 사는 것과 잃은 것을 찾는 것의 동일화가 바로 그 것을 암시하고 있다. 길의 행위 서술어인 '가다'의 의미는 마지막 연에서 '살다'의 행위로 전환되고 있다. 즉 1연 4행의 "길게 나아갑니다", 2연 2행의 "돌담을 끼고 갑니다", 6연 1행의 "이 길을 걷는 것"에서 반복되어 나타나는 서술어 '가다'는 인간의 실존적 조건 자체가 길의 과정, 즉 여로임을 인식시키고 있다. 그리하여 잃어버린 나를 찾는 행위는 '가다'라는 서술어로 나타나며, 그것은 금방 도달할 수 있는 세계가 아니다.

그러므로 시인은 "풀 한 포기 없는" 불모의 길을 가는 것이며, 고통에 굴하지 않고 끊임없는 길의 선택을 계속할 의지를 보이고 있다. 그것은 "내가 사는 것은, 다만, / 잃은 것을 찾는 까닭입니다"이며, 이러한 결의나 다짐의 태도는 윤동주 시의 전반에 걸쳐 나타나고 있다.

탐색의 길은 그의 시에서 자주 '거리'로 이어지는데 그 곳은 돌담과 쇠문의 장애뿐만이 아니고 때로는 광풍이 이는 공간이기도 하다.

> 달밤의 거리
> 狂風이 휘날리는
> 北國의 거리
> 都市의 眞珠
> 電燈 밑을 헤엄치는
> 조그만 人魚 나,
> 달과 전등에 비쳐
> 한몸에 둘셋의 그림자,
> 커졌다 작아졌다.
>
> ―「거리에서」 중에서

화자는 광풍이 부는 밤의 거리 속을 가는 자아의 모습을 "조그만 인

어"로 인식하고 있다. 그리고 "한 몸에 둘셋의 그림자"를 거느리는 이중
삼중의 자아의 모습을 보게 된다. 그러나 자아는 광풍 속에서도 사라지
거나 소멸하지 않는다. 커졌다 작아졌다 하며 전등 밑을 헤엄치는 인어
의 이미지는 불안하고 여리지만, 끝없이 이어진 길 위에 선 나그네의 갈
망을 시각적으로 보여준다.

서로 흩어져서 떠내려가는 인간의 운명 가운데서 잃은 것을 찾고자
끊임없이 길떠남을 모색했던 시인의 시선은, 속에서 '들여다보는' 시인
고유의 성찰의 자세와 더불어 손금이라는 인체의 미세한 영역으로 축소
해 들어가기도 한다.

> 다시 손바닥을 들여다 본다. 손금에는 맑은 강물이 흐르고, 맑은 강물이 흐르
> 고, 강물속에는 사랑처럼 슬픈 얼골―아름다운 順伊의 얼골이 어린다. 少年은
> 황홀히 눈을 감어 본다. 그래도 맑은 강물은 흘러 사랑처럼 슬픈얼골―아름다
> 운 順伊의 얼골은 어린다.
>
> ―「少年」 중에서

위 시에서 "손금"은 길의 신체 감각적인 변형어다. 미지의 운명을 향
하여 선연하게 그어진 손금의 감각은 바로 오늘에서 내일로 뻗어 있는
길의 이미지와 겹쳐져 있다. 손금을 흐르는 "맑은 강물", 그리고 강물 속
의 "順伊의 얼굴"은 자못 동화적이고 환상적인 풍경화를 만들지만, 사실
이 풍경화에서 고뇌와 좌절의 길 위에서 꿈꾸어 보는 행복한 여로에 대
한 동경을 읽을 수 있다.

즉 길떠나는 자신의 운명을 들여다보며 그 길 위에다 맑은 강물, 아름
다운 소녀의 영상을 평화롭게 드리워 보는 것이다. 그러나 맑은 강물로
어리는 순이의 얼굴은 여전히 '슬픈' 얼굴이다. 자기 운명 앞에 놓인 비극
적 길에 대한 슬픔을 윤동주는 쓸쓸함, 슬픔 등의 감각으로 포착해낸다.

이 결연하면서도 쓸쓸하고 고독한 길은 때로는 '지도'라는 지형학적

이미지로 추상화되면서, 운명의 갈래 갈래를 얽고 있던 길에 대한 진지한 고뇌를 느끼게 한다.

—「눈오는 地圖」 전문

화자는 창 밖의 세계를 지도로 인식한다. 지도는 길의 문화적 약호이면서, 길과는 달리 시작과 끝이 분명해서 전체가 한눈에 조감되는 특징이 있다. 그러므로 이제 길이 지도로 변형되었다는 것은 화자가 걸어온 길이 지도를 이룰 만큼 누적되었다는 의미를 드러낸다고 할 수도 있다. 방황과 갈등과 고통에 찬 그 동안의 여정이 추상적이고 조형적인 감각으로 어느 정도 거리화되고 있는 것이다.

창 밖에 아득히 깔린 지도, 운명의 곳곳으로 뻗어 있는 그 길들 위에 하얀 눈이 덮여 있다. 길 위에 선 막막함이 이 시에서는 지도를 덮어 버린 눈, 그리고 떠나는 순이라는 두 개의 이미지로 나타나, 차갑게 움츠러진 화자의 내면을 짐작케 한다. 그러나 화자의 태도는 비관적이지 않다. 마음까지 내리는 눈 속에서도 발자국을, 발자국마다 피었을 꽃을 찾아가겠다는 조용한 고백은 비극적인 아름다움에 가까운 것이다.

윤동주의 길은 이처럼 내면은 물론 인체, 자신의 운명, 그리고 외부 세계로 나아가고 있다. 그렇다면 이 길이 끝나는 곳은 어디인가. 여기에 대한 답은 물론 자아 성찰이라는 그의 전체 시 세계에 긴밀하게 연결되면서 일정한 지향성을 보여준다.

> 텐트 같은 하늘이 무너져
> 이 거리를 덮을가 궁금하면서
> 좀더 높은 데로 올라가고 싶다.
>
> —「山上」 중에서

> 나는 무엇인지 그리워
> 이 많은 별빛이 나린 언덕우에
> 내 이름자를 써 보고,
> 흙으로 덮어 버리었읍니다.
>
> —「별헤는 밤」 중에서

> 尖塔이 저렇게도 높은데
> 어떻게 올라갈 수 있을까요
>
> —「十字架」 중에서

그 지향성은 상방(上方)을 향한 운동이다. 상방, 구체적으로는 "하늘", "좀더 높은데", "별", "언덕 우", "첨탑" 등을 향하는 길의 지향성은 지고한 영혼을 추구했던 그의 전체적인 시 세계에 부응하는 것이며, '멸'에 대한 집요한 추구와도 밀접한 관련을 갖는다.

하지만 윤동주의 길이 우리에게 주는 감동의 요소는 천상의 것들을 지향하는 것 자체보다, 의연하고 꿋꿋하게 그 쓸쓸하고 고통스런 길을 탐색했던 삶의 자세에 있다.

> 내를 건너서 숲으로
> 고개를 넘어서 마을로
>
> 어제도 가고 오늘도 갈

나의길 새로운 길

매일 매일의 삶을 새로운 길로 인식할 수 있는 정신의 힘, 새로운 길을 노래했던 그 곡조가 희망에 찬 만큼 고통스럽고 절망스러웠던 길, 그러나 꺾이지 않고 언제나 새로운 길을 찾아 자신을 채찍질했던 시인의 자세는 마치 운명에 맞서 스스로를 단죄했던 오이디푸스와 같은 비극적 숭고미를 전해 주는 것이다.

5. 악수 이미지와 통합의 상상력

시인이 하나의 시적 세계를 이루려면 대상에 대한 의식의 행위를 상상력에 의해 재구성하는 질서의 체계화 작업이 필요하다. 이는 이질적인 사물들의 의미가 어떻게 시인의 의식과 관련되어 미학적인 통일의 세계로 수용되는가 하는 점을 염두에 두는 작업이라 할 수 있다. 윤동주 시에 나타난 의식을 통일하는 응집원리는 무엇이며 그의 시의 전체적인 상상력의 질서는 어떻게 설명될 수 있는가 하는 문제들을 종합해 보고자 한다.

그의 대부분의 시에는 긍정과 부정의 대립적 의미를 지닌 시어가 많이 등장한다. '봄'과 '단풍잎', '밤'과 '아침', '환자'와 '건강인', '눈물'과 '위안', '미움'과 '그리움', '무덤'과 '파란 잔디', '죽어 가는 사람들'과 '살아 가는 사람들' 등으로 반대되는 두 개의 단어가 병치되어 쌍을 이루고 있는 것이다. 윤동주의 현실과 작품을 지배하는 모순과 갈등을 헤아릴 수 있게 하는 이 두 세계는, 그러나 하나의 세계를 이루기 위하여 끊임없이 변용된다. 그래서 그의 시적 전개는 극단의 대립되는 사물들을 접근시키기 위한 매개항을 찾는 일련의 과정으로 보여지기도 한다.

그가 각별한 내면의 인간이었던 만큼 이때 대립되는 두 세계의 핵심은 바로 철저하게 자기 내부에 도사리고 있다. 그러므로 윤동주에게 있어 긍정과 부정의 세계를 이어 주는 매개항은 바로 자기 자신과의 화해를 추구하는 시적 자아의 태도에서 찾을 수 있다.

窓밖에 밤비가 속살거려
六疊房은 남의 나라,

詩人이란 슬픈 天命인줄 알면서도
한줄 詩를 적어 볼가,

땀내와 사랑내 포근히 품긴
보내주신 學費封套를 받어

大學 노―트를 끼고
늙은 敎授의 講義 들으려 간다.

생각해 보면 어린때 동무를
하나, 둘, 죄다 잃어 버리고

나는 무얼 바라
나는 다만, 홀로 沈澱하는 것일가?

人生은 살기 어렵다는데
詩가 이렇게 쉽게 씌어지는 것은
부끄러운 일이다.

六疊房은 남의 나라

窓밖에 밤비가 속살거리는데,

등불을 밝혀 어둠을 조금 내몰고,
時代처럼 올 아침을 기다리는 最後의 나,

나는 나에게 적은 손을 내밀어
눈물과 慰安으로 잡는 最初의 握手.

—「쉽게 씨워진 詩」 전문

그의 최후의 시로 알려진 「쉽게 씌어진 詩」에는 '손을 내미는 나'와 '또 다른 나'의 대립이 존재한다. 이것은 작품 외적으로는 식민지의 청년 윤동주와 지배국인 일본으로 건너온 유학생인 자신과의 대립이며, 또한 일상적 인간과 시인으로의 자아, 그리고 밤과 아침의 대립으로 이중 삼중의 대립이 중첩되어 있다. 하지만 시인은 이제 대립되는 세계 사이에서 좌초되지 않고 두 사람의 자신을 악수시킨다. 따뜻한 체온의 나눔이 감지되는 이 악수의 이미지는 먼 길을 돌아온 시인의 또 다른 자기 응시가 되는 것이다.

그러므로 '악수'라는 이미지는 윤동주 시의 여러 이항대립을 화해시키는 매개항의 중심적인 이미지가 되며, 이것은 자기 내부로부터 타인들을 향해 확산되어진다. 부유(浮游)하는 삶 가운데 자기와 또는 세계에 악수를 청하는 노래들은 마치 우주 한가운데서 지구를 바라보며 도시의 불빛을 향하여 통화와 만남을 부르짖은 생텍쥐페리의 말을 연상시킨다. "사람들에게 반드시 말을 해야 한다." 생텍쥐페리가 샹브 장군에게 써보냈다는 이 말은 윤동주의 시적 이상과 이어지는 것이라 생각된다.

나는 終點을 始點으로 바꾼다.
내가 내린 곳이 나의 終點이오, 내가 타는 곳이 나의 始點이 되는 까닭이다.
이 짧은 瞬間 많은 사람들 속에 나를 묻는 것인데 나는 이네들에게 너무나 皮

위의 인용된 글에 의하면 윤동주는 각 사람들이 지니는 영혼의 소중
함을 인식하고 그들의 기쁨과 슬픔을 밝히도록 하겠다는 욕구를 가지고
있었으며 그것이 여의치 않는 것을 괴로워했음을 알 수 있다. 그의 고통
은 휴머니티의 탐구와 실천 사이의 끊임없는 의문을 의미한다. 그는 자
연에 의해서 정해진 연대성으로 만족하는 대신에 사람의 충동으로 생의
실체와 본질적인 세계에 도달하려고 했다.
　이처럼 악수의 이미지는 타인에게 또는 자연 만물에게 확대되면서 철
학적, 종교적 깊이에 다다르고 있다.

자연을 수용하는 태도에 있어서도 윤동주는 단순한 화해나 연대의식
이 아닌 생성과 부활에 대한 긍정적 신념을 보여준다. 이 의지는 그 자
체가 근원이며 모든 것을 존재하게 하는 근본이 되는 것이다. 「별 헤는
밤」의 끝 연 '겨울이 지나고 봄이 옴', '무덤 위에 파란 잔디가 돋아남',
'내 이름자 묻힌 언덕 위의 파란 풀'의 자랑은 생성과 부활의 이미지다.
절박한 한계나 절망을 넘어섰을 때 느끼는 안도감이 서로 긴밀하게 연
결되어 있다. 거기에는 어둠을 딛고 설 수 있는 저력이 숨쉬고 있으며
우주의 신비함과 불명에의 생이 동질화되어 있다. "우리는 서리발에 끼
친 낙엽을 밟으면서 멀리 봄이 올 것을 믿습니다"라면서 자기의 사명과
자연과의 일체적인 교합 속에서 태초의 생명에의 의지로 나아가려는 것
이다. 자연에 대한 이러한 그의 태도는 생의 의미를 상징의 차원으로까

지 끌어올리고 있다.

윤동주의 이러한 정신적 자세는 신앙을 수용하는 문제에 있어서도 드러난다. 잘 알려진 대로 그는 어릴 적부터 깊은 신앙을 지닌 가정과 기독교적 배경을 지닌 학교의 교육 속에서 성장했으면서도 비교적 객관적인 종교 의식을 보여준다.

우리는 주일 학교도 같이 다니었으며 구주 성탄 때는 교회당이 가까운 그의 집에서 새벽송 준비를 하고 밤샘을 하며 꽃송이를 준비하곤 했다.
—김정우, 「윤동주의 소년 시절」 중에서

나는 동주의 꽁무니를 따라 주일날이면 영문을 모르고 교회당에 드나들었다. 그러는 가운데 나는 지난날 몰랐던 전혀 새로운 세계를 발견할 수 있었고, 새로운 영혼의 우주를 찾아 언덕 저쪽을 바라다볼 수 있는 기회를 얻기도 했다.
—정병욱, 「잊지 못할 윤동주의 일들」 중에서

이러한 증언들에 의하면 윤동주의 신앙 생활은 어릴 때뿐만이 아니라 규칙적으로 교회에 나가며 성서를 읽던 연희전문 시절까지도 계속된 것으로 나타나고 있다. 그럼에도 불구하고 그의 시 세계 속에 보여지는 "괴로웠던 사나이, / 행복한 예수 그리스도에게 / 처럼 / 십자가가 허락된다면", "전신주가 잉잉 울어 / 하나님 말씀이 들려온다" 등의 구절들은 일반적인 신앙에 관한 자기 성찰에 불과한 것이다. 그것은 김윤식 교수가 지적하듯이 "한국인에게 기독교가 교양 체험을 넘어선 혼의 문제일 수 없었던" 회의 때문이었을까? 아니면 그의 예민한 감수성이 종교가 지니는 무조건의 열광 속으로 쉽게 몰입되지 못했던 탓일까?

여기서 우리는 시와 종교의 두 명제를 결합하는 관계를 생각해 볼 수 있다. 기독교적 사랑이 의로운 것을 강조하며 죽음을 영생으로 인도해 주는 것이라면 윤동주에게 시적 이미지를 낳게 하는 내면적 사랑은 그 이미지를 그에게 역시 동일하게 반향하게 하는 것이다. 죽어 가는 것을 불변하는 것으로, 흐르는 것들을 영원한 것으로 전환하려는 그의 모순의 합치는 죽음을 예수의 사랑에 의해 영생으로 이끄는 기독교의 근원적인 원리와 일치하고 있다.

그런 의미에서 그는 우편 배달부를 "거인처럼 찬란히 나타나는 배달부, 아침과 함께 즐거운 내림"이라 하여 편지를 전해 주는 그의 역할을 하늘과 땅을 잇는 구세주의 내림에 비유하고 있다.

> 으스럼히 안개가 흐른다. 거리가 흘러간다. 저 電車, 自動車, 모든 바퀴가 어디로 흘리워 가는 것일까? 碇泊할 아무 港口도 없이, 가련한 많은 사람들을 실고서, 안개 속에 잠긴 거리는,
>
> 거리 모퉁이 붉은 포스트상자를 붙잡고 섰을라면 모든 것이 흐르는 속에 어렴푸시 빛나는 街路燈, 꺼지지 않는 것은 무슨 象徵일까? 사랑하는 동무 朴이여! 그리고 金이여! 자네들은 지금 어디 있는가? 끝없이 안개가 흐르는데,
>
> "새로운날 아침 우리 다시 情답게 손목을 잡아 보세" 몇字 적어 포스트 속에 떨어트리고, 밤을 새워 기다리면 金徽章에 金단추를 삐었고 거인처럼 찬란히 나타나는 配達夫, 아침과 함께 즐거운 來臨,
>
> 이 밤을 하염없이 안개가 흐른다.
>
> ─「흐르는 거리」 전문

유동하고 표류하는 우리들의 삶에서 정착이 갖는 의미와 가능성에 대하여 이야기하고 있는 이 시는 흐르는 것과 고정되어 있는 것의 이항대립을 보여준다. '안개', '자동차 바퀴', '배', '가련한 사람들' 등이 흘러가는 것이고 이에 대립되는 고정의 이미지는 '항구', '가로등', '포스트 상자' 등으로 나타난다. 모든 이항대립의 지향이 그렇듯이 이 시에서도 흐르는 것과 고정되어 있는 것의 대립적 병치들에서 느껴지는 아름다움은 바로 매개항의 인식에 있다. 고정되어 있는 것과 그것을 스쳐 지나가 정

처 없이 표류하는 것들을 우리 주위의 친근하고도 일상적인 사물들 속에서 이야기함으로써, 무엇엔가 떠밀려 홀로 표류하는 삶의 쓸쓸함을 되돌아보게 한다.

여기에서 편지를 들고 나타난 우편 배달부는 각기 표류하는 우리들을 연결해 주고 흐르는 것들을 멈추어 손잡게 하는 역할을 한다. 금빛 휘장을 두른 배달부는 바로 지상의 존재들과 비교되는 크나큰 인물, 거인의 이미지이며 더 나아가 예수의 재림을 연상케 하는 것이다.

예수가 사랑을 통한 인류의 염원을 설파했듯이 편지를 전달받는 것은 바로 나에게 내미는 악수의 이미지가 수평적으로 확산된 것으로서 타인과 손목을 잡는 행위와 동질의 것이며, 더 나아가 밤에서 아침으로 이동하는 시대적 소망이기도 하다. 이러한 인간에 대한 사랑과 연대 의식은 또한 자신이 지닌 시인으로서의 사명과 일치하는 것이기도 했다. 결국 윤동주에게 있어서 시와 종교는 일상의 모순을 융합시킨다는 점에서 동일한 것이었다.

6. 화해의 시학

결국 윤동주의 시와 그의 생애가 모색하고 있는 초점은 따뜻한 화해의 세계로 모아진다. 어둠과 빛, 자기의 부정과 긍정, 환자와 건강인, 그리고 괴로움과 부끄러움을 극복하게 하는 사랑과 정다움 등 의미의 대응 관계를 이루는 두 세계를 하나로 묶는 융화의 세계인 것이다.

그 균형과 조화의 세계에 도달하기 위하여 그는 끊임없이 새로운 길을 떠나며, 안개 긴 거리를 헤매고 시대 속에 '허우적거리며' 자아의 탐구와 실천 사이의 끊임없는 상충 속에서 요동하는 괴로움을 보여준다.

숨막히는 모순과 갈등은 무엇엔가 "쫓기우며 자조하는 젊은이가" "오래 마음 깊은 속에 / 괴로워하든 수많은 나"를 파악하기 위한 내면적 긴장의 여러 시구들로 나타나고 있다.

그러나 그 예리한 현실적 상황과 이상적 가능의 부딪침 사이에서 윤동주의 감수성은 공존을 시도한다. 모순된 명제를 동시에 포용하는 자신의 내면적인 합치와 서로 분리되어 존재하는 나와 타인을 결합시키는 것이다.

따라서 윤동주의 모든 시는 현실에 대한 부정적인 것을 인식함과 동시에 그것을 긍정적인 깨달음으로 이끌어 주는 의미 체계를 구성한다. 그 두 대립하는 세계를 이어 주는 매개항은 어린 날의 추억이나 친구들, 어머니와 순이, 때로는 이웃 사람들로 표상되고 있다. '노여움, 억울함, 아까움 같은 것을 마음속에 조용히 새기고는 늘 변함없는 미소로 사람을 대하던' 그의 성품은 밤비 속에서 아침을 기다리며, 어둠 속에서 밝음으로 나아가는 열쇠를 사람들 사이의 연대의식으로 융화하려는 시 정신과 일치된다.

그가 가장 깊이 천착한 자아 의식의 공간은 '우물'과 '거울'과 '방'을 통하여 이미지군을 이룬다. 그리고 '하늘'과 '별'은 그의 시적 아름다움의 원초적인 내용을 구성하고 있다.

윤동주의 개인적 의식과 시적 의식의 지향성이 일치하여 목표로 하고 있는 것은 지상적 존재로서의 괴로움을 극복한 사랑의 실천에 있었고, 그때에 그의 노래와 시는 일상적인 것과 초월적인 것의 이질적 세계를 합일시킨다는 점에서 시와 종교를 동일한 것으로 일치시키는 것이다.

그는 밤과 어둠의 상태에서 밝음을 믿었고, 흐르는 가변의 상태에서 정착을 그리워했으며, 헤어져 있는 현실에서 사람들과의 만남을 노래했다. 시인으로서 그는 부정적인 현실의 '나'를 극복하여 시적 초월로 자기 존재를 일으켜 세우기 위한 모색의 과정을 보여준다. 대상을 주관화시키는 이미지의 처리, 또 하나의 자신에게 다짐하는 미래 지향적 시제, 흐르 듯 이어지는 시어의 연속성, 산문적 형식 등 그의 시를 특징짓는 경향은 이러한 그의 내면적 요구와의 연관되어 있다.

그에게 있어서 시를 쓰는 행위는 괴로워하는 자신이 희망을 가지라고 부추기는 또 다른 자신에게 내미는 악수였고, 나와 타자 사이의 단절을 극복하기 위한 연결통로를 만드는 작업이었다. 그리하여 그의 시들은 이 웃과의 연대 의식을 우리 모두에게 깨우치는 따뜻한 화해의 시학을 질 서 있게 구축하고 있는 것이다.

경계공간과 상생(相生)의 거리두기

서정주론

1. 한국적 원형의 세계

한 공동체가 공유하는 의식의 동일성은 전통적 삶 속에 뿌리내린 민속신앙이나 시간관, 공간관, 그리고 상상력의 특성 등을 기준으로 생각해 볼 수 있을 것이다. 일찍이 인류학자인 레비–스트로스(Levi-strauss)는 사람들의 얼굴은 그곳의 지형(地形)과 유사하다고 말하고 있거니와 신토불이(身土不二)라는 말을 굳이 빌려오지 않더라도, 동일한 땅과 기후 조건에서 숨쉬고 그 땅에서 생산되는 먹을거리를 섭취하여 삶을 영위하는 사람들에게는 다른 민족과는 구분되는 그들만의 동질성이 형성되는 것은 자연스러운 일이다. 또한 삶의 총체적인 기록이 문학이라면 작품 속에는 각 민족 특유의 심의경향(心意傾向)이 있기 마련이며, 그러한 집단적인 보편성이 작품의 공감대를 형성한다.

이러한 맥락에서 서구문화 양식과 대비되는 한국적 사유의 특성을 특별히 선명하게 드러내고 있는 시인의 작품 세계를 고찰하는 일은 한국적 정신 세계의 본질에 다가가는 의미 있는 작업이 될 것이다. 본고에서는 그러한 모색이 하나로서 서정주의 시세계를 고찰하고자 한다.

미당의 시세계는 한국 현대시사에서 가장 한국적인 원형의 요소를 간직하고 있으면서도 독자적인 이미지의 변용을 보여준다. 1941년 발간된 『화사집(花蛇集)』을 비롯하여 『귀촉도(歸蜀道)』(1946), 『서정주 시선』(1955) 등 열권의 시집에 나타나 있는 그의 시들은 전통적 생명의식과 서정성, 시어와 일상어의 자연스러운 결합, 구어체와 방언·의성어 등과 더불어 한국시의 정서와 리듬을 가장 효과적으로 표출하고 있다. 이러한 서정주 시의 특성을 사유의 기본적 틀이라 할 수 있는 시간과 공간, 인간을 기준으로 삼아 논의를 펼치려 한다.

2. 신화적 시간과 존재론적 전이(轉移)

미당의 초기시는 잘 알려진 바와 같이 피의 원형적 이미지를 중심으로 하여 전개된다. 원초적 본능과 뜨거운 생명의 들끓음 속에서 터져 나오는 카오스의 절규는 최초의 시집인 『화사집』(1941)의 중심 내용이 되는데, 이때 육체와 정신 또는 삶과 죽음의, 절대로 화해할 수 없는 대립적 이미지로 상충되고 있다.

'뜨거운 피'는 금방 식어버리는 것, 또는 굳어지는 것을 속성으로 하기에 인간 생명의 유한성을 자각하게 하는 핵심적 이미지가 된다. 실제로 초기시에는 '피'·'봄'·'夏'·'정오'·'대낮' 등의 시어들이 빈번하게 나오는데, 이 시기의 시인은 인간에게 있어서는 피가 뜨거운 청춘의 시간을, 계절적으로는 생명이 약동하는 봄과 여름의 시간을, 하루에서는 정오의 시간을 주시하고 있는 것이다. 이 모든 것은 시간적으로 찰나이며, 스러지는 과정을 남겨놓고 있다는 공통점을 갖기에, 찬란한 생명의 시간의 이면에는 유한한 인생살이의 어두운 본질이 감추어져 있다 하겠다. 따라서 초기시의 들끓는 절규는 생명의 원형적인 울부짖음이며, 동시에 유한성을 향한 인간의 절규이기도 하다.

그러므로 미당 시세계의 전이과정에는 시간에 대한 새로운 발견 또는 창조의 과정이 필연적으로 결부된다. 이 들끓는 시선은 두 번째 시집 『귀촉도』(1946)에서부터 서서히 전회하기 시작하여, 『서정주 시선』(1955), 『신라초』(1960), 『동천』(1968), 『질마재 신화』(1975)에 이르러 시인의 능동적인 사유의 원천으로 대상화된다.

> 禪雲寺 고랑으로
> 禪雲寺 동백꽃을 보러 갔더니
> 동백꽃은 아직 일러 피지 않았고
> 막걸릿집 여자의 육자배기 가락에
> 작년것만 오히려 남았습디다.
> 그것도 목이 쉬여 남았습니다.
>
> —「禪雲寺 洞口」 전문

> 만일에
> 이 時間이
> 고요히 깜짝이는 그대 속 눈썹이라면
>
> 저 느티나무 그늘에
> 숨어서 박힌
> 나는 한알맹이 紅玉이 되리
>
> —「古代的 時間」 중에서

「선운사 동구(禪雲寺 洞口)」에서는 기억에 의해 되살아난 과거가 현재와 미래를 연결하는 시간의 신비한 통합이 이루어지고 있다. 아직 피지 않은 동백꽃(현재)이 작년의 동백꽃(과거)에 의해 되살아나면서 시간의 내부에 갇혀 있던 꽃을 개화시킨다. 시인은 육자배기 가락을 매개항으로 해서 동백꽃과 주막집 여자와 자신의 언어를 동일화한다.

선운사 동백꽃이 함의하는 아름다움과 초월성, 막걸릿집 여자의 목쉰 가락이 갖는 신산함과 세속성의 대립은 시인의 상상력과 시간에 대한 통찰에 의해 내밀한 깊이로 결합하고 있는 것이다. 아직 피지 않은 꽃을 막걸릿집 여자의 노래가락에 육화(肉化)함으로써 시인은 무정형성과 견고함을 보이는 시간의 벽에 맞서고 있다. 그리하여 선운사의 동백꽃은 생명있는 것들이 갖는 유한함과 그들이 꿈꾸는 영원성의 결합, 과거·현재·미래를 포괄하는 그 모든 시간적 깊이를 적층화(積層化)하고 있다.

「고대적 시간(古代的 時間)」에는 인간의 탄생에서 죽음까지의 시간과정을 찰나(刹那)적인 순간으로 인식하는 불교의 시간 관념이 역설적으로 수용되어 있다. '눈깜짝임'의 순간성 속에 개체의 전 생성과정이라는 우주적 시간이 깃들어 있다. 인간의 생명이 변전하여 '홍옥'이라는 물질로 결정화되기까지의 긴 시간을 그대의 '눈깜짝임' 속에서 포착함으로써, 그대가 나에게 던져준 의미 있는 눈짓 하나가 물리적 시간의 길이나 중량감을 가뿐히 제압할 수 있다는 시인의 유연한 의식을 보여준다. 순간이라는 시간이 불멸의 영원을 포함하고 영원이라는 시간이 이런 애틋한 순간들의 궤적이라는 시인의 의식은 시간이 본래적으로 지닌 한계를 자유로이 넘나든다.

요컨대 미당의 시간에 대한 이러한 능동적 사유는 현재 안에 과거나 미래를 병치시키기도 하고, 순간을 다양한 시간으로 연결시키기도 하고, 또는 서로 무관한 개체를 연결하여 시간의 연속성을 만들어내기도 하면서, 현재의 시간을 확장해간다.

① 마흔 다섯은
  귀신이 와 서는 것이
  보이는 나이

—「마흔다섯」 중에서

② 뻐꾹새 울음소리
  그대 어깨를 어루만져 내려서
  그대 버선코를 돌아오고 있을 때……
  열번을 스무번을 돌아오고 있을 때……

  그대 옛 結婚날의 황금 가락지,
  지금은 전당포에 잡히어 있는
  기억 속 가락지의 금빛 선을 돌아서
  돌아서 돌아서 울려 오고 있을 때……

—「뻐꾹새 울음」 중에서

③ 바위가 저렇게 몇천년씩을
  침묵으로 웅크리고 앉아 있으니
  난초는 답답해서 꽃 피는 거라

—「바위와 난초꽃」 중에서

①에서 중년의 고비에 선 화자는 자기가 보는 것이 돈도 아니고 명예도 아니며 귀신이라는 예외적인 고백을 한다. 현실의 논리가 숨가쁘게 돌아가는 일상의 중심에 또 다른 시간대, 즉 죽음을 둘러싼 불안한 미래의 시간을 그대로 담담하게 병치시키면서 현재 안에 미래가 나란히 연계되어 있는 것이다.

②에서는 뻐꾹새의 울음소리라는 한 순간의 시간이 "그대"라는 여성으로 형성화되고 더 나아가 과거의 시간으로 펼쳐진다. 후각이나 미각에 비하여 청각적 이미지는 공중으로 흩어질지라도 순식간에 사라져 버리는

속성이 있기 때문에 미각이나 촉각, 후각 등에 비하여 순간성이 강렬하다. 그러나 이 시에서는 한순간 산 속으로 울려 퍼져 사라져 버리는 울음 소리 속에서 여인의 단아한 형상을 열 번이고 스무 번이고 그려낸다. 그리고 이 소리의 울림은 결혼과 그 후의 삶의 역정까지도 시각적으로 재현시키고 있어 강렬한 순간이 갖는 시간의 집중적 응축력을 잘 보여준다. 이러한 시간의 집중성은 "돌아오고 있을 때", "울려오고 있을 때" 등의 의미의 연쇄에 의한 병렬법[1])의 형태로 뒷받침되며 뻐꾹새 울음소리의 시간으로 수렴되고 있다.

③에서 시인의 시간 의식은 난초의 개화와 그 옆에 있는 육중한 배경인 바위라는 전혀 상관없는 두 객체를 여유 있게 연결시킨다. 개화의 순간성을 몇 천 년 침묵하는 무생명의 바위라는 측량할 수 없는 무거운 시간의 겹 속으로 확산시킴으로서 생명의 유한성을 넘어서며 순간과 영원의 시간을 삼투하게 한다.

이러한 시인의 시간에 대한 능동적이고 유연한 사유는 '영원' 또는 '순환'의 시간에 이르러서 극점을 보여준다.

춘향이
눈썹
넘어
廣寒樓 넘어
다홍 치마 빛으로
피는 꽃을 아시는가?

비개인
아침 해로
가야금 소리로

---

1) R. Jakobson, "Grammatical Parallelism and Its Facet", Selected Writings Publishers, 1981, p.99.

피는 꽃을 아시는가
茂朱 南原 石榴꽃을……

石榴꽃은
永遠으로
시집가는 꽃
구름 넘어 永遠으로
시집 가는 꽃

우리는 뜨내기
나무 기러기
소리도 없이
그 꽃가마
따르고 따르고 또 따르나니…….

—「석류꽃」 전문

춘향은 남원 광한루라는 현실에 갇혀 있지만, 다홍치마 입은 여성으로 의인화된 석류꽃은 영원의 시간으로 시집을 간다는 것에서, 인간의 시간을 넘어서 영원의 시간을 보고자 했던 미당의 의식적 지향성이 명료하게 드러나고 있다. "다홍"이라는 빛깔과 "가야금 소리로 피는" 공감각화된 이 아름다운 꽃은 비 개인 아침의 시간에 존재의 절정을 이루면서 구름 넘어 수직의 시간으로 상승하고 있다.

그런데 꽃을 따르는 "우리"는 영원의 시간에는 속할 수 없는 "뜨내기"들이다. 뜨내기란 정처 없는 존재이기에 과거도 미래도 없고 유한한 현재만이 있다. 현실에서 움직일 수 없는 꽃에서 영원으로 시집가는 역동성을 발견했으면서도, 인간을 움직이지도 날지도 못하는 나무기러기로 보는 시인의 투시도 바로 여기에서 연유한다. 그러므로 뜨내기인 우리는 꽃을 '따르고 또 따르는' 반복적 행위를 통하여 영원과의 상관적 결합을 시도하는 것이다.

특히 이 시는 "피는 꽃을 아시는가?"라는 질문으로 시작하여 "따르고, 따르고 또, 따르나니……"의 말줄임표로 마무리를 함으로써, '우리는 따르나니'라는 현재형의 대답을 하는 구조로 되어 있다. 이 미완의 열린 구조가 보여주는 아직 끝나지 않은 대답을 통하여 결국 영원에의 추구, 영원한 시간에의 탐구야말로 인생에 있어서 지속적이고 또 현재적인 작업[2]임을 말해주고 있는 것이다.

현재의 시간을 과거와 미래로 완전히 개방하고 있는 이러한 상상력은 「연꽃 만나러 가는 바람같이」에서 더욱 선연하게 드러난다.

> 이별이게,
> 그러나
> 아주 영 이별은 말고
> 어디 내생에서라도
> 다시 만나기로 하는 이별이게
>
> 蓮꽃
> 만나러가는
> 바람아니라
> 만나고 가는 바람같이……
>
> ─「연꽃 만나러 가는 바람같이」 중에서

이 시에서는 이별에서 오는 눈물이나 상처, 기억 등의 의미와 무게를 완전히 제거하여 바람의 이미지로 치환하고는 이 바람을 미래는 물론, 과거로까지 소통시켜 버린다. 전체적인 시상(詩想)이 한 연에서 또 한 연으로 계속 이어지면서 그 흐르는 이미지를 하나의 서술어로 고정시키지 않고 '……하게'나 '……이게', '……같이'로 끝맺는 어법도 이러한 시간의

---

2) 서정주 시는 현실적 인식보다 영원 속에서 되풀이되는 현재로서의 인식이 많이 드러난다. 구체적으로 작품을 지적하면 「국화옆에서」, 「춘향유문」, 「因緣說話劇」, 「감정 水牛角製의 긴비녀」, 「七夕」, 「난초잎을 보며」, 「겨울 黃海」 등을 들 수 있다.

개방성을 뒷받침하고 있다. 고정적인 시간의 관념에서 벗어나는 자유로움과 동시에 그 속에서 전이를 거듭하는 시적 변형을 이룩하는 것이다.

　물론 현실의 시간에서 벗어나, 영원의 시간을 발견한 시인이 비단 서정주뿐만은 아닐 것이다. 그러나 서정주에게 있어서 이 영원의 시간은 추상적으로 존재하는 것이 아니라, 인생의 구체적인 순간 속에서 발견된다. 시인이 열어놓은 영원의 시간에 초월적 힘이나 절대적 종교의 경지, 또는 추상적인 논리의 세계가 쉽사리 주인으로 들어설 수 없는 것도 바로 이 때문이다.

> 내가 또 유랑해가는 것은
> 내가 거짓말 안한
> 단 하나의 처녀 귀신이 나를 찾아오기 때문이다.
> 문둥이 산 바윗금 속에도 길을 내여
> 그 눈섭이 도 다시 나를 찾아오기 때문이다
> 겨드랑에 옛 호수를 꺼내여 끼고
> 아버지가 입고 가신 두루막이 내음새로
> 또 내가 유랑해 가게 하는 것은
>
> ―「내가 또 유랑해가게 하는 것은」 중에서

　영원과 순환의 시간의 중심에는 항상 현재를 사는 인간이 있다. 따라서 인간이 사는 현재란 단절된 유한한 시간이 아니라, 과거의 우리의 아버지들이 "두루막이"를 펄럭이며 표표히 걸었던 그 시간 위에 연결되어 있으며, 그 길을 걸어 인생이라는 심연의 호수를 건너 신의 나라(처녀 귀신)를 찾아가는 여정 속에 있는 것이다. 그러므로 인간의 삶은 이 무한한 영원의 시간 속에서 "유랑"으로 존재하는 것이며, 이 유랑은 나의 아버지의 아버지의 아버지로부터 계속해 반복된 것이기에 신화적 의미를 갖는 것이다. 그리고 신화의 주인공이 불멸하듯 인간 삶의 원형적 반복 역시 이 영원의 시간 속에서 불멸하는 것이다.

즉 서정주의 시간은 영원을 지향하되 종교적으로 하늘로 올라가서 탈속하는 것이 아니라, 인간 삶의 원형의 언저리에서 끝없이 순환되고 있는 것이다. 그러기에 신화의 시간에 속해 있되 가장 현실적인 시간에 발딛고 있었던 것이라 할 수 있다.

3. 경계 공간과 상생(相生)의 거리두기

한국인의 사유의 틀 안에는 미분화된 시·공간에 대한 지향, 즉 경계가 해체된 시간과 공간에 대한 지향이 자리하고 있다. 문지방, 낮은 댑싸리 울타리, 미닫이 여닫이 문 등의 주거 양식에서부터, 하늘과 땅의 공간을 함께 조망할 수 있는 정자(亭子)나 누각(樓閣) 등과 같은 건축구조에 이르기까지 우리는 생활의 곳곳에서 "안과 밖이 확연하게 분리되어 있지 않는 한국적 공간 의식"3)의 양상을 엿볼 수 있다.

서정주의 시는 바로 이러한 삶의 공간 양식과 궤를 같이하고 있는데, 두 영역을 구분하는 경계를 자유자재로 넘어 다니는 시인의 공간 의식은 그의 유연한 세계관을 뒷받침하는 중요한 바탕이 된다. 춘향이가 지상과 천상의 그 어느 쪽에도 속하지 못하고 그네를 뛰고 있는 장면(「추천사」)이나, 이승도 저승도 아닌 "저승결을 나르는"(「鶴」) 학의 자태에서 바로 이곳과 저곳에 종속되지 않는 경계 공간에 자리하려는 미당의 공간 의식이 명확히 드러난다.

그런데 우리가 주목해야 미당의 독자성이란 이 경계 공간이 일상의 가장 사소하고도 의외의 곳에서 탄생한다는 것이다.

---

3) 이어령, 「공간의 기호학」, 민음사, 2000.

질마재 상가수의 노랫소리는 답답하면 열두 발 상무를 젓고
따분하면 어깨에 고깔 쓴 중을 세우고, 상여면 상여머리에
뙤약볕 같은 놋쇠 요령을 흔들며, 이승과 저승에 뻗쳤습니다.
그렇지만 그 소리를 안 하는 어느 아침에 보니까 상가수는
뒤깐 똥오줌 항아리에서 똥오줌 거름을 옮겨 내고 있었는데요,
왜, 거, 있지 않아, 하늘과 별과 달도 언제나 잘 비치는 우리네
똥오줌 항아리, 비가 오나 눈이 오나 지붕도 앗세 작파 해버린
우리네 그 참 재미있는 똥 오줌 항아리, 거길 明鏡으로 해 망건
밑에 염발질을 열심하고 하고 서 있었습니다. 망건 밑으로 흘러
내린 머리털들을 망건 속으로 보기 좋게 밀어넣어 올리는 쇠뿔
염발질을 점잖게 하고 있어요.
明鏡도 이만큼은 특별나고 기름져서 이승 저승에 두루 무성하던
그 노랫소리는 나온 것 아닐까요?

—「上歌手의 노래」 전문

　　뙤약볕 아래에서 돌아가는 "열두발 상무"(「상모」)의 시각적 곡선, 카랑
카랑 부서지는 "놋쇠 요령"과 상가수의 하늘에 뻗치는 "노랫소리"가 불
러일으키는 청각적 심상은 이승과 저승을 짊어지고 사는 인간사의 다사
다난한 몸부림과 무성한 정감을 감각적으로 전달해준다. 그러나 이 상가
수를 둘러싸고 있던 혼돈의 이미지들은 돌연 "똥 오줌 항아리" 위에서
정지해 버린다. 지붕도 없이 하늘 밑에 내버려져 있는 항아리가 갑자기
시 속에서 상가수의 얼굴은 물론 하늘과 별과 달을 담는 세상에서 가장
맑고 잔잔한 "명경"의 공간으로 역전되는 것이다. 이 의외의 역전을 움
직이는 힘은 삶을 뒤집어 그 안에 운신하고 있는 죽음을 발견하고, 또
죽음을 뒤집어 그 속에서 삶의 씨앗을 발견하는 서정주식의 역설의 세
계관에서 비롯된다. 인간 삶의 찌꺼기인 인분(人糞)이 썩어 들어가며, 또
다른 생명을 키우기 위해 땅으로 돌아갈 날을 기다리고 있는 이 퇴적(堆
積)의 공간이야말로 죽음과 삶이, 비생명과 생명이 맞닿아 있는 독특한

경계공간으로 발견되는 것이다. 그러므로 흩어진 머리채를 가다듬는 상가수의 모습은 「국화 옆에서」의 인생을 되돌아보는 '누이'의 이미지와 그대로 겹쳐진다. 가장 속되고 가장 추한 작은 항아리의 공간 속에서 무성한 삶의 체취와 순환하는 생명의 원리를, 마치 명경 위의 영상처럼 읽어내고 있다.

이처럼 현실의 공간을 역전시키는 역동적 상상력은 원근법으로 대변되는 서구적인 단일 고정 시점과는 차이를 갖는다. 나로부터 세계가 질서있게 거리화되는 것이 서구적 원근법의 사유체계라면 경계 공간을 발견해 내는 시인 의식은 나와 상대의 대립성을 완충시키는 방향으로 움직인다. '너와 나', '이곳과 저곳', '긍정과 부정'을 함께 바라보면서 그 어느 쪽으로도 쉽게 치우치지 않는 지점에서, 두 세계를 긍정적으로 통합하는 상생(相生)의 거리 감각이 획득된다.

①그대 있는 쪽
　바람이 와
　湖水 되어 고이면서……
　우리 둘 사이의 山마루
　쓰담는 걸 쉬고
　오늘은 그냥 와
　湖水 되어 고이면서

—「牧丹꽃 피는 午後」 중에서

②그리곤 그대 깨어 나거던
　시원한 바다나 하나
　우리 둘 사이에 두어야지

—「우리 데이트는」 중에서

③너 대신
　무슨 풀잎사귀나 하나

가벼히 생각하면서
너와 나 새이
절깐을 짖더라도
가벼히 한눈 파는
풀잎사귀 절이나 하나 짖어 놓고 가려한다

—「가벼히」 중에서

①·②의 시는 둘 다 그대와 나의 사랑놀이를 주제로 하는데, 연인의 간격을 좁히고 없앰으로써 연애가 완성되는 것이 아니라, 둘 사이에 "산마루"나 "바다"를 둠으로써 현실적 사랑의 질곡이나 갈등을 경계의 공간 속에 무마하고 치유한다. 나와 그대는 산의 이편과 저편, 또는 바다의 이편과 저편에 공간적으로 분리되어 있지만, 산마루, 바다라는 경계 공간을 확보함으로써, 사랑은 호수처럼 깊어지고 내면화되며 영원의 빛깔로 승화되어 가는 것이다.

『화사집』의 세계에서 보이던 들끓는 욕망의 세계나 『신라초』에서 보여주던 종교적 초월의 묵중한 추상의 세계는 ③의 시에 오면 식물성의 가벼운 경량의 공간으로 전이된다. 참신하고도 당돌하게 결합된 "풀잎사귀 절"이라는 이미지는 너와 나, 또는 이편과 저편의 상충적인 공간들이 빚어내는 대립과 마찰을 가볍게 증발시켜 버리면서, 독자를 소슬하면서도 맑은 향내나는 새로운 경계의 공간으로 끌어들이고 있다.

이처럼 현실과 이상, 너와 나 이승과 저승 사이에서 유랑하면서 두 세계를 함께 들여다보는 데서 서정주의 시는 그 특유의 균형 감각과 여유로움을 획득하는 것이며, 이 두 세계에 대한 동시적 투시는 양편을 모두 포용하는 상생(相生)의 긍정적인 힘으로 연결된다.

朕의 무덤은 푸른 嶺 위의 欲界 第二天
피 예 있으니, 피 예 있으니, 어쩔 수 없이
구름 엉기고, 비터잡는 데 ― 그런 하늘 속.

내 못 떠난다.

—「善德女王의 말씀」 중에서

이 시의 주된 공간은 여왕의 "무덤"과 "욕계제이천(欲界第二天)"4)이다. 우리가 바라보는 일상적인 하늘이 제일천(第一天)이라면, 그리고 그것이 종교적 이상향이라면, 제이천(第二天)은 "구름 엉기고 비터잡는" 혼돈의 공간이다. 즉 우리가 사는 이승의 공간으로 인간의 욕망을 완전히 벗어버리지 못한 "피 예 있으니"의 살과 피가 있는 육체의 공간이다. "내 못 떠난다"의 절규와 더불어 "어쩔 수 없이" 다시 태어나도 자신이 살았던 이승의 세계를 택할 수밖에 없는 여왕의 마음은 고통과 환희를 동시에 지닌 욕계제이천(欲界第二天) 즉 지상적인 것에 대한 애착을 표명하고 있다. 동시에 인간의 육체와 정신을 똑같이 소중히 할 줄 아는 깨달음에서 스스로를 파악한다. 살과 피가 인간의 육체와 생명력을 상징하는 것이라면, "구름 엉기고 비터잡는" 곳의 구름과 비의 이미지는 하늘의 살과 피의 이미지로 변용되고 있다.

> 햇볕 아늑하고
> 永遠도 잘 보이는 날
> 우리 데이트는 인젠 이렇게 해야지
>
> 내가 어느 절간에 가 佛供을 하면
> 그대는 그 어디 돌搭에 기대어
> 한 낮잠 잘 주무시고,

---

4) 서정주, 「호프만과 미당, 그 만남의 현장」, 『현대문학』, 1993년 11월, 254면.
　서정주는 "저는 윤회전생을 믿는 사람 가운데 한 사람입니다. 불교에서 말하는 사람이 이승에서 쌓는 業에 따라 가게 되는 저 세상의 세계 가운데 도리천이라는 곳이 있습니다. 그곳은 인간의 욕망을 완전히 벗어버리지 못한 중생들이 가는 欲界六天 가운데 둘째 하늘인데, 이 세상에서 살면서 제가 인간의 욕망을 모두 벗어버릴 것 같지는 않으니 그저 그런 곳에 가서 복숭아꽃이 피는 곳에서 농사나 짓고 싶습니다"라고 술회하고 있다.

그대 좋은 낮잠의 賞으로
나는 내 金팔찌나 한 짝
그대 자는 가슴 위에 벗어서 얹어 놓고,

그리곤 그대 깨어 나거던
시원한 바다나 하나
우리 둘 사이에 두어야지.

우리 데이트는 인젠 이렇게 하지
햇볕 아늑하고
永遠도 잘 보이는 날

—「우리 데이트는—善德女王의 말씀」 전문

이 시는 원(原) 설화가 지닌 줄거리 위주의 수용에서 과감히 벗어나 함축성과 다의성(多義性)을 내포하는 상징구조로 변이되고 있다. 「우리 데이트는」이라는 제목부터가 열려져 있는 화법 사용하고 있으며, 이러한 문법은 과감한 생략과 압축을 통해 이 시의 구조 전체에 관여하고 있다.

선덕여왕을 현상적 화자로, 선덕여왕의 말을 듣는 지귀를 현상적 청자로 등장시키고 있는데 이러한 화법은 화자와 청자의 친밀감을 증폭시키면서 두 사람의 관계를 대등한 것으로 이끈다. 시간적 배경 역시, "햇볕 아늑하고 영원도 잘 보이는 날"로 설정되어 있다. 이 밝고 긍정적인 시간의 의미는 선덕여왕과 지귀의 관계가 내생이나 그 다음의 생에서는 충분히 달라지고 평등해질 수 있을 것이라는 긍정적인 생각을 나타내고 있다. "햇볕 아늑하고 영원도 잘 보이는 날"은 이 시의 시작과 끝에서 되풀이되며 강렬한 인상을 남긴다. 이것은 원 설화에서 지귀의 본능에 이념화(理念化)의 빛을 비추지 못한 채 타버리고 만 의지의 결핍성을 극복하려고 시도한 서정주의 방법이라고 할 수 있다.

시에서의 이념화는 원 설화의 불을 빛으로 바꿈으로써 불과 빛의 현상학적 변증법에 따라 이루어지는 참된 이념화라고 할 수 있다. 영원도 잘 보일 정도로 투명한 빛의 가시적인 힘, 그 무한한 가능성을 강조함으로써 빛에 이르지 못한 지귀의 불의 한계성을 넘어서고 있다. "우리 데이트는 이렇게 해야지"라는 구절은 짝사랑으로 불타 죽은 지귀의 한을 달래고 보상해 주려는 시인의 의도를 느끼게 한다. "데이트"라는 당시의 시대에 맞지 않는 외래어 사용도 그렇고 "인젠 이렇게 해야지"라는 선덕여왕의 독백은 지귀와의 거리를 가깝고도 동일한 위치로 끌어올리면서, 내세에서나 가능할 법한 두 사람의 사랑의 관계를 능동적인 것으로 만든다. "인젠 이렇게 해야지"의 부사어 '인젠'은 과거엔 그렇지 못했는데 앞으로는 좀 더 나은 상황으로 만들려는 화자의 의지나 다짐을 표명해 준다. 그것은 선덕여왕 스스로 생각하고 다짐하는 투의 이야기 전개법이기도 하다.

그 데이트의 내용은 다음과 같은 행위로 나타난다.

나 (선덕여왕)	그대 (지귀)
불공을 하다 ↓ 금팔찌를 벗다 ↓ 둘 사이에 바다를 놓다	낮잠을 자다 ↓ 금팔찌를 가슴 위에 얹다 ↓ 깨어나다

선덕여왕의 '불공을 하다'라는 종교적인 세계와 대조적인 그대의 '낮잠을 자다'라는 일상적인 모습은 성(聖)과 속(俗)이라는 반대의 축을 형성하고 있다. "그대는 그 어디 돌탑에 기대어", "한 낮잠 잘 주무시고", "그대, 좋은 낮잠의 상으로" 등의 어법은 실재로는 막막한 기다림 가운데 지쳐 잠들었음직한 지귀의 낮잠을 여유로 이끄는 시인의 태도를 함의하고 있다. 선덕여왕의 금팔찌를 벗는 행위는 '벗다'라는 동사의 간접적인 의미에서 육적(肉的)의미가 나타나고 낮잠의 상으로 금팔찌를 내건다는

데서 희화화(戱畵化)된 한이 나타난다. 작가는 지귀의 번민과 참을 수 없는 고통을 '낮잠자기'라는 일상적이고 아주 태평스런 행위의 강조를 통해 원 설화의 분위기를 바꾸어 놓고 있는 것이다.

　잠 속에서 동일한 지위를 획득하는 이 둘의 관계는 잠을 깬 후, 시원한 바다를 둘 사이에 놓는 것으로 다시 분리된다.

　　　그리곤 그대 깨어 나거던
　　　시원한 바다나 하나
　　　우리 둘 사이에 두어야지.

　바다는 육체의 허망함과 살의 무너짐을 넘어서는 초월적 결합을 상징한다. 바다의 이미지는 그들 관계의 어찌할 수 없는 답답한 상황을 물리적으로는 더 크게 벌려놓지만 초월적인 의미에서는 그들을 완전한 결합으로 이끌고 있다. 그들의 구원은 이 바다의 무한한 속성과의 합일을 통해서 이루어진다. 속되고 유한한 인간의 현실적 삶이 바다의 무한성과 합일될 때, 개체적 삶에서 벗어나서 보편적, 우주적 영역으로 확대된다. 즉 "시원한 바다"는 역설적인 해결을 가져다주는 공간으로 기능하고 있다. 문득 생각이 난 듯이 말하는 가볍고 범상한 어투의 "바다나 하나"는 "그리곤 그대", "우리 둘 사이"에서 드러나는 무심히 지나치는 듯한 운맞춤과 함께 두 사람의 심리적 거리를 가깝게 전환시키고 있다.

　일반적으로 미당 시에 있어서의 바다의 이미지는 무한한 깊이에의 인식인 동시에 앞 구절의 황금팔찌와 연관되어 테두리 있는 원의 이미지, 곧 완전하여 끊임없는 순환의 원리를 함의한다. 어디로도 갈 수 없는 천벌, 고뇌의 공간이면서 동시에 윤회의 사슬이 되는 것이다. "시원한 바다나 하나 두고"에서 '시원한'이라는 형용사는 유유자적한 여유를 지닌 시인의 시선을 느끼게 하는데 여기에서도 역시 시간을 순환반복의 질서 위에서 포착하고 있다. 또한 4연에서의 바다는 원 설화에서의 "하염없이 바다로 흘러가는"의 구절과 연관되고 있다.

원 설화에서는 불귀신이 된 지귀를 떼어놓기 위한 주문의 내용으로
바다는 단절과 격리의 공간이 되고 있다.

> 志鬼의 맘속불은 몸을 태워 불귀신이 되었구나
> 크고 넓은 바다 멀리 흘러가라, 넓은 바다 멀리 흘러가라
> 다시는 보지도 친하지도 않으리라

위의 원 설화에서 보듯이 지귀와 선덕여왕 사이를 단절시킨다는 점에
서 바다의 이미지는 물리적 심리적 거리에서 일치된다. 그러나 이 시에
서는 두 사람의 관계가 물리적 공간적으로는 먼 거리가 되지만, 심리적
으로는 화해의 가까운 거리로 바뀌고 있는 것이다. 그것은 첫 연과 끝
연의 영원이라는 시간 개념이나 "시원한 바다"라는 공간이 현실적 제약
을 넘어선 초월의 영역으로 둘의 관계를 끌어가고 있기 때문이다. 바다
는 현생과 내생의 넘나듦을 통해 선덕여왕과 지귀를 분리와 결합이라는
극단적 거리를 넘나들게 하는 탄력적인 공간이 된다.

> 산 보네 산 보네 밤낮 산 보네
> 그대와 나 둘이서 바래 보기면
> 번갈아 보며 보며 쉬기도 할 걸
> 그대 길이 잠들고 나 홀로 깨어
> 산 보네 산 보네 두 몫 산 보네
>
> 그대와 나 둘이서 맞추았던 눈
> 기왕이면 끝까지 버틸 일이지
> 무엇하러 지긋히 감고 마는가
> 그대 감은 눈 우에 청청히 솟는 산
> 산 보네 산 보네 두 몫 산 보네

—「山査꽃」 전문

위의 시에서 산은 너와 내가 함께 바라보던 공간으로 나로부터도 너로부터도 분리된 공간이다. 그런데 너의 죽음으로 인해 이 공간은 삶과 죽음 사이의 경계 공간으로 치환된다. 살아 있는 인간이 느끼는 죽음이란 "다시 올 수 없는 西域 三萬理"(「귀촉도」)의 단절된 공간이지만, 이 시에서 '산'의 공간은 여전히 내가 '보는' 공간이며, 그리고 나에게 보여지는 공간이다. 삶과 죽음이란 완전한 단절로 끝나지만, 경계 공간은 그 사이에 존재하기에 상대의 부재에도 불구하고 지속적으로 너의 자리와 소통되는 곳이다.

그러므로 경계 공간은 대립이나 단절 등의 삶의 고통이 흡수되는 따뜻한 완충지대로서 의식 속에 존재한다. 이러한 경계 공간의 발견은 직접성보다는 우회성을, 감정의 격정적 폭발보다는 다 다스린 다음 말을 꺼내는 한국적인 우회의 정서와도 밀착되어 있다.

따라서 이 완충의 공간이며 두 공간을 평화롭게 공존시키는 상생의 공간은 필연적으로 긍정적 세계관과 연계된다.

괜, 찮, 타 ……
괜, 찮, 타 ……
괜, 찮, 타 ……
괜, 찮, 타 ……

수부룩이 내려오는 눈발속에서는
까투리 매추래기 새끼들도 깃들이어 오는 소리 …….
괜찮타, ……. 괜찮타, ……. 괜찮타, …….괜찮타, …….
폭으은히 내려오는 눈발속에서는
낯이 붉은 處女아이들도 깃들이어 오는 소리…….

울고
웃고

수구리고
새파라니 얼어서
運命들이 모두다 안끼어 오는 소리……

큰놈에겐 큰눈물 자죽, 작은놈에겐 작은 웃음 흔적,
큰이얘기, 작은이얘기들이 오부룩이 도란그리며 안끼어 오는 소리……

괜, 찮, 타 ……
괜, 찮, 타 ……
괜, 찮, 타 ……
괜, 찮, 타 ……

끊임없이 내리는 눈발속에서는
山도 山도 靑山도 안끼어 드는 소리
—「내리는 눈발 속에서는」 전문

　"눈발"은 시각적 이미지를 환기시키는 시어이지만 여기에서는 시각성
이 소리의 세계로 치환되고 더 나아가서는 "괜찮타"라는 구체적인 기의
를 포함한 목소리로 전환된다. 내리는 눈발은 서로 분리되어 있는 세계
를 하나로 이어주어, 일상 속에서는 절대로 함께 할 수 없는 '작은 생명
들'과 '운명'과 '산'을 동일 공간 안에 통합시킨다. 이 통합의 공간을 만
들어내는 것은 바로 지상과 천상을 이어주는 "눈발"인데, 원래는 경계성
의 이미지인 눈이 "괜찮타"는 청각적 소리로 치환되면서, 별개의 두 공
간을 '괜찮음'이라는 의미망 속에 포용하는 역할을 하고 있다. 그러므로
경계적 이미지인 눈발이 만들어낸 통합의 공간은 결국 극대화된 경계
공간이라고 할 수 있으며, 경계성이 획득할 수 있는 긍정적이고 낙천적
인 깨달음이 통합의 원동력으로 작용하고 있다. 좋음도 나쁨도 아니고
"괜찮다"는 것은 이곳도 저곳도 함께 포용해내는 시인의 유연한 사유로
부터 들려오는 메시지인 것이다.

요컨대 서정주의 경계공간은 추상의 세계를 넘어선, 구체적 일상 속에서 또는 구체적인 인간의 관계 속에서 발견되며, 상생의 거리두기라는 방식을 통해 두 개의 상대적인 공간을 함께 인정하고 그 속에서 긍정적 힘을 만들어내는 독자의 사유 방식을 획득하고 있는 것이다.

4. 신체의 우주화와 무애(無涯)의 세계관

서정주의 창의적이고 독보적인 언어 구사력은 "한국어라는 부족 언어를 자유자재로 다루었던 대시인"이라는 세간의 찬사를 듣기에 부족함이 없다. 그만큼 그의 시어의 세계는 넓고 다채로운데, 중심적으로 나타나는 시어를 통해서도 상상력을 움직여 가는 중요한 원리를 이해할 수 있다.

서정주의 시어 중에는 신체어(身體語)가 많다. 초기시에서는 '살'·'피'·'숨결'·'혓바닥'·'몸둥아리'·'입설' 등의 시어가 나타나 현실의 시공 속에서 들끓는 본능의 세계를 상징했는데, 시공간이 확장되고 전이되는 과정 속에서는 이러한 시어들은 점차 사라지고 신체에 관련되어서는 '손톱'과 '눈썹'이라는 시어가 드러난다.

미당의 손톱과 눈썹에 대한 지속적 관심은 "추억 속에서의 구원의 여인상으로 느껴졌던 인물들로부터 부여 받은 것이라는 사실"[5]이 전기적 사실로 지적되고 있지만, 상상력의 유동과정에서 보자면, 살이나 피로 표상되던 신체어들이 확장된 시간, 새로 구축된 경계 공간으로 이동하면서 시적 변형을 이룩하는 것이라 하겠다.

---

5) "우리 삼학년을 새로 담임 맡아온 여선생의 분홍빛 손톱들 속의 이쁜 반달들―그걸 들여다보며 조용히 깜박거리던 눈과 눈썹들이 어린 느낌에 제일 소중하게 사진 찍혀져 있었다."(『미당산문』, 민음사, 1972, 314면)

① 우리 님의
　손톱의
　분홍 속에는
　이승의 빗바람 휘모는 날에
　꾸다 꾸다 못 다 꾼
　내 꿈이 서리어 살고 있어요.
　　　　　　　　　　—「우리님의 손톱의 분홍 속에는」 중에서

② 네 손톱 속에 떠오르는 초승달에
　　내 연인의 꿈은 또 한번 비친다
　　　　　　　　　　　　　　—「눈 오시는 날」 중에서

③ 그 애 손톱의 반달 속으로
　　저녁때 찾아들던 뻐꾹새 소리
　　나와 둘이 숨 모아 받아들이고
　　그애 손톱의 반달 속에서 다시 뻗쳐 나가는 뻐꾹새 소리
　　　　　　　　　　　　　　　　—「記憶」 중에서

　"손톱"은 신체에 속하면서도 피가 통하지 않는 부분이다. 딱딱하면서
도 윤기나는 동그란 손톱의 형상은 마치 거울의 면처럼 맑게 닦여 있기
때문에 살이나 피의 본능이 표면에 떠오르지 못하고 그 내부에 고요하
게 침잠되어 있는 것처럼 보인다. 하지만 손톱은 자라나는 살아 있는 것
이기에, 피의 들끓음이 가라앉은 시인 의식 속에서, 신체의 대표적인 이
미지로 떠오를 수 있다.
　위의 시들 속에서의 손톱은 그 내부에 시공을 응축시키고 있는데, 여
성들의 이승에서의 소망이 응축된 것(①②), 또는 추억의 시간이 응축된
것(③) 등으로 나타난다. '그 애의 손톱'은 제 몸의 외형에 한정되지 않고
그것과 인접해 있는 풍경으로까지 확대된다. 뻐꾹새 소리의 잦아들었다
가 다시 뻗쳐나가는 응집과 확산의 두 움직임은 "그애 손톱의 반달"을

중심으로 행해지는 것이다.

　또한 손톱은 미당의 시 속에서는 형태적인 유사성에 의해, 항상 "초승달", 또는 "반달"이라는 달의 이미지와 동일화된다. 즉 신체어로서의 손톱은 신체가 한계지우는 물리적 삶의 테두리를 넘어서, '달'로 상징되는 우주의 시어로 치환되는 것이다.

　미당의 신체어가 어떻게 우주의 세계로 확대되어 가는가 하는 것은 "눈섭"의 변이양상을 통해서 살펴볼 수 있다.

　　　대추 물 드리는 햇볕에
　　　눈 맞추어
　　　두었던 눈섭

　　　고향 떠나올 때
　　　가슴에 끄리고 왔던 눈섭

　　　열두 자루 匕首 밑에
　　　숨기어져 살던 눈섭

　　　비수들 다 녹슬어
　　　시궁창에
　　　버리던 날.

　　　삼시 세끼 굶은 날에
　　　역력하던
　　　너의 눈섭

　　　안심찮아
　　　먼 산 바위
　　　박아 넣었더니

달아 달아 밝은 달아

秋夕이라
밝은 달아
너 어느 골방에서
한잠도 안자고 앉었다가
그 눈섭 꺼내들고
기왓장 넘어 오는고

—「秋夕」 전문

아미(蛾眉)라는 말도 있듯이, 눈썹[6]은 전통적으로 정갈한 여성상의 상
징으로 사용되어 왔다. 그런데, 서정주에게 눈썹이라는 시어가 포착되는
가장 중요한 원동력은 신체의 높은 곳에 있는 눈썹이 우주의 높은 곳에
있는 달의 모양과 닮아 있기 때문이다.

위의 시는 신체어인 "눈썹"이 어떻게 "달"의 우주성으로 전환되는지
를 잘 보여준다. 추석에 뜨는 보름달은 타향에 있는 이들에게 고향을 환
기시킨다. 동시에 가슴속에 원형처럼 잠재워 놓은 이루지 못한 소망이
만든 상흔을 불러일으킨다. 이 시에서의 화자에게 고향은 바로 그녀의
눈썹과 동일항이다. 1연에서 5연에 이르기까지 "눈썹"이라는 시어는 너
에 대한 '사랑'(1연의 '햇볕에 눈맞춤') 또는 '열정'(2연의 '가슴 끄리는 것'), '욕
망'(3연의 '열두 자루 비수 밑에 숨긴'), '절절한 그리움'(5연의 '역력하던') 등의
의미의 층을 만들어간다. 고향으로부터 떠나온 시간이 길어질수록 햇볕
밑에 눈맞추던 그 눈썹이 "비수밑"으로 "시궁창"으로 "먼산바위 속"으로

---

6) "내가 여덟 살 때 서당에서, 읊어 익혔던 이백의 시『蛾眉山月歌』속의 눈썹 같의 달
   의 인상보다도 더 뚜렷이 내 속에 사진 찍혀 있는 것은 감나무집 할머니―도깨비 마
   누라의 며느리의 눈썹이고, 또 바로 그 도깨비 마누라 본인의 눈썹이다. 直席의 강물
   속에 그림자를 넣어 흐르는 정도가 아니라 벌써 오십 년이나 가까이 내 마음 속과 또
   空中에 여전히 잘 구부러져 박혀 있는 것이다. 그 永生하는 정신의 상징처럼 어디에
   도 굽히지 않는 그 눈썹……."(『서정주 문학 전집』 4권, 일지사, 1972, 48면)

경계공간과 상생(相生)의 거리두기　135

침잠하고 있는 것이다. 즉 "눈썹"은 삶의 질곡과 현실의 다사다난함 속에 갇혀 있는 인간의 한계를 감각적으로 보여주는 신체어로 존재한다.

그런데 초승달로부터 점점 둥글게 차오르는 달의 변화와 함께 이 눈썹은 '기왓장을 넘어' 현실의 세계로부터 다른 영역으로 치환된다. 바위 속의 눈썹이 바로 보름달로 떠오르는 이미지의 전이가 이루어지는 것이다. 생성의 원리를 거쳐 보름달로 재생한 추석의 달을 보고, 화자는 소멸의 직전에 몰려 암벽 속에서 화석화되어 가는 너의 눈썹에 재생의 호흡을 다시 부여하고 있는 것이다. 눈썹은 보름달이 되면서 이 신체어의 우주적 상승을 통해, 인생의 희로애락의 굴곡은 우주의 대순환의 원리 속으로 수렴되고 있는 것이다.

「추석」에서 눈썹이 닫혀진 인간의 한계를 넘어서려는 시인 의식의 역동성을 보여주는 것이라면, 「동천」에는 그 역동적 지향의식이 도달하는 지점이 엿보인다.

> 내 마음 속 우리님의 고운 눈썹을
> 즈믄 밤의 꿈으로 맑게 씻어서
> 하늘에다 옴기어 심어 놨더니
> 동지 섣달 나르는 매서운 새가
> 그걸 알고 시늉하며 비끼어 가네

—「冬天」 전문

찬 겨울 하늘에 떠오른 달과 그 달을 비껴 가는 한 마리 새의 정경을 순간의 시선으로 포착하고 있는 이 시는 시간과 공간, 생명과 우주, 천상과 지상, 순간과 영원 사이를 유영하는 시인의 정신의 폭과 깊이를 보여준다.

눈썹은 이 시에서도 이미지의 원점이 되는데, 1행에서 "우리 님의 고운 눈썹"은 3연에서는 하늘의 "달"로 전이된다. 'A는 B(A=B)'가 되는 은

유의 원리에 의해서 눈썹과 달은 동일항이 된다. 그것을 가능하게 하는 것은 둘 사이의 형태적 유사성과 함께 '씻음'이라는 매개적 행위가 있기 때문이다. 씻음은 바로 현실의 시간을 확장시키고, 경계공간을 발견했던 의식 작용과 같은 맥락에 있는 것으로, 본능적인 생명력을 끊임없이 씻어내어 맑고 완숙하게 하는 과정이다. 이 과정을 통해 눈썹은 하늘의 달로 재생하는 것이다. 그런데 시인은 눈썹을 '옮기어 심는다'고 말한다. '눈썹'이 동물성을 증발시키고 식물성으로 경량화되어 우주적 이미지로 상승하고 있음을 볼 수 있다. 4~5연에서는 "동지 섣달 나르는 매서운 새"가 등장하는데, 이 새는 시 속에서 유일하게 달 가까이 갈 수 있는 존재이다. 하지만 새는 달의 높은 정신에 범접하지 못함으로써, 달에 대한 경외감을 드러내주는 존재로 표상되고 있다. 그리하여 눈썹이 궁극적으로 도달한 세계는 모든 생명이 가까이 가고 싶어 하지만 결국 범접할 수 없는 절대적인 정신의 세계가 된다. 즈믄 밤을 단련하지 않으면 도달할 수 없는 세계인 것이다.

그렇다면 미당의 역동적 상상력은 절대적인 정신의 세계를 파악함으로써 종착점에 도달한 것일까? 아니다. 이 절대적 정신세계는 인간으로부터 완전히 초월적으로 분리된 곳이 아니다. 왜냐하면, 달의 원형은 바로 초승달 모양의 님의 눈썹에 있고 님의 눈썹 속에는 나의 피의 들끓음이 잠자고 있기 때문이다. 또한 우주 공간에 한포기 식물처럼 심어진 달이 차고 기울고, 자라고 소멸해갈 과정을 떠올린다면, 신체의 한계나 혼돈을 넘어서 끌어 올려낸 '절대정신'의 세계조차도 시인의식의 완결적인 종착점일 수 없다는 것을 깨달을 수 있다. 절대정신의 세계 역시 또 하나의 원점으로 열려 있는 것이다.

궁극적으로 이 원점은 "인간의 눈썹이 우주의 달이 되고, 모든 생명 있는 것들은 이 달을 경외의 대상으로 섬기며 차마 범접치 못하지만, 그 달은 차고 기우는 순환의 원안에 존재한다"는 그 원융(圓融), 무애(無涯)한 역동적 세계 이해와 통한다. 내가 우주가 되고, 우주가 "똥통 항아리" 안으로 들어가고 다시 거기에서 생명이 탄생하는 거대한 순환 속에 이 절대정신은 존재하는 것이다.

이런 점에서 시간과 공간, 신체를 해체하고 변신하여 절대정신의 끝에 선 서정주의 시세계에 "비인 금 가락지 구멍"이나 "텅빈 항아리"라는 텅 빈 진공의 세계가 자주 드러나는 것은 우연이 아니다.

> ① 님이 자며 벗어놓은 純金의 반지
> 그 가느다란 반지는
> 이미 내 하늘을 둘러 끼우고
>
> —「님이 주무시고」 중에서

> ② 저는 시방 꼭 텡뷔인 항아리같기도 하고, 또 텡뷔인 들녘같기도 하옵니다. 하늘이여 (…중략…) 시방 제 속은 꼭 많은 꽃과 향기들이 담겼다가 뷔여진 항아리와 같습니다
>
> —「기도」 중에서

달이 심어져 있고 우주의 하늘까지도 포용하는 텅 빈 반지, 생명의 있고 없음으로 차고 텅 비는 항아리는 절대정신이 펼쳐지는 무애(無涯)의 세계를 상징한다. 끝도 없고 시작도 없기에 자칫 무애의 세계는 초월적이라고 여겨지기 쉽지만, 실상 이것은 마치 블랙홀 같은 힘으로 우리의 일상과 삶의 구석구석을 끌어들여 다른 차원으로 전이시키는 것이다. 그러므로 무애의 세계는 일상의 세계 안에 존재하는 것이며, 그러기에 그곳에서 질마재 마을이 탄생하고, 달이 지고 뜨고, 또 다른 유랑(流浪)의 신화가 시작하고 있는 것이다.

5. 시공의 확대와 통합의 상상력

한 시인이 지닌 시세계의 특성은 그 시인의 세계 이해와 긴밀한 관련을 갖는다. 시적 형상화의 방식에는 이미 시인이 드러내고자 한 전언의 성격이 내재되어 있다. 서정주 시가 가진 상상력의 특질은 실존의 고뇌와 극복의 과정을 효과적으로 드러내 보여준다. 서정주는 비극적 소재를 시인 특유의 낙관적 세계관으로 화해시키고 초월의 방식으로 시공간을 뛰어넘는 영원성을 부여하고 있다. 또한 텍스트의 의미를 생동적인 리듬감으로 희화화(戱畵化)하여 독자의 흥미를 유발하는 내적 의장으로 사용한다. 지속적으로 관심을 보이고 있는 초월적인 관념의 세계에 대한 형상화를 구체적인 언어로 드러냄으로써 추상적 거리를 단축하는 작용을 하고 있는 것이다. 또한 화자 및 화법과 거리 조정의 독특한 방법을 보여주며 궁극적으로 갈등을 포용해내는 화해의식을 표출하고, 생의 부정적 측면까지도 내면으로 포용한다. 삶을 바라보는 화자의 유연한 태도는 밝고 생명력 넘치는 시어들을 통해 더욱 구체적으로 드러나고 있다.

시간인식에 있어서 서정주는 현재 안에 과거나 미래를 병치시키기도 하고 순간을 다양한 시간으로 연결시키기도 하고, 또는 서로 무관한 개체를 연결하여 시간의 연속성을 만들어내기도 하면서 현재의 시간을 확장해 간다. 그는 시간의 막연함을 보완하면서 자신과 시간을 재창조하며 정신화한다. 이러한 능동적이고 유연한 시간은 영원의 시간과 맞닿아 있는데, 이 영원의 시간은 추상적으로 존재하는 것이 아니고 삶의 구체적인 순간 속에서 발견되며 우리의 의식에 인접해 있다. 이러한 시간들의 특성은 행위의 반복이나 의미의 연쇄에 의한 병렬법(parallelism)의 형태와 미완(未完)의 열린 구조에 의해 뒷받침된다.

또한 서정주 시의 공간은 대부분 이곳과 저곳 사이, 또는 상반되는 지향 사이에서의 갈등이라는 보편적인 주제에 닿아 있다. 그러면서 독자성을 획득해 내는 지점은 시의 하부적인 층위에서부터 의미론적 통사구조에 이르는 다양한 관계들이 접속되면서 상생(相生)의 적절한 거리를 유지한다는 점이다. 그것은 모든 경계를 나타내는, 그리고 열린 공간으로 나아간다는 것이고 학이 어루만지듯 날으는 공간, 하늘이 그리운 춘향이 그네 뛰는 공간, 죽어서도 지상을 못 떠나가는 선덕여왕의 공간 등 현실과 초월의 양의적(兩義的) 공간으로 형상화된다. 그리고 경계 공간을 발견해 내는 시인의 의식은 나와 상대의 대립성을 완충시키는 방향으로 움직인다. 너와 나, 이곳과 저곳, 긍정과 부정을 함께 바라보면서 그 어느 쪽으로도 치우치지 않는 지점에서, 두 세계를 긍정적으로 통합하는 거리감각이 획득되는 것이다.

이와 더불어 살과 피의 격정을 인내한 분홍빛 손톱, 우주의 달이 되는 인간의 눈썹, 이들 또한 유한한 인간의 신체가 삶과 우주의 비의(秘義)로 확장되어 가는 시인의 상상력을 구체화한다. 그것은 더 나아가서 시·공을 해체하고 신체를 해체하며 절대정신의 끝에 서기도 한다. 달이 심어져 있고 우주의 하늘까지도 통용하는 텅 빈 반지, 생명이 있고 없음으로 차고 텅 비는 항아리는 절대정신이 펼쳐지는 무애(無涯)의 세계를 상징한다. 그것은 우리의 일상과 삶의 구석구석을 끌어들여 영원과 우주의 차원으로 전이시키고 시간의 무한한 연장과 공간의 무한한 확장을 이룩하면서 일상의 세계 안에 신화적 세계를 교섭시키고 있다.

그리하여 서정주의 시들은 시간·공간·인체의 틀에서 한국적 정서가 지닌 통합적 상상력을 드러낸다. 유한한 인간의 삶 속에 오히려 영원한 시공이 실재하고 있으며 범상한 일상적 실존의 무거운 어둠은 어쩌면 우주적 삶의 원리와 소통한다는 미당 시의 지향성은 일상과 신화, 시간·공간이 지닌 모든 경계를 끌어안고 또다시 열어놓으면서 원융(圓融), 무애(無涯)한 한국적 사유의 원형을 제시하고 있는 것이다.

단독자의 고독과 소망의 시학

조병화론

1. 순수 고독의 서정성

조병화의 시는 인간의 본질적 속성이라 할 수 있는 근원적 고독에 시적 뿌리를 내리고 있다. 1949년 「버리고 싶은 유산(遺産)」으로 등단한 이래 비교적 최근에 이르기까지 그의 시작과정에서 지속적으로 추구되고 있는 시세계는 바로 존재의 내적 고독을 시적 서정으로 순화시키는 데서 형성되는 순수고독의 세계라 할 수 있다. 고독이란 타자와의 모든 연관성이 상실된 고립감에서 환기되는 정서이다. 즉 그의 시세계는 외부세계에 대한 소망과 그리움의 정서를 통해서 표출되는 타자 지향성과 자아의 내면으로 귀환하는 내적 정서 사이의 긴장 속에서 구현되는 것이다. 「오산 인터체인지」는 이러한 시인의 세계인식이 잘 드러나고 있는 시이다.

자, 그럼
하는 손을, 짙은 안개가 잡는다.
넌 남으로 천 리
난 동으로 사십 리
산을 넘는
저수지 마을
삭지 않는 시간, 삭은 산천을 돈다
등은, 데마크의 여인처럼
푸른 눈 긴 다리 안개 속에 조용히 떨어져 있고
허허 들판
작별을 하면 말도 무용해진다
어느 새 이 곳
넌 남으로 천 리
난 동으로 사십 리

—「오산 인터체인지」 전문

시에서 "안개"는 너와 나의 작별이라는 시적 상황을 더욱 간절하게 만들어주는 배경이 되고 있다. '너와 나'는 동과 남으로 각기 다른 길을 가야 하는 존재들이며, 이별은 '인터체인지'라는 시적 공간을 통해서 구체화된다. 이 이별의 공간을 채우고 있는 안개는 모든 예정된 시간을 정시시키는 것이며, 동시에 방향을 가늠하지 못하게 하게 하여, 공간의 연속성을 단절시키는 기제가 된다. 이때 '천 리 / 사십 리'라는 물리적 거리감은 '길'이라는 공간을 확장시켜 놓는 것이며, "삭은 산천"이라는 시어에서 보여지듯 시간 속에서 사라져 가는 모든 존재의 운명적 한계를 보여주는 것이기도 하다. 이 길의 흐름이 닿는 곳은 "저수지 마을"로 구체화되고 있다. 저수지는 '고인 물'이라는 정지된 속성을 함축하고 있으며, 그것은 시간적 흐름이 정지된 공간을 표상한다. 정지된 시간은 고립된 채 '삭아 갈' 수밖에 없는 자아의 운명적 한계를 보여주는 것이다.

고립된 자아는 "안개 속에서 / 떨어져 서 있는" 고독한 "등"의 모습으

로 전이된다. 시간과 공간을 단절시키는 안개는 대기 중에 놓여진 "저수
지"이며, 그 속에서 "푸른 눈 긴 다리"로 서 있는 '등'은 고립된 공간에
서 있는 시적 자아의 표상이 된다. 이별이라는 상황이 내면에 불러일으
키는 고립감을 시인은 저수지-안개 / 가로등이라는 이미지의 대립을 통
해서 효과적으로 구축해 내고 있다. "저수지"라는 응축된 공간은 심리적
으로 "허허 들판"이라는 시적 상황과 동일한 맥락을 이루고 있다. 즉 "저
수지"가 시·공간적으로 고립된 자아의 내적 고독을 환기시키는 상관물
이라면, "들판"은 수평적으로 확장된 공간이면서도 역설적으로 부재하는
공간이라 할 수 있다. 그것은 "작별" 뒤 텅 비어 버린 마음의 공허감을
표상하는 것이다. 따라서 "벌판"은 부재의 공간이며, 그것은 '말도 무용
해지는' 절대적 상실의 공간이 된다.

2. 생의 골목에서 만나는 '길'과 '안개'

　이렇게 「오산 인터체인지」는 시적 자아가 연관을 맺고 있던 타자와의
작별, 그로 인한 내적 상실감이 시적으로 구현되는 공간으로 드러나게
된다. "갈림길(인터체인지)"이라는 시어는 조병화의 다른 시에서도 중요한
모티프를 이루고 있는 만남과 작별의 상황을 상징적으로 드러내는 시적
매개물이 된다. 길의 이미지는 다른 시에서 "가을마다 이 자리에 돌아오
는 것은 / 무언가를 이 자리에 잊은 것 같은 / 생각이 남아있기 때문입니
다"(「의자 4」)와 같이 시간의 변화 속에서도 변하지 않는, 회귀의 공간으로
변용되어 나타나기도 한다. "이 자리"는 존재의 근원에 대한 물음의 공
간이며, 성찰이 행해지는 공간이며, 비어 있는 자아의 내면을 표상하는
공간이다.

또한 조병화의 시에서 "안개"는 단독자의 고독을 표상하는 소재로 자
주 등장하고 있다.

> 안개로 가는 사람
> 안개에서 오는 사람
> 인간의 목소리 잠적한
> 이 새벽
> 이 적막
> 획획
> 곧은 속도로 달리는 생명
> 창 밖은
> 마냥 안개다
>
> 한 마디로 말해서
> 긴 내 인생은 무엇이었던가
> 지금 말할 수 엇는 이 해답
> 아직 안개로 가는 길이 아닌가.
> ……
> 안개로 가는 길
> 안개에서 오는 길
> 획획
> 곧은 속도로 엇갈리는 생명
> 창 밖은 마냥 안개다

—「안개로 가는 길」 중에서

시 「오산 인터체인지」가 타자와의 관계 상실로 인한 단독자로서의 내
적 고독의 순간을 표현하고 있다면, 이 시에서는 단독자로서의 인간의
본질에 대한 자아의 내적 인식을 보여주고 있다. 앞의 시에서도 나타났
듯 "길"은 시적 자아의 세계인식의 통로가 되고 있다. "길"은 단순한 공

간이 아니라 인간이 존재하는 양식이며, 그것은 과거 / 미래로 연결되는 시간을 구체적으로 이미지화한 것이다. 길 위를 통과하는 "생명"의 본질이 시인에게는 "곧은 속도"로 인식된다. "획획"이라는 시어를 통해서 질주하는 시간과 그 시간 속으로 놓여진 공간의 지속성을 확인할 수 있다. '곧다'가 표상하는 공간적 감각은 삶이 질주하는 길의 이미지를 암시하며, '속도'의 시간성은 인간의 삶이 벗어날 수 없는 공간성을 암시하는 것이다. '가다 / 오다'라는 서술어의 대립은 이 공간 속에 던져진 인간존재의 운명적 속성을 지시해 준다.

그런데 이 시에서 길의 끝은 "안개"로 덮여 있다. 길은 안개에서 오며, 안개로 간다. 그것은 사람 역시 '안개'에서 오고 '안개' 속으로 사라진다는 인식을 의미한다. 길이 삶의 구체성을 표상한다면, 안개는 존재의 신비성, 모호함을 상징하며, 인간의 인식이 도달할 수 없는 미지의 상태를 보여준다. 그것은 존재에 대한 인간의 물음이 필연적으로 부딪치게 되는 비밀스런 경계를 표상하는 것이기도 하다. 이때 창의 '안'(존재의 공간)은 '밖'(안개)과 분리되어 있으며, 시적 자아는 이 내부 공간에서 외부 공간을 바라보고 있다. 즉 자아는 이 모호한 안개를 뚫고 질주하는 '생명'의 속도감을 통해서 존재의 본질을 깨닫게 되는 것이다. 안개로 막혀진 길에서 '인간의 목소리는 잠적'하고 만다. '목소리'란 인간의 자기확인이며, 목소리가 사라진 안개 속은 인간의 너머에 있는 정지된 세계, 무의미의 세계를 표상한다. 이에 대비되어 '속도'의 세계는 생명의 세계이며 그것은 동적인 움직임을 통해서 안개의 이미지와 대립을 이룬다.

화자는 "달리는" 창 안에서 밖의 안개를 바라본다. 안개를 바라보는 시선은 세계의 적막을 감지하는 화자의 시선이며 그것은 달리는 차 안에서 홀로 깨어 있는 단독자의 시선이다. "새벽"이라는 시간은 홀로 깨어 있는 사람의 근원적 고독이 전면화되는 시간이다. "잠적", "적막"이라는 시어는 이러한 내면을 심화시켜주고 있다.

이 안개의 이미지는 그의 다른 시에서 삶이 근원적 상징으로서의 '어머니'라는 존재를 통해서 구체화되기도 한다. "날 이 땅에 데려오신 어머니"(「어머님」)는 자아에 대한 물음을 던지게 만든 원천이며 동시에 물음을 통해서 확인되는 자기동일성의 영역으로 이끄는 존재이기도 하다. 안개의 액체성과 유동성은 모성의 육체성으로 전이되어 동일화되며, 이 모성과 분리된 시적 자아로 하여금 단독자로서의 고독과 그리움이라는 시적 정서를 촉발시킨다.

이렇게 조병화의 시에서는 단독자로서의 시적 자아의 내면적 고독이 시 세계를 구축하는 근원이 되고 있다. 그것은 시간 속에 흘러가야 하는 유한한 존재로서의 인간의 운명적 한계에 대한 인식에서 비롯된 것이며, '이별'의 상황은 이러한 근원적 고독감을 확인하는 계기로서 드러나게 된다.

잊어버려야 한다
진정 잊어버려야 한다
오고 가는 먼 길가에서
인사 없이 헤어진 지금은 누구던가
그 사람도 잊어버려야 한다
온 생명은 모다 흘러가는데 있고
흘러가는 한줄기 속에
나도 또 하나 작은
비둘기 가슴을 비대며 밀려가야만 한다
……
오고 가는 먼 길가에서
인사없이 헤어진 시방은 누구던가
그 사람으로 잊어버려야 한다

—「하루만의 위안」 중에서

이 시는 "잊어버려야 한다"는 술어의 반복을 통해서 시적 자아의 내면을 드러내고 있다. 즉 잊음의 대상은 "오고 가는 먼 길가"에서 "인사 없이 헤어진" "누구"이다. 즉 "누구"라는 비구체적 대상으로 지칭됨으로써 그는 이미 시적 자아에게 잊혀진 인물로 나타난다.

　시적 자아의 현재 상황은 누군가를 잊지 못한 상태이며, 따라서 잊음을 강조하는 것은 잊지 못한 현재의 상황을 역설적으로 환기시키는 것이다. 잊어야 한다는 당위적 인식은 '생명은 모다 흘러가는 것'이라는 인식에서 비롯되며, 그것은 생명의 흐름 속에 섞였다가 헤어지는 것이 삶의 순리라는 것을 깨닫는 데서 가능한 것이다. 따라서 "마지막 하늘을 바라보는 내 그날이 온다"에서처럼 삶과 죽음의 경계, 육체의 유한성을 승인하는 데서 역설적으로 마지막 위안을 찾게 된다. "나의 육체는 이미 낙엽 속에 버려지고"(「낙엽끼리 모여 산다」)에서처럼 육체적 유한성의 문제는 인간의 삶에 내재한 근원적 고독으로 시인의 인식을 이끌어가는 동인이 되고 있다.

> 나는 不安한 時代를 향하여
> 팽창하는 어둠 속에 떨어져 있다.
> 열차를 놓치고
> 신문조각이 마구 휘날리는 플래트 홈에서
> 俳優처럼 고독히—
>
> 　　　　　　　　　　　　—「열차를 놓치고」 중에서

　이 시에서 시적 자아는 '어둠 속에 떨어진' 존재로 자신을 인식한다. 즉 어둠은 앞의 시에서 나타난 존재의 근원적 모호함을 상징하는 '안개'의 시적 변용이라 할 수 있다. 즉 "팽창하는 어둠"은 시적 자아에게 불안감을 환기시키며, 자신의 모습을 '배우처럼 고독한' 존재로 인식하게 한다. 길의 이미지는 이 시에서 "열차"라는 시공간성이 결합된 매개를 통해서 구체성을 얻는다. 즉 열차는 정해진 길을 달리며 그 방향을 알 수 있다는 점에서 시적 자아의 삶을 의미하는 것처럼 보인다. 혹은 그것은

삶의 본질적 방향으로 자아를 데려가는 매개물일수도 있다. 시적 자아는
기차를 놓친 상실, 부재의 세계 속에 놓인 자신의 모습을 '배우처럼 고독
한' 존재로 인식하고 있다. 고독은 앞서 살펴본 대로 인간에 내재된 근원
적 고독의 양식이며, 동시에 삶의 한 속성이기도 하다.

3. 소망과 그리움의 시학

고독하다는 것
아직도 나에게 소망이 남아 있다는 것이다
소망이 남아 있다는 건
아직도 나에게 삶이 남아 있다는 거다
삶이 남아 있다는 건
아직도 나에게 그리움이 남았다는 것이다
그리움이 남아 있다는 건 보이지 않는 곳에
아직도 너를 가지고 있다는 것이다

—「밤의 이야기 20」중에서

　위의 시에서는 앞에서 살펴본 시에서 나타나는 내적 고독이 어떻게
현실 속에서 변용되어 인식되는지를 보여준다. '고독—소망—삶—그리움
—너'에 이르는 시적 치환은 자아의 고독을 '너'라는 존재를 통해서 넘어
서고 있음을 보여주고 있다. 단독자로서의 인간의 내적 고독이 조병화
시의 기저를 이루고 있다면 그 위에서 타자와의 만남과 이별의 과정은
그 고독을 환기시켜 주는 계기로서 작용한다. 반면 이별로 인해 환기된
고독은 "너"라는 대상으로 인해서 "소망"과 "그리움"이라는 정서로 바뀌
게 된다.

이상 살펴본 바와 같이 조병화는 인간의 근원적 고독으로부터 출발하면서 동시에 타자와의 관계를 통해서 이 고독을 소망으로 바꾸어 내고 있다. 즉 고독한 존재이면서 동시에 세계와 대상에 대한 합일을 꿈꿀 수 있으며, 그 합일의 소망이 상실되는 상황에서 그리움이라는 시적 정서가 조병화의 시세계를 구축하는 근원이 된다.

틀 지우는 모든 것들에 대한 무심(無心)의 낙천성

천상병론

1. 무소유의 철학에 관하어

세속의 영욕에서 자유로워 가진 것이 없고 그런 만큼 남달리 깨끗한 영혼을 지켜나가는 사람, 그래서 삶은 일상인과 다르게 극적이고, 많은 기행담이 전설처럼 따라다니는 사람을 시인이라고 부른다면, 많은 사람들이 천상병을 그 첫 번째로 손꼽을 것이다.

남다른 예지(叡智)로서 세계를 투시하고, 때로는 신념을 위한 노래를 선창하는 시인들을 떠올릴 때, '몽롱한 눈으로' '순하디 순한 세계'를 꿈꾸는 이 가난한 시인은 그의 시제목처럼 미친 방랑자(크레이지 베가본드)일 수도 있으리라. 그러나 지금도 우리들의 영혼은 조용한 서정의 세계에서 쉬고 싶어하고, 또한 아무런 집착 없이 내키는 대로 살아보고 싶어하니, 한 기인의 행적들과 시는 여전히 독자를 잡아끄는 것이다.

천상병의 작품은 전기적인 행보와 긴밀하게 연결된다. 특히 일생동안 직업을 갖지 않고 가난하게 살면서 술을 좋아했던 행적은 그의 시에서 무소유, 가난의 철학을 읽어내는 바탕이 된다. 특히 그의 시가 아무런 기교 없이 자신의 심중을 있는 그대로 토해내고 있음을 볼 때, 이러한 연관은 당연한 것이다. 그러나 여린 서정, 씁쓸한 죽음의 색채, 천진난만함과 그러면서도 따뜻하고 행복한 시들이 보여주는 복합적인 요소는 천상병의 시를 관류하는 보다 근원적인 정신을 가늠해보게 한다.

2. 영혼과 현실 사이의 순수균형

봄도 가고
어제도 오늘 이 순간에도
빨가니 타서 아, 스러지는 놀빛

저기 저 하늘을 깎아서
하루 빨리 내가
나의 무명을 적어야 할 까닭을

나는 알려고 한다
나는 알려고 한다

—「無名」 중에서

시인들은 밝은 대낮보다는 어둠과 빛이 교차하는 새벽이나 황혼의 시간을 사랑한다. 이 변화의 시간 속에서 시작과 끝, 생명과 죽음, 삶의 굴곡이 더 깊게 다가오기 때문일 것이다. 천상병 역시 이런 어스름한 시간을 바라본다. 「무명(無名)」(1957)에서 시인은 광활한 우주의 순환—계절이 바뀌고 하루가 저무는 자연의 거대한 흐름·속에 서있는 한 작은 생명인 자아를 발견한다(주지하다시피 죽음에 대한 자각은 모든 미적·철학적 사유의 출발점이 된다). 우주 속에서의 무명의 존재를 발견했다는 것은 삶을 개척하는 역동적인 힘으로 작용할 수도 있지만 동시에 유한한 인간에 대한 비극적 성찰의 시작일 수도 있다. 특히 시인이 "하늘을 깎아" "나의 무명"을 "알려고 한다"는 구절에서 무한한 것과 유한한 것, 영원과 현실의 힘겨운 균형잡기가 시작되었음을 느낄 수 있는 것이다.

초기의 새를 대상으로 한 일련의 시들 역시 유한한 인간존재에 대한 성찰과 초극의 꿈들이 실려 있는 것이다.

> 외롭게 살다 외롭게 죽을
> 내 영혼의 빈터에
> 새날이 와 새가 울고 꽃이 필 때는,
> 내가 죽는 날,
> 그 다음 날
>
> —「새」 중에서

위의 시에서 시인은 자기가 죽은 후의 시간을 내다본다. 삶의 유한성은 여기에서 새를 통해 역전되는데, 하늘을 나는 새는 바로 무명의 존재를 우주라는 영원의 공간으로 귀속시키는 상관물이 되는 것이다.

> 바람은 소리없이 이는데
> 이 하늘, 저 하늘의
> 純粹均衡을
> 그토록 간신히 지탱하는 한 마리 새
>
> —「새」 중에서

이 하늘과 저 하늘 사이의 "순수균형"은 하늘을 깎아 무명의 존재를 탐구하려 했던 시인의식의 일관된 지향으로서, 이 안타까운 균형의식이야말로 천상병의 시세계를 풀어나가는 출발점이 될 것이다. 그러므로 시 속에 나타나는 가난함이나 현실사에 대한 무심함은 굳이 전기적 사실들을 빌어오지 않더라도 설명이 될 수 있다. 즉 시인이 지향하는 영원의 공간에 비하여, 삶의 영욕은 자질구레한 짐이 될 수밖에 없었고, 시인은 속절없이 가난했으나 그 가난은 오히려 물질적 결핍을 넘어 시인을 시인이게 하는 덕목이요, 결과적으로는 버팀목이기도 했던 것이다. 그러나 현실잡사에 무심한 자유인이라 할지라도 그가 사는 곳은 하늘이 아니라 이승이었으니, 그 균형잡기는 힘겨운 것이었고, 특히 시쓰기는 더 힘든 것이었을 것이다. 그의 시가 초기의 팽팽한 긴장감을 잃어버리고, 다소 어이없는 낙천성으로 흘러갔던 것은 이 순수균형의 변모상태와 무관하지 않을 것이다.

「주막에서」는 천상병 시의 정감이 잘 드러나면서도 초기 시부터 후기에 이르는 특성들이 함께 깃들어 있다.

　　골목에서 골목으로
　　저기 조그만 주막집
　　할머니 한잔 더 주세요
　　저녁 어스름은 가난한 시인의 보람인 것을……
　　흐리멍텅한 눈에 세상은 다만
　　순하디순하기 마련인가
　　할머니 한잔 더 주세요
　　몽롱한 것은 장엄하다.
　　골목 어귀에서 서툰 걸음인 양
　　밤은 깊어가는데
　　할머니 등뒤에

고향의 뒷산이 솟고

그 산에는

철도 아닌 한겨울의 눈이 펑펑 쏟아지는 것이다.

그 산너머

쓸쓸한 성황당 꼭대기,

그 꼭대기 위에서

함박눈을 맞으며, 아기들이 놀고 있다.

아기들은 매우 즐거운 모양이다.

한없이 즐거운 모양이다.

—「주막에서」 중에서

시인은 늘 세계의 중심이나, 복잡하게 돌아가는 현대의 매카니즘 속에 서있지 못한다. 그가 사는 곳은 "도심에서 버스로 1시간 걸리는／수락산 아랫마을"이고, 그가 걷는 길은 "無人之境의 길"이거나 "황토길"이다. 또한 그가 애정을 갖고 만나는 대상이란 "산등성이에 외따로 피어 있는 들국화"이거나 "눈물에 젖은 갈대"이다. 이처럼 시인은 세계의 주변부에 서 어슬렁거린다. 그것은 광활한 세계 속에 던져진 무명의 존재가 갖는 필연성이며, 동시에 작고 소외된 것들과 외로움을 함께 나누고자 하는 소박한 의지이기도 하다.

시간적 공간적으로 회귀적인 정감을 불러일으키는 "주막"은 골목 안 으로 들어가 조그맣게 자리잡고 있다. 저녁 어스름이라는 시간 배경 역 시, 사라져가는 유한한 것들에 대한 그리움의 정서가 묻어나오게 한다. 그러므로 골목안의 주막과 저녁 어스름 때, 그리고 술 한 잔으로 취기가 도는 시인의 몽롱함은 우리에게 한 장의 초상화를 그려 준다. 세속의 시 간과 공간에서 비켜서서 '순하디 순한' 세상을 향하는 그의 시선은 고향 뒷산으로 곧장 옮겨가며, 더 나아가서는 함박눈을 맞으며 놀고 있는 아 이들의 영상으로 전이된다. '아이들'은 동심의 천진성을 노래했던 천상 병의 후기시의 중심 이미지이다. 그러나 이 시에서 아이들의 영상은 현실의 아이들이라기보다는 오히려 시인 내부에 숨어 있는 유년의 자아에 가깝다. "성황당 꼭대기"나 "함박눈"이라는 시어는 활기에 찬 현대적인 아이들의 영상보다는 흑백필름처럼 쓸쓸한 장면을 연상시키기 때문이다. 요컨대 저물녘에 시인은 순하디 순한 세상을 꿈꾸면서, 그 꿈을 가능하게 하는 힘으로 어린 시절의 천진하고 깨끗한 심성을 생각해낸다. 어린이의 심성을 갖는다는 것은 가난한 시인이 그나마 있는 것들을 버리고 버려 자기를 가볍고 작게 만드는 과정을 의미한다. 그러므로 어린아이의 눈으로 순한 세상을 꿈꾸는 행위는 다소 쓸쓸하게 느껴지지만, 순수균형을 안타깝게 잡고자 하는 진솔함을 전해주는 것이다.

> 나 하늘로 돌아가리라.
> 새벽빛 와 닿으면 스러지는
> 이슬 더불어 손에 손을 잡고,
>
> 나 하늘로 돌아가리라.
> 노을빛 함께 단 둘이서
> 기슭에서 놀다가 구름 손짓하면은,
>
> 나 하늘로 돌아가리라.
> 아름다운 이 세상 소풍 끝내는 날,
> 가서, 아름다웠다고 말하리라……
>
> —「歸天」 전문

　천상병의 여느 시처럼 단순하고, 평이한 진술로 이루어져 있지만, 「귀천(歸天)」은 영원 속에 내던져진 유한한 인간존재에 대해 진지하게 번뇌한 자만이 다다를 수 있는 아름다운 정점을 보여준다. 이 시는 본문과 함께 숨어 있는 전제가 함께 읽힌다. 하늘로 돌아간다는 제목 자체가 하늘로부터 왔다는 전제를 내포하고 있다는 말이다. 이것은 「귀천」을 이해하는 중요한 단서로서 인간과 하늘을 분리해서, 혹은 적대적으로 파악하지 않고, 인간을 우주에 속한 존재로(즉 이 하늘과 저 하늘을 조화롭게) 파악하고 있음을 암시한다. 다시 본문으로 돌아가서, "나 하늘로 돌아가리라"는 반복적인 진술은 죽음에 대한 능동적이고 낙천적인 반응이다. 이 낙천성은 죽음을 "아름다운 이 세상 소풍 끝내는 날"이라고 한 데서 극점을 이루는데, 일상의 잣대로 보았을 때 가난하고 기행적이었던 삶은 영원과 죽음의 큰 테두리 안에서는 그냥 "소풍"이라는 가볍고 작은 시어에 쉽사리 포괄되어져 버린다. 이 능동성이 치기나 패배의 소치가 아님은 "새벽빛", "노을빛"이라는 시간의 설정에서도 알 수 있다. 세계의 변화를 주시하고, 그 변화의 힘을 아름답게 여기는 시인은 이 우주의 비범한 순환원리에 인간의 삶을 자연스럽게 투사하는 것이며 여기에서 이슬이나 구름도 마찬가지의 순환의 사이클 위에 놓여 있는 것이다. 우주의 호흡과 인간의 삶을 함께 보았을 때, 비로소 인간의 유한한 삶이란 아름다운 소풍이 될 수 있으며, 그 소풍은 그가 살았던 대로 무심하고, 자유롭고, 가벼운 소요(逍遙)였던 것이다.

3. '비움'의 천진함과 무심(無心)의 낙천성

끝없는 영혼의 단련과 성찰로 시인의 길을 가는 사람도 있지만, 천상병의 경우 이 길은 다소 엉뚱하게 닦아졌다. "너의 處女詩集에 들어갈 얼굴은 / 끝나지 않은 생때의 사십년 / 눈물 한 방울이 얼비치는데"(김영태) 사람을 틀지우는 모든 것들을 버리고, 아니 무심하게 넘기고, 가난한 대로 살아갔고, 느끼는 대로 시를 썼다. 자유롭게 살았다면 남부러울 것 없이 자유로운 삶이었을 것이나, 무명(無名)의 시인이라는 대가를 톡톡하게 치렀다고도 말할 수 있을 것이다.

　이 하늘과 저 하늘 사이에 순수균형(純粹均衡)을 그토록 안타깝게 잡으려 한 시인이 점점 그 긴장감을 잃어갔다느니, 그래서 시가 지나치게 긍정적이 되고, 평이한 일상의 넋두리로 풀어졌다느니 하는 구구함이 시라는 테두리에조차 무심하기 그지없었던 한 자유인에게 굳이 필요한 말인가 주저하지 않을 수 없다. 아무튼 시인의 길—영혼을 벼르는 정진과, 버리고 또 버려 천진한 어린아이로 남은—이 두 길이 궁극에서는 다시 만나고 있으니, 천상병 시인의 말대로 "생각느니 아, 인생은 얼마나 깊은 것인가."

이승에서 영원으로 이어지는 탯줄의 상상력

오탁번론

1. 생명의 근원으로서의 탯줄

오탁번의 시는 상이한 두 지향성을 드러내고 있는데 그것은 범박하게
자유 지향과 근원 지향의 두 갈래로 정리할 수 있다. 전자가 번뜩이는
기지와 성찰, 촌철살인의 후려침으로 현대문명과 삶의 허위의식과 틀을
단숨에 뛰어넘는 강렬한 자유의식을 보여준다면, 후자는 어머니로 표상
되는 존재의 뿌리에 대한 깊은 천착을 통해 근원을 탐구해가는 내면성
의 시다. 전자의 시가 날것(生)의 살아 있는 언어감각을 통해 추상화된
현실로부터의 각성을 촉구한다면, 후자의 시들은 대지적 상상력에 뿌리
를 둔 시어와 이미지가 반복적으로 제시되면서 따뜻하고 편안한 그리움
을 불러일으킨다. 근원에의 지향으로 묶을 수 있는 이들 시에서는 탄생
과 성장, 일상의 반성과 재생, 그리고 영원의 이야기들이 담담하게 그려

지는데, 이 모든 생의 과정을 아우르는 자리에 언제나 '어머니'가 있다. 돌아가신 어머니를 잊지 못하는 사모곡(思母曲)으로서의 시들에서 시인은 죽음의 강 저편에 있는 어머니를 끝없이 현실의 시공간으로 불러내고, 보이지 않는 탯줄을 통해 어머니와의 교신과 회귀를 꿈꾼다.

탯줄은 인간의 생리적 원형성을 상징해주는 것인데, 다음의 산문 구절 속에서는 탯줄의 상상력이라 부를 만한 원초적이면서도 근원적인 동선을 엿볼 수 있다.

> 프로이트가 미처 생각하지 못한 리비도의 층위가 나에게는 있다. 그것은 다름 아닌 어머니의 子宮 속의 胎盤과 연결된 탯줄을 끊은 '배꼽'이다. 어머니와 연결되었던 탯줄을 나는 아직까지도 그대로 저승과 이승의 아득한 공간으로 연결시키고 있는 셈이다.
>
> ―「어머니의 나라에서 누워듣던 우레」[1] 중에서

'배꼽'은 분열의 증거이자, 동시에 떠나온 원초적 공간을 확인시켜주는 증거이기도 하다. 배꼽은 일상에서 무심하게 닫혀져 있다. 하지만 그 신비로운 통로를 들여다보고, 그 배꼽의 역사를 투시하는 순간, 자신의 생명의 근원인 어머니의 자궁이 바로 그 너머에 있음을 알 수 있다. 시인은 그 배꼽의 내부에서 태반과 자궁의 기억을 더듬는다. 그리고 그곳이 바로 어머니의 나라임을 느끼는 순간, 보이지 않는 탯줄을 타고 열리는 길은 시간과 공간을 초월해서 어머니를 불러낸다.

> 하늘에 계신 나의 어머니는 지금도 나에게 가끔 소식을 전해오신다. 아니, 어머니가 빚어주신 '나'의 귀를 통하여 어머니의 말씀을 늘 수신하고 있다.
> "안심하여라. 너는 험한 꼴은 보지 않는다."
> 이런 말씀이 지금도 가끔씩 들린다. 비행기를 탈 때나 고속도로를 운전할 때 더 그렇다. 한국전쟁 때 모진 고생을 하며 피난 길에 올랐을 때도 나는 죽은 병

---

1) 오탁번, 『오탁번 詩話―아직 태어나지 않은 시인을 위하여』, 나남, 1998, 97면.

정이나 죽은 짐승 하나 본 일이 없이 자랐다. 아마도 그런 참혹한 일이 일어난 장소에 다다르면 어머니가 얼른 내 손을 잡고 치마폭으로 얼굴을 가려서 끔찍한 꼴을 보지 않고 귀하게 자라는 자식으로 만들어 주었는지도 모른다.
— 오탁번, 「어머니의 나라에서 누워듣던 우레」 중에서

어머니는 이처럼 생명의 원점이기에 일상 속에서도 항상 자신의 생명을 보호해주는 역할을 한다. 그런데 상상의 탯줄을 타고 이루어지는 이 원초적 연대감은 생리적인 생명이라는 차원을 넘어, 삶의 길을 바르게 놓아주고, 넓혀주고, 더 나아가서는 일상의 삶에서 벗어나 영원과 존재 탐구의 먼 길로 이끈다.

2. 고해성사와 재생의 통로

탯줄로부터 떨어져 나온 생명은 어머니의 보호와 사랑 속에서 자라난다. 어머니는 세상에 내놓은 생명이 숨쉬고 자라날 수 있도록 보살피는 자의 역할을 마다하지 않는다. 따라서 인간은 성인이 되어도, 항상 어머니의 절대적 보살핌을 그리워한다. 오탁번의 시에서도 어머니는 시인이 일상에서 경험하는 좌절과 슬픔을 토로할 수 있는 대상이며, 벌거벗은 자아를 부끄럼 없이 그대로 내보이고 의지할 수 있는 유일한 존재로 그려진다. 그래서 시인은 어머니가 부재하는 강퍅한 현실을 견디고 살아내기 위한 새로운 힘이 필요할 때마다, 성찰과 새로운 재생이 반복될 때마다, 어머니와 아들 속에 놓여 있는 상상의 탯줄을 통해 저편의 어머니를 부르는 것이다.

어머니 저는 요즘 죄짓고 있어요
밥도 많이 안 먹고 술만 마시며
가랑잎처럼 발밑에 뒹굴며 울고 있어요
다시는 안 그럴께요 잘못했어요 어머니
어머니가 떠나신 지 벌써 열두 해
아직 눈도 못 뜬 애벌레가 되어
사방팔방 어둠뿐 어머니의 자궁 속의 맥박
숨결을 지탱하며 기어다니고 있어요
어머니의 살과 뼈는 흙과 섞이어
하늘 가득 채우고 나뭇가지 잠재우면서
괜찮다 울지마라 막내야 내가 다 안다
다 알고 말고 이렇게 말씀하시는 어머니

어머니 요즘 저는 죄짓고 있어요
고향에도 형님댁에도 자주 안 가고
들국화 한 송이 꺾어들고 울고 있어요
잘못했어요 어머니 다시는 안 그럴께요
이제야 어머니의 품에 넉넉히 안길 수 있는
바로 그 순간에 저를 버리신 원통한 이별
모든 게 끝장 모두다 어둠 죽고 싶은 마음
어렵게 어렵게 목숨 부지하고 있어요
이제는 달이 되고 별이 된 어머니의 사랑
또 바람 피우는 아들의 어둠 비쳐주면서
오냐 오냐 탁번이는 내가 안다
다 알고 말고 고개 끄덕이시는 어머니

—「어머니」 전문

이 시는 1연과 2연에서 삶의 고통과 어머니를 통한 고해(告解)(1~4행),
어머니의 죽음과 그로 인한 고통(5~8행), 대자연으로 화한 어머니의 보살
핌(9~10행), 고해에 답해주는 어머니(11~12행)라는 동일한 시적 전개를 반

복함으로써 시상을 심화하는 구조를 갖추고 있다. 또한 돌아가신 어머니와 시인 간의 구체적 대화를 통해 '생사'의 단절을 극복하고 서로 소통하는 '나-어머니'의 관계를 보여주고 있는데 어머니는 청각적 음성을 통해 매우 실체화되어 화자에게 재현되고 있다.

이 시의 지배적인 정조는 슬픔이다. 그 슬픔은 어머니와의 분리에서 비롯된다. 어머니의 갑작스런 죽음은 시인의 마음에 "원통한 이별"로 새겨지고 그것은 삶의 의미를 상실케 할 만큼 큰 상처가 된다. 어머니가 부재하는 현실에서 시적 화자는 자신을 가랑잎 같은 존재, 눈도 못뜬 애벌레 같은 존재로 인식한다. "애벌레"의 이미지는 오탁번 시에서 자주 반복되어 나타나는데 이는 어머니의 자궁 속 혹은 대지에 몸을 대고 기어다니고 있는 연약한 존재다. 대지의 습기를 떠나서는 자신의 생명을 유지할 수 없는 미완의 존재인 애벌레는 대지에 몸을 밀착시키는 것, 즉 어머니에게 자신을 밀착시키는 의존을 통해서만 그 존재근거를 확보할 수 있다. 또한 이 시에서 자궁 속의 애벌레-태아의 형상과 유간인 '자궁/무덤'에 대한 강한 요나 콤플렉스적 지향을 드러내고 있다. 존재의 절망적인 응축인 이 애벌레는 어머니의 자궁으로 찾아들고 그곳에서 맥박과 숨결을 얻는다. 어머니의 위로의 목소리는 탯줄의 상상력을 통해 자궁에서 자신에게로 옮겨오는 에너지인 것이다.

어머니 앞에서 '나'는 언제나 막내아들이며 응석받이의 어린 자식으로 돌아간다. 어느새 중년이 되어 현실의 세계를 살아가면서도 아직 어머니의 보호와 위로를 받아야만 하는 연약한 존재이다. 그런 '나'의 눈물을 닦아주고, 일으켜 세우는 힘은 바로 어머니의 모성이다. 어머니는 죽어서도 그 살과 뼈로 애벌레로 표상되는 어린 아들이 발 딛고 서는 대지가 되고, 어머니의 사랑은 달과 별이 되어 아들의 어둠을 밝혀준다. 이렇듯 이 시의 "어머니"는 "달", "별빛", "대지" 등 세계 속의 '나'를 비추고 감싸는 대자연으로, 혹은 우주적인 모성으로 신성화되고 있다(보호·감쌈의 모성을 원형적으로 보여주는 것이 곡식의 여신인 데미테르다. 어린아이는 데미테르적 모성의 보호 아래서 보살펴진다. 어머니와 관련된 오탁번 시의 화자들이 한결같이 지향하고 있는 것은 바로 이러한 숭고한 희생자로서의 어머니, 즉 자식에게 한없는 사랑을 베푸는 데미테르적인 어머니의 모습인 것이다. 절망적 일상을 이겨내고 새로운 생명을 주기에, 상상의 자궁은 부활의 공간이 된다. 그러므로 보이지 않는 탯줄을 통하여, 새로운 생명의 숨결을 불어 넣어주는 어머니의 음성은 신성하기까지 하다. 마치 고해성사를 통해 또 다른 재생의 생명력을 얻는 것처럼 이것은 어떤 종교적 울림을 느끼게 한다.

이러한 일상에 대한 반성이나 인간적인 좌절의 양상은 때로는 천진난만한 아이의 응석어린 어투로도 표출된다. 감상적인 고해와 눈물은 자연 만물을 통해 전해지는 어머니의 사랑과 미묘한 화학작용을 일으키면서 신산한 삶의 고통을 씻어주는 역할을 한다. 무의식적 탯줄에 의해 어머니와 밀접한 연대를 갖고 있는 화자에게 있어 삶의 고통과 상처는 어머니에게 하는 고백과 눈물을 통해 치유되고 있는 것이다.

> 형님댁 뜨락에 열린 가을
> 한 가지 뚝 꺾어 가져온 날 밤
> 사진틀 속의 어머님 웃으시면서
> 막내야 밥 많이 먹고 잠 많이 자느냐
> 조금 떫드라도 참고 견뎌야지
> 무성한 잎과 열매를 주시는
> 이 높은 하늘 뜻 아느냐
> 어디쯤 될까 나의 그리움은
> 가지 뻗을 공중이 어디인 줄을
> 언제쯤 알아질까 나의 슬픔은
> 저승에서 보내신 어머님의 엽서
> 주홍빛 사랑으로 열려서 황홀하고
>
> —「감나무」 전문

돌아가신 어머니는 죽음을 통해 지상에서의 육체성을 상실하였지만 어머니를 잊지 못하는 시적 화자의 그리움은 지상의 모든 사물로 어머니를 실체화시키고 현시한다. 위 시에서 시인은 형님댁에서 꺾어온 감나무 가지를 저승에서 보내신 "어머님의 엽서"로 인식한다. 어머니의 엽서는 아들에 대한 사랑과 염려의 전언으로 채워져 있다. 인생의 떫은 맛을 견딜 줄 아는 법, 무수한 잎과 열매를 가능케 하는 생명의 법칙을 아들에게 잔잔히 일깨워 주고자 한다. 그렇기 때문에 감나무에 주렁주렁 매달린 "감"은 어머니의 사랑이며 황홀 그 자체이다. 감나무 가지는 어머니와 시인 사이의 교감과 결속을 보여주는 탯줄의 변용이다.

이와 같이 탯줄을 통해서 이어지는 어머니와의 소통의 통로는 화자가 절망을 치유하고, 새 삶을 살 수 있게 하는 창조적·근원적인 힘을 주는 것이다.

3. 모성 이미지의 확산 1—돌보는 누나, 치유하는 할머니

오탁번 시에 있어서의 여성의 심상은 시인의 상징성의 모태가 되기 때문에 매주 중요한 의미를 갖는다. 이들은 은밀한 개인사적인 체험에서 출발하지만 한국인의 보편적 체험에서 비롯되는 모성성을 환기시키기 때문에 공감의 진폭에 있어 깊이와 넓이를 동시에 가진다. 시인의 어머니에 대한 근원적인 갈망은 시 속에서 때로는 다른 여성에게로 이입되어 나타나는데, 어머니가 나를 생산한 현실적인 모성이라면, '누나', '할머니' 등 다른 범주항으로 확대되는 모성상징은 돌봄의 여성, 원형적 의미의 대모성으로 그 의미가 확산된다. 시 「영희누나」는 보호하고 보살피는 모성의 또 다른 양상을 보여준다.

내가 백운국민학교 3학년이었을 때
충주사범을 갓 졸업한 권영희 선생님이
나의 담임교사로 부임해 왔다
내 생애의 한복판에 민들레꽃으로 피어서
배고픈 열한살의 나를 숨막히게 했다
멀리 솟은 천둥산 아래 잠든 마을에
풍금을 잘 치는 예쁜 여교사가 왔다
어느 날 하교길에 개울의 돌다리를 건너며
들국화 한 송이가 가리키듯 나를 손짓했다
  탁번아 너 내 동생되지 않을래?
  전쟁 때 부모가 다 돌아가시고
  오빠도 군대에 가서 나는 너무 외롭단다
선생님이 누나가 되는 정말 이상한 일이
아무렇지도 않은 듯 일어났다
송화가루 날리는 봄언덕에서
나는 산새처럼 지저귀며 날아올랐다
  누나다 누나다 선생님이 이젠 누나다
  영희누나다 영희누나다
가을물 반짝이는 평장골 뒷개울에서도
고드름 떨어지는 겨울 한나절에도
누나와 동생으로 꾸는 꿈은
솔개그늘처럼 아늑했다
영희누나가 있으면 배고프지 않았다
울지도 않고 숙제도 잘했다
영희누나한테 착한 어린이가 되지 못한 날은
꿈속에서 벌서며 오줌을 쌌다

—「영희누나」 전문

  "권영희 선생님"은 처음에는 화자를 설레게 하는('내 생애의 한복판에 민
들레꽃으로 피어서 / 배고픈 열한 살의 나를 숨막히게', '풍금을 잘 치는 예쁜 여교사')

이승에서 영원으로 이어지는 탯줄의 상상력 165

이성적 대상으로 다가온다. 그러나 선생님이 "누나"가 되는 관계의 전환이 일어나면서부터 그녀는 화자에게 독특한 존재로 자리잡게 된다. 이 '누나—어린 남동생'의 관계는 '보호자—피보호자'의 관계, 특히 이성형제간의 관계라는 점에서 '연상의 여인과 연하의 남자'의 관계를 상기시키며 이는 크게 '어머니와 아들'의 관계로까지 확대 연상될 수 있다. 이렇게 이 시의 '영희누나'는 '나이 어린 남성을 보호하고 보살피는 여성'으로 형상화되고 있으며, 따라서 8~14행에서의 '선생님 누나'의 관계전환 이후 그녀는 어머니와 같은 보호자("누나와 동생으로 꾸는 꿈은 / 솔개그늘처럼 아늑했다"), 양육자("영희누나가 있으면 배고프지 않았다"), 훈육자("울지도 않고 숙제도 잘했다 / 영희누나한테 착한 어린이가 되지 못한 날은 / 꿈속에서 벌서며 오줌을 쌌다")로서 나타나고 있다고 볼 수 있다.

> 솟구쳐 오른 백두산 멧부리들이 온뉘 동안 감싸안은 드넓은 천지가 눈앞에 나타나는 눈깜박힐 사이 그 자리에서 나는 그냥 숨이 막힌다 하늘로 날아오르려는 백두산 그리메가 하늘보다 더 푸른 천지에 넉넉한 깃을 드리우고 메꽂은 우레소리 지나간 여름 한나절 아득한 옛 하늘이 내려와 머문 천지 앞에서 내 작은 몸뚱이는 한꺼번에 자취도 없다. 내 어린 볼기에 푸른 손자국 남겨 첫 울음 울게 한 어머니의 어머니 쑥냄새 마늘냄새 산베적삼 서늘한 손길로 손님이 든 내 뜨거운 이미 짚어주던 할머니의 할머니가 백두산 천지 앞에 무릎 꿇은 나를 하늘눈 뜨고 바라본다.
>
> —「白頭山 天池」 중에서

민족의 영지(靈地)인 백두산은 시인에게 신성의 공간으로 인식된다. 영원의 시간을 담지한 듯한 천지(天池)를 보며 시인은 무한한 자연 앞에서 유한성의 시간적 존재인 자신을 인식하면서 존재가 한꺼번에 자취도 없어지는 느낌에 사로잡힌다. 장엄한 자연 앞에서 시인은 존재의 응축을 경험한다. '서 있다'라는 직립성은 '무릎 꿇고 앉다'라는 응축되는 인체 기호의 공간성을 변화하는데 이때 시적 화자가 만나는 것은 "어머니의

어머니", "할머니의 할머니"이다. 이들은 생명을 점지해주고 아이가 태어
날 때 엉덩이를 때려 몽고반점을 만든다는 상상 속의 삼신할머니로 묘
사되기도 하고, 역병이 돌았을 때 쑥, 마늘을 달여 나를 치유하던 할머니
로 그려지기도 한다. 이들 여성들은 현실의 시공간을 탈각하고 신성의
공간에 접어든 여신으로서, 생명을 부여하고, 치유하는 원형적 대모신으
로 그려진다.

4. 모성 이미지의 확산 2—어머니의 현실적 재현 아내

  어머니와 화자 사이에 이어지는 아득한 인연의 끈이 일상 속에서 어
떻게 재현되고 실편되는가는 아내와 장모님으로 이어지는 다음의 시편
들에서 더욱 잘 나타난다.

  서울 땅을 모두 주어도
  바꿀 수 없는 아내,
  내가 소실 몇 얻어도
  울지 않을 아내,
  착한 김은자.
  어머니 임종 가까운 무렵
  머리를 감겨드리던
  왼손 다섯째 손가락,
  나는 잊을 수가 없다
  아내의 못 생긴 손톱을.
  은 이후니
  너무 많은 어둠을 이제

지나와
은 이후니 은 이후니
착한 김은자.

—「아내」 전문

이 시에서 "서울 땅을 모두 주어도 / 바꿀 수 없는 아내"인 "착한 김은자"는 오탁번 시의 '어머니'들이 보여주었던 속성, 즉 아직 미숙하고 어린 상대방을 끝까지 감싸고 보호해주는 어머니의 속성을 그대로 보여주고 있다(데미테르 여성에게 흔한 남녀관계는 어머니 같은 여성과 아들 같은 연인이다. 이때 여성은 연인의 덜 성숙된 자아상에도 쉽게 동의해주며 다른 사람이 보기에는 이기적이고 사려 깊지 못한 태도들까지도 계속 눈감아주고 이해해준다2)).

여기서 화자가 '아내'를 "착한 김은자"라고 말하는 이유는 그녀가 "내가 소실 몇 얻어도 울지 않을 아내"이며 "어머니 임종 가까운 무렵 / 머리를 감겨드리던 / 왼손 다섯째 손가락"을 가지고 있기 때문이다. 즉 화자가 아내를 무엇과도 바꿀 수 없는 존재로 격상시키고 있는 것은 바로 다른 시들 속의 '어머니'가 그랬던 것과 같은 이해하고 감싸주는, 보살피는 모성의 극치를 '아내'가 그대로 보여주고 있기 때문인 것이다.

마흔이 넘어서도
허리가 아프지 않은 아내는
아내가 아니다
저승의 문지방을 베고 누운 듯
깊은 잠 들었다가
나의 발소리에 놀라 잠을 깨는
아내가 아니면
아내가

---

2) 진 시노다 볼린, 조주현·조명덕 역, 『우리 속에 있는 여신들』, 또하나의문화, 1992, 196면.

아니다

—「세상만사」 중에서

아내는 마흔이 넘어서 반드시 허리가 아픈 존재이며, 깊은 잠에 빠져 있다가도 남편의 발소리에 놀라 잠을 깨는 존재이다. 거기에는 오랜 시간 묵묵히 출산과 육아, 가사노동을 해온 어머니의 고달픈 신체성이 내면화되어 있다. "저승의 문지방을 베고 누운 듯"한 깊은 잠은 아내가 현실의 의무와 억압에서 벗어나 존재의 깊은 심연에 이르는 순간이다. 꿈을 통해 이루어지는 현실 바깥으로의 아내의 외출은 그러나 남편의 발소리에 의해 금방 급격하게 현실로 복귀한다. 자유로운 영혼을 갈망 하지만 언제나 남편과 가족을 위해서 자신의 모든 감성의 촉수를 열어 놓고 반응하는 아내의 모습은 일평생을 가족을 위해서 자신의 모든 것을 열어놓고 헌신했던 어머니를 현실 속에 재현해 낸다.

거실에서 자정까지 티브이를 켜고 나서 잠을 자려고 안방으로 들어갔다 그런데 뜻밖에도 침대 위에 스탠드 전등을 켜고 잡지를 읽는 안경 낀 장모님이 계셨다 아니 장모님 어쩐 일이십니까 목구멍까지 올라온 말을 황급히 삼키고 나는 정신을 가다듬었다 장모님이라니 장모님은 벌써 몇해 전에 돌아가셔서 지금은 천안공원묘지에 잠들어 계신데 장모님이라니 아뿔싸

잡지를 읽고 있던 아내는 나의 착각이 대수롭잖다는 듯 웃고 말았지만 그날부터 우리집에는 참으로 이상한 평화가 도래했다 아내와 다툴 일도 없고 깨 쏟아질 일도 없게 되었다 장모님 모시고 사는 사위의 예절만 있으니까 남편과 아내로서의 비장의 무기도 탄약이 다 떨어졌다

아내가 스물한 살 처녀일 때 부산까지 가서 당신의 딸과 결혼하겠다고 말했을 때 난감해 하시던 스물 다섯 해 전 장모님의 모습이 어쩌면 지금 아내의 모습과 이토록 흡사하단 말인가 우리들의 가난한 사랑을 근심하는 어른들의 뜻은 아랑곳하지 않고 해운대 해변을 손잡고 거닐던 그 시절의 바닷물결이 어느

날 자정 무렵에 나의 집 안방 침대 위에까지 밀려와서 나를 벌주는 것인가

낯모르는 사람끼리 저녁 이슬 내리듯 새벽 안개 걷히듯 이상한 인연으로 만나서 결혼하고 아이낳아 기르고 울고 웃고 비장의 무기 꺼내어 첩보전 국지전 전면전 치르면서 휴전 종전 항복 탈주를 밥먹듯 하면서 살아가는 남편과 아내의 사회는 중성자 망원경으로도 포착되지 않는 전자파들의 폭풍우일까 모든 시간과 공간을 송두리째 집어삼키는 블랙홀의 무서운 운명일까

아내여 장모님이 된 나의 아내여 이제는 흰 뼈로 흔적만 남아 민들레 씨앗처럼 가벼워진 그 옛날의 장모님이여 오늘밤 나를 울리는 미운 아내여
―「장모님」 전문

아내는 지금 침대 위에서 잡지를 읽고 있다. 그리고 장모님은 "천안공원묘지에 잠들어 계"시다. 이 둘은 분명 안방 / 무덤, 생 / 사, 현재 / 과거라는 명백한 시공간적 단절 속에 존재하고 있다. 그러나 이러한 단절은 "자정"과 "침대"라는 경계적 시공간에 의해 극복되고, 이로써 생과 사, 현재와 과거가 서로 교차된다.

"침대 위에 스탠드 전등을 켜고 잡지를 읽는 안경 낀" 아내가 순간 장모님이 되는, 즉 늙은 딸이 그녀의 어머니가 되는 묘한 착각을 경험하게 된 이후로 자정이라는 시간 속에서 25년 전과 현재가 겹쳐지고, 침대라는 공간 속에서 부산과 현재의 안방이 겹쳐진다. 이러한 시공간 경계의 무너짐은 특히 침대 위로 밀려오는 "바닷물결"을 통해 구체적으로 형상화되고 있다.

과거와 현재, 삶과 죽음, 장모님과 아내의 중첩과 분리가 반복되면서 아내와 나의 관계는 부부에서 "장모와 사위"의 관계로 전환되고 이로써 "다툴 일과 깨 쏟아질 일" 대신 "평화"가 도래하게 된다. 이러한 평화의 도래 속에서 자연스레 25년 전의 시공간이 회상되고 25년 전의 어머니

와 현재의 딸이 다시 중첩된다. 그리고 이 순간, 시공간의 비약이 일어난다. 전쟁과도 같은 삶의 부대낌 속에서 25년의 세월이 순식간에 흘러가 버린다.

이제 늙은 딸은 또 하나의 어머니가 된다. 그리고 여기서 앞의 시들에서 볼 수 있었던, 어머니의 감쌈 속에서 자신의 삶의 고통을 치유하려는 어린아이의 태도가 다시금 나타나게 된다. 이 시에서 이러한 아내, 그 내면의 어머니성과의 소통은 마지막의 '울음'("나를 울리는 미운 아내여")을 통해 이루어지고 있다. 시 속의 이미지를 전개를 살펴보면, 금속성("무기와 탄약")—동물성("흰 뼈")—식물성("민들레 씨앗")—정화하는 물("나를 울리는 미운 아내여")의 변용을 통해 점차 무거운 이미지들이 가벼운 이미지들로 전환되고, 이러한 전환 속에서 화자의 고통과 회한이 마지막의 '울음'을 통해 정화되고 있음을 볼 수 있다.

5. 근원적 생명성의 어머니로의 회귀

생명을 탄생시키고, 그 생명을 지켜주며 이끌어주던 어머니가 화자에게 주는 궁극적 가르침은 바로 죽음과 생을 함께 감싸안고 있는 삶의 신비로운 원리이다. 어머니는 당신이 먼저 이승을 떠나심으로써, 아프도록 절실하게 이를 깨우쳐준다.

이승은 한줌 재로 변하여
이름모를 풀꽃들의 뿌리로 돌아가고
향불 사르는 연기도 멀리 멀리
못 떠나고

관을 덮은 명정의 흰 글자 사이로
숨는다
무심한 산새들도 수직으로 날아올라
무너미재는 물소리가 요란한데
어머니 어머니
하관의 밧줄이 흙에 닿는 순간에도
어머니의 모음을 부르는 나는
놋요강이다
밤중에 어머니가 대어주던
지린내나는 요강이다 툇마루 끝에 묻힌
오줌통이다 오줌통에 비치던
잿빛 처마 끝이다
이엉에서 떨어지던 눈도 못 뜬
벌레다
밭두럭에서 물똥을 누면
어머니가 뒤 닦아주던 콩잎이다 눈물이다
저승은 한줌 재로 변하여
이름모를 뿌리들의 풀꽃으로 돌아오고

—「下官」 전문

　하관의 밧줄이 땅에 닿는 순간으로 전체 시상이 집약되어 있는 위의
시는 육신－재－뿌리－풀꽃이 되는 생명의 순환구조에 대한 자각을 보여
주고 있다. 어머니의 육신이 흙으로 돌아가는 순간, 화자는 놋요강과 배
설물에 대한 기억을 더듬는다. "하관"과 "배설물에 대한 기억"이라는 의
외의 부딪침은 매우 당황스럽지만, 그만큼 충돌이 빚어내는 파장 또한 강
렬하게 일어난다. 이 두 개의 낯선 의미항들은 시공을 초월하여, "뿌리들
의 풀꽃"이라는 시어에서 아름답게 겹쳐진다. 어머니의 육신이 한줌 재
로 변하여 흙으로 돌아가고, 살아 있는 이의 지린내 나는 배설물들이 또
한편에서는 한줌 재로 변하여 흙으로 돌아가는 그 대지 위에서 풀꽃들은

뿌리를 내리고 피어나기 때문이다. 따라서 하관의 밧줄이 흙에 내리는 순간은 삶과 죽음이라는 거대한 우주의 원리를 시인이 간파하는 순간이다. 또한 어머니가 묻힐 흙이 살아 있는 자에게도 결코 낯설지 않는 곳임을 깨닫는 순간이기도 하다. 자신의 뒤를 닦아주고, 자신의 배설물들을 치워주던 어머니가 먼저 흙으로 돌아가고 나서야 비로소, 시인은 눈도 못 뜬 벌레였던 어린 시절부터 흙이 자기 생명의 터전이었으며, 인간은 태어나는 순간부터 조금씩 흙으로 돌아가고 있었음을 깨닫는 것이다.

그러므로 이승이 한줌의 재가 되고, 저승이 한줌의 재가 되어, 비로소 이름 모를 뿌리들의 풀꽃으로 돌아온다는 역설은 상상의 탯줄 건너편에 있는 어머니가 자식에게 가르쳐주는 생의 마지막이자 가장 신비로운 비밀인 것이다.

어머니를 땅에 묻던 해 한식날 성묘를 갔을 때의 일이다. 아직 때는 새싹을 틔우지도 못하고 있었는데 황토의 봉분 위에 붉은 산나리 꽃이 한 대궁 올라와 꽃망울을 화사하게 터뜨리고 있는 모습을 보고 나는 깜짝 놀랐다. 나는 그 꽃을 보자 어머니가 꽃으로 다시 환생하여 자식들을 맞이하는 것같이 느껴져서 눈시울을 붉혔다.
　　　　　　　　— 오탁번, 「어머니의 나라에서 누워 듣던 우뢰」 중에서

위의 글에서 볼 수 있듯이 시인은 돌아가신 어머니가 다시 무덤 위의 풀꽃으로 환생한 듯한 느낌을 갖는다. 무덤이라는 죽음의 공간에서 죽음과 삶, 소멸과 생성이라는 우주론적 순환을 경험하는 것이다. 환생하여 자식을 맞이하는 듯한 어머니의 영상은 삶과 죽음이 더 이상 막막한 단절이 아님을 역설해준다. 봉분 위에 핀 산나리꽃을 통해 질긴 탯줄로 나와 이어져 있는 어머니를 느끼며 왈칵 눈시울을 적시는 장면에서 탯줄의 상상력은 이미 이승과 저승을 넘나드는 것 이상의 세계를 간파했음을 느낄 수 있다. 어머니가 먼저 가 계신 저쪽의 세계는 꽃이 되어, 또는

향기가 되어 말을 걸어오고 손을 내민다. 이제 인생의 중턱을 넘긴 시인에게 이것은 죽음의 세계 자체가 한마디씩 말을 걸어오는 것이리라. 그리고 말을 먼저 걸어오는 이가 다름 아닌 어머니이기에, 영원에 세계에 다다르는 길이 두렵지만은 않을 수 있을 것이다.

6. 영원으로 이어지는 탯줄의 상상력

세상의 모든 이들, 아비도 아들도 딸도 어머니의 자궁에서 나와, 어머니가 놓아주는 길을 걸어 세상을 살아간다. 태어남과 동시에 자식들은 어머니의 자궁에서 분리되지만 세상의 자식과 어머니의 사이에는 보이지 않는 탯줄인 영혼의 끈이 이어져 있어서 자식들은 자기도 모르게, 상상의 탯줄 건너에 있는 어머니를 통해 생을 다잡으면서 살아간다. 그리고 어머니를 저 먼 곳으로 먼저 보내드리며, 인간은 그 어머니에게서 모든 생명이 다다라야 할 영원의 길까지를 배워나간다. 생과 사의 갈림길은 서럽고 멀기만 하지만, 보이지 않는 탯줄은 우리를 계속 부르며, 이승에서 목숨이 나아갈 길을 놓아준다.

子時가 되어
서늘한 옷자락으로
저승의 하늘을 건너오시는
어머니
어머니 부르며
盞 가득 눈물 따릅니다.

이승의 짧은 밤은

燒紙 올리는 불빛에 이울고
어머니의 입술 자욱
선명한
盞을 비웁니다.

— 「飮福을 하면서」 중에서

　자식이 올린 눈물의 잔에 입을 맞추어 주는 어머니의 영상이 영롱한 위의 시는 어머니의 자식인 우리 모두에게 생명과 죽음, 그리고 인연을 둘러싼 생의 아득한 심연을 보여준다. 제삿날 밤 서늘한 옷자락으로 저승의 하늘을 건너오시는 어머니를 위해 이승의 자식은 어머니를 부르며 술 대신 눈물을 따른다. 어머니의 넋과 만나는 밤은 소지(燒紙) 올리는 불빛에 이울 만큼 짧기만 하다. 그러나 아들의 눈물을 마시는 어머니가 남긴 입술 자욱에 아들이 다시 입을 맞추는 행위는 죽음을 넘어 영원으로 이어지는 탯줄을 확인하는 것이며 골육의 정을 다시금 영혼 깊이 각인하는 것이다. 탯줄에서 자궁으로, 자식에게서 어머니에게 이어지는 오탁 번의 원초적 상상력의 세계는 그만큼 절실하고 간절하다.

삶을 향한 통찰과 순정한 힘

차한수론

1. '큰 숨'의 부드러움을 위하여

차한수 시인은 1977년 간행된 『신들린 늑대』를 시작으로 『손가락 끝마다 내리는 비』(1982), 『버리세요』(1988), 『해질 무렵』(1992), 『손』(1996), 『세상에서 제일 작은 손』(2000) 등의 시집을 발표하였다. 그는 등단 초기부터 언어적 기법의 참신성과 새로운 이미지의 구사를 주된 시적 장치로 삼아 지속적인 시작 활동을 보여주고 있다. 일반적으로 그의 시는 일상성의 차원을 초월한 도취와 깨달음의 경지를 보여주면서 그러한 초월에의 꿈을 가로막는 현실의 아픔을 아울러 노래하고 있다. 그가 말하는 현실의 고통 속에는 개인사적 인생 체험뿐만이 아니라 시대와 역사의 어둠이 함께 내포되어 있다. 그러나 그 고통이 따뜻한 어조와 절제된 내적 힘에 의해 지속적으로 여과되고 있다는 점 또한 그의 시의 일관된 특징이기도 하다.

그의 일곱 번째 시집인 『날아다니는 나무』(2001)에 실린 60여 편의 시
들은 따뜻하고 섬세하며 독자들을 편안히 숨쉬게 해준다. 그는 넘쳐나는
모든 것들을 자르고 베어내면서 겸손하고 차분한 어조로 우주의 소리들
을 전해준다. 그 어조는 생의 고통을 맺히게 하지 않고 풀려나게 한다.
생의 긴장을 무장해제시키곤 하는 이러한 어조는 인간을 자연의 일부로
보면서 우주의 모든 것은 서로 통하고 연관을 가지고 있다는 동양적 자
연관을 바탕으로 하고 있다.

> 산이
> 걸어와서 마당귀에 앉아 큰 숨 쉬다
> 수숫대 길길이 늘어서서 산을 밟고 큰 숨 쉬다
>
> —「산그늘」 중에서

커다란 산을 맞아들일 수 있는 "마당귀"는 품넓은 시인의 내면의 공간
이자 상상력의 폭이다. 커다란 산도, 길길이 늘어선 수숫대도 이 마당귀에
앉아 자리를 잡으면 "큰 숨"을 쉬게 한다. 이 큰 숨은 바로 시인의 원숙한
어조와 맞물리면서 위안과 안도와 정착을 선사하는 마당귀의 부드러운
포용의 힘으로 표출된다. "마음은 어디에다 / 풀어야 할지 모르는"(「그저 가
는 거야」), "뒤틀리는 마음"과 "염천의 목마름"과 "손의 티눈"과 "지독한 가
려움"과 "생의 울음"을 시인은, 큰 숨 한번 쉼으로써 흐르게 하고 맺힌 것
을 풀어내린다. "이승의 머리카락 타고 / 풀어보는 긴 이야기"(「봄비」)도
"큰 숨"과 다르지 않다. 그리고 때로는 "낡은 홍합의 두꺼운 껍질의 울분
이"(「나무들의 꿈」)된 겨울을 견뎌내기도, 삭히어내기도 한다.

2. 나무와 용의 변전(變轉)의 상상력

사람들은 아니 특히 시인들은 왜 나무가 되고 싶어하는 것일까?『날아
다니는 나무』에서 중심 이미지로 삼고 있는 '나무'는 시인의 집중적인 사
유의 대상이 되고 있다. 나무는 전통적인 상징들 가운데 가장 기본적인
것에 속한다. 가장 일반적인 의미에서 나무는 우주의 생명을 상징하는
바, 그것은 조화, 성장, 증식, 생성과 재생의 과정을 상징한다. 따라서 나
무는 끊임없이 지속되는 생명을 상징하고, 때로 불멸성을 상징하는 이미
지들과 등가의 관계에 놓인다. 한편 나무는 그 자리에 붙박혀 꼼짝할 수
없이 정지된 자의 운명의 상징하기도 한다. 그러나 이 시집에서의 나무는
그런 부동의 침묵하는 나무가 아니다. 그것은 바로 닿을 수 없는 움직임
에의 꿈이다. "잎도 가지도 없으면서 / 살아있는 나무처럼 서 있는"(「나무야
나무야」) 나무이며, "언덕을 오르고 싶은 나무"(「언덕을 오르고 싶은 나무」)이
다. 그리고 날아가는 나무이며, 허공에 떠 있는 나무들이다.

　　　나는
　　　네가 그리울 때면
　　　눈을 감는다

　　　일생을 한 자리에 선 채
　　　미동도 할 수 없는 가슴
　　　양팔 휘저으며
　　　눈빛 빛나는 이슬
　　　오색 무지개 뿌리채
　　　뽑아들고
　　　두 손 꼭 잡고
　　　날아가는 나무야

땅이 그리워 그리워도
뿌리 내릴 수 없는
적막함을 꼭 안고
허공에 떠 있는 나무야

나는
네가 그리울 때면
하늘을 바라본다

―「날아다니는 나무」 전문

　나무의 이미지는 시인의 날아오르려는 욕망과 더불어 무수한 이미지의 변전을 보여주고 있다. "허공에 떠 있는 나무"는 실제의 나무로부터 유추된 상징으로부터 선회하면서 그 의미가 치환되고 있다. 따라서 그의 시 속에서 나무의 뿌리는 물질의 수준에서는 지하에 존재하지만 정신의 수준에서는 하늘에 존재하게 된다. "최초의 나무 뿌리는 하늘에서 생겼으며 그것은 모든 존재의 뿌리 없는 뿌리에서 성장했다"던 이는 블라바스키였다.

　나무와 동일시되는 시인의 소망이란 실상 남의 운명을 넘보는 것이다. 인간은 세상을 사는 한 대지에 발붙이고 끊임없이 움직여야 하는 자신의 운명을 잘 알기에, 가끔씩은 두 팔 벌려 하늘에 기도하는 나무의 운명을 넘보는 것이다. 나무는 하늘을 향해 기도할 뿐 아니라 상부 지향성, 곧 하늘의 세계를 지향한다. 이런 이미지는 정신적인 측면에서 나무의 고향, 곧 뿌리가 하늘에 있음을 암시한다.

　이와 같은 나무의 상징적 세계의 대척점에 생기가 사라진 불모의 '용'의 세계가 놓여 있다. 연작시 「용의 나라 1~7」이 이를 말해 준다. 일반적으로 용은 초자연적이고 강력한 힘을 가진 존재로 부각된다. 그러나 차한수의 시에서는 용이 지닌 상투적 의미를 배제하면서 새롭게 용의 허세와 할 일 없음에 대해 비판하고 있다.

① 눈이 거꾸로 선 사내들이
   어슬렁거리는 들판에는
   회오리바람이 몰아친다

—「용(龍)의 나라·1」 중에서

② 용(龍)의 나라에는 사람들이 없다
   깜깜한 어둠만 쌓여 있다

—「용(龍)의 나라·2」 중에서

③ 할 일이 없다
   그래도 용은 잠을 자지 않는다
   불철주야 뜬눈으로 살고 있지만
   낮은 낮이고 밤은 밤인 것을

—「용(龍)의 나라·4」 중에서

④ 용(龍)의 나라에는 여자가 없다
   ……
   너무 할 일이 없어 천 년이고 만 년이고
   잠이나 자는 세상

—「용(龍)의 나라·5」 중에서

⑤ 그 무서운 용이 있는지 없는지 체면이 말이 아니로다

—「용(龍)의 나라·7」 중에서

무소불위의 용의 나라가 "눈이 거꾸로 선 사내들이 어슬렁거리"고, "깜깜한 어둠"인 채 "사람들이 없"고, 천년만년 "잠이나 자는 세상"인 것이다. 그러기에 그의 용은 시대적 상황의 반영과 더불어 혼돈과 갈등, 허세의 상징이다. 관습의 거부를 통해 타락한 시대에의 편승을 거절하면서 시인은 현실 비판적인 태도를 보여주고 있는 것이다. 그의 시적 상상력에 따르면 용은 그저 가상에 지나지 않으며, 그 신격화되고 근원적인 힘의

존재도 모두 해체되고 만다. 즉 용의 나라에 대한 일반적인 기대를 뒤집어 야유와 조소를 보내면서, 대상을 새롭게 인식하고자 하는 시인의 의도를 표출하고 있는 것이다.

3. 선취(禪趣)적 경향과 낙관적 인식

나무들이 꽃과 열매를 매달듯 시인은 나무에다 상승의 꿈을 매단다. 정지해 있는 듯 하면서도 무성하게 변신하는 것이 나무인 것을 시인은 선취(禪趣)적 깨달음으로 알아내고 있는 것이다. 그리하여 그의 나무들은 상투성을 배제하고 초월적인 것으로 향해 간다.

물이 말했다
머리가 아프고 간장이 쓰리니 어찌할꼬
나무도 고개 들고 말했다
아 나는 언제 이 땅을 떠나 물처럼 흘러갈꼬

물은 나무를 나무는 물을 볼 수가 없네
— 「어둠은 볼 수가 없네」 중에서

"나는 어디까지 왔는지 / 내가 서 있는 곳이 어디인지 / 남은 길이 얼마인지" 알 수가 없어 그의 의식은 꿈틀거린다. 이 물음의 답을 얻기 위하여 흐르는 물같이 걷기도 하고 텅 빈 개펄에 무릎꿇고 앉아 하늘을 바라보기도 한다. 시인은 자연이 들려주는 이 무명(無名)의 상태를 마음으로 들을 수 있기를 희구하며, 자연에 귀기울인다. 그러나 물은 쉴 새 없이 흘러가야 하는 운명 때문에 "머리가 아프고 간장이 쓰리고" 나무는 물처

럼 흘러가고 싶은 욕망 때문에 목말라한다. 이 엇바뀌는 사물들의 꿈을
시인은 '어둠'으로 파악한다. 그러한 의미에서 그의 시들은 선시(禪詩)적
분위기를 강하게 풍긴다. 특히 "물은 나무를 나무는 물을 볼 수가 없네"
가 그러하다.

> 강은
> 하늘이 그리워
> 가슴 열어 놓고
> 달과 별 바라보며
> 하늘 아래 누워
> 하늘이 되고 있다
>
> —「하늘이 그리워」 전문

　강이 하늘이 되면 하늘은 짐짓 몸 바꿔 강이 되어 주는 것일까? 서로
가 서로를 그리워하는 꿈, 사물들의 거리가 멀수록 그 그리움은 심화되
고 있다. 「하늘이 그리워」는 간결한 동양화 한 폭처럼 느껴지는 시다. 강
과 하늘은 그 경계가 없으며, 강과 하늘을 바라보는 주체와도 변별되지
않는다. 시인이 꿈꾸는 세계이다. 그러니 하늘 아래 누우면 하늘이 되는
것이다. 강과 하늘과 내가 제 스스로를 주장하지 않고 제 스스로를 비울
때 도달할 수 있을 세계이다. 이러한 경지를 흔한 말로 물아일체(物我一
體)라 할 수도 있을 것이다. 이와 같은 생에 대한 서늘한 통찰 뒤의 적막
함과 고독감은 독자들에게 순정함으로 읽힌다. 그의 선취적 경향이 맑은
낙관적 인식과 맞닿고 있는 대목이다.
　그의 시의 선취적 경향은 마치 선문답과도 같은 비유의 방법에서도
확인된다.

> 마곡사(麻谷寺) 통나무 계단에
> 맨발의 신들이 오르내리고 있었다

전설을 머리에 인 꽃망울
꽃망울 터지는 노래로 하늘을 바라보면
눈물 같은 꽃신 하나가
살래살래 내려오고 있었다

—「낙화(洛花)」 전문

혼자 딩굴어져 있는 이빨의 허무
그 당당한 외로움이 물새처럼 울고 있다

—「물새처럼」 중에서

멸치야 네가 달 바라보고 달려올 때 나도 갯가에 앉아 달빛 부시는 바다만
보고 있었다 보이지 않는 널 빤짝이는 파도의 옆구리에 이는 시거리 쯤으로 여
겼는데 넌 무리무리 떼를 지어 온 백사장을 밀어버렸지 하늘강아지도 잠이 든
백사장을 어찌할 것인가 산도 바다도 말이 없으니 멸치야 어떻거니 그렇게 몰
려오는 널 하늘에서 빤짝이는 수많은 별들도 그저 내려다보고만 있으니

—「멸치에게」 전문

떨어지는 꽃잎을 "눈물 같은 꽃신"에 비유하거나, 치과에서 빼버린 자
신의 어금니를 "물새"에게 비유하거나, 백사장에서 바라본 멸치떼들을
하늘에서 "빤짝이는 수많은 별들"로 치환하기도 한다. 이러한 은유들은
이질적인 대상들을 동일화시키면서 그 참신함에 의해 독자의 상상력을
자극시킨다. 그의 시세계가 세상을 아름다운 것으로 보고자하는 의식의
발로이며 현실을 낙관적인 방향으로 변형시키고자 하는 의도를 지닌다
는 것을 다시 한번 확인시켜 준다. 그러나 고적한 것을 생동태로 잡는
이러한 시인의 시선이 때로 그 기법 면에서 불균형의 은유, 무리한 비약
을 가져오는 것 또한 사실이다.

차한수 시인의 시들은 서정적 감정의 분출을 직설적으로 방출하지 않
고 침잠과 초월을 지향한다. 잘 감싸여진 힘으로 날것들을 순화시켜 나

타냄으로써 깊은 울림을 더해주고 있다. 그의 시에서 자연과 자아는 대립되지 않으며, 하나가 되어 서로 용해된 경지로 승화되고 있다. 자연과 자아가 본질적인 면에서 상호연결되어 하나의 마음으로 조화되는 상태를 보여주는 것이다. 즉 자아와 세계, 인간과 자연, 개체와 공동체 사이에 조화의 미덕, 화해로운 동일시를 이룩한다. 일상 속에서의 깨달음의 모색 혹은 생과 사에 대한 존재론적 성찰을 작품의 주제로 삼으면서 그 결정(結晶)에 있어서 일종의 선취(禪趣)적 경향을 이루어내고 있다.

3부

여성시의 존재론적 심연

자유의 길, 구도(求道)의 글쓰기

김일엽론

김일엽은 나혜석, 김명순 등과 더불어 우리나라 최초의 근대여성문학 작가이다. 이들은 오랫동안 폐쇄적 규범 속에 묶여 있던 여성이 사회에 진출하고 문단활동에 참여할 수 있게끔 길을 열어놓은 1세대 여성문학 가들이었으며,1) 서구 자유시의 사상과 형식을 수용한 새로운 방법론과 진보적인 시정신을 담는 시도를 통해 이후 1930년대 제2기 여성작가들 이 여성문학의 부흥을 이룰 수 있는 전초적 기반을 마련했다.

이들의 문학은 자유연애와 신정조론, 남성 횡포에 대한 비판 등 여성 의 억압적 현실이라는 주제적 자각을 선명하게 보여준다. 이 시기 여성 작가들의 작품은 문학적 수준을 넘어서 여류작가라는 특별한 명칭으로

---

1) 김현자, 「한국 여성시의 계보」, 「페미니즘 관점에서 본 한국 현대시 연구」, 『한국시 의 감각과 미적 거리』, 문학과지성사, 1997. 필자는 김명순, 김일엽, 나혜석을 한국 여 성주의 시의 1기로 보면서, 이후 자의식과 여성성에 대한 문제제기, 수동성과 전통적 감성의 응집, 대사회적 전언과 여성의식의 확대, 극단어법과 신체적 분해의 역동적인 힘, 양성구유에의 지향 등 여성시의 다양한 흐름과 지향성이 나타난다고 분석하였다.

불리며, 그 희소가치에 의해 저널리즘의 각광을 받았다. 이들에 대한 관심은 사생활에 집중되었으며, 여성이라는 이유로 과찬되거나, 일방적으로 매도되었을 뿐 작가로서의 문학세계에 대한 본격적인 비평은 받지 못하였다.[2] 일제시대 여성비평가인 임순득이 당시 여성작가의 지위를 "저널리즘의 일각에 작문, 수필, 기타 잡문 등속의 만치계절의 화초적 존재"라고 폄하하고 있는 것이 그 단적인 예이다.[3] 그들이 활동했던 1920년대는 민족의 문제, 계급의 문제가 우세했던 시대였고 선도적으로 여성문제를 제기한 그들의 목소리는 제대로 된 평가를 받기 어려웠다. 그러나 이들에 대한 객관적인 평가가 이루어지기까지에는 이후에도 많은 시간이 필요했다.[4]

---

2) 한금요, 「한국문학에서의 여성작가의 지위와 역할」, Journal of Women's Studies, 91면.
　김동인은 『김연실전』을 통해 세 여성문인들의 남성 편력을 거의 실제 사건을 중심으로, 남성에 비쳐진 여성들의 왜곡된 연애를 형상화하고 있다. 또 염상섭은 이들 여성문인에 대해 자유연애의 사도로 지칭하면서 '연애기근', '사랑걸신증', '성적박테리아가 걸린 사람들'이라는 용어로 맹비난하고 있다. 이덕화, 「신여성문학에 나타난 근대체험과 타자의식」, 『여성문학연구』 제4호, 36면.
3) 임순득, 「拂曉期에 처한 조선여류작가론」, 1940.9.
4) 1920년대 여성시에 대한 남성비평가들의 평가는 주목할 만하다.
　조윤제의 『한국현대문학사』는 1920년대의 주요 작가와 시인들을 다루고 있는데 여성시인들에 대한 서술은 「기타의 시인들」이라는 항목에서 단 세 줄로 언급되고 있을 뿐이다. 그리고 그 평가의 내용은 "나혜석, 김명순, 김일엽은 1920년대를 대표하는 여류시인이며 또한 작가였으나 모두 문제될 만한 작품을 거의 남기지 못했다. 김명순은 『생명의 과실』이라는 시와 소설을 함께 모은 창작집이 있으나 유치한 작문을 넘어서지 못했다"는 것이었다. 조윤제, 『한국현대문학사』, 성문각, 1982, 456면.
　조동일은 한국문학통사 5권에서 1920년대 여성시인을 여덟 줄로 개략하고 있는데 "여류라는 접두어가 붙으면 습작이라도 단행본으로 출간되고 지면에 발표되었다. 남성독자들의 호기심을 자극하자는 계산이 있었기 때문이다"라고 부정적인 평가를 내리고 있다.
　이렇듯 남성비평가들의 1920년대 여성시에 대한 비평은 남성 중심적인 성차별적 시각에서 크게 벗어나지 못하고 있다.
　좀더 본격적인 연구업적으로는 김윤식을 들 수 있다. 그는 여류문사들의 활동을 세 시기로 구분하여 특성을 고찰하면서 1920년대 제1기생들의 특성을 "작품 없는 문학생활, 예술과 생활을 혼동한 순간의 비극적 현상"으로 지적하면서, 실패의 원인으로 그들의 기질적 개성, 시대적 환경, 남성작가들의 무분별성을 꼽고 있다.
　1970년대 이후 남성 중심적 관점에서 탈피하여 여성주의 시각에서 이들의 시에 대김일엽은 1919년 1년 간 동경영화학교로 일본 유학을 다녀온 후 동아일보 문예부기자를 거쳐 1920년 최초의 여성잡지인 『신여자(新女子)』를 창간한다. 이 잡지에 자신의 작품들을 게재하면서 본격적인 문학활동을 시작한다. 총 58편의 시(이 중 23편은 입산 후에 지어진 것이다), 소설 16편, 평론 40편의 작품을 발표했다.5) 이렇듯 일엽의 문학은 시, 소설, 평론 등 전 장르에 망라되어 있어서 여성문학사에서 그는 소설가로서, 시인으로서 모두 언급이 되고 있다. 그의 문학세계가 넓다는 것은 전천후 작가로서의 면모를 보여줄 수도 있지만, 기실 장르의식의 결핍이라는 문학적 한계성과 직결되는 개념일 수 있다. 이것은 비단 김일엽에게만 국한된 것이 아니라 근대문학 초창기였던 당대 작가들에서 보이는 공통된 현상이었다.

시인 김일엽의 삶은 대중의 관심에서 떠나지 않았다. 자유연애와 신정조론, 여성 개조를 주창한 신여성으로, 여성지식인으로, 당대의 '여류문사'로 살았던 그의 삶은 늘 세인의 관심이 집중되는 시정의 한복판에 있었다. 그는 여성이 인간적으로나 사회적으로 독립적 자아로 인정받지 못하던 시대에 주체적 존재로 살고자 했고, 또한 문학이라는 상상적 세계를 통해 자유를 구가하고자 했다. 그것은 때로 근대와 동시에 맞닥뜨려

한 진정한 평가작업이 이루어지기 시작한다.

허영자는 「한국여류시의 흐름」이라는 논문에서 1920년대 여성시인들에 대해 "그들의 선언이 원하는 바 뜻을 달성하지 못하고 좌절과 패배를 맛보았으며 한 시대와 사회의 속죄양으로 희생되는 결과를 불러왔다 할지라도 이들의 노력과 진취적 기상은 소극적, 정한적 여성시의 내성에 새로운 불길과 바람, 적극성과 동적 활성을 불어넣었던 것이다"라고 적극적이고 역사적인 평가를 내리고 있다.

이외에도 아래의 논문들을 참고할 만하다.

성낙희, 「김일엽 문학론」, 『아세아여성연구』 17, 숙명여대 출판부, 1978; 신달자, 「1920년대 여류시연구―김명순, 김원주 나혜석을 중심으로」, 숙명여대 석사논문, 1980; 정영자, 「한국여성문학연구―1920년대·30년대를 중심으로」, 동아대 박사논문, 1987.

5) 이 외에도 몇 권의 수필집을 간행한 바 있다.

『어느 수도인의 회상』(1960), 『청춘을 불사르고』(1962), 『행복과 불행의 갈피에서』(1964). 유고집으로 『未來世가 다하고 남도록』(1974), 『청춘을 불사른 뒤』(1974), 『당신은 나에게 무엇이 되었삽기에』(1975), 『수덕사의 노을』(1977) 등이 있다.

야 했던 일제 식민지하의 억압된 시대 현실로부터의 자유이며, 때로는 가부장제적 이데올로기하에서 통제되고 순치되는 여성의 욕망과 감정의 자유로운 분출이며, 때로 그 자유의지는 지상적 삶으로부터 벗어나 영원과 우주로 나아가는 구도의 삶을 지향하는 존재론적인 자유에의 추구로 이어지기도 했다. 그것은 시정의 길, 세속의 길에서 '환희대'로 표상되는 종교적 공간으로의 이동과도 연관된다. 그런 의미에서 김일엽이 걸었던 삶의 길, 그의 시가 보여준 길은 살아냄의 육체적 과정이며, 또한 승화와 극기의 정신적 과정이기도 했다.[6] 이 글에서는 김일엽 시의 다양한 면모와 방법적 전개를 자유의 길, 구도의 글쓰기라는 주제하에서 여성성, 존재론적 자각, 열정과 춘화의 수사학, 웃음과 불길, 긍정적 세계관 세 층위를 중심으로 살펴보고자 한다.

---

6) 신달자는 김일엽 시의 중심주제를 "님에 대한 그리움"으로 보고, 입산을 전후로 그의 시에 나타나는 변용과정을 탐구한다. 입산전 1920년대의 시에서 님은 "인간적 차원의 님"으로, 입산 후 1930년대 이후의 시에선 "불교적 차원의 님"으로 나타난다고 보고, 전자를 肉의 차원에서, 후자를 靈의 차원으로 평가하고 있다. 신달자, 앞의 논문.
　정영자는 1928년 불교 귀의를 분기점으로 두고 김일엽 시를 1기, 2기로 구분한다. 1기 시편에서 인간에 대한 사랑과 그리움, 그것 때문에 오는 고독 등으로 "님"을 부르고 찾는 시의 세계를 보인다면, 2기 시에선 불교에 귀의하여 입적할 때의 구도의 체험이 용해되어 깨달음의 세계와 보살의 무념무상의 새로운 경지 속에 정진의 편안과 내세의 행복의 희구하는 세계가 나타난다고 본다. 정영자, 『한국여성시인연구』, 평민사, 1996, 62면.
　이태숙은 김일엽 문학의 중심적 요소를 낭만적 주체로 보고, 주체의 양상이 사회적 상황과 조우하면서 변화하는 양상으로 그의 시세계를 3기로 구분하고 있다. 1기는 사회운동으로서의 여성해방운동을 전개해나가던 『新女子』를 중심으로 한 1920년까지의 시기, 그리고 여성육체의 이중성의 문제를 '낭만적 사랑'의 개념으로 극복하려 노력하던 1927년까지, 마지막으로 불교적 기반하에서 여성론이 전개되던 1937년경까지의 시기이다. 이태숙, 「여성해방론의 낭만적 지평 – 김일엽론」, 『여성문학연구』 제4호.

1. 여성성, 존재론적 자각

일엽은 1920년 잡지 『신여자(新女子)』를 창간하고, 「새벽의 소리」, 「알 거든 나서라」, 「화향(花香)」, 「봄이 옴」, 「봄의 신(神)」 등 5편의 시를 발표한다. 작품경향이 사뭇 다른 「봄의 신(神)」 한 편을 제외하고는 4편 모두 이 잡지의 서시에 해당하는 시편들로서 시인의 대사회적 인식이 직접적으로 표출되는 공통점을 지닌다.

> 쌀쌀히 쏟아지는 찬 눈 속에서
> 그래도 꽃이라고 피었습니다.
>
> 높고도 깊은 산의 골짜기에서
> 드문히 떨어지는 조그만 샘물
>
> 그래도 깊이 없는 대양의 물이
> 그 샘의 뒤끝인줄 알으십니까
>
> 공연히 어둠 속에 우는 닭소리
> 그래도 아닙시오 새벽이 오는줄

—「새벽의 소리」 전문

「새벽의 소리」는 『신여자(新女子)』 창간호에 실린 서시(序詩)이다. 자연스러운 구어체의 사용, 시상의 전개 방식, 자연물을 매개로 서정적 자아의 정서를 투사하는 방식, 율격에 대한 고려 등 근대시의 특성을 보여주고 있다. 시인은 『신여자(新女子)』의 창간이 어둠을 깨우고, 새 시대의 새벽을 알리는 소리이기를 촉구한다. 이 시는 일련의 기표의 흐름으로 이루어지고 있다. 꽃―샘물―닭소리가 그것이다. 이들은 쌀쌀히 쏟아지는 찬눈—높고도 깊은 산의 골짜기—어둠의 부정적 시공간과 조응하면서 봄—대양—새벽 새시대의 도래라는 기의를 산출한다. 형태상으로는 1연, 2·3연, 4연이 병렬적으로 제시되면서 시상이 심화되는 구조이다. 그러나 기의화된 것은 어디까지나 미래의 것이다. 현실은 여전히 한계성 위에 놓여 있는 것이다. 시인은 현실을, 봄을 기다리기에는 여전히 찬 눈 속으로, 대양을 고대하기에는 높고도 깊은 골짜기로, 아침을 기다리기에는 아직 먼 미명의 어둠 속으로 명징하게 인식한다. 이러한 상황에서 때 이른 꽃과 드문히 떨어지는 샘물과 닭소리는 '공연한' 것으로 비춰질지도 모른다. 현실의 변화를 추동하기에는 미치지 못하는, 역부족의 것일지도 모른다. 그러나 시인은 선각자적인 눈으로 찬 눈 속의 꽃맹아리에서, 작은 샘물에서 새로운 날을 예비하는 역사적 순간을 발견한다. 부정적 현실을 넘어서고자 하는 시적 화자의 비정한 의지는 "그래도"라는 강조부사를 통해 더욱 강화되고 있다.

새로운 세상의 도래에 대한 간절한 희구는 다른 시편들에서도 확인된다.

동편에 아침날 솟아오르니
그래도 세상은 밝아오도다
다같이 부르는 생의 노래를
악마의 무리야 쩍! 그러느냐
그늘 속에 갇혔던 붉은 월계화
이제야 따뜻한 햇볕을 보니
고운 꽃잎, 잎이 기쁨에 차고
달콤한 화향이 누리에 가득

—「花香」 전문

적은 내 물 흐른 기쁨의 노래
골짜기 어린 풀 새로이 싹남

　　하늘이 내리신 조화의 원칙
　　다같이 우리에게 생을 줌일세

　　아느냐 모르냐 어제와 오늘
　　무슨 일 있은 줄 네가 아느냐
　　뒤떨어져 헤매는 어린 자매야
　　발빠르게 걸어서 함께 나가자

—「봄이 옴」 중에서

　겨울 언 대지를 뚫고 솟아오르는 봄의 기운을 주체하지 못하는 시적 화자가 발견하는 것은 봄날 생명의 피어남에는 차별이 없다는 것이다. "다같이 부르는 생의 노래", "하늘이 내리신 조화의 원칙", "다같이 우리에게 생을 줌일세"라는 시적 언술을 통해 보여지듯이 그것은 만민과 우주만물에 공평하고 평등한 것이다. 자연과 인간을, 남과 여를 구별하고 그것을 차별로 연결시키는 것은 '악마의 무리가 하는 것'일 뿐이다. 봄이 주는 평등한 생명의 기운을 자각하는 것은 평등한 새 세상을 향한 적극적이고 능동적인 참여에의 촉구로 이어진다.

　　부드러운 긴머리 틀어올리고
　　입만 방긋 담담히 두 볼 붉히는
　　아직 뜯지 아니한 처녀 가슴에
　　감춰있는 비파를 네가 아느냐

　　알았거든 나서라 막힘 헤치고
　　모든 준비 가지고 따라나서라'
　　아름다운 새벽을 나서 맞으라
　　새때 새날 새일이 함께 오도다

「알거든 나서라」 중에서

시 「알거든 나서라」에서는 새날을 맞이하기 위해서는 "막힘"을 헤치고 적극적으로 현실에 따라나서야 함을 강조하고 있다. "모든 준비 가지고 따라나서라", "아름다운 새벽을 나서 맞으라", "알았거든 나서라"는 명령형의 청자지향적 언술구조는 독자의 적극적 반응과 행동을 촉구한다. 또한 "새때", "새날", "새일"이라는 시어를 세 번 중첩시킴으로써 새로운 시대의 도래에 대한 열망을 강조하고 있다.

이렇듯 새로운 시대의 도래와 그에 대한 여성의 참여를 외치고 있는 일련의 시들은 새로운 근대사회가 봉건적 구습과 제도를 탈각한 만민평등의 사회상을 보여주어야 함을 암시하면서, 그를 위한 여성의 적극적 능동적 참여를 촉구하는 대사회적 전언이 주류를 이룬다. 이 시들은 7.5조와 4.4조의 음률을 고수함으로써 개화가사나 창가류의 형식적 운율적 전통을 따르면서 리듬이 제시하는 등장성의 환기 효과를 통해 계몽적 메시지를 효과적으로 전달하고 있다.

그러나 이러한 시들이 가부장적 이데올로기와 모순적 여성 현실에 대한 직접적 고발의 형식은 아니라는 점은 사뭇 주목을 요한다. 여성성에 대한 시인의 존재론적 자각은 작품의 이면에 암시적으로 제시되어 있지만, 시 텍스트의 표층으로 분출되어 나타나지는 않는다. 새로운 시대의 도래를 봄의 이미지와 연계시키는 등 추상적이고 모호한 시대감각이 제시될 뿐이다.

일엽에게 있어서 여성적 자각의 주제적 측면은 평론이나 소설에서 더 직접적으로 제시되고 있다. 『신여자(新女子)』 시절의 김일엽의 문학활동의 백미는 평론에 집중되어 있다고 할 수 있다. 「신여자(新女子) 창간사」(『新女子』 1호, 1920), 「우리 신여자(新女子)의 요구와 주장」(『新女子』 2호, 1920), 「여자 교육의 필요」(『동아일보』, 1920.4.6), 「잡지 신여자(新女子) 머리에 씀」, 「먼저 현상을 타파하라」(『廢墟』 2호. 1921.1)7) 등의 평론은 사실 본격적인 평론이라기보다는 사회적 주제에 대한 논설, 시론(時論)에 가깝다. 이러한 글들은 아래에서 제시된 바와 같이 '여성의 자각과 해방을 위한 계몽성'이 주조를 이루고 있다.

> 사회를 개조하려면 먼저 사회의 원소인 가정을 개조하여야 하고, 가정을 개조하려면 가정의 주인이 될 여자를 해방하여야 할 것은 물론입니다.
>
> —「新女子 창간사」중에서

> 우리는 신시대의 新女子로 모든 전설적, 인습적, 보수적, 반동적인 일제의 구사상에서 벗어나지 아니하면 아니 되겠다. 이것이 실로 新女子의 임무요 사명이요 또 존재의 이유를 삼는 것이올시다.
>
> 우리 新女子는 이러한 자각 밑에서 우리 조선여자사회에 고래로 행하여 내려오던 모든 인습적 도덕을 타파하고, 합리한 새 도덕으로 남녀의 성별에 제한하는 일 업시, 평등의 자유, 평등의 권리, 평등의 의무, 평등의 노작, 평등의 향락 중에서 자기 발전을 수행하여 최선한 생활을 영위하고자 한다.
>
> —「우리 新女子의 요구와 주장」중에서

> 만일 우리 여자가 사람으로 살랴고 아니하고 노예로 존재코자 하면 모르거니와 그렇지 아니하면 자기 또한 자기의 환경으로부터 현상을 타파한 시에 완전한 인격자로 개조하여야 합니다. 오늘 우리 여자는 세운의 급변함과 함께한 자각과 개조를 행치 아니치 못할 시기를 만났습니다. 그런 즉 여자는 스스로 그 유상미몽 즉 현상을 깨뜨리는 것이 당면의 급무라 할 것이오
>
> —「먼저 現狀을 타파하라」중에서

이러한 계몽성은「어느 소녀(少女)의 사(死)」,「자각」등의 소설을 통해서도 잘 나타나고 있다.「어느 소녀(少女)의 사(死)」의 경우 부모에 의해 결혼을 강요당하는 주인공 명숙이 자살하면서 그 유서를 언론사에 보내는 이야기이다. 유서를 통해 교육을 통한 여성의 자각, 여성의 개조가 강

---

7) 김일엽은 1920년 7월『廢墟』지 창간 당시부터 동인으로 활동한다. 그러나 시작품은 실리지 않고 여성의 지위에 대한 인식의 전환과 해방을 촉구하는 평론만을 발표했다.

조되고 있고, 전통적인 결혼관에 반기를 들고 자유결혼을 주창한다. 「자각」에서는 남편의 배신으로 정체성에 혼란을 겪던 주인공이 신학문을 공부하면서 여성의 현실을 인식하고, 남편의 재결합 제의를 뿌리치고 결국은 새로운 삶을 찾아간다는, 당시의 시대풍조에서는 다분히 획기적이라고 할 수 있는 신사상을 담고 있다.

일엽에게 있어서 가부장적 이데올로기와 모순적 여성 현실에 대한 고발은 시보다는 평론과 소설에서 직접적으로 드러난다는 점은 장르 자체의 특성에서 기인한 바도 있을 것이다. 그러나 『신여자(新女子)』에 수록되어 있는 시들이 그 당시로는 선도적이라 할 수 있는 새로운 시대인식과 여성의 참여의식을 나름대로의 시적 형식에 대한 탐구를 통해 재현하고 있다는 점은 평가할 만하다.

2. 열정과 춘화(春花)의 수사학

7.5조, 4.4조의 운율을 지니고 새로운 시대의 도래를 노래하던 일엽의 시는 『신여자(新女子)』의 종간과 함께 내용과 형식면에서 변모를 겪는다. 그 후의 시는 여성과 사회에 대한 계몽적인 것에서 탈피하여 다분히 개인의 심정적인 것으로 전환하여 고독과 번뇌, 회한과 그리움, 청춘의 열정과 생명의 에너지를 집중적으로 노래한다.

이러한 징후는 『신여자(新女子)』에 발표된 「봄의 신(神)」에서 이미 드러나고 있다. 「봄의 신(神)」은 초기 시편임에도 불구하고 다분히 계몽적인 어조에서 탈피하여 관념을 구체화하는 시인의 언어감각과 이미지 구사를 보여주고 있다.

조금 통통히 살찐 몸
화기가 있는 얼굴
愛가 있는 입
고운 머리는 길게 어깨에 늘여
漆과 같이
鹽이 있고, 光이 있다
愛가 있고, 慈가 있다
한번 얼굴을 펼 때에는
새는 재잘거리고 나비는 춤춘다
강산은 웃고 사람은 덩실
즐거운 생의 발랄
이것이 신의 愛인가, 慈인가?

―「봄의 神」 전문

봄의 신(神)이라는 시간적 관념은 '살찐 몸', '화기있는 얼굴', '애(愛)가 있는 눈', '미소하는 입', '어깨에 늘어뜨린 머리'로 다분히 육화된 존재가 된다. 그것은 생명의 화기가 넘치는 건강하고 아름다운 모습이다. 그 봄의 신이 지상에 옴으로써 자연과 사람에게는 생의 발랄함이 넘친다. 굳은 것은 풀리고, 모든 것이 정지상(停止狀)에서 동작상으로 전환한다. '재잘거리는 새', '춤추는 나비', '웃는 강산', '덩실 어깨춤을 추는 사람' 등 하늘―땅―사람으로 흘러 넘치고 연쇄의 고리를 형성함으로써 생에 대한 발랄한 긍정은 전 우주적 차원으로 확대된다.

녹음은 간 곳없는
어느듯 금풍이라
가뜩이나 아득하던
지향없는 이 마음은
휘도는 잎새와도 같이
쓸쓸스려 하노라

―「秋懷」 전문

자유의 길, 구도(求道)의 글쓰기　197

고적도 서러움도
모두다 잊고서는
한세상 웃음보고
살아볼까 하건마는
불의에 나타난 님은
눈물의 씨 되어라

—「侵入者」전문

님그려 타고 뛰는
성가신 이 심장은
제발 덕분 떼여가소
차라리 차고 뷔인
가벼운 가슴으로
고통없이 사라저

—「哀願」전문

　청자지향적인 메시지(전언)에 치중하였던 그의 초기시는 시간이 갈수록 점점더 내면으로 파고드는 화자지향적 독백의 어조로 옮겨간다. 그때 시적 화자가 발견하는 것은 어디에도 의탁할 길 없는 존재의 외로움, 고적이다. 시적 화자는 모두 님을 떠나보내고 홀로된 상태이다. 이별과 고독의 상황에서 님은 "눈물의 씨"일 뿐이다. 나와 상관없이 꽃이 피고, 녹음이 짙어졌다 다시 "금풍"으로 표상되는 단풍이 드는 계절의 변화는 나의 고독감을 더욱 환기시킨다. 이렇듯 이 시기 시에선 님을 찾고 부르는 서러움의 이미지가 매우 강하게 나타난다. 부재하는 님을 향한 시적 화자의 그리움은 때로 가을날 나뭇가지에서 떨어져나와 천지간을 휘도는 잎새에 비유되기도 하고, 때로는 님을 기다리며 그칠 줄 모르고 타는 심장을 떼어내어 버리고자 하는 육체의 훼손을 암시하기도 한다. 또한 황진이나 홍랑 등 조선조 기녀들의 이별의 정한을 읊은 시조들을 형태적으로나 소재적으로 계승한 시편들을 통해 반복적으로 나타나기도 한다. 이러한 시들이 6행시 형태로 평시조의 기본 자수인 45자 내외를 크게 넘어서지 않는다는 점도 주목할 필요가 있다. 이러한 점을 고려하여 아예 시조로 분류하는 경우도 있으나 시조의 변이형태를 그대로 사용한 시로 보는 것이 더 적절할 듯하다. 부재하는 님에 대한 애절한 사랑은 고금을 막론하고 계속되어 온 주제였고 그것을 표현하는 데 있어서 시조가 지닌 절제된 형식은 유효했을 것이다.

그러나 일엽의 시는 이러한 내면세계의 수동적인 침잠에만 머무르지는 않는다. 그것은 때때로 주체할 길 없는, 분출하는 생의 에너지에 의해 끊임없이 외부로 확장되고자 한다.

　　　짝사랑의 그 열도는
　　　악마의 열병같아
　　　도를 넘는 그 고열이
　　　이 몸을 다 사르고
　　　혼마저 마구 태워
　　　몸부림치다 못해
　　　소리조차 높아질제
　　　창문을 차던지고
　　　산으로 기어올라
　　　어쩔까요, 어쩔까요
　　　이 일 장차 어찌해요!

—「짝사랑」 중에서

생의 에너지는 때로 불길 같은 열정으로 치닫는다. 일엽의 시 「짝사랑」은 『삼국유사』의 지귀설화를 연상시킨다. 선덕여왕을 짝사랑한 지귀는 그 연모의 정이 너무도 깊어 결국 가슴에 불이 붙어 불귀신으로 화해 죽는다. 「짝사랑」의 시인은 정념의 열도가 너무 높아서 악마의 열병을 앓는

자유의 길, 구도(求道)의 글쓰기　199

듯하다. 도를 넘는 고열은 몸만이 아닌 혼의 영역까지 넘놀고 결국은 혼마저 태울 듯한 화기에 몸부림치던 시적 화자는 닫힌 방을 박차고 나가 창문을 차던지고 산으로 올라가 아우성을 친다. 닫힌 현실 속에서 솟구쳐 오르는 이러한 몸부림은 그 열정의 뜨거움을 구도의 세계로 옮겨감으로써 삶과 세계를 아우르는 보다 영원하고 초월적인 세계를 지향하는 극기의 순간에 이르고 있다.

　　열매를 고이 지어
　　잎 속에다 숨겨두고
　　옛 집을 떠나가는
　　어여쁜 꽃이어늘
　　날으로 또 날으기에
　　나비인가 하였도다

　　날으고 날으기에 나비인가 하였더니
　　바람받이 가지 끝에 그 아가(열매)를 재워들고
　　창공에 맴돌며 예어가는 꽃잎일레

—「洛花」 전문

봄날의 낙화는 모든 배경이 전경화된 정지의 순간처럼 다가오고, 독자로 하여금 바람결에 날아오르는 꽃에 초점화하게 한다. 바람결에 날아오르는 꽃잎은 시각적 유사성으로 나비의 이미지로 옮겨가고, 재차 시인의 응시에 의해 창공에 맴돌며 "예어가는 꽃잎"으로 다시 화한다. 꽃이 나비로 변용되고, 다시 꽃이 되는 이미지의 변용이 드러나는 수작이다. 그 변용은 꽃의 죽음이 "열매를 고이지어 / 잎속에다 숨겨두고"의 생성, 부활의 과정으로 그려진다.

3. 웃음과 불길, 낙천적 세계관

평지풍파 가라앉으니
행객들이 자유로와
던져뒀던 거마(車馬) 앉아
웃음으로 왕래하네.

밝은 빛 몸이 되어
만상에 나뒀새라.
산 넘고 물 건너서
더 가지 못할 길에
어허허 웃음소리
천지를 불살랐네

—「웃음소리」 전문

이 시의 전반부는 한바탕 소요가 가라앉은 시정의 풍경을 그려 보이
고 있다. 무슨 일인지 알 수 없지만 평지풍파가 지나간 후 행객들은 아
무 일 없었던 듯 자유롭고 평온한 일상으로 돌아가 웃으며 왕래하고 있
다. 시적 화자는 이러한 현실세계의 풍경을 담담하고도 따뜻한 시각으로
그려내고 있다. 그러나 2연에 들어와 시적 언술은 급격히 전환된다. 그것
은 빛이 몸이 되고, 빛을 받은 몸에서 웃음소리가 나오고, 그 웃음의 불
길이 천지를 불사르는 파격의 경지를 보여준다. "어허허"라는 의성어가
야기하는 것은 나지막하고 은근한 웃음도 아니고, 시정의 요란하고 시끌
벅적한 웃음도 아니다. "어허허"는 호방하고 큰 웃음, 혹은 무언가 깨달
음의 순간에 터지는 웃음이라는 의미자질을 만들어낸다. 그 웃음소리는
산 넘고 물 건너서 더 가지 못할 길이라는 장애를 한꺼번에 뛰어넘고,
천지간을 불살라 혼융시키는 강렬한 힘을 지니고 있다. 시 「웃음소리」에

서 표상된 '불'은 이 시기 일엽의 시에서 자주 사용되는 시인의 개인적 상징으로 볼 수 있다. 일엽의 시에서 '불'은 '밝은 빛', '불꽃', '燈火' 등으로 변용되어 나타나기도 하고, 때로는 직접적으로 부처에 의해서 점화된, 중생들을 일깨우는 구도의 '烽火' 불이 되기도 한다.

일엽에게 있어 개인적 상징어인 불의 변용을 가장 잘 보여주는 시는 「향심(向心)」이다. 이 시는 사회적 계몽에서 개인적 정한과 열정의 세계로 침잠하다가 절대적인 대타자의 존재인 님의 발견을 통해 심원한 통찰과 깨달음의 경지로 나아간다. 이러한 시인의 의식의 변용과정과 불의 이미지의 변용이 긴밀하게 조응하고 있다.

> 못겨눌 사랑불이
> 몸과 맘을 다 태우네
> 타고 남은 찬 재 날아
> 티끌마저 흩어지면
> 님 향한 삼매불(三昧火) 더욱 밝아
> 님의 앞을 비치리.

—「向心」 전문

"사랑불"이 "찬 재"를 거쳐 "삼매불"이 되는 변용과정은 불이 죽음을 거쳐 빛으로 환원되는 입사의식(入社儀式, Initiation)의 정형을 보여준다. 가누지 못한 사랑불, 몸과 마음을 다 태웠던 사랑불이 그 화기가 다하자 재가 된다. 불이 재가 되는 과정에는 육체의 파괴와 소진이라는 인고와 죽음의 과정이 내재되어 있다. 이러한 의사(擬死)죽음의 상태를 겪음으로써 시적 화자에게 있어서 청춘의 고뇌로 맘과 몸을 태우는 소진의 불은 잠잠해지고 절대적인 님을 향한 끝없는 구도의 불인 삼매불로 승화된다. 그것은 더 이상 열기를 가진 뜨거운 불이 아니라, 오랜 고뇌와 번민을 거친 끝에서야 가능한, 인생과 우주에 대한 심원한 통찰과 응시를 가능케 하는 명징하고도 투명한 불이다. 역설적으로 그 불은 차가운 불이다.
그것은 님을 밝힌다는 의미에서 또한 등불이기도 하다.8)

4. 자유의 길, 구도(求道)의 글쓰기

만공대선사의 법문을 듣고 발심한 후 그의 시는 큰 전환을 겪었다. 김
일엽은 자신의 출가에 대해 "불탄 송아지같이 날뛰던 이 청춘을 불살라
버리고 영원의 청춘! 길이길이 싱싱하게 되어 시들어지지 않는 청춘을
證得하는 佛法을 얻으려고 입산한 것이다"고 말하고 있다.9) 입산을 결
심한 이후의 시들은 종교적인 색채가 농후해지면서 세상의 번뇌를 껴안
고 구도의 길을 가고자 하는 극기의 정신이 지속적으로 드러난다.

> 세상일 헤아리면
> 하염없는 꿈이로다
> 꿈의 꿈인 이 목숨을
> 그 얼마나 믿을소냐
> 大道를 깨치고서
> 맘만 홀로 뛰어라
>
> —「無題」 전문

---

8) 부처님에 대한 공양 중에서도 가장 뜻깊은 것은 燈 공양이다. 이는 불교의식의 가장
화려한 부분이면서 불법에 대한 환희를 뜻하기도 한다. 등공양은 어두운 암흑을 제거
하는 광명, 즉 無明을 퇴치하는 등불로 상징되어 부처님의 지혜를 발견하는 지름길로
이야기된다. 인간사의미혹을 깨우치려는 헌신이 등공양을 통한 환희심으로 변화하는
모습을 보여주고 있다. 이태석, 앞의 논문, 198면.
9) 김일엽, 『청춘을 불사르고』, 문선각, 1972, 5면.

님께서 부르심이 千年前가? 萬年前가?
님의 소리 느끼일 때 금시 님을 뵈옵는 듯
法悅에 뛰놀 것만 돌처보면 거기로다

—「行路難」 중에서

「무제(無題)」에서는 불법을 통해 현상계가 하염없는 꿈일 뿐이며, 그곳
에서 목숨을 부지하기 위해 허덕이는 삶의 무상함에 대한 깨달음이 제
시되고 있다. 그러한 깨달음이 주는 황홀경으로 맘이 홀로 뛰는 시적 자
아의 모습이 그려지고 있다. 「행로난(行路難)」의 경우에는 님과 나와의 관
계의 변화가 나타난다. 님이 인간적 대상으로 그려지는 전기 시에서는
님은 언제나 부재하는 님이다. 떠나버린 님을 두고 슬퍼하면서 사무치는
외로움과 그리움을 어쩌지 못하는 것이 서정적 자아의 모습이었다. 그러
나 이 시에서 님은 천년과 만년의 시간을 거슬러간 그 시간에서도 나를
부르시는 님이다. 그 님은 만져볼 수도 감각으로 느낄 수도 없는 초월적
존재이지만 님이 부르시는 소리만으로 시적 화자는 님을 만나는 듯한
경험을 한다. 그러나 님과의 완전한 만남까지에는 많은 수행이 필요하다
는 현실을 깨달으면서 깨달음의 세계가 얼마나 어려운가를 보여준다.

입산 전에 불법을 우주화시키겠다는 게송문으로 지은 「나의 노래」는
김일엽 시의 주제의식과 지향성을 가장 적실하게 보여주는 시이다.

A 나는 노래를 부릅니다. 나의 노래 소리에, 시간의 숫자와 공간의 한(限)자도
  그만 녹아버리게 됩니다.
B 나는 나의 노래의 절대 자유를 위하여 노래 가락에 고저와 장단을 맞추는 아
  름다운 그 구속까지도 사양하였습니다. 그저 내 멋대로 나의 노래를 소리 높
  여 부를 뿐입니다. 나의 노래는 설움을 풀고 기쁨을 도웁는 서정시도 아닙니
  다. 더구나 나의 노래는 착한 것을 권하고, 악한 것을 말리는 교훈의 글귀도
  아닙니다. 그렇다고 하늘 사람의 거룩한 말씀이나 지하인간의 고통의 부르짖

음도 아닙니다. 그리고 나의 노래를 찬양하거나 나의 노래의 뜻을 안가는 이
가 있다면, 그것은 나의 노래에 흠집을 내일 뿐입니다. 그렇다고 석불(釋佛)도
모르는 우주의 원칙을 들먹여 보라는 그런 망발의 생각을하는 것도 아닙니다.
C 다만 유정무정(有情無情)이 함께 일용(日用)하고 있는 백천삼매(百千三昧)의
  묘구(妙句) 그대로 읊조릴 뿐입니다.
D 그래서 썩은 흙덩이나 마른 나무 등걸이라도 자연히 나의 노래에는 감응(感
  應)이 있게 됩니다.
E 나의 노래소리가 귀에 스치는 분은 유의해 보셔요. 나의 노래 가락에 맞춰서
  무뚝무뚝한 바위덩이가 빙그레 웃음을 머금게 됩니다. 지질펀펀한 대지(大地)
  의 어깨춤 추는 소리가 그윽이 들려옵니다. 천상(天上)에서는 주야로 그치지
  않던 환락적 음악소리가 제 무렴에 자즈러지고, 지하에서는 간단(間斷) 없이
  죄수를 때려 부수던 그 채찍이 넋 잃은 사자들 손에서 저절로떨어져 버리게
  됩니다.
F 그러나 부르는 장소가 시장입니다그려.
G 싸구려 벗, 싸구려 장사치들이 대지를 흔들어 넘기는 그 소리에 나의 노래는
  저기압에 눌린 연기처럼 사라지기만 합니다 그려. 마치 밑빠진 두멍에 물을
  길어붓는 것처럼 지닐 데도 없는 노래이언만.
H 그래도 나는 더욱 소리 높여 부를 뿐입니다. 밑빠진 두멍에라도 언제까지나
  물을 길어 붓기를 그치지만 않는다면 필경은 물이 대륙에 스며 넘쳐서 밑 빠
  진 그 두멍에까지도 차고야 말 것이 아닙니까. 나도 나의 노래를 세세생생(世
  世生生)에 불러서 나의 노래가 삼천대천세계(三千大千世界)에 차고 넘친다
  면, 나의 노래가 듣기 싫어서 귀를 틀어막는 그 놈까지도 나의 노래화(化)하
  고야 말 것입니다.
I 아아, 나는 미래세(未來世)가 다하고 남도록 그저 노래를 부를 뿐입니다.

—「나의 노래」 중에서

　시상의 전개를 고려하여 몇 개의 단위로 분절해보면 시의 의미와 구
조가 좀 더 명확하게 드러난다.

　A는 '나는 노래를 부른다'로 주체의 행위를 제시한다. 직설적인 짧은

문장은 독자로 하여금 "나의 노래"에 대한 궁금증을 유발하고 그 관심을 붙잡아 B로 빠르게 이동하게 한다. B에서 시적 화자는 '나의 노래는 - 이 아니다'라는 진술을 반복하고 있다. 'A는 -A가 아니다'는 부정의 방법을 통해 대상의 본질을 규명해가는 방식이다. 물고기의 비늘이 덮이듯이 반복 중첩되는 진술을 통해 독자는 시적 화자의 진술의 내포의미에 근접하게 된다. '나의 노래'는 서정시도 아니고, 교훈적 목적의 교술도 아니며, 어떤 종교적 담론도 아님이 명백해진다. C에서는 나의 노래의 성격이 규정된다. 유정(有情)과 무정(無情)이 함께 일용(日用)하는 "백천삼매의 묘구그대로의 읊조림"이라는 것이다. 연이어 D에선 '나의 노래'의 기능이 명시된다. 그것은 바로 "感應"이다. 감응의 구체적인 양상은 E에서 제시된다. 무정물(바위덩이)이 유정화되어 "빙그레 웃음을 머금게 되"고, 무생물(대지)은 "어깨춤을 추는" 생명체로 화한다. 천상과 지하세계가 시적 화자의 노래에 귀기울이게 할 만큼 그 노래는 큰 힘을 가지고 있다. A~E까지는 나의 노래의 성격과 기능을 규정하는 것이었는데 그것은 구체적인 시간과 공간을 탈각한 초월적이고 추상적인 세계로 그려진다. 막힘없이 흘러가던 시적 언술은 F에서 "그러나"라는 역접부사의 사용으로 역전되면서 시적 화자가 노래를 부르며 서 있는 공간이 초월적인 세계가 아닌 「시장」의 공간 즉 세속적인 공간임을 충격적으로 인식케 한다. 현실의 공간 안에서 나는 어디까지나 유한한 존재일 뿐이다. 나의 노래도 마찬가지다. G에서 보여지듯 나의 노래는 연기처럼 사라지는 것이고, 밑빠진 두멍에 물을 길어 붓는 것처럼 무상한 일이다. 그러나 이러한 인식은 H에서 다시 전복된다. 나의 노래가 쉼 없이 불려지면 대륙을 스며 넘쳐서 밑 빠진 두멍마저도 채우게 될 것이고, 더 나아가 삼천대천세계를 차고 넘친다면 나에 적대적인 존재들까지도 나의 노래에 포용되고 말 것이라는 호방한 상상력과 의지를 보여주고 있다. 마지막 I에서는 시의 첫 행과 상관관계를 이루면서 나의 노래가 현재를 넘어 미래세가 다하고 남을 때까지 계속될 것임을 다시금 강조하고 있다.

　결국 이 시는 현실에서의 불화와 대립을 포용하고 초극하면서 우주적이고 초월적인 세계로 나아가고자 하는 시인 의식의 지향성을 보여주는 시이다. 그 초극의 방식이 불법이 아닌, 「나의 노래」 결국 시로 대변되는 문학을 통해 이루어진다는 것은 실로 많은 것을 생각하게 하며 공명한다.

　살았던 시대가 더없이 불리했기 때문에 시인으로서나 자유의지를 지닌 인간으로서 훼손을 경험할 수밖에 없었던 일엽 김원주. 그러나 그는 사회적 전언으로서의 시, 감정의 내면적 풍경으로서의 시뿐만 아니라 생에 대한 적극적인 응시와 자유함에서 오는 낙관, 그리고 불화했던 현실을 껴안고 초극함으로써 시공간을 아우르며 우주적 진리와 법열과 마주치는 시 등 어느 한 특성으로 쉽게 아우를 수 없는 시인으로서의 의식과 시세계의 변용을 보여주고 있다. 불행한 시대 속에서 때로는 깨우치는 소리로, 몸을 얻지 못한 아우성으로, 현실에서의 좌절로 인한 한탄과 독백으로, 때로는 천지를 불사를 듯 호방한 웃음으로 이어졌던 그의 삶과 글쓰기의 궤적은 닫힌 시대 속에서도 몸과 정신의 자율성을 끝없이 열망했던 한 시인의 자유를 향한 치열한 구도(求道)의 글쓰기를 보여준다.

바람의 영속성과 내면적 탐구

김후란론

1. 상실과 소멸에 대한 성찰

김후란은 1960년대 초에 『현대문학』지를 통해 문단에 등단한 중진 시인으로 『음계(音階)』(1960), 『장도(粧刀)와 장미(薔薇)』(1968), 『눈의 나라 시민이 되어』(1982) 등 6권의 시집을 펴낸 바 있다. 『우수의 바람』(1994)은 이 시인의 7번째 시집으로서 깔끔하고 단정한 이미지와 절제된 언어의식을 보여준다. 젊은 시인들의 형태 파괴적인 실험시와 해체의 기법들, 대중문화와 대중매체로부터 생성된 비속어, 은어, 유행어로 요설의 시들이 넘쳐나는 이 시대에 이러한 고전적 태도는 귀하게 다가온다. 그것은 절제가 지니는 힘 때문인 것으로, 넘쳐나는 모든 것을 과감히 떼 내고 생략함으로써 긴장의 힘을 획득하는 것이다.

이 시집의 제목이자 57편 전편에 부제로 붙어 있는 「우수의 바람」은 시인의 지향성을 잘 보여주고 있다. 시인에게 있어 바람은 이중적인 속성을 지니고 있는데 이는 삶이 지닌 양면적 성격과 연결된다. 인간들이 지니고 있는 모순과 갈등의 세계는 생성적이면서도 파괴적인 바람의 이중적 열정과 연결되어 시집 전체를 통일하고 구속하는 중요한 기능을 하고 있다. 바람 앞에 붙어 있는 관형어인 '우수(憂愁)'는 우리들 인간세계를 둘러싸고 있는 슬픔과 고독감, 소외감 등을 상징하는 것이다. 시인 자신의 말에 의하면 "인생 희노애락(喜怒哀樂)이, 사람도 미움도 종국에는 쓸쓸함에 연결되는 것"으로 언급되고 있다. 이러한 쓸쓸함은 생이 주는 존재론적 비애에서 비롯된다. 소멸과 상실에 대한 성찰이 '우수'를 만들어내고 생의 무게가 자아를 작게 만든다. 이 자아의 작아짐은 두려움과 고통 섞인 동경으로 우리를 둘러싼 세계를 보게 하고 있다.

2. 바람의 흔들림과 생의 탄력

바람의 이미지는 이 시집 전체를 끝까지 관통하는 중심으로서 시인의 자아의식과 맞물려 끝없이 변용과 갱신을 거듭한다. 생명의 낙하, 떠남, 소멸과 상실 등의 죽음에 대한 시선에서 출발하는 김후란의 시적 발상은 그 소멸을 해결하는 방법에 있어서 해체와 부정 끝의 우주적 확장과 연대(連帶)라는 속성에 근원을 두고 있다.

자아의 해체에 대한 적극적인 수용은 죽음과 파괴의 부정적인 양상으로 보여지지만 결국은 역설적이게도 정화가 지닌 커다란 생명의 재탄생과 상응한다. 자아의 내밀한 응시는 바람이 지니는 유동성과 혼돈스러운 열정을 만나면서 비로소 존재의 확장과 마주친다. 바람이 지닌 혼돈의 요소는 해체와 부정으로 무화된 자아에 빛깔과 무늬를 입히고 움직임을 부가하며, 바람에 의해 사물은 온갖 몸짓을 시작한다. 이 몸짓은 활발한 운동성을 지니고 있는데 이를 가능케 하는 것은 시인의 세계와 자아와의 적극적인 대면에서 비롯되는 생의 긴장과 탄력이다. 이 대면은 응축된 자아를 확장시켜 우주를 자신의 가슴으로 받아들이는 경지에까지 이르게 한다.

> 보이지 않는 곳 어디에서나
> 생명은 모두
> 제 몫의 아름다움으로 빛난다
>
> —「너의 빛이 되고 싶다」 중에서

> 빛깔과 무늬를 낳은
> 보이지 않는 그 힘에
> 생의 탄력을 느낀다.
>
> 바람은 살아있다
> 나도 쓰러뜨린다
>
> —「바람은 살아있다」 중에서

바람은 살아 있음을 확인시켜 주는 것이다. 바람이 수반하는 고통이라든지 슬픔이라는 것은 오히려 자기의 진정한 실체를 만나게 해주는 것이다. 바람에 흔들리는 사물들은 그 흔들림을 통해 자신의 생명을 자각하는 것이며 이러한 생명의 자각은 우리들 삶에 새로운 긴장과 신선한 꿈을 불어넣어 준다. 아주 하찮은 사물까지도 각각 자기와 만나고 있다는 확인은 곧 자기의 생명에 대한 확인인 것이며 김후란의 긍정적 세계관은 자아의 존재론적 확장을 가능하게 한다.

이러한 자아의 확장은 너무 높게만 느껴지던 저 산이 "어인 일로 이제 마음껏 풀어지는/ 내 고향 산"이라 말하는 것을 가능하게 한다. 또한 바

람의 이미지가 물과 결합하여 변용된 '바다'는 젊음이 지닌 고뇌와 중년
의 깊은 성찰을 함께 지니고 시간과 공간의 경계를 넘어 무한히 확장되
는 의식으로 나타난다. "푸른 물결", "깊은 골" 등의 시어에서 나타나듯
이 이 시인의 상상력은 좌우, 상하, 전후의 공간의 삼원소를 포함하면서
우주적 확장으로 나아가는 것이다. 확장을 일으키는 것은 이미 지적한
바람의 유동성 때문이지만 바람이 지니는 '고리', '굴레'적 성격과도 연
관된다. 이 고리는 부정적 의미의 속박이 아니라 과거와 현재, 이것과 저
것, 소멸과 생성과 같이 모든 대립되는 항들을 하나로 묶어들어 의식의
새 지평을 열게 하는 우주적 확장의 매개체이다. 이는 개인적으로는 상
처 지닌 사람들간의 연대(連帶), 어제와 내일의 연속으로 나타나며 사회
적으로는 평화와 사람에의 지향을 의미한다. 결국 소멸과 생성이 거듭되
는 인간의 비영속성의 비애 뒤에 커다란 영속성의 원리가 숨어 있음을
시인은 발견한 것이다. 이 영속성을 시인은 '바람고리'라는 자신만의 독
특한 이미지로 형상화하고 있다. '바람고리'는 시간과 공간을 이어주고
사람들 사이의 연대감을 형성한다.

> 모든 것이 바람따라 흘러가고
> 지상에는 잠 깬 뒤척임
> 집집마다 창이 열린다
>
> 의식의 밑바닥에서
> 어제 불던 바람과 내일 부는 바람이
> 고리를 엮는다
>
> —「바람부는 날」 중에서
>
> 그러나 남기고 가는 것이 있다
> 이어짐에 얽힌 빛이
> 또 다른 고리가 되어

울림을 갖는다

어제와 내일을 이어 주는
무한 공간의
바람 고리

—「바람 고리」 중에서

살아가는 재미는
이어짐에 있구나

—「새 생명」 중에서

바람과 함께 이 시집에 자주 등장하는 이미지는 '베일'이다. 베일의 이미지는 '커튼', '레이스장갑', '안개', '산그림자', '그늘 짙은 숲' 등의 제재로, 혹은 '맴도는', '풀리는', '젖어드는', '감겨드는', '숨는' 등의 서술어로 나타난다. 베일은 실체를 어슴푸레하게 가림으로써 눈을 감을 때 비로소 영혼의 눈이 트이는 것과 같은 이치로 우리의 시야를 확장시킨다. '감춤'과 '비껴섬'의 미학은 한 노(老)시인의 손에 끼워져 있는 "레이스 장갑"을 통해 세월이 가지고 온 늙음을 비실체화시킴으로써 정갈함과 품격으로 느끼게 만든다. 그것은 종종 삶의 슬픔, 쓸쓸함, 어지러움으로 비실체화되어 생애의 정면 대결을 비껴 가게도 하지만 오히려 삶의 근원적인 것에 연결될 수 있다.

3. 삶의 적막과 자아의 눈뜨기

우리 부부

그 등 뒤에서
산그림자 되어 걸어간다

—「산그림자」 중에서

은혜로움 가득한
첫 여름 새벽
눈뜨는 것 모두가 부드러운 눈길이네

이승과 저승이
한 잎 물위에 뜬
연잎처럼 가까운데
물위에 펼쳐진

저 하늘만큼
큰 가슴이기를 빌며
고요히 눈감고
고단한 삶의 언덕을 보네
비틀거림 없이
물밑도 보고 싶네

—「어느 여름날」 중에서

고요히 눈을 감는 행위는 일차적으로는 폐쇄, 정지의 이미지와 연관된다. 하지만 이것은 생의 질곡 속에서 현실과 외계를 거부하고 주체 내부로 향하려는 행동이다. 이 '눈 감음'과 '감춤'은 무한한 '자아의 눈뜨기'와 연결되어 "고단한 삶의 언덕"이란 생의 조건과 "물밑"으로 비유되는 무한하고 영원한 원초적 세계에 대한 지향이기도 한 것이다

김후란의 시에는 삶의 적막감 속에서 깨닫는 부드러움과 아름다움에 대한 깨우침이 있다. 바람은 억압과 해방의 양면성을 지닌 원소로서 시

인의 다양한 바람의 상상력을 따라가면서 나와 세계의 관계에서 사랑의
회복을 꿈꾼다. 이 변화 많은 시대에 나무와 새, 별과 강물, 고향과 어머
니, 가족과 집 등 따뜻한 평화의 자리와 결부된 깊이 있는 서정적 세계
는 오히려 역설적으로 울림을 갖는다.

타오름과 다스림의 시

허영자론

1. 짧고 강한 서정시의 힘

우리의 현대시사는 상처투성이의 삶의 질곡을 감싸 안고 초극하려는 시인들의 투지와 언어적 상상력의 찬란한 행보에 의해 이루어져 왔다. 시적 완성의 매순간이 모두 열렬하고 지난한 산고의 아픔에서 이루어졌겠지만, 이 과정에서도 여성 시인에게 부하된 짐은 각별한 것이었다. 그들은 역사, 정치, 사회, 일상이라는 두터운 장벽을 물론이고, 여성이라는 특별한 굴레 즉 정치적 마이너리티로서 또는 정신적 피압자로서의 또 다른 장벽을 넘어야 했기 때문이다.

1960~70년대를 건너며 여성시의 확장과 다산이 이루어지지만, 그녀들의 목소리가 어떤 측면에서 화려한 폭발음보다는 정결한 응결체로서 더 두드러지게 나타나는 것은 이러한 배경과 무관하지 않다. 그 대표적인

시인이 바로 허영자라 할 수 있는데, 대립적인 세계와 대립적인 욕망들을 정결한 언어로 응집시키고 불꽃의 에너지에서 하나의 생명을 피워내는 시세계는 여성시가 일구어낸 하나의 시적 전술이자, 서정시인의 진지한 대결의식의 결과라 할 것이다.

허영자의 시 세계는 전통적 요소와 그것을 뛰어넘는 변혁의 요소, 보편성과 개성이라는 대립적인 요소들의 조화로운 공존, 시어의 상반성을 절묘하게 조화시키는 역설의 기법 등에 의해 한국문학사에서 매우 뚜렷한 위치를 차지하고 있다.

1962년 『현대문학』지를 통해 등단, 오늘에 이르기까지 40여 년 간 꾸준히 시작활동을 전개한 그의 시는, 님을 향한 단아하고 한결같은 연정을 이와는 상반되는 대담한 이미지를 표현함으로써 긴장을 놓치지 않게 만드는 어법이나, 토씨 하나 버릴 것 없이 절제된 압축적인 시어, 관념적이고 추상적인 감정들을 선명하게 구체화시키는 감각적인 기법 등으로 시 세계를 탄탄히 하고 있다. 한국적 정서를 바탕으로 한 감성적 요소, 간결한 함축미, 짜임새 있는 극적 구성 역시 그의 시 세계에서 돋보이는 시작(詩作) 원리이다.

동시대의 여성시인들과 더불어 허영자의 시는 전통적 서정의 연속선상에서 출발한다. '님', '기다림', '눈물' 등의 감성적 이미지, 타자에의 의존성을 드러내는 피동적인 여성 화자, 기도와 희구의 간절한 어조, 그리움과 사랑의 주제가 참회와 부끄러움을 동반하는 염결의식 등을 통하여 허영자의 시는 우리 시에서 여성시의 전형을 이루었다. 특히 그의 시는 극기와 절제로 전통적 서정을 응집하여 서정시의 차원을 한 차원 높였다는 평가를 받아왔는데, 이러한 전통시와의 연계성과 더불어 대담하고 강렬한 이미지, 중심 시어인 사랑을 구체화하는 감각의 전이 등은 그의 시 세계가 지닌 강력한 힘과 신생의 의지로 시인이 시도한 일탈과 변용의 세계를 열어보였다. 전통적 요소와 이를 넘어서는 새로운 시도들의 팽팽한 긴장, 이것이야말로 허영자 시의 생명력에 활기를 불어넣는 원리이며 시사에서 그를 독보적으로 자리매김하게 한 힘인 것이다.

짧은 서정시의 힘은 섞임이 아닌 순수의 응집에, 독해가 아닌 서정에 있다. 짧고 강한 시, 여운이 깊고 깊은 시, 여백을 가진 시, 눈으로 읽는 시가 아니라 입과 가슴으로 암송하는 시, 그런 시야말로 모든 시인의 이상일 것이다. 허영자의 시는 이러한 서정시의 본령을 충실히 구현해 내고 있다. 그의 시가 보여주는 날카롭고도 섬세한 서정은 한줄기 섬광이나 비수처럼 읽는 이의 마음을 찌른다.

2. 전통적 서정과 감각의 생동성

관념을 구체화하는 것이 이미지의 역할이라고 할 때, 허영자 시에서는 서정을 감각적 이미지로 전이시키는 남다른 힘이 발견된다. 그리고 이것이야말로, 그의 시를 전통의 새로운 계승이라는 자리에 놓게 하는 핵심적인 요소라 할 것이다.

그의 시의 근원은 전통적인 여성의 세계와 이어져 있다. 님을 그리워하는 사랑의 노래뿐 아니라, 「자수」·「떡살」·「빗」 등의 일련의 시들이 갖는 소재적인 특성도 그렇다.

마음이 어지러운 날은
수를 놓는다.

금실 은실 청홍(靑紅) 실
따라서 가면

가슴 속 아우성은 절로 갈앉고

처음 보는 수풀
정갈한 자갈돌의
강변에 이른다.

남향 햇볕 속에
수를 놓고 앉으면

세사 번뇌
무궁한 사랑의 슬픔을
참아 내올 듯

머언
극락 정토 가는 길도
보일 성싶다.

— 「자수」 전문

그의 대표시 중의 하나인 「자수」에서 화자는 "금실 은실 청홍(靑紅) 실 / 따라서 가면 / 가슴 속 아우성은 절로 갈앉고"이라고 노래하며, 전통적인 규방의 품격을 현대시에 되살려 내고 있다. "금실"과 "은실", "청홍실" 등이 환기하는 색색의 색감은 '자수'라는 소재와 어울려 전통적이고 단아한 아름다움을 풍긴다. 특히 시인은 작고 단정한 음상을 띄는 모음들을 섬세하게 배치시킴으로서 여성적 정서를 불러일으킨다 하겠다.

"세사 번뇌"와 "무궁한 사랑의 슬픔"을 시각적으로 드러내며 승화하는 것이 「자수」라면, 「진달래」에서는 짙은 사랑과 회한을 "두견새 울음"과 "하얀 목마름"을 통해 감각화하고 있다.

어느 밤은 두견새 울음

또 어느 밤은 하얀 목마름

— 「진달래」 중에서

「진달래」에 짙게 흐르는 것은 바로 정한(情恨)의 피이다. 화자는 밤을 하얗게 새는 여인의 목소리를 통해 사랑과 한을 노래한다. 이 사랑과 한의 세계는 허영자 시세계의 근간을 이룬다고 할 수 있겠는데, 이러한 전통적인 서정은 매우 강렬하고 예리한 감각적 이미지들을 통해 형상화된다.

여성시의 내면성과 진정성은 자칫 감상으로 치우칠 수 있는 위험이 있는데, 허영자의 시에서 이러한 서정은 감각적 이미지에 의해서 강렬하고 예리하게 조탁되고 있다.

사랑을 주제로 한 시에서 특히 이러한 예리하고 강렬한 감각적 형상화가 돋보인다. 본디 사랑은 추상적인 관념이라 머릿속에서만 그릴 뿐 그 구체적인 모습을 떠올리기가 어렵다. 그러나 시인은 가장 추상적인 관념을 오관을 통한 감각을 통해 나타냄으로서 구체적이고 선명하게 드러난다. 시각·후각·청각·촉각·미각 등의 감각을 통해 멀고 아득하게만 느껴지는 추상적인 관념이 냄새 맡고, 손으로 만지고, 입으로 맛보는 구체적인 감각의 틀로 변화됨으로서 독자는 일단의 충격과 함께 놀라움을 맛보게 된다.

특별히 허영자 시에 있어 이러한 양가적인 것들을 한데 묶는 감각화 기법은 놀랍도록 빼어나다. 시인은 사랑, 성욕 등의 육감적 욕망을 통해 시인 자신이 그리고자 하는 가장 높은 정신적 그리움의 표현으로 드러내고, 가장 원시적이고 본능적인 형이하학적 감각을 통해 추상적인 사랑의 개념을 절실하게 생동적으로 구체화한다. "가쁜 숨결"이나 "끓는 몸뚱아리" 같은 육체적 혹은 호흡기관적 요소들을 통해 지극한 영혼의 갈구를 강조하며(「수련을 보며」). "문드러지는"(「복숭아」), "어혈드는"(「복숭아」) 같은 피부 접촉에 의한 촉감 등으로 원시적인 감각 이미지의 생동성을 감각화한다.

이 생동성과 끓어오를 듯한 뜨거운 감각은 그의 시 「봄」에서 더더욱 구체적으로 나타난다. "새로 한 번만／미쳐라 닳쳐라"고 외치는 시인의 외침은 모든 경계가 풀리는 봄의 달뜬 움직임과 더불어 '미치고', '닳치는' 피와, 화자의 외침과 함께 이 시 전체에 역동적이고 활기찬 분위기를 불어넣고 있으며, "죽은 나무도 생피 붙을 듯"한 봄의 불길 속에서 육체와 영혼은 폭발할 듯한 에너지를 얻는다. 죽음까지 파고드는 관능의 격렬함은 죽음과 성(性)을 하나로 연결시키면서 강렬한 관능의 풍경을 펼쳐 보이고 있다.

먹어도 먹어도
배고픈 시장기

죽은 나무도 생피 붙을 듯
죄스런 봄날

피여, 피여

파아랗게 얼어붙은
물고기의 피

새로 한 번만
몸을 풀어라

새로 한 번만
미쳐라 닳쳐라

—「봄」 전문

창틀마다
공원마다 봄꽃이 만발합니다

뗼르리 공원의 꽃밭은
달콤한 케이크
한 손으로 냉큼
집어먹을 뻔하였습니다.

―「파리의 봄」 중에서

시 「봄」에서도 「파리의 봄」에서와 마찬가지로 원초적 감각인 미각과 소유에 대한 강렬한 욕망이 이 동원되고 있다. "먹어도 먹어도 / 배고픈 시장기"와 "한 손으로 냉큼 / 집어먹을 뻔하였습니다"가 그것인데, 첫 번째 시인 「봄」에서는 이 강렬한 식욕이 조금 더 발전하여 성욕으로까지 자리한다. 두 번째 연에서 이 부분이 강하게 드러나고 있는데, "생피 붙을 듯"이라는 어휘가 던지는 격심한 파괴적인 열정은 근친상간과 같은 의미로 발전하면서 악마적 이미지를 연상시킨다. 허영자의 시에서 이러한 근친상간의 욕망이 강력하게 작용할 수 있는 것은 사랑의 대상이 결코 손에 넣을 수 없는 존재이기 때문이다. 그래서인지 이 시에는 생명력의 표상으로서의 식물성의 이미지뿐 아니라 역동하는 물고기의 이미지와 피의 원형적 상징까지도 다양하게 나타나고 있다. 생명력과 맞닿아 있는 "피"는 금기시되는 가장 강력한 욕망을 드러낸다. 이러한 욕망은 "몸을 풀어라", "미쳐라 달쳐라"라는 에로틱한 표현들로 변용된다. 금기가 강한 만큼 그 금기를 깨고 소유하고자 하는 욕망도 강해, 화자는 "새로 한 번만"의 반복을 통해 욕망의 간절함을 드러내고 있음에도 주목해야 할 것이다.

아차 대질리면
어혈 드는 살

바라다만 봐도
문드러지는 살

어스럼 달빛 고요히
비껴가는 살

지순무구(至純無垢)한
성처녀의 살.

—「복숭아」 전문

가쁜 숨결
끓는 몸뚱아리
다 던져준 채

빛나는 촉루(髑髏)
희디흰 넋으로
바라만 보는

임이여
임이여

오관(五官)에 사무치는
큰
아픔이여.

—「수련을 보며」 전문

위의 시들과 마찬가지로, 「복숭아」, 「수련을 보며」에서도 오감을 통한
강렬한 감각화가 잘 드러난다. 두 시에서 두드러지는 것은 바로 촉각적
인 이미지인데, 특히 「복숭아」에서는 복숭아의 '살'과 인간의 '살'을 '살'
이라는 중간항을 통해 연결시킴으로서 원시적이고 직접적인 촉각을 상

기시키고 있다.

그러나 단순히 과일과 여인의 살을 비교하는 것으로 끝날지 모르는 비유의 반복은 시의 전개와 함께 깊이 있는 은유로 나아간다. 식물적 이미지인 복숭아와 수련은 인간의 몸으로 전이되고, 복숭아의 물렁한 과육과 지순무구한 "성처녀"의 처녀성이 등가적으로 변화되면서, 시는 깊이 있는 의미를 획득하는 것이다. 이 의미의 변이를 뒷받침하는 것 또한 시인의 빛나는 감각화 기법이다.

먼저 '문드러지기 쉽다'는 촉각적 심상은 '달빛 고요히 비껴가'는 시각이미지로 변화한다. 감각의 거리가 촉각에서 시각으로 멀어지는 것이다. 이 감각의 변화는 '대질리다'에서 '바라보다'로, '달빛'과 '성처녀'로 나아가는 높음이나 고귀함의 수직적 상승과 의미심장하게 맞물리고 있다.

또한 「수련을 보며」는 물 위에 떠 있는 '수련'이라는 식물을 "가쁜 숨결"과 "끓는 몸뚱아리"를 가진 육체로 비유함으로서 청각과 열의 촉각을 통해 관능적인 이미지로 감각화시킨다.

이런 촉감의 주체는 날카로운 금속에 의해 예리함의 감각을 배가하기도 한다. 「봄날·II」, 「봄바람」에서 새싹이 돋아나는 봄날의 풍경은 이러한 날카로운 촉감으로 형상화된다. "초록창 꼬놔 들고 / 풀싹은 돋는데"라든가 "팍팍한 황토마루 언덕빼기 / 쓴 씀바귀 촉이 트는 / 바람이다 설운 봄바람" 등의 표현들 속에서 연약한 식물은 뾰족함의 미묘함을 정점에 위치시키면서 수직성의 에너지를 유지한다. 대지를 뚫는 뾰족함, 날카로움, 예리함 등은 연약한 식물에 더할 수 없는 힘을 부여한다. 이는 그의 시에서 힘을 강조하는 의지의 몽상이며 능동적인 의지에 대한 강력한 갈망을 보여주는 예이다. 「무제·I」에서 "눈밭에 고개 드는 / 새파란 팟종" 또한 자신의 내적인 힘에 의해 새로운 시적 풍경을 형성한다. 여기서 "새파란 팟종"은 맑음이 주는 시각적 투명함과 매움이 주는 미각적 자극 속에서 연약한 생명이 보여주는 미묘한 강인함을 전달해준다("눈밭에 고개 드는 / 새파란 팻종처럼 // 그렇게 / 맑게 // 또한 그렇게 / 매웁게").

그의 시가 각인시키는 또 하나의 감각은 선명한 시각적 이미지이다.

흰 수건에
얼굴을 닦으려다 멈칫한다

거기
슬프고 부끄러운
초상화 찍힐까 봐

—「흰 수건」 중에서

바람이
돛폭을 찢고
(…중략…)

바람이 끝내는
내 마음을 찢고

—「바람」 중에서

고운 네 살결 위에
영혼 위에
이 신비한
사랑의 문양(紋樣) 찍고 싶다

'이것은 내 것이다!'

땅 속에 묻혀서도
썩지를 않을
저승에 가서도

지워지지 않을

영원한 표적을 해두고 싶다.

—「떡살」 전문

　촉각을 동반한 이 강렬한 시각적 장면들은 위의 세 편의 시에서 자성과 격정과 사랑의 추상성들을 각각 이미지화하고 있다. 시 「흰 수건」에서 화자는 "슬프고 부끄러운" 자신의 모습을 스스로 들여다보는데 이는 거울에 자신을 비춰보는 익숙한 방법이 아니라 얼굴 닦은 "흰 수건"에 슬프고 부끄러운 초상화로 찍힐까 멈칫거리는 모습으로 선연하게 표현된다. 또 시 「바람」에서 격정에 사로잡힌 "내 마음"은 앞 연의 "돛폭"과 병렬되어 시각적으로 환기된다. 자연의 광풍과 마음속의 광풍이 하나 되어 휘날리는 돛폭을 찢고 내 마음을 찢는 격렬한 장면을 환기하게 하는 것이다. 시 「떡살」에서 중심 시어는 "사랑의 문양"과 "영원한 표적"이다. 사랑하는 당신의 "영혼"과 "고운 살결" 위에 마치 문신처럼 "이것은 내 것이다"라는 사랑과 소유의 표식을 새겨 넣고 싶은 욕망, 시인은 "떡살"을 빌어 님을 향한 썩지도 지워지지도 않을 집착과 열망을 떡에 아름다운 무늬를 새겨 넣는 순간으로 비유하고 있는 것이다.

3. '불'의 이미지와 역동적 에너지

　정서나 관념을 감각적인 이미지로 선명하게 형상화하는 허영자의 언어는, 대상을 역동적으로 변전시키고 거기에서 생명의 힘을 발견하는 불의 상상력으로 전개된다. 허영자의 시에서 불은 항상 몸과 연결되어 나타나고 있다. 불의 이미지는 대지의 각질을 뚫고 피어난 꽃들에 숨겨져 있는 충일한 생명력일 뿐만 아니라 피를 닮은 에너지이다.

불은 이중적인 성격을 갖는다. 활활 타오르는 불길은 주체할 수 없는 욕망의 메타포인 동시에 그러한 욕망을 잠재우는 역할을 하기도 한다. 욕망의 불인 동시에 인고(忍苦)의 불이라는 이러한 이중성 때문에 불의 이미지는 상황 맥락에 따라 다양한 의미태들을 가질 수 있다. 때로는 강렬한 사랑과 성적 메타포로, 또 때로는 지고한 미의 경지에 이르기 위한 통과제의로, 역동적인 힘의 상징으로, 세속의 고통이나 절제할 수 없는 욕망과 같은 모든 불순한 것들을 태워 없애는 정화자로, '불'은 이렇게 다양한 이미지 속에서 존재를 드러낸다.

허영자의 시에서 우리는 이러한 다양한 불의 이미지들을 찾아볼 수 있다. 우선 그의 시에서 불은 남성과 여성의 에로스적 결합을 통해 형상화되고 있는 경우가 많다. 그러나 허영자 시의 에로스적 불을 단순한 성적 메타포로서만 볼 수는 없다. 허영자의 시 속에서 그것은 남성과 여성, 소멸과 생성, 욕망과 절제라는 대립적 상황을 변증법적 과정 속에서 종합해내는 적극적인 역할을 수행해내고 있기 때문이다. 이러한 변증법적 과정은 흔히 부정적인 것에서 긍정적인 것으로 전환되는 대상(혹은 상황)을 통해 가시화된다.

> 아아
> 실로 은밀한 밀회
>
> 이마에
> 화인(火印) 찍힌 사내와
>
> 가슴에
> 주홍글씨 단 여자가

지난 겨울 북풍 속에
몰래 만났을까

(…중략…)

온 땅 위에 번지는
초록의 불길.

─「봄」 중에서

불길 속에
머리칼 풀면
사내를 호리는
야차 같은 계집

그 불길 다르려 다스려
슬프도록 소슬한 몸은
현신하옵신 관음보살님
─이조 항아리.

─「백자(白瓷)」 전문

　시 「봄」은 남성과 여성이 결합하는 상황을 통해 온 땅 위에 번져나가는 봄의 기운을 형상화한다. 여기서의 남성과 여성은 모두 불의 속성을 부여받은 자들로서 강한 성적 에너지를 발산한다. 사내의 이마에 찍힌 "화인(火印)"과 여자의 가슴에 달린 "주홍글씨"는 모두 '성화(性化)된 불'의 표식이다. 하지만 그들의 욕망은 사회적 기준에서 보았을 때 허용되지 않는 것이다. 왜냐하면 이들은 죄인의 표식인 화인과 주홍글씨를 가지고 있기 때문이다. 그래서 이들의 밀회는 겨울이라는 계절에 이루어지고 있다. 그러나 그 사랑이 더 이상 숨겨지지 않고 봄의 강렬한 빛 아래 드러나게 되었을 때 겨울의 이미지는 순식간에 봄의 이미지로 전환된다. 사내와 여

자, 즉 불과 불의 결합은 강력한 성적 섬광을 일으키고, 이러한 "은밀한
밀회"와 "무성한 소문"의 현장에서 "강한 북풍"과 "눈발"로 상징되는 '겨
울'은 에너지로 가득 찬 '봄'으로 전환된다("온 땅 위에 번지는 초록빛 불길").
불의 속성을 가진 사내와 여자의 성적 결합 속에서 겨울이 봄으로, 추위
가 따뜻함으로, 불모의 자연이 생성의 자연으로 전환되고 있다.

시 「백자(白瓷)」에는 불의 이미지가 「봄」과는 조금 다른 양상으로 나타
나고 있다. 이 시에서도 불은 강한 성적 에너지의 메타포로서 등장한다.
그러나 이 시에서 욕망으로 넘실대는 불은 그 불길을 다스리는 행위를
통해 성화(聖化)된다. 이는 1연의 "야차 같은 계집"과 2연의 "현신하옵신
관음보살님"이라는 대비를 통해 단적으로 드러난다. 활활 타오르는 불과
그러한 불을 다스리는 '정—반'의 과정을 통해 거친 흙반죽은 "이조 항
아리"라는 "슬프도록 소슬한 몸", 즉 절제된 예술품으로 완성되게 된다.
자기 안의 불을 다스리고 통어하는 행위 속에서 "야차 같은 계집"이 "관
음보살"로, 통제불능의 욕망이 절제된 미(美)로 승화되는 것이다. 그리고
이러한 과정 속에서 불 자체도 야수적인 '성화(性化)의 불'에서 신성한
'성화(聖化)의 불'로 전환되고 있다.
또한, 허영자 시에서 불은 역동적인 힘이나 휘발유 같은 독특한 형태
로 형상화되기도 한다. 물론 이러한 독특한 형태에 있어서도 불이 가진
긍정적 속성은 변하지 않는다. 「대장간」과 「휘발유」는 이러한 특징을 잘
보여준다.

웃통을 벗어젖힌 사나이들의
활활 달아오르는 노동

즐거운 운율의 망치소리와
고랑져 스르는 땀방울과

거침없이 드센 야성의 숨결

생명을 빚어낸 신비
그 태초의 창조를 되풀이하는
황홀코도 뜨거운 불의 도가니!

—「대장간」 전문

휘발유 같은
여자이고 싶다

무게를 느끼지 않게
가벼운 영혼

뜨겁고도 위험한
가연성의 가슴

한 올 찌꺼기 남지 않는
순연한 휘발

정녕 그런
액체 같은
연인이고 싶다.

—「휘발유」 전문

　시 「대장간」은 에너지를 만들어내는 장소이며 여기에서 불은 "태초의
창조"를 가능케 한 힘으로서 나타난다. 불은 쇠를 연화시키거나 녹여서
다양한 형태를 만들 수 있게 해주기에 대장간의 불은 물질을 변화시키
는 원동력으로서 역동적인 속성을 갖는다. 즉 대장간의 불은 물질을 새
롭게 창조하는 원초적인 힘의 원천이 되는 것이다. 이러한 불의 역동성
은 "활활 달아오르는" 사나이들의 노동을 통해 가시화되고 있다. 특히 2

타오름과 다스림의 시　229

연에서 사내들의 외부에서 점차 그들의 내부로 접근해 들어가는 환유적 이미지 전개—"즐거운 운율의 망치소리"와 "고랑져 흐르는 땀방울"과 "거침없이 드센 야성의 숨결"—는 역동적인 에너지로 가득 찬 대장간의 모습을 한결 구체적이고 감각적으로 경험할 수 있게 해준다. 그리고 이렇게 모든 존재들에게 "태초의 창조"를 보여준다는 점에서 이 시의 '대장간'의 모습, 즉 '불의 도가니'는 신비로운 황홀경으로 나타나고 있다('생명을 빚어낸 신비 / 그 태초의 창조를 되풀이하는 / 황홀코도 뜨거운 불의 도가니').

"휘발유"는 보다 복잡한 형태의 불이다. 휘발유는 아주 조그만 불씨로도 활활 타오른다. 즉 그것은 일종의 액체화된 불이다. 그러나 휘발유는 일단 연소되기 시작하면 "한 올 찌꺼기"도 남기지 않은 채 가볍게 휘발되어 버린다. 다시 말해 그것은 어떠한 무거움이나 불순물도 끼어들지 못하는 순수한 연소의 형태를 보여준다고 할 수 있다. 시 「휘발유」에서 화자가 '휘발유와 같은 여자'의 속성으로 제시하고 있는 것들, 즉 가벼움, 가연성, 순연한 휘발성은 모두 이러한 '순수하게 타오르는 불'의 속성에 해당한다. 이렇게 재나 연기도 남기지 않은 채 스스로를 완전히 연소시켜 버리는 휘발유의 순수한 가연성에 대한 지향을 통해 완전하고 순수한 사랑을 희구하는 여성화자의 모습을 이 시는 형상화하고 있다("정녕 그런 / 액체 같은 / 연인이고 싶다").

'불'이 가시적으로 나타나고 있지는 않지만 강한 상승지향성을 통해 '불'의 속성을 보여주고 있는 시들도 있다. 이러한 불의 이미지는 특히 봄이라는 계절적 배경과 관련되어 많이 나타난다.

개구리 떼울음
살아나는데

각설이 장타령

되돌아오는데

초록창 꼬놔 들고
풀싹은 돋는데

—「봄날·II」 중에서

팍팍한 황토마루 언덕빼기
쓴 씀바귀 촉이 트는
바람이다 설운 봄바람.

—「봄바람」 중에서

시 「봄날·II」에서 "초록창 꼬놔 들고" 돋는 "풀싹"이나 「봄바람」에서 "팍팍한 황토마루 언덕빼기"에서 촉이 트는 "씀바귀"는 모두 날카롭고 뾰족한 수직성을 보여준다. 이러한 식물의 수직성은 불꽃의 직립성과 통한다. 불꽃은 생명이 깃들여 있는 수직이다. 그것은 미세한 바람에도 쉽게 흔들리지만, 이내 다시 하늘을 향해 치솟는다. 이러한 하늘을 향한 치솟음, 강한 상승의지는 위의 두 시에서 모두 봄날 강팍한 땅을 뚫고 솟아오르는 새싹의 생명력으로 형상화되고 있는 것이다. 허영자의 시에서 불의 상상력은 이렇게 대개 생명력과 생의 긍정성을 창조하는 에너지로서 작용하고 있다는 것을 알 수 있다.

4. 역설과 균형의 형이상학

언어의 조탁능력과 상상력의 역동성은 시인이 가져야 할 가장 중요한 무기이다. 가장 예리하게 단련된 언어와 그 언어를 통해 구축하는 상상

력의 진폭에서 시는 인상(印象)을 만들고 표정을 지어낸다. 그런데 허영
자 시에서 이러한 인상과 표정은 역설의 시선이라고 이름할 만한 모순
되는 세계를 감싸 안고 있다. 그리고 전통적인 여성시를 넘어서는 허영
자 시의 독자적인 지점을 만들어내는 핵심은 바로 이러한 역설의 기법
이라고 할 수 있다. 이질적이고 상반적인 이미지의 결합에 의해 이미지
들은 상호 긴장을 일으키고 신선한 풍경을 독자들에게 전달한다. 위에서
다루었던 대로 작품의 완결성이 가장 돋보이는 시 「백자」의 경우 "사내
를 호리는/야차 같은 계집"이 "현신하옵신 관음보살님"으로 "백자"로
동일화되고 있었다. 극단의 성과 속의 대립적 이미지들이 불의 도가니를
통하여 동일화되고 있는 것이다. 불의 상상력은 신과 인간, 그리고 사물
을 이 7행의 시 속에서 동등한 무게를 갖는 존재로 이루어내고 있다. 이
러한 역설은 시 「긴 봄날」, 「나뭇가지 벋는 쪽으로」에서도 드러난다.

어여쁨이야
어찌
꽃 뿐이랴

눈물겹기야
어찌
새 잎 뿐이랴

창궐하는 역병
죄에서조차
푸른
미나리 내음 난다
긴 봄날엔—

숨어 사는
섧은 정부(情婦)

난쟁이 오랑캐꽃
외눈 뜨고 내다본다
긴 봄날엔 —

—「긴 봄날」 전문

햇빛 밝은 쪽으로
나뭇가지는 벋어가고
나뭇가지 벋는 쪽으로
내 마음은 좇아가고

아
이 예민한 향일성의 끝머리엔
노래의 오색 선율 출렁이는가
사랑의 눈부심 눈물겨움
하느님의 은빛 수염 나부끼는가

그 아무 것도 아닌
텡 비고 텡 빈 허무의 나락만이
까맣게 입 벌리고 누워 있는가

햇빛 밝은 쪽으로
나뭇가지는 벋어가고

나뭇가지 벋는 쪽으로
내 마음은 좇아가고……

—「나뭇가지 벋는 쪽으로」 전문

　「긴 봄날」에서 "창궐하는 역병"과 "죄"는 "푸른 미나리 내음"을 획득
하게 됨으로써, 부정적인 것에서 긍정적인 것으로 전환된다. 그리고 "숨
어사는 / 섧은 정부"는 "외눈 뜨고" 봄날의 정경을 내다보는 행위를 통해

타오름과 다스림의 시　233

"난쟁이 오랑캐꽃"과 동일한 위치에 놓인다. 이렇게 죄의 이미지와 푸른 미나리 내음을 동일하게 만드는 것, 그리고 숨어 사는 정부와 오랑캐꽃을 동일하게 만드는 것은 다름 아닌 바로 봄의 기운이다. 봄날의 푸른 미나리 내음이 더 큰 위력을 발휘하는 것, 숨어 다니는 정부를 내다보게 하는 봄날의 은밀한 힘, 그리하여 봄날의 기운은 꽃과 잎처럼 역병과 죄와 정부를 어여쁘게 만든다. 이것이 바로 허영자 시를 특징짓게 하는 양면성의 변증법이다.

햇빛을 향해 예민하게 나뭇가지가 뻗어나가는 것은 나뭇가지에게 있어서는 생존을 향한 분투이다. 시 「나뭇가지 뻗는 쪽으로」에서 시인은 그늘에 있는 식물이 살아남기 위해 그 몸을 휘어 햇빛을 향하는 모양과, 그 향일성의 끝머리에 출렁이는 노래의 오색 선율을 사랑의 눈부심이며 눈물겨움이라고 한다. 이 화사한 청각과 시각의 감각은 일차적으로는 사랑이라는 긍정적 요소를 드러내는 꿈과 같은 것이다. 그곳에는 하나님의 은빛 수염이 있다. 죽지 않는 신이 있고, 변하지 않는 은의 빛깔이 있다. 나뭇가지가 분투하여 향하는 꿈은 사랑이며 그 사랑은 영원한 것이다. 하지만 그 사랑은 눈부시기만 한 것이 아니라 눈물겹기도 한 것이다("눈물겹기야 / 어찌 / 새 잎 뿐이랴"). 이 상반성의 특질은 시인이 인식하고 있는 사랑이 영원한 가치를 가지고 있는 것이기는 하지만 결코 쉽게 얻어지는 것이 아님을 말하고 있다. 나뭇가지가 뻗어나가는 쪽에 자리한 사랑을 시인은 아무 것도 아닌 "텅 비고 텅 빈 허무의 나락만이 / 까맣게 입 벌리고 누워 있"는 자리라고 말하기 때문이다. 의성어 "텅"의 반복과 "나락"의 하강하는 이미지, 까만 색감의 시각적 이미지는 결코 그 뻗어나감이 쉬운 것이 아님을 적나라하게 드러내고 있다. 그럼에도 불구하고 화자는 나뭇가지 뻗는 쪽을 향하여 자신의 마음도 좇아간다는 1연의 고백을 4연에서도 반복하고 있는 것이다.

한편, 시 「한 역설」에도 이러한 역설적 기법은 두드러진다. 이 시에서

"당신이 / 내 연인이 / 아니었으면 좋겠다"는 일견 당황스런 진술은 "슬픔과 기쁨에 / 마음 흔들리지 않게"라는 섬세한 진술로 역설의 의미를 깊이얻는다. 이러한 개인적인 사랑은 "당신이 / 내 조국이 / 아니었으면 좋겠다", "찢어진 산과 강 / 자욱한 아우성이 / 이토록 애끓이지 않게"라는 사회적인 역설로까지 확대되어 시인의 깊은 사랑을 강조하고 있다 하겠다.
　　모순되는 충동을 하나의 그릇 안에 아울러 내는 시선은 허영자 시 세계 전체에서도 독자적인 균형과 질서를 구축해낸다.

　　　돌아온
　　　각설이
　　　저 각설이

　　　내가 왔다
　　　내가 또 왔다
　　　울어제끼면

　　　얼었던 흙살은
　　　절로 터져
　　　갈라지고

　　　벗은 나무
　　　아랫도리
　　　초록물로 젖는다
　　　　　　　　　　　　　　　　　　　　—「뻐꾸기」 전문

　　　인연은 질겨라
　　　두렵기도 하여라

　　　전생에 내가 빗던

참빗 얼레빗

이승까지 따라온
하늘 위의 조각달

내 마음이 헝클리나
지켜보고 있구나

—「빗」 전문

　「뻐꾸기」가 자연과 생명에 대한 통찰을 하고 있는 작품이라면, 「빗」은 우주적 시간과 자아에 대한 성찰을 보여주는 작품이다. 첫 번째 시에서는 뻐꾸기 소리를 통해 봄의 육감적 생명력을 감각의 통로를 통해 일구어내고 있다면, 두 번째 시는 "참빗"(여성의 공간)과 "조각달"(우주적 공간)의 시각적 전이의 상상력으로 전생과 이승의 시간을 연결하면서, 삶의 정갈한 품격을 그려내고 있다. 첫 번째의 시가 인간의 육체적 느낌에 호소하는 원초적인 생명의 세계라면 두 번째의 시는 시간과 공간을 넘어서 만들어낸 고답적인 미의 세계이다. 두 세계의 세계는 각각 '육체'와 '정신', '생명의 타오름'과 '절제된 성찰'이라는 서로 상반되는 색깔을 가지고 있지만, 궁극적으로는 둘 다 삶을 이루는 어떤 진실을 관통하고 있음에 틀림없다. 왜냐하면 이 타오름과 다스림으로 이름할 수 있는 이 두 세계는 모든 인간에게 부여된 운명이기 때문이다. 말하자면 두 개의 세계는 결국 시인이 일구어낸 인생에 대한 형이상학적 깨달음의 각기 다른 울림이다. 모순되는 세계를 내부에서 질서화시키는 힘이 있기에 이러한 균형의 세계가 만들어진다. 육체와 정신이 함께 존재하고, 타오름과 다스림이 함께 있는 인생의 역설적 원리를 오롯이 드러낼 수 있는 균형 의식이야말로 허영자 시가 획득한 빛나는 형이상학의 영역이라고 할 수 있을 것이다.

5. 극적 구성과 초극의 요소

　허영자의 시 속에는 탁월한 감성이 번득이고 있다. 그의 시가 보여주는 감성의 섬세함과 예민함은 고도로 제어된 언어와 서늘한 시선 속에서 확보되고 있기에 더욱 빛난다. 바로 이러한 점에서 허영자의 시는 절제의 미학, 지적 서정주의, 정신적인 초극의 경지를 보여준다는 평가를 받아왔다. 그러나 허영자는 우리 시사에서 중요한 비중을 갖는 시인임에도 불구하고 당대의 다른 남성시인들에 비해 문학사적인 조명을 제대로 받지 못한 면이 있다. 기왕의 평가들도 시에 대한 미학적 규명을 수반하지 않은 채 다분히 평면적으로 이루어져 왔던 것도 아쉬운 점이다.

　이 글에서는 그동안 다소 미진했던 허영자 시에 대한 미학적 규명을 시도하였다. 일견 평정한 듯 보이는 그의 시는 오히려 감각과 불과 역설의 어법 등으로 변화무쌍하고 종횡무진하여 사물이나 사랑을 구체화하는 동시에 형이상학적인 것으로 끌어올려 주는 좋은 본보기를 보여준다. 서정시 본령의 절제와 완결미로 보여지는 시적 긴장감, 다양한 종결어미, 극적 구성, 발상의 신선함과 자유로움 등으로 대립되는 요소들을 절묘하게 조화시켜 새로운 서정시의 경지를 보여주고 있는 것이다.

　감각적 이미지와 역동적 상상력을 바탕으로 이룩한 역설과 균형의 시세계는 전통시의 흐름을 순연하게 계승하는 동시에 새로운 시적 경지 또한 강인하게 열어 보이고 있다. 정련된 언어를 통해 추상적인 진리를 포착해내는 서정시의 촌철살인(寸鐵殺人)의 순간을 풍요롭게 펼쳐 보이고 있다는 점에서 허영자의 시는 분명 한국 시사에서 매우 돋보이는 중요한 위치를 차지하고 있다고 할 수 있다.

명징한 이미지와 시적 긴장

신달자론

1. 일상의 모순성이 주는 충격

우리는 모순(矛盾)이라는 말에 얽힌 이야기를 알고 있다. 상인은 세상의 모든 방패를 뚫을 수 있다는 창과, 세상의 모든 창을 막아낼 수 있다는 방패를 동시에 자랑한다. 구경꾼 중 하나가 불쑥 그에게 질문을 던진다. "그럼 그 창은 방패를 뚫을 수 있소? 그 방패는 창을 막을 수 있소?" 상인은 아무 말도 하지 못한다. 그리고 그 누구도 질문에 대해 답할 수는 없었다. 어쩌면 서로를 용납할 수 없는 이 창과 방패가 상인 한 사람의 손에 쥐어져 있다는 것은 모든 인간이 양립할 수 없는 모순성을 끌어안고 있다는 것을 은유하는 것인지도 모른다.

그러나 시인은 끊임없이 모순되는 질문을 던지고 그 질문에 대한 대답을 구하는 사람이다. 그들은 대립되는 모순성을 상상력의 힘으로 통합한다. 독자는 시인이 지향하는 시세계를 통하여 시인만의 고유한 미적 요소를 발견하게 된다.

신달자의 『모순의 방』에 나와 있는 시들은 우리가 지닌 일상적 감각에 미적 충격을 던져 준다. 제목 자체에 나타나 있듯이 이 시집을 일관되게 꿰뚫고 있는 의식은 바로 모순의 원리이다. 그의 시에 나타나는 이 모순의 원리는 단순한 말장난을 넘어, 독자들에게 충격과 경이를 안겨 준다. 이것은 그의 시적 기법에 드러나는 원리가 기교적 차원을 넘어 시적 리얼리티를 충족하고 있기 때문이다. 다시 말해, 인식을 기술하는 방법 자체가 경험적이라는 뜻이다. 그는 이념의 아름다움을 이야기하기보다는 사실이나 경험의 아름다움을 강조한다.

2. 모순의 이항대립이 주는 긴장감

그래 안녕
안녕히 떠나가리라
나의 삶은 꿈 안에 있고
꿈의 안부는 묻지 말아라
꿈 안에 나와 너는 아무 인연이 없다

그러나 내 몸 어디에
막내는 맞닿아 있었을까
─안녕히 주무세요
치마끈을 굳세게 잡고 따라온
막내의 목소리는
꿈의 바닷가에 갈매기로 날면서

나를 지키고 있었다

따라오지 마라
따라오지 마라
내 꿈의 집엔
네 자리가 없다

―「어둠의 노래」 중에서

「어둠의 노래」는 꿈에서나마 자신을 되찾고자 하는 여성의 심리적 갈등을 그려내고 있다. 사랑하는 막내가 굳세게 치마끈을 잡아 이끄는 일상의 집과 현실의 어떤 인연으로도 따라올 수 없는 꿈의 집은 이항대립의 의식을 보여준다.

일상의 무거움과 동경, 어머니로서의 의무와 자신만의 삶에 대한 갈망 사이의 투쟁과 갈등은 서로 용납하기 어렵다. 그래서 이런 갈등은 작별하다―지키다, 떠나다―맞닿다, 인연이 없다―나를 지키다 등의 대립되는 어휘들의 병치를 통해 팽팽하게 맞선다. 그리고 이 긴장감은 독자로 하여금 화자의 마음속에서 반란을 일으키는 자아의 모습을 유추하게 만든다.

"따라오지 마라"라는 단호한 어조에는 아내나 어머니로서가 아닌 독립적 인격체로서의 삶을 회복하고자 하는 욕망이 숨어 있다. 이 욕망은 어둠―꿈―임종과 연관되면서 현실에서는 불가능한 작별이 꿈에서는 가능하다는 것을 보여줌으로써 꿈에서나마 타협하지 않으려는 자아의 의지가 나타나 있다.

시적 자아에서 꿈은 죽음과 같게 느껴진다. 그 속에서 온전히 자신만을 위해 사는 삶을 살고자 하지만 그 꿈의 언저리에서도 어머니로서의 책임과 양육의 의무는 따라온다. "따라오지 마라", "안녕히 가리라" 등의 단호한 어조에는 아내나 어머니로서가 아닌 독립적 인격체로서의 삶을 회복하고자 하는 욕망이 숨어 있으며 막내라기보다는 자기 자신에게 결연한 의미로 다짐하는 것으로 보인다.

혼자하는
가위 바위 보

……나는 졌다 나는 이겼다

하늘을 내어 놓고
땅을 내어놓고
理想을 내어 놓고
生活을 내어 놓고

나는 이겼다
나는 졌다

—「어느 날」 중에서

하나를 풀면
하나가 엉킨다

—「삶」 중에서

　두 시에 나타나는 대립성은 「어둠의 노래」보다 더욱 직접적이다. 가위 바위 보는 아이들의 놀이에서 '이기다/지다'의 승패를 결정지을 때, 편을 가를 때, 순서를 정할 때 사용한다. 상대와 나를 구분하고 서열을 결정하는 의식 뒤에는 철저한 대립성이 숨어 있다. 그러나 이 대립성은 모순성을 내포하고 있다. 가위는 보(보자기)를 이기지만 상대편이 주먹을 내밀면 지게 된다. 그러나 가위를 이기는 주먹보다 우위에 있는 것은 보(보자기)이다. 서로에게 승리하는 동시에 이기지 못하는 이 놀이는 상대를 용납하지 못하는 대립성과, 어느 것 하나 완전한 승리가 없다는 모순성을 함께 가지고 있다. 이 모순성과 대립성이 자아내는 강렬한 긴장감은 뒤이은 하늘과 땅을 걸고 하는 내기, 이상과 상황을 걸고 하는 내기와 맞물려 심화된다. 시인은 이 격렬한 대립이 우리들 일상의 '어느 날'에,

흔한 '가위 바위 보'를 통해 일어난다는 것을 이야기한다. 독자는 하늘과 땅의 이원적인 대립, 이상과 생활이 갖는 대립은 이기다 / 지다의 행위와 상황의 대립구조를 통해 시인을 지배하는 의식이 얼마나 철저하게 모순의 양면성을 인지하는 것인가를 깨닫게 된다.

일상의 삶은 양립할 수 없는 가치 때문에 날카롭게 대립할 뿐 아니라, 어느 것 하나 소홀히 할 수 없는 문제들이 한데 얼크러져 존재한다. 시인의 말처럼 "하나를 풀면 하나가 엉키"는 것이다. 삶의 본질적인 가치들이나 실체는 그것이 초월적이건 그렇지 않건 간에, 모든 경우에 있어서 일상생활의 세계와 대립되는 관념의 세계에 위치해 있다. 그리고 다른 한편, 현실의 모순을 헤아리는 일은 신달자의 시에 있어서 배제하는 반어가 아닌 포괄적인 반어를 표시한다는 점에서 그의 노래는 적극적인 통합을 이룩한다.

3. 통합을 향해 나아가는 명징한 이미지

배제하지 않는 반어, 포괄하는 반어는 '상반되는 것들의 종합'을 통해서만이 가능하다. 이를 향한 변증법을 이룩하기 위하여 시인이 현실에서 겪는 갈등은 누구도 따를 수 없게 처절하게 나타난다.

양립할 수 없는 것들 사이의 갈등은 필연적으로 피차간의 상처를 담보하게 된다. 이 격렬한 투쟁의 과정은 곧 파괴와 연결된다. 시인은 자신의 내면 속에 일어나는 철저한 파괴의 과정을 보여주기 위해 폭풍이나 지진, 천둥, 폭우, 우박 등의 격렬한 기상어를 사용한다.

회오리 회오리 바람에

수만번 돌다가
쓰러지고 싶다

쓰러지고 완전히
박살나고 싶다

—「폭풍」 중에서

가슴이 쩍쩍 갈라지는
외로운 때
엉겨 엉겨 싸늘히
얼음덩이가 되었느니

—「얼음」 중에서

태풍에 휩쓸려 무너질 것 다 무너지고 서슬 푸르게 벋어가던 욕망의 가지 다 꺾이고 부끄러울 곳도 가릴 것 없이 다 벗겨져 돌아왔다.

—「曠野에게」 중에서

어둠을 찢을 듯한 폭발과 광음은 그 격렬함에 의해 시인의 혼신을 다한 시도를 고도로 끌어올린다. 나선형으로 점점 힘을 확대해 나가는 회오리바람은 주변의 모든 사물들을 쓸어모으며 그것들을 부순다. 마침내 그 힘이 다한다 해도, 회오리바람이 지나간 자리에 남는 것이라고는 아무 것도 없다. 시인은 인간의 힘으로는 불가능한 상황을 반복적으로 상기시킨다. "가슴이 쩍쩍 갈라지"게 될 정도로 메마른 외로움이 말라붙은 피가 엉기듯 들러붙게 된다. 독자는 엉기고 엉긴 피가 얼음처럼 차갑게 식는 것에서 외로움의 농도를 깨닫게 된다. 지독하게 외로운 상황, 회오리바람이나 태풍이 지나간 것 같은 절대절명의 상황에 마주한 화자는 오히려 "바다를 / 들었다 놓았다"(「海溢」) 하기도 하고 "결코 단념할 수 없는 / 내 영혼의 대지진"(「地震」)의 결의를 다지고 있다. 강세를 두고자 하는 곳을 자연스럽게 강조함으로써 신달자의 시어들은 일상어와 같이 감정의 고저를 운율로 드러내고 있다.

시인의 감수성은 이미지의 조형성을 토대로 한 장소에의 점층적 이동성을 통해 더욱 빛난다.

추억은 실오라기 하나도
될 수 없는 것인가
지금 내 방은 零下

—「零下」 중에서

시 속에 나타난 언술 이동의 양상은 두 가지로 촉각(온도 감각)과 수직축(상하)의 이동이다. 실온에서 영하로의 이동은 "실오라기 하나도" 되어주지 못하는 서늘한 화자의 심리를 대변한다. 시인은 이 온도의 감각을 감각화해 나타내기 위해 상하의 개념, 수직축의 개념을 가져 온다. 서늘한 온도의 감각이 위에서 아래로 뚝 떨어지는 수직의 감각과 결합되면서 정서적 충격은 더욱 강렬하게 다가온다. 시각과 촉각, 혹은 수직의 이미지를 적절히 활용하는 시인의 힘은, 추억과 우수라는 관념을 일상의 언어로 공간화하는 데서 더욱 빛난다.

때로는 마음을 거리에 흘리기도 하지만 虛心은 더욱 무거워 마음에 두기보다는 차라리 설합속에 내려놓고 뒹굴게 합니다 찬밥처럼 뒹굴게 합니다.

여자의 설합이 향기는 없더라도
잘 닦은 자수정 한 알쯤 반짝이면서
흐려도 은근히 제 빛깔 빛나야지
오만 잡동사니 마음이 얽혀
가시넝쿨이 된 나의 설합
우리집에서 내 설합이
제일 무겁습니다

—「설합속의 憂愁」 중에서

집이여
밤참을 들고
행복하게 잠드는
삶을 곁에 두고
나는 무엇을 견디는가

—「집 2」 중에서

시인은 마음 깊은 곳에 숨겨 둔 허심(虛心)은 서랍 속의 자수정 한 알, 뒹구는 찬밥으로 비유된다. 물건을 담아 두는 서랍은 열고 닫을 수 있어 수시로 확인할 수 있지만, 잠시라도 시선을 돌리면 금방 지저분해진다. 화자는 그런 자신의 마음을 가시넝쿨이 된 서랍, 그리고 제일 무거운 서랍으로 비유한다. 가시넝쿨의 푸르스름한 기운과 은은히 빛나는 자수정의 기운은 깊숙한 서랍처럼 숨겨진 허심(虛心)을 구체적으로 형상화한다.

서랍―방―집―길―거리 사이를 오고 가는 화자의 삶의 역경은, 공간의 빛깔이나 향기 같은 시각 내기 취각으로 파악되기도 하고 실오라기처럼 구체적으로 감촉되는 실상이 된다. 그러므로 우수(憂愁)나 허심(虛心)은 설합 속에 내려놓기도 하는 양감을 지닌 물체로 비유화되는 것이다. 가장 여성적이고 사소하다고 말하는 여자의 서랍과 보석, 그리고 뒹구는 밥을 '마음'으로 비유하는 그는, 그만큼 관습적인 사고를 넘어서 정신이 누리는 자유를 노래하며 삶의 무거움과 빛남의 양면성을 토로하고 있다.

4. 모순을 끌어안는 노래의 힘

신달자의 『모순의 방』은 갈등과 해소의 변증법을 안고 있는 매개항의 장소이다. 그곳은 현실과 이상이 악수하는 자리이며 "삶의 등뼈에 붙어 있는 인연"과 "시인이 원하는 세계" 사이의 모순이 공존하는 곳이다. 이 역설과 모순의 힘으로 시인은 끊임없이 자신을 넘어서며 또한 외부세계의 근원적인 모호성에 대해 그 자신의 요구를 대립시킨다. 이 대립은 격렬한 고통과 갈등, 그리고 날카로운 긴장감을 불러일으킨다. 그 긴장감은 폭풍이나 지진, 해일과 같은 강력한 기상어를 통해 나타나며, '찢'거나, '이빨로 물어 뜯'거나 하는 날카롭고 공격적인 행위어들에 의해 격렬하게 표출된다. 이 긴장감은 서로가 서로를 용납할 수 없는 데에서 기인한다. 시인은 이 긴장감을 이미지가 충만한 간결한 용어를 통해 형상화한다. 시인은 날카로운 것과 부드러운 것, 그리고 뜨거운 것과 차가운 것을 감각하는 촉각 심상을 적절히 활용할 뿐 아니라 이를 수직과 수평의 감각과 결부시켜 짧지만 강렬하게 화자의 의식을 대변한다.

이 강렬함은 누구보다 뜨겁게 고뇌하는 시인의 시적 사유의 강렬함과도 맞물린다. 극한의 상황에 다다라서도 시선을 피하지 않고 맞서는 의연함과 양립할 수 없는 사물을 끌어안는 사유의 강인함은 이 시집의 감동적 효과를 지탱하는 커다란 힘이 되고 있다.

자의식의 심연과 존재론적 갈망

김영교론

1. 일상의 지혜와 깨달음의 시

첫시집 『우슬초 찬가(讚歌)』(1997) 이후 내보인 김영교의 세 번째 시집 『물 한 방울의 기도』(2002)는 잔잔한 서정성과 일상성을 토대로 하는 여성 특유의 내면적인 사유와 이미지 구사를 특징으로 하고 있다. 그의 시에서 가장 눈에 띄는 점은, 이국 땅에서 중년의 여성으로 겪는 일상적인 삶의 파편들이다. 칠판을 지우다가, 엘리베이터나 지하철을 타다가, 문을 열거나 수도꼭지를 틀다가, 세수를 하다가, 옷을 입다가, 아침에 차 한 잔을 마시다가, 티백을 찻물 속에 넣고 기다리다가 얻어지는 삶에 대한 반성과 성찰이 주된 모티브로 등장한다. 이런 자잘한 일상적 행위는 피하거나 벗어나고 싶은 것이라기보다, 그 일상에 뿌리를 내려 그곳에서 삶의 본질을 확인하고 또 그것을 언어로 승화시키고 싶은 시적 지향성을 담고 있다.

좋은 시인은 그의 개인적인 과거나 상처를 성찰하고 분석하여 그것에 보편적 의미를 부여할 줄 아는 사람이다. 자기의 감정적 상처를 과장하거나 그것을 억지로 감추려고 할 때 시는 감동과 품격을 상실하곤 한다. 김영교로 하여금 고통스러운 시쓰기에 매달리게 하는 동인은 무엇일까, 그리고 그의 개인적 상처는 어떤 것일까.

일상 공간에 놓여진 사물들을 이야기하는 그의 시편들은 무엇보다 여성들이 지닌 생명력을 바탕으로 슬픔을 단지 슬픈 것, 부정적인 것으로 받아들이지 않고 아름다운 것으로 바꾸어 나간다. 그리고 그것을 통해 시인의 힘을 보여주고 있다. 또한 이와 같은 그의 일상적인 성찰의 시어들은 시읽기에 편안함과 친밀감을 주기도 한다.

이번 시집에서 두드러지게 나타나는 공간은 시인의 '방'(그것은 차고, 지하철, 엘리베이터, 섬, 어항, 벽장, 서랍 등으로 이미지가 다양하게 변형되기도 한다)이다. 다소 도식화하자면 거리와 도시가 사회화된 남성의 공간이라면, 방은 내면화된 여성의 공간을 대표한다. 시인의 공간인 '방'으로 들어가기 위해서는 '문'과 '손잡이'를 통과해야 한다. 모든 방은, 문과 손잡이를 가지고 있기 때문이다.

왜 문들은 모두
손잡이를 가지고 있을까

손쉽게 열 수 있는 바깥쪽 손잡이에
누군가가 문을 열고
들어 와 주기를 기다린다

열쇠도 수도꼭지도 손잡이다.
다른 공간에의 기류와

맑은 물의 세계를 열어주지 않는가

스스로 하나가 될 줄 아는 문은
안에 손잡이가 있다

격리의 담은 문으로 열리고
손잡이는 통(通)으로 간다

—「손잡이」 중에서

문에 달린 "손잡이"가 있기에 시인의 방은 통(通)한다. 들어오고 나가고, 열리고 닫히고, 기다리고 떠나고, 이 공간이 되었다가 저 공간이 된다. 손잡이가 없는 문이란 벽에 다름 아니고, 문이 없는 방이란 관(棺)과 다르지 않다. 안과 밖, 나와 타자를 연결하는 손잡이는 "다른 공간에의 기류"에 의해 투명성을 획득하는 것이다. 시인의 방이 이렇게 소통을 열망한다는 점, 시인의 열망이 "보이지 않는 세상의 / 손잡이가 되는 길"이라는 점은 그의 시를 이해하는 주요한 단서가 된다. 특히 이 세계를 방 한 칸으로 압축시킴으로써, 보이지 않는 세상의 손잡이가 되고 싶다는 시인의 욕망은 시인의 시적 사유의 길이와 넓이를 짐작하게 한다.

2. '문 열기'와 '방 비우기'의 은유적 모색

시인의 '방'은 무의식적 욕망이 도사리고 있는 미로와도 같은 주체의 내면성을 지시하는 공간이다. 그 방은 사람이 지속적으로 그리워하고 또한 안전함과 포근함을 느끼는 모태—자궁의 심리학적 대체가 되는가 하면, 주체의 내면성을 지시하는 폐쇄적 공간이 되기도 하다. 한 집안 혹은 한 개인의 모든 추억과 역사를 보존하는 시간의 저장소이자, 또한 그 집 안에 있는 모든 물건과 장소들은 그러한 추억과 역사의 이미지를 반영하는 자아의 거울 공간이기도 하다. 이 '방안'이라는 은유적 공간에서 벌어지는 자아의 성찰과 존재론적 갈망은 종교적 구원의 성격을 띠고 있다.

"저만치 / 밤이 밟고 지나간 물길 트이면 / 세월 끝에서도 / 만져질 오돌토돌한 기억의 투망(投網) / 한류(寒流)에 습해진 가슴을 낚아 올려 / 따뜻한 햇살에 널어 말린다"(「강가에 서서」)와 같은 서정적 통찰이 돋보이는 구절은 어쩌면, 자의식의 심연 한가운데서 존재론적 갈망을 놓치지 않으려는 시인의 '문 열기'와 '방 비우기'의 또 다른 은유일 것이다. 방의 비상 혹은 상승과정은 다음 시에서도 잘 드러나고 있다.

<blockquote>
내 안에는
입구에서 천장까지
피로와 암담이 만선(滿船)의 무게로 꽉 찬
어두운 방들이 있다
걱정의 울퉁불퉁한 방,
잠들지 않는 의심의 방,
바닥을 알 수 없는 욕심의 방, 서로 다닥다닥 붙어 있다

(…중략…)

아, 그 기막힌 트임이여!

지탱할 수 없던 무게의 아집과
굴러 떨어질 수밖에 없던 허상에서
벗어난 자유가
허물어져 떠내려가고 있는
빈 방들을 본다.
</blockquote>

바다 저 멀리
방들이 떠내려가고 있다

―「떠내려가는 방」 중에서

  피로와 암담이 만선의 무게로 꽉 찬 어두운 방들, 그는 현대인의 탐욕
적이며 생의 덧없음에 끊임없이 공허함을 느끼며 지속적인 것, 영원한
것, 균형 잡힌 것을 갈구하며 소외감과 무력감을 토로하고 있다. 그 무력
감은 한 순간에 영혼을 끌어올리는, 문득 다가온 한 가닥의 빛에 의해
"기막힌 트임"을 이룩한다. 그것은 자신의 존재를 자기가 소유하는 상태
이며 마침내 "허물어져 떠내려가고 있는 빈 방"의 삶이다. 정말 자유로
운 삶은 탐욕을 지워버린 부재 속에서의 삶이라는 듯, 시인은 "조용히
바닥으로 내려가 / 위를 쳐다보며 기다린다 / 조용히"(「티백(tee bag)」).

  벗어남, 떠내려감을 지향하는 그러한 기막힌 트임과 비움과 지움은 삶
을 향한 시인의 종교적 태도를 환기시킨다. 사람과 사물을 긍휼히 여기
고 자신을 지혜롭게 곧추세우며 하나님을 믿는 종교적 바탕을 토대로
한 시인의 삶은 흔들림 없이 굳건해 보인다.

  대문을 활짝 밀고 바깥으로 걸어나가
  손뼉 치기를 멈추고 세상소리에 장단 맞춘다
  욕심의 무게에 눌릴 때마다
  눈은 보는 것에 취해 비틀거리고
  귀는 들리는 것에 익숙해 갔다
  밤마다 가슴에는 피폐한 모래 바람이 일었다

  어느 날
  날아온 햇살 한 조각이 꽂히던 찰라
  어디선가 물 흐르는 소리
  잠자던 의식의 솜털들이 파르르 떨며 눈을 떠

　　　　뼈를 세우고 피를 돌려
　　　　계절의 안팎을 훑는다

—「생명의 날개」 중에서

밤마다 가슴에 이는 "피폐한 모래 바람"이, 자연의 초록 심장을 돌아 "세상혈관을 춤추며 흐르는" 생명의 춤으로 전환되는 것은 "날아온 햇살 한 조각이 꽂히던 찰라"가 있었기 때문에 가능하다. 햇살, 새싹, 자연 만물 속에 잔잔히 지혜롭게 자신의 삶을 다스리다가도 끄지 못하는 '내 안의 불'이 있고 '소리 지르는 바다'가 있으며 '펄펄 살아 있는 자아'를 '소금물에 절이는' 억압된 충동이 있음을 우리는 본다. 이러한 아픔과 갈등을 통해 시인은 일상 현실을 초극하고자 한다. "하루를 비우고 / 들어가 앉는 방마다 / 채우는 미소가 / 한 자루 초가 되어 타오른다"(「그 미소」), "얼굴뿐만 아니라 / 온 몸을 씻고 또 씻어 / 세상으로 내 보내실 때마다 / 줄어 들고 없어지는 / 완전한 헌신 속에 / 말없이 / 당신의 날은 저물어 갔습니다"(「세숫비누」), "이 아침 / 겨우내 움츠렸던 날개를 펴 / 깃털마다 좋은 소식 꽂고 / 새롭게 떠나는 작은 새가 되어 / 은혜의 하늘을 날아오릅니다"(「작은 새」)와 같은 종교적 구원의 자세를 통해 시인은 일상적인 생활의 신산함이나 괴로움이나 삶의 막막함과 존재의 불안에서 벗어나고자 하는 것이다. 그 자유로움을 향한 종교적 자세가 그의 시쓰기와 연관되어 있음을 알 수 있다.

3. 역설의 미학과 시적 환기력

　　김영교의 시편들은 견고해 보인다. 그 견고함의 실체는 일상에 대한 집요한 천착, 삶을 향한 끊임없는 반성과 존재론적 초월에의 꿈에서 비롯되는 것이기도 하지만, 시의 형식적 차원에서 성취하고 있는 역설의 미학에서 연유한다. 그의 상상력은 물질과 정신, 문명과 자연, 카오스와 로고스, 견제와 추구, 현실과 이상, 어둠과 빛, 하강과 상승이 길항하면서 전개된다. 그것들 간의 삼투 및 배제의 과정을 거쳐 김영교 시의 이미지는 그의 존재론 자체가 된다.

> 햇살 가득 담고도
> 채워지기를 기다리는
> 내 빈 어항
>
> —「빈 어항」 중에서

> 뜨거울수록
> 울어나는 향
> 조용히 바닥으로 내려가
> 위를 쳐다보며 기다린다
> 외계로 버려지는
> 사방에서 일어나는 환호성
> 죽으면
> 살아나는
> 길
>
> —「티백(tee bag)」 중에서

> 지우는 만큼 멀리
> 비우는 만큼 자유가 된다
>
> —「칠판을 지우며」 중에서

인용한 시에서처럼, 시집 도처에서 시인은 비움과 채움, 바닥과 위, 죽음과 삶의 대조적인 관념의 대비를 통해서 불안과 갈등을 힘있는 전환의 구조로 만드는 역설의 목소리를 들려준다. 자신의 일상성을 딛고 넘어서 죽음은 곧 새로운 탄생이라는 것을 체감하는 시인은 자신의 새로운 삶을 이렇게 노래한다.

> 삶의 문풍지 사이로 들어온 빛 한 가닥이
> 어지러운 골목길과
> 어두운 입구와 층계를 드러낸다
> 방들은 저마다 두 손을 펴 은밀한 곳을 가린다
>
> (…중략…)
>
> 이제
> 새벽이 오면
> 날개를 단 방들이
> 하나로 트인 방을 향해
> 날아오르리라.
>
> —「내 안의 방들」 중에서
>
> 육신이 독수리 되어
> 날아올라
> 그 다음 생도 날아올라
> 아득한 하늘
> 목숨의 낭떠러지 끝에서
> 가 닿은 하늘 한 자락
>
> —「내 안의 하늘」 중에서

내 안의 방들은 "걱정의 방", "의심의 방", "욕심의 방"(「티파니 램프(Tiffany Lamp)」에서는 '아픈 방'으로 표상되고 있다)에서 '문 열기'와 '방 비우기'의 과정(「열린 하늘을 보며」에서는 '비어 있는 방'으로 표상되고 있다)을 거쳐 "날개를 단

방", "하나로 트인 방"으로 날아오른다. 앞선 시 「떠내려가는 방」과 같은 구조이다. '현실 / 이상'의 대립을 상승과 하강의 대립으로 치환시켜 시의 역설적 구조를 보여주고 있다. 날기에 대한 갈망은 일상의 삶을 받아들이지 못하고 위로 날아오르려는 사람의 움직임을 닮았다. "육신이 독수리 되어 / 날아올라 / 그 다음 생도 날아올라 / 아득한 하늘 끝까지"(「내 안의 하늘」) 가닿는 꿈이나, "꼭 필요한 크기의 날개만 달고 / 푸른 숲을 날아다니는 작은 새가 되"(「작은 새」)거나 지하철 계단에서조차 "저 밑바닥을 차고 층계를 퉁기며"(「새떼와 계단」) 날아오르는 꿈들은 모두 비상에의 몽상을 담고 있다.

삶은 지향이다. 무엇을 향한 지향인가? 이 시인의 지향성은 그녀가 때로는 하나님이라고 부르기도 하고, 때로는 존재라고 부르기도 하는 본질을 향한 지향이다. 그 지향의 은유적 표현이 바로 '위로 오르기', 즉 날아오르기이다.

> 때론 무섭고
> 날기에 힘든 폭풍우의 밤을 뚫고
> 인내의 끝 새벽에
> 비상하는 날개 한 쌍
>
> —「작은 새」 중에서

> 그날이 오면
> 펄펄 끓는 물, 그 열기에 우려낸 환한 맛
> 뜨거운 김, 몽땅 뒤집어쓰고
> 세상의 체온 속으로
> 뛰어드는 것이다.
>
> 누추(陋醜)가 벗겨진 작은 넋들을 보라.
>
> —「티백(tee bag)」 중에서

> 퍼내어도 줄지 않던 탐욕의 바닷물
> 소금으로 굳어가고
> 안의 목소리 낮출수록 잘 들리는 파도소리
> 마음의 방파제를 씻어 내린다
>
> —「자화상의 바다」 중에서

　인용시들은 억압적 현실과 이를 뚫는 몸부림, 하늘을 향한 그리움을 보여준다. 이는 일상의 구체적 삶에서 벗어나려는 지향의 단계적 모습이기도 하다. 날마다 하강하는 것 같은 비애는 '바닥', '지하실', '어두운 계단' 등으로 비유된다. 여기에서 어두운 계단과 상반되는 시적 대상이 바로 '새(날개)'이다. 새는 계기적이고 일상적인 시간으로부터 벗어나 새로운 시공간, 훼손된 언어나 사물의 모습으로는 도저히 도달할 수 없는 원시적 공간이며 사물이 제 모습을 간직하고 있는 본원적 공간을 욕망하는 표상물이다. 그것은 바슐라르의 지적대로 '인격화된 자유로운 공기'이고, '몽상적 비상의 원리'이기도 하다. 날아오름으로써 존재에 눈을 뜨며 존재에 참여하고, 그 눈뜸의 순간 몸은 육신을 떠나 확장된다.

　그러나 갈망과 상승의 표상물인 새는 시인의 사유 속에서만 존재한다. 그것은 언제나 실패하는 움직임이다. 이상 속에서의 삶은 부재 속의 삶이기 때문이다. 하지만 시인은 계단을 하나씩 내려가는 과정 속에서 삶의 의미는 미완성을 채워 가는 노력이며 어떤 의미로는 가능성을 내포한 미완성이라는 것을 알게 된다. 또한 계단을 내려가는 행위는 자기 내면의 하늘에 가까워지는 행위임을 알게 된다. 미완성이 이미 시인의 '새'가 되고 있는 것이다. 비상에의 욕망에 부합하지 못하는 인간존재의 무거움과 상처는 더욱 강조된다. 이렇게 보자면 이 시인의 시쓰기에 대한 욕망은 오랫동안 억눌려 있던 말에 대한 욕망과, 방·찻잔·어항·차고 등의 장소로 상징되는 갇힌 의식과, 그리고 여성 존재에 대한 인식 등이 맞물리면서 분출구를 찾아 꿈틀거리고 있음을 반증하는 셈인 것이다.

　시집을 덮고 귓가에 맴도는 "누구의 앙코르 박수가 / 무대위로 나를 불러낼까?"(「가을풍경 2」)라는 구절을 곱씹어 본다. 시인은 이미 자신의 시에서 대답하고 있다. 시인 자신의 앙코르 박수라고. 오랜 참음과 울음을 거쳐 완성한 김영교 시인의 힘찬 날개짓에 박수를 보낸다.

타인과의 교신을 꿈꾸는 시

이사라론

1. 영혼의 치열성과 생명력

이사라의 시에는 여러 유형들의 사람들이 살고 있다. 문명적이며 감각적인 도시의 배경 아래 식욕과 빈혈과 천상의 무지개를 함께 지닌 그대와 내가 있다. 그리고 가족과 친구들, 스승과 대학 강사, 양녕대군과 세종대왕이, 히브리인들과 맨발의 이사도라가 등장한다. 그의 시의 중요한 테마를 이룩하는 이러한 인물들은 옛날과 지금, 동양과 서양의 복잡한 시공 속에 살고 있으면서 시인의 몰두와 애정 어린 관심의 시선에 의하여 비로소 그 본모습을 드러내는 대상들이다. 삶과 역사, 도덕적 법칙들에 대한 시인의 개인적 확신의 추구와 관계가 깊을 법한 인물들은 한결같이 생명력에 넘쳐 있으며 영혼의 치열성을 드러내 보인다.

나는 세종대왕을 좋아하고
그대는 양녕대군을 좋아하는데
만나면
우리가 두는 바둑 속의
흑백 사진이 예술 같다.

―「그림 1」 중에서

그대는 원목을 무역하러 갔다.
그대 살아가는 일을
무역하러 갔다

―「마음 속의 서랍 2」 중에서

가장 마지막이란 막다른 골목길을 향해 달려오다 부딪치는
가속도의 충격이 남긴 쪽지
다시는 교양으로 국어 같은 것은 배우지도 않을 사람들에게
마지막 수업을 끝내며

―「강사」 중에서

　세종대왕을 좋아하는 '나'와 양녕대군을 좋아하는 '그대'는 이항대립(二項對立)을 이루면서 형식상 대등한 힘으로 제시된다. 그것은 둘이 만나 마시는 '커피 속에 뜬 둥근 달'이나 '예술 같은 바둑의 대화'에 의해 통합되고 있지만 우리에게 갈등을 일으키게 하는 두 역사적 인물의 등장도 나와 그대 사이의 팽팽한 긴장을 환기시킨다.

　뜨거운 떠돌이별의 운명을 지닌 대학의 시간강사, 최대 다수의 최대 행복이란 절대 없는 것이라고 강변하는 은퇴한 스승, 유효기간이 끝나버린 쿠폰으로 은유화되는 사람들은 우리들 인간 존재의 가혹한 조건에 대한 시인의 깨달음을 구체화해준다. 그럼에도 불구하고 그는 맨발의 순수와 자유로운 정신에 의해 자신을 치솟게 하는 사람들을 선호하며, 세계를 자기의식의 눈으로 개조하려는 강렬한 개성을 선명히 드러내고 있다.

2. 사물과 세계의 능동적 현현

그는 새로운 자각이나 스스로의 지적 확인이 필요할 때 텍스트적 청
자로 '할아버지'를 내세운다. 먼저 깨우친 자의 지혜를 지니고 때로는 신
격화되기까지 하는 이 대상을 향하여 시적 화자는 삶의 혼돈과 불안을
호소한다. 또한 그 불안과 혼돈에 온몸으로 부딪치면서 그의 지성을 객
관화시킨다. 담대한 정신의 개방성, 사물을 대하는 유연한 활력과 여유
는 이 환상적 스승에 의해 구현되고 있다.

> 바람벽 없이 같이 휘도는 순간에 사람은 제 자리를 얻는다는 할아버지 말씀
> 이 어쩌면 그리도 무섭던지요 어제 만난 새 한 마리를 오늘 또 다시 만난다해
> 도 익숙한 웃음을 짓지 말라시던 그 말씀이 어쩌면 그리도 서글펐던지요 살아
> 나는 시체의 호흡 따위, 한 사람의 목숨과 한꺼번에 사라진 이백 명의 목숨이
> 다르게 느껴지는 따위 그런 발상일랑 버리라시던 할아버지 말씀이 어쩌면 그
> 리도 놀랍던지요
>
> —「숨어 있는 힘」 중에서

또한 사물과 우주의 핵심에 이르고자 하는 이사라의 욕구는 히브리적
사유와 긴밀하게 연결되어 나타난다. 그것은 그리스적인 것과 대조되는
세계관으로 논리적이라기보다 심정적인 편이며 사유보다는 이해를, 구성
적이라기보다는 분석적인 가치를 소중히 생각한다. 온 땅을 터치며 싹트
게 하고 땅을 커가게 하는 힘을 신뢰하는 히브리 사람들의 생명력은 이
사라의 시에서 자신과 타인에 대한 신뢰의 바탕으로 재창조되고 있다.
감성적인 사물과 능동적 현현(顯現), 적절하게 단순화되어 있는 이미지들
의 양식이 그것이다.

> 기쁨은 그냥 기쁨

살아나는 기쁨
기쁨의 날은 기쁨이 살아 있는 날

—「생일」 중에서

반짝반짝 소리내며
다시 살고 싶어지는
황혼이 끝나는 때

—「황혼이 끝날 때에는」 중에서

또한 그는 타고난 시인의 감성으로 소리와 촉감, 향기를 공감각화하면서 그의 노래에 구체적 활기를 불어넣는다. 빛이 비치고 있는 모든 대상들에서 출생의 신비로움과 생명의 영원성을 추구하며 시간의 순간성을 직립화시킨다. 꿈처럼 사는 일을 꿈꾼다. 그러므로 그의 이미지들은 풍요와 동적인 몸짓과 자연스러운 순발력을 우리에게 드러내 보여준다. 그가 쓰는 일기에서처럼 '안달투성이'이며 동시에 '낙관적인'자화상은 필요한 곳에 전부를 투척하는 열의를 짐작하게 한다. 마음속에 '흐르는 불의 물결, 불결' 의 언어들은 삶의 짐이 무거울지라도 세계에 대한 긍정적 신뢰감을 바탕으로 하고 있는 것이다.

그러나 그의 이러한 밝고 힘찬 긍정적 세계는 어렵고 고통스러운 삶의 문제들과 개인적으로 철저히 싸운 힘에 의한 것이다. "거대한 삶의 한 조각을 베어 먹은 / 우리의 이빨 자국을 바라보면서"(「낮꿈」), "강파르게 물구나무 서는 자"의 위기와 마주 서며, "빙판"을 딛는 일상의 모험적인 삶에 넘어지기도 한다.

내리는 비를 보면서 자꾸 나는 내려갑니다. 밤에는 어둡게 내려갑니다. 물이 튀어오르는 땅과 만납니다. 패어버린 의지를 만납니다. 잿빛 감촉 속에서 가시에 목을 휘어 잡혀 아무 것도 삼킬 수 없는 길고 먼 여행이 시작됩니다.

꿈마다 나는 봅니다.

바다에서 만나는 하늘과 땅의 물로 만든 집. 그러면 잠깐 나는 내리는 비와 멀어지는 기억 속에 젖어듭니다.

―「내리는 비」 중에서

내리는 비와 그것을 바라보며 삶의 비극적 인식에 젖어드는 시인의 자아는 일치된다. 떠내려가지 않기 위하여 튀어오르고 요동하다 패어버리는 땅의 슬픔은 그 의지 때문에 그의 내면적 지향성을 추정하게 해 준다. 몸을 버티며 애쓰다가 어둠과 흐름 속에 철저하게 자신을 내맡겨버리는 허무한 안도감, 동시에 그런 슬픔을 아는 자만이 강인할 수 있음은 "바다에서 만나는 하늘과 땅의 물로 만든 집"이 존재하기 때문이다.

잿빛 어둠, 목의 가시 같은 혼돈의 틈에서 '눈물'은 슬픔의 여과(濾過 filtering)장치가 되고 있다. 모두들 황제이고 싶은 사람들의 "완벽하게 뛰어가는 / 뒷모습을 보며" 문득 눈물겨워하는 시인의 모습이나 "자다가 일어나서 마시는 물이 / 그대의 눈물이 된다 해도"에서 아픈 여자는 아름다운 것임을 감지한다. 그러나 그때의 눈물은 절제된 감정에서 우러나오는 세련된 이미지이다.

> 당신이 창 안에서 음악을 들으시는 동안
> 저는 창 밖에서 바람에 겁난 어린 나무를 만지지요
>
> 당신이 박물관에서 비너스 像을 관람하시는 동안
> 저는 이웃집 여자와 그 건너 이웃집 여자 이야기를 하지요
>
> 당신이 글 쓰며 思惟하시는 동안
> 저는 마당을 쓸며 강아지에게 소리치지요
> (…중략…)
> 당신이 독백하시는 동안
> 저는 담장 수리공과 다투지요
> (…중략…)

당신은 하나의 文章構造
저는 단지 動詞

—「어떤 파라독스」 중에서

　이러한 시에서는 모든 생(生)의 양면감정(兩面感情, ambivalence)을 집약시
키고 그것의 분석과 통합을 시도하고 있다. "음악"과 "독백"과 "사유"의
의미적 등가물들은 "이야기"와 "다툼"과 "속담"과 대비되면서 상반되어
있는 추상과 현상의 개념을 경험적인 총체적 형식으로 제시한다. 사색과
명상을 즐기는 '교육자'와 일상의 번거로움과 반복을 되풀이하는 '주부'
의 상황적 대조는 언어의 "문장구조"와 "동사"로 날카롭게 은유화되면서
그 유사성과 차이를 동시에 표상하고 있다.

　일상적인 것을 비상한 관점에서 바라보는 이 역설의 기법은 우리들
자아의 관습적이며 상투적인 요소들을 확실하게 지적하면서 반성하게
한다. 삶의 곳곳에서 발견되는 이 역설적 상황의 인지를 통하여 그는 보
이지 않는 실제와 보이는 사물들의 생명을 연결한다. 또한 눈에 보이는
것과 마음에 보이는 것 사이의 본질적인 매듭을 통해 정신의 균형을 구
축하고 있는 것이다.

시청앞에 서면
도시의 물은 썰물인데
나는 밀물처럼 모여드는 마른 죽음들을 본다

—「이 한 도시의 바다」 중에서

아름다운 퇴비같은 사람은
저는 퇴비이지만
나를 튼튼하게 꽃피게 하여
나의 튼튼함으로

저도 꽃피는.

—「퇴비」 중에서

한 때 얼어본 자 곧 좋게 될 것이다
한 때 사랑했던 자 곧 헤어질 것이다
헤어졌던 자 곧 다시 보게 될 것이다

—「좋은 몸, 좋은 집, 좋은, 좋은」 중에서

썰물과 밀물, 퇴비와 꽃, 헤어짐과 만남 사이의 긴장(tension)이 언어적 두 층위간의 역기능 작용을 아주 뚜렷하게 드러난다. 부정과 긍정, 죽음과 삶을 한데 묶는 이러한 사유의 방법은 무상한 현실세계에 대한 초극(超克)의 방법을 구체적으로 제공하고 있다. 전체가 하나의 흐름에 상응하면서 나와 이질적인 것들의 일체감의 모색은 그의 시에 이미지의 안정감과 포용력을 부여한다.

3. 시적 갈망과 교신에의 욕망

이사라의 시에 빈번하게 등장하는 '엽서'·'통화'·'편지'·'전보'·'우체국' 등의 시어는 그의 시가 궁극적으로 타인과의 교신을 목표로 하고 있음을 밝혀준다. 그의 시적 갈망과 그리움은 수많은 그대에게로 가는 길의 추구이며 동시에 잃어버린 나의 이름에 대한 찾음의 과정이다. 사람들에게 보내는 시인의 운명적인 발신은 '침묵'과 '끊어지는 전선'과 아무 것도 들어 있지 않은 '인비친서'의 응답 앞에서도 굴하지 않는 끈질김을 보인다.

보내어도 보내어도 끊어지는 전선(電線)은
그대가 사랑하는 지난 날에 대한 일편단심이기도 하고
저에 대한 두려운 일편단심이기도 하다면
—「끊어지는 전선(電線)」 중에서

잠깐동안의 우주 속에서 같이 사는 사람과 친숙하기 위해,
그 흔들림과 친숙하기 위해, 自轉과 친숙하기 위해
그렇게 슬픈 오늘을 바쳐야 하는 일이 마치
공원의 門이 닫혀질 때까지라면
얼마나 좋아
—「和益이」 중에서

이러한 시들은 청자에게 건네는 직접적인 호소력으로 그 메시지의 효력을 발휘한다. 때로는 "수신과 발신 사이에서 흔들리는 섬"을 감지하면서도 다른 타인의 입장에 자기를 두어 보는 일과 나 아닌 남을 받아들이기 위하여 귀를 기울이는 그의 노력은 놀랍도록 적극적이다. 이 노력이야말로 모든 이질적인 대상들을 따뜻하게 융화시키는 힘이며 끊임없이 다른 사람들에게 말을 건네는 역할이 시인의 몫임을 그가 철저히 자각하고 있음을 보여주는 것이다.

시간의 자취와 상징의 숲

동방의 예지와 성자의 의미

한국 현대시에 나타난 매화의 상징적 이미지

1. 매화와 전통적 이미지

매화는 전통시가에서 남성적인 지조와 절개의 상징이었다. 이러한 매화의 전통적 상징성은 현대시로 계승되면서 인고와 재생, 곧은 삶의 자세를 표상하는 이미지로 확장되어 왔다. 또한 관념적 대상으로서의 매화는 현대시에서 한층 구체화되고 감각화되면서 다의적인 상징으로 변용되었다. 즉 현대시에서 매화는 지조와 염결성이라는 전통적 남성 이미지와 더불어 화사하고 고혹적인 여성 이미지, 이른 봄이라는 계절적 시간의 상징이자 초월과 영원이라는 우주적인 시공의 매개체 등, 추상적 관념으로부터 구체적 이미지를 넘나드는 상징으로 수용되고 있다.

죽은 줄 알았던 매화나무 가지에 구슬 같은 꽃망울을 맺혀주는 쇠잔한 눈 위

에 가만히 오는 봄기운은 아름답기도 합니다

— 한용운, 「樂園은 가시덤불에서」 중에서

梅花에 봄사랑이 알큰하게 펴난다
알큰한 그 숨결로 남은 눈을 녹이며
더 더는 못 견디어 하늘에 뺨을 부빈다

—서정주, 「梅花」 중에서

한용운 시의 매화는 '설중매(雪中梅)'의 지조와 절개를 지닌 전형적인 남성적 이미지로 나타난다. 이는 매화의 전통적인 상징성과 맞닿아 있으며, 겨울을 이긴 봄의 이미지, 죽음을 이기고 피어나는 재생의 의미를 함축하고 있다. 한편 서정주 시의 매화는 고혹적인 여성의 이미지이다. 만개한 매화꽃의 화사한 농염함은 달큰한 매화향의 후각과 미각의 이미지와 결합되어 사랑에 빠진 '시악씨'의 '알큰한 숨결'로 표현되고 있다.

2. 영원한 시간으로의 확장

또한 매화는 겨울에서 봄으로 넘어가는 계절의 변화를 가장 먼저 받아들이는 자연물로서 여러 시인들에 의해 시공간적 고난 혹은 단절을 극복하는 매개체로 인식된다.

새해맞이가 엊그제 같은데
벌써 2월
지나치지 말고 오늘은
뜰의 매화 가지를 살펴보아라

항상 비어있던 그 자리에
어느덧 벙글고 있는
꽃

— 오세영, 「2월」 중에서

겨울 가시바람에 쫓기는
낙엽들이 빈들을 건너간 뒤의
후미진 어느 산골마을
고이는 매화 향기의 구렁 속에
나는 알몸으로 들어앉아
이 겨울 염불(念佛)이나 외리라

— 문덕수, 「매화」 중에서

오세영의 시 「2월」에서 매화는 "벌써"라는 시간 개념과 연관되어 길고 혹독한 겨울이 끝나고 봄이 온다는 사실을 깨닫게 해주는 존재이다. 이때 매화는 긴 겨울을 이기고 가장 먼저 피는 꽃이며 가장 먼저 봄을 알리는 전령이다. 문덕수 시의 매화도 겨울과 봄을 잇는 매개체이다. 이때 매화는 계절의 변화를 체감하게 해 주는 자연대상물의 의미를 넘어서 존재를 광범위한 시공간으로 확장해간다. 즉 사방으로 뻗어나가는 원심성을 지니고 있는 매화향은 눈에는 보이지 않지만 가장 넓게 존재를 확장해가면서 겨울과 봄이라는 시간과 공간의 무한한 확장 역시 가능하게 한다. "후미진 어느 산골마을 / 고이는 매화 향기의 구렁"은 겨울 가시바람의 매서움을 부드럽게 완화시켜 봄을 맞는 인간으로 하여금 존재의 근원으로 돌아가 염불을 외게 하는 초월적인 신비의 공간을 이룬다. '매화향'이라는 후각과 '염불소리'라는 청각이 어우러져 겨울의 혹독함을 초월해가는 시공을 이루고 영원한 시간성을 함축한다.

몇몇 시인들에게 매화는 전통시가의 대표적 상징성을 이어받아 곧고 바른 삶의 자세를 표상하는 관념적 대상의 알레고리로 나타난다.

　　하지만
　　매화꽃이 보는 곳을 보다 보면
　　매화향기 가는 곳을 가다 보면
　　나는 이미 하늘을 올려다보며
　　허공의 바람에 단청을 하고 있었다
　　　　　　　　　　—이산하, 「매화꽃이 보는 곳을 보라」 중에서

　이산하의 시에서 매화는 구체적인 대상으로서의 꽃이라기보다는 시인이 놓인 현실의 '땅의 생채기'와 '허공의 바탕'에 채색하고 싶어하는 시인의 의지가 담긴 관념적 대상이다. 육사의 "매화향기 홀로 아득하니 내 여기 가난한 노래의 씨를 뿌려라"의 태도를 이어받은 예라 할 수 있다.

3. 향기와 보석으로의 이미지 변용

　또한 매화는 한국적 정서의 아름다움과 미적 거리를 시각적 이미지로 형상화하는 대상이기도 하다.

　　아주 밝은 것도 아니고
　　아주 어둡지도 않아서
　　아침 아지랑이에 햇빛 비치듯
　　항상 마주앉아도 답답치는 않고
　　옛 산들이 어른거린다
　　잡음을 막아서
　　情에 恨이 없고 치우치지도 않네

동방의 叡智
하루의 햇빛을 골고루 맞아들이며
聖者의 눈을 감네
정월달에 한국의 窓戶紙에는
매화가 핀다

— 김광섭, 「窓戶紙」 중에서

김광섭의 「창호지(窓戶紙)」는 매화의 시각적 이미지를 매화꽃의 그림자를 통해 형상화하고 있다. 화자가 보고 있는 대상은 매화 자체가 아니라 창호지에 비친 꽃의 상(像)이다. 시인은 빛과 창호지를 통해 매화라는 시적 대상과의 거리를 확보함으로써 "동방의 예지"와 "성자"의 의미를 한국적인 빛의 은은함과 아름다움의 미적 거리로 표현하고 있다.

매화의 시각적인 이미지는 촉각·청각·후각의 공감각으로 확산되고, 매화의 식물성은 시인의 독창적인 상상력에 의해 보석이라는 광물성으로 변용되기도 한다. 이러한 감각의 확대와 이미지의 변용은 황동규의 시에서 잘 드러난다.

모래내 살 때 손 등 데며 밤중에 간 연탄이
실은 금강석의 전신(前身)임을
안 게 언제지?
여관 뜰에 막 핀 매화꽃
모든 꽃의 마지막 냄새 같다
냄새의 금강석?

옆방에서 고스톱치는 소리
무릅쓰고 잠 청하다 잠 청하다
이루지 못하고 몸 뒤척일 때
밤 트럭 나가는 소리

마당으로 난 창을 열면
달빛 속에 귀기(鬼氣)의 매화
마당 온통 번쩍거리는
마음 온통 후끈거리는.

— 황동규, 「매화꽃 1」 중에서

묏비(山雨) 막 개인 다음
되살아나는 매화꽃 냄새
깊이 마시면
머릿속 해골이 환해진다
안구(眼球) 근처가 더 환해진다

— 황동규, 「매화꽃 2」 중에서

「매화꽃 1」에서 석탄이 금강석이 되듯 매화향은 "냄새의 금강석"이 된다. 식물을 보석화하는 '향기→보석'의 이미지 변용을 통해 매화의 아름다움은 순수한 결정체인 광물의 자리에 놓이게 된다. 동시에 마당 가득 피어 번쩍거리는 매화의 시각적 이미지와 마음 온통 후끈거리는 매화향의 촉각적 이미지를 통해, 여관 뜰에 피어 있는 지상의 매화는 한밤중 달빛을 받아 귀기(鬼氣) 서린 천상의 매화로 수직화된다. 「매화꽃 2」에서 매화향은 환한 빛으로 변용된다. "묏비"가 막 개인 뒤 깨끗이 풍겨오는 매화꽃 향기는 "머릿 속 해골"과 "안구 근처"를 환해지게 하는, '향기'에서 '빛'으로의 변용을 보여준다. 향기라는 후각적 이미지가 빛이라는 시각적 이미지로 변용되면서 매화향은 개안(開眼), 즉 삶의 깨달음을 주는 신성한 향기가 되고 있는 것이다.

감각화된 아름다움과 시간성의 형상화

1. 난초향기와 큰 선비에 대한 그리움

난초는 전통적으로 그 은은한 향기와 고아한 자태로 선비들의 사랑을 받아왔다. 난초의 이러한 특성은 바른 길에 서며 의와 높은 품격을 가장 중요한 가치로 여기는 군자의 도와 일맥상통한다. 그리하여 난초는 우리의 전통시가에서 칭송되어 왔으며 현대시에 있어서도 충실히 계승되고 있다.

> 본래 그 마음은 깨끗함을 즐겨하여
> 정한 모래 틈에 뿌리를 서려두고
> 미진도 가까이 않고 우로받아 사느니라
>
> —이병기, 「난초」 중에서

가지를 뻗고
그리고 그 섭섭한 뜻이
스스로 꽃망울을 이루어
아아
먼 곳에서 그윽히 향기를 머금고 싶다

—박목월, 「蘭」 중에서

잎새의 곧음과 흰 꽃, 구슬같이 매달린 이슬에서 읽어낼 수 있는 순결
하고 맑은 이미지는 객관적 자연물에 대한 묘사로서만 끝나는 것이 아
니라, 선비들의 고결한 정신을 상징한다. 그윽히 향기를 머금은 난초는
일상적인 세계와 거리를 두면서 본질적으로 탈속한 존재의 상징이 되고
있다. 이는 고려시대부터 조선시대로 전해져 내려오던 전통적인 의미에
서의 난초의 재현이다. 이러한 전통적인 의미에서의 난초는 후대 시인들
의 시에서도 계승됨을 확인할 수 있다.

이른 새벽, 홀로 든 잠 깨어
유리창의 성에를 문지른다.
난초의 그윽한 향기.

간밤 꿈속에서는 퇴도를 만났다.
백발 성성, 도산으로 돌아온 그는
아마 한결 푸르고 눈빛 유난히 형형했다.

하지만 소나무 등걸에 기대어 서서
아무리 안간힘 해 보아도
그가 거니는 길, 그 소요의
깊이와 높이를 헤아릴 수 없었다.

이윽고 그는 청솔가지 하나를 내 손에

쥐어주었다. 물소리가 아득해지고

그 청량산 푸른 골짜기를 정처 없이
헤매다 눈을 떴다. 안동에 와서
홀로 기거하는 아파트 한마음 타운
오늘은 그윽한 난초 향기가 가슴 저미게 한다.

— 이태수, 「난초향기」 전문

「난초향기」에서 시인은 이른 새벽, 유리창 너머 베란다에 놓인 난초의 향기를 통해 '눈빛 형형한 퇴도'를 만난 기억을 되살린다. 그리고는 이내 자신이 아무리 노력해도 퇴도의 소요에는 따라 갈 수 없음을 느끼게 된다. 하지만 이윽고 그가 건네주는 푸른 솔가지는 다시금 시인이 마주하는 난초의 푸른빛과 만나 끊임없이 시인을 각성하게 만든다. 은은한 난초 향은, 비록 함께 갈 수는 없으나 품위 있고 고결한 선비정신에 대한 그리움을 계속 기억하게 만들어 결국 시인의 가슴마저 저미게 한다. 고결한 선비의 자태와 성품을 환기하는 난초의 이미지는 성성한 백발의 큰 선비 '퇴계', '푸른 빛의 소나무', '솔가지', 그리고 '청량산' 등의 희고 푸른 이미지와 결합되면서 그 우아함과 고결함을 배가시킨다. 이러한 이미지, 즉 정결하고 기품 있는 선비정신으로서의 난초의 이미지는 전통적인 한국 시로부터 계승·발전된 것이면서도, 다른 소재들을 통해 그 이미지의 강도나 의미를 섬세하게 융합·강화시킨 것이라 할 수 있다.

2. 감각화된 이미지와 지속의 시간성

전통적인 의미에서의 난초는 후대로 이어지면서 개별 시인의 작품 속

에서 감각화·개인화되어 표현된다. 이러한 시에서는 전통적으로 난초에
부여되어 온 철학적 의미와, 인본주의적 입장에서 대상물을 바라보는 시
각은 어느 정도 배제되어 있다고 할 수 있다.

　이병기의 시조와 이태수의 시에 나타난 난초가 하나같이 정지해 있는
난초, 타인에게 관찰되고 있는 난초라면 정지용의 시에 드러난 난초는
타인의 시선과는 상관없이 '눈뜨고', '돌아눕고', '바람을 느끼는' 감각적
인 것이라 할 수 있다.

　　난초잎은
　　차라리 수묵색

　　난초잎에
　　엷은 안개와 꿈이 오다.

　　난초잎은
　　한밤에 여는 담은 입술이 있다.

　　난초잎은
　　별빛에 눈떴다 돌아 눕다.

　　난초잎은
　　드러난 팔굽이를 어쩌지 못한다.

　　난초잎에
　　적은 바람이 오다.

　　난초잎은
　　춥다.

—정지용, 「난초」 전문

간결한 시어로 구성된 정지용의 「난초」에서 "수묵색"의 난초는 물과 먹이 섞여 줄기를 뻗는 수묵화를 연상시키며 그 자체가 습기를 내포한다. 더욱이, 엷게 내리는 "안개"와 "꿈"은 더더욱 몽롱한 물기를 더하며 촉각을 예민하게 긴장시킨다. 난초 잎은 촉각을 느끼는 "입술"로, "드러난 팔굽이"가 되고 "바람"과 "추위"를 느낀다. 이 시에서의 난초는 지조와 풍류를 아는 넉넉하고 고아한 전통적인 난초가 아니라, 세계와 환경의 미세한 변화에도 섬세하게 반응하는 존재, 그래서 한편으로는 섬약함마저 느끼게 만드는 존재이다. 섬세함, 감각화의 이미지가 강조되고 있는 것이다.

한편, 서정주의의 시에서 난초는 그의 시에서만 독특하게 발견되는 이미지와 개인적 상징성을 부각시키고 있다.

> 내고향 아버님 산소 옆에서 캐어온 난초에는
> 내 장래를 반도 안심 못하고 숨 거두신 아버님의
> 반도 채 다 못감긴 두 눈이 들어 있다.
>
> (…중략…)
>
> 이 난초에는 그런 내 할아버지와 증조할아버지의 눈,
> 또 내 아들과 손자 증손자들의 눈도
> 그렇게 들어있는 것이고, 들어 있을 것인가.
>
> ─서정주, 「고향난초」 중에서

이 시에서 난초는 시간성과 연결되어 있다는 점에서 특징적이다. 옛부터 난초는 자손번창과 관련이 있는 것으로 생각되었는데, 시인은 아버지의 묘소에서 가져 온 난초에서 자식들을 바라보는 부모의 두 눈을 발견한다. 시인은 그 난초의 눈을 바라보며 아버지와 자신, 그리고 자신의 자식들이 난초의 눈 속에서 같은 무게로 자리하는 것을 보고 있다. 이 시

에서의 난초는 흐르는 세월의 풍상과 흔적을 고스란히 떠안은 것이 된
다. 과거와 현재와 미래, 세대와 세대에 걸친 지난한 삶의 깊이와 무게의
길고 긴 사슬마저 숙명처럼 안고 있다는 점에서 개인적 상징으로서의
의미를 두드러지게 보여준다고 할 수 있다.

> 한 송이 난초꽃이 새로 필 때마다
> 돌들은 모두 金剛石빛 눈을 뜨고
> 그 눈들은 다시 날개 돋친
> 흰 나비 떼가 되어
> 銀河로 銀河로 날아오른다.
>
> 草原長堤 위의 긴 永遠을 울던 뻐꾸기 소리들은
> 그렇다, 할수없이 그 고요의
> 바닷바닥에 가라앉는다.
> 그대 반지 속의 한 톨 붉은 루비가 되어
> 가라앉는다.

—서정주 「밤에 핀 난초꽃」 중에서

「밤에 핀 난초 꽃」에서 난초는 "돌의꽃", "나비떼", "뻐꾸기 소리", "붉
은 루비" 등으로 이어지면서 시상의 확대와 감각적인 이미지를 다양하
게 변용하며 나타난다. 더불어 흰색 이미지가 다른 흰색의 대상 즉, "금
강석 빛 눈", "흰 나비떼"로 연결되면서 흰색 이미지로써 동일화를 이루
고 있다. 난초가 가진 그 특성을 다른 대상들과 연결을 시켜 감각화·개
인화된 모습의 극치를 보이고 있는 것이다.

3. 이미지의 다양한 변용과 감각의 확대

난초 이미지에 대한 전통적인 이미지로부터 출발하여 감각화·개인화
된 난초 이미지는 각기 시인에 따라 다양하게 변용이 되는데, 김춘수의
시에 이르면 이 변용은 원래의 이미지가 해체되면서 특성화된다.

> 속눈썹이 짙어졌다.
> 눈망울이 덮인다
>
> (…중략…)
>
> 기다리다 기다리다 눈은 이제 귀가 됐다.
> 속눈썹 속의 귀
> 속눈썹들의 그 많은 귀
>
> —김춘수, 「난」 중에서

김춘수의 「난」에서의 난은 이전까지의 난초와는 전혀 다르다. 이전의
시들이 현대적으로 변용되면서도 난초의 향기나, 잎사귀, 혹은 꽃잎의 속
성이 드러나고 있지만 이 시에서는 난초의 형태적 특징조차 드러나지 않
는다. 찾으려고 애를 써 봐야 "눈망울"이나 "눈썹"처럼 난초 꽃이나 잎새
를 떠올릴 만한 이미지 조각들을 줍는 정도이다. 난초가 하나의 시선을 통
해 총체적으로 경험되는 것이 아니라 상황마다 다양하게 변화되는 시인의
내면의식을 통해 부분적·파편적으로 경험되고 있는 것이다. 이러한 경향
은 시인의 개인적 상징이 두드러지고, 시인의 개성이 강해지는 시적 경향
에 부응하여 더욱 두드러지게 나타난다. 김춘수의 난초는 개인적이고 파
편화된 시어와 그 속에서 새롭게 구성된 난초로, 포스트모더니즘적인 대
상 인식의 방식을 보여주고 있는 것이다.

몸향기 확산하는 마지막 계절의 꽃

한국 현대시에 나타난 국화의 상징적 이미지

1. 강인한 품격으로서의 국화

국화는 가을의 무서리를 견디며 피어나는 강인한 모습 때문에 사군자의 하나로 선조들에게 사랑받아 왔다. 흔히 고전시가에서 국화는 군자의 고고하고 강인한 품격으로 상징되어 왔는데, 국화에 대한 이러한 전통적 관념은 현대시에 이르러서도 충실히 계승되는 면모를 보이고 있다.

> 고향의 들판 어느 구석에
> 이맘때쯤
> 남몰래 피어나 있는 들국화를 너는 알 것이다.
>
> 잡초 사이에 끼어

자랑하지도 뽐내지도 않는 수지운 꽃
혼자서도 외롭지 않은
하나의 슬픈 사랑을 너는 알 것이다.

시멘트 벽으로 둘러싸인 독방,
손바닥만한 하늘이 찾아오는 작은 獄窓에
풀벌레 울음소리 핏빛 恨을 짤 때
차가운 마루바닥 위에 앉아 눈감고 견디는 인내의 하루

이맘 때쯤
노을지는 고향의 들판 어느 구석에
오들오들 떨고 있는 가녀린 숨결
한떨기 작은 기다림을 너는 알 것이다.

눈부시게 푸른 南道의 하늘 및
서러운 사연을 간직한 채
　　　　　　　— 문병란, 「고향의 들국화—옥중의 제자에게」 중에서

　「고향의 들국화」에서 시인은 옥중에 갇혀 있는 제자에게 고향에 피어 있는 들국화의 모습을 상기시키고 있다. 이 시에서 들국화는 그 누구도 알아주지 않는 거친 들판의 구석, 잡초 사이에 끼어 슬프고도 긴 기다림 속에서 꿋꿋이 피어나고 있다. 이러한 모습은 현실의 혹독함에도 불구하고 자신의 신념을 묵묵히 지켜 나가는 군자의 강인한 모습을 그대로 보여준다는 점에서 고전 시가의 전통을 잇는다고 할 수 있다. 그러나 그 과정에서 그가 견뎌야 될 서러움과 고통의 이미지가 부각됨으로써 인간적 갈등과 번뇌 역시 외면하지는 않는다. 이러한 국화의 이미지는 자신의 신념을 지키기 위해 "시멘트 벽으로 둘러싸인 독방"에서 "핏빛 恨"으로 인내해야만 하는 제자의 삶을 위로하는 매개물이 되며 동시에 그의 삶 자체를 형상화하는 소재가 되고 있다.

2. 성숙한 삶의 상징

앞서 언급한 대로 국화는 무서리를 견디며 성숙의 계절이라 할 수 있는 가을에 피어난다. 그 때문에 현대시에서 국화는 오랜 세월을 인내한 뒤에야 얻을 수 있는 삶에 대한 성숙한 태도를 상징하기도 한다.

> 한 송이의 국화꽃을 피우기 위해
> 봄부터 소쩍새는
> 그렇게 울었나 보다.
>
> 한 송이의 국화꽃을 피우기 위해
> 천둥은 먹구름 속에서
> 또 그렇게 울었나 보다.
>
> 그립고 아쉬움에 가슴 조이던
> 머언 먼 젊음의 뒤안길에서
> 인제는 돌아와 거울 앞에 선
> 내 누님같이 생긴 꽃이여.
>
> 노오란 네 꽃잎이 피려고
> 간밤엔 무서리가 저리 내리고
> 내게는 잠도 오지 않았나 보다.

—서정주, 「국화 옆에서」 전문

이 시에서 국화는 단 한 송이의 꽃을 피우기 위해 소쩍새의 울음, 천둥소리, 무서리를 견뎌내야만 했다. 지난한 인고의 과정을 거친 후에야 봄부터 기다려 온 개화의 순간을 맞이하여 "노오란 네 꽃잎"으로 피어날 수 있기 때문이다. 인내를 통해 성숙할 수 있다는 이러한 진리는 비단 국화가 개화에 이르는 과정에만 한정되는 것은 아니다. 누님 역시 "머언 먼 젊음의 뒤안길"로 집약되는 고뇌와 방황의 긴 시간을 견뎌야만 했다. 그리고 마침내 과거의 시간을 자성할 수 있는 성숙한 인간으로 성장하여 자신의 삶을 완성할 수 있었다. 때문에 시인은 국화를 두고 "누님 같이 생긴 꽃"이라 명명한다. 국화라는 작은 생명체의 모습에서 인간사를 포함한 우주의 삼라만상이 지니는 보편의 원리, 즉 완성에 대한 시련과 그 과정이 지니는 엄숙함을 이 시는 형상화하고 있는 것이다.

3. 인간사와 대비된 순수한 존재

국화는 인공 혹은 인간사와 대비되는 개념으로 순수한 존재를 표상하는 소재로도 현대시에서 활용되고 있다. 그래서 국화는 잊혀진 자연의 정취를 느끼게 해주면서 현대를 살아가는 사람들에게 작지만 소소한 기쁨과 행복을 선사하는 존재가 된다.

매머드 아파트 창가에
귤상자 조각을 막고
50원어치 흙을 사다
10원어치 씨를 뿌린 봄국화가
노랑
빨강
분홍
연두
흰빛 등
꽃술을 달고 있다.
人工 속에 홀로 핀 자연의 숨결!

봄아침의 햇살이 찾아들다.
눈부시어 돌아서고
맞은 편 채 3층에서 분홍 이불을
혓바닥같이 드리우던 댄서 아가씨가
눈을 가늘게 뜨고 건너다 보고
윗 6층에서 재즈曲을 듣던 대학생이
부스스한 머리의 비듬을 털면서
내려다보고
아래층 銀行守衛집 마누라가 수건을 쓰고
총채로 방석을 내털다가
쳐다보고
옆집 정년퇴직한 홀 늙은이가
어항에 물을 갈아 주다
고개를 외로 돌려 보고
왼편 집 꼬마 형제가
소꿉 세간을 늘어놓다
돌아다 보고
한길에 방울을 흔들며 지나가던
두부장수가
고개를 치켜 쳐다보고
손수레를 밀고 지나가던
빙과장수도
땀을 씻으며 쳐다보고
이방 앳된 안주인은
손조리로 물을 주며
방금, 혓바닥을 몇 번씩이나 깨물리며
떼밀어 출근시킨
서방님 생각을 어이없어 하면서
생글생글 웃는다.

―구상, 「봄국화」 전문

　구상의 「봄국화」에서 시인은 "매머드 아파트"로 상징되는 도시에서의 삭막한 삶을 살아가고 있다. 그 와중에도 시인은 창가에 귤 상자를 가져다 놓고선 사온 흙 위에나마 국화의 씨를 뿌린다. 국화의 강인한 생명력은 이러한 인공적인 생태 조건 속에서도 다양한 색깔로 아름답게 피어난다. 때문에 댄서 아가씨, 대학생, 꼬마 형제, 빙과 장수 등 일상적 삶을 살아가는 현대인들은 그 모습을 "건너다보고", "내려다보고", "돌려보고", "돌아다보고", "쳐다보고" 하면서 "생글생글"한 웃음을 짓는다. 이는 국화가 인공의 세계에서 생기를 잃은 채 살아가는 인간에게 가공되지 않은 자연을 체험하게 해 주는 동시에, 콘크리트에서는 느낄 수 없는 작은 행복을 선사하는 순수한 존재로 형상화되었음을 보여주는 것이다.

　　비탈진 들녘 언덕에 늬가 없었던들 가을은 얼마나 쓸쓸했으랴.
　　아무도 너를 여왕이라 부르지 않건만 봄의 화려한 동산을 사양하고
　　이름도 모를 풀틈에 섞여
　　외로운 계절을 홀로 지키는 빈 들의 색시여.
　　갈 꽃보다 보드러운 네 마음 사랑스러워
　　거친 들녘에 함부로 두고 싶지 않았다.
　　한아름 고히 안고 돌아와
　　화병에 너를 옮겨 놓고
　　거기서 맘대로 자라라 빌었더니
　　들에 보던 그 생기 나날이 잃어지고
　　웃음 걷운 네 얼굴은 스그러져
　　빛나던 모양은 한잎 두잎 병들어 갔다.
　　아침마다 병이 넘는 맑은 물도
　　들녘의 한 방울 이슬만 못하더냐?
　　너는 끝내 거친 들녘 정든 흙 냄새 속에 맘
　　대로 퍼지고 멋대로 자랐어야 할 것을?
　　뉘우침에 떨리는 미련한 손이 이제 시들고 마른 너를 다시 안고
　　푸른하늘 시원한 언덕아래 묻어 주러 나왔다.

들국화야.
저기 너의 푸른 천정이 있다.
여기 너의 포근한 갈꽃 방석이 있다.

— 노천명, 「들국화」 전문

　한편, 국화는 한없이 순수하기 때문에 인간의 세계에서는 살아갈 수 없는 연약한 존재로 표상되기도 한다. 위 시에서 화자는 거친 들녘에 피어나 빈 들을 외로이 지키는 들국화의 모습을 안쓰러워하여 그것을 옮겨와 화병에 꽂아 놓고 있다. 그러나 국화는 화자의 바람과 달리 생기를 모두 잃은 채 병들어 죽고 만다. 표피적으로 안락해 보이는 인공적 삶의 조건, "화병"과 "병이 넘는 맑은 물"보다는 비록 거칠지만 자연의 온기를 품은 '들녘의 한 방울 이슬' '거친 들녘 정근 흙 냄새'가 국화를 살아갈 수 있게 하기 때문이다. 이 시에서는 국화가 강인한 생명력을 지녔지만 인간의 세계에서 살아갈 수 없는 온전한 순수성을 지니고 있음을 강하게 부각시키고 있는 것이다.

대나무 피리가 만들어내는 투명한 거리

한국의 현대시에 나타난 대나무의 상징적 이미지

1. 강인한 정신과 깨우침

대나무는 사시사철 푸른 잎새와, 곧은 속성 때문에 문인들에게 사군자의 하나로 칭송받아 왔다. 이는 외부의 어떤 상황이나 현실에도 굽히지 않고 그 단단함과 굳건함을 지켜 가는 강인한 지조와 절개를 상징했다. 이러한 이미지는 우리의 전통시가뿐 아니라 현대시에 있어서도 계승·변용되고 있는데, 대상 자체가 가진 강인함뿐 아니라, '속의 텅 빔'과 그것이 만들어내는 '소리' 등에 집중할 경우 그 변용의 여지가 좀 더 다양하게 마련된다고 할 수 있다.

대바람 소리
들리더니

소소한 대바람 소리
창을 흔들더니
소설 지낸 하늘을
눈 머금은 구름이 가고 오는지
미닫이에 가끔
그늘이 진다.

대바람 타고
들려오는
머언 거문고소리

—신석정, 「대바람 소리」 중에서

　신석정의 시 속에 나타난 대나무는 우리 전통시가에서 나타나는 대나무의 이미지를 계승하고 있는 대표적인 경우이다. 이 시에서 대나무는 화자를 일종의 각성 상태로 이르게 만드는 역할을 하면서 화자를 일깨우고 있다. 안과 밖으로 분리된 공간에서 화자는 겉으로는 무료한 듯해도 내면에는 갈등을 품고 있다. 갈등의 상황은 그늘이 지고 '안'과 '밖'의 대립이 있는 시적 공간에서 찾아볼 수 있다. 그런 그에게 바깥에서 들려오는 대바람 소리, 곧 꼿꼿한 대나무의 잎새의 소리는 "창을 흔들" 정도로 크게 들려온다. 대바람이 불더니 그것을 타고 들어오는 거문고 소리가 들려 온다. 결국 시인에게 있어 대바람 소리는 현재의 처지에서 비굴해지지 않고 높은 기개로써 현실 상황을 뛰어넘게 하는 역할을 하고 있는 것이다. 이는 우리의 시 전통에서 칭송해 마지않았던 절개 있고 굳은 기개를 가진 선비의 정신을 계승하여 표현한 것이라 할 수 있다.

2. 대숲의 상상력과 신화화

전통적인 의미에서의 대나무는 어떤 외적 상황이나 여건에 흔들리지 않는 곧은 지조와 절개의 상징이었다. 그러나 후대로 가면서 시인들은 각자의 개성에 따라 전통적인 이미지와 상징성을 변용시킨다.

대숲에는
무엇이 들어앉았는가.

천년 묵은 이무기 양주가

의좋게 방석을 틀고 마주앉았는가.

머리 푼 귀혼이
입술에 피를 묻히고

허트러진 매무새를
고치며 앉았는가.

돌 미륵이 발이 재려서
가끔 자리를 바꾸며
서성대고 있는가.

바삭 바삭
버석 버석

쑥!
아니, 엉금엉금 두꺼비
네가 그 큰 눈망울 굴리며

음 잔등을 긁고 있었구나.

— 구상, 「대숲」 중에서

이 시에서는 대숲이 만들어내는 소리를 "바삭 바삭 / 버석 버석" 등과 같은 의성어로서 부각시키면서 그 감각적인 면모를 보여주고 있다. 이 시에서 대숲에서 불어오는 바람은 무서운 상상을 불러일으킨다. 물기 없이 푸르른 대나무들이 늘어선 대숲에선 바람이 한 번 불기만 하면 우수수 댓잎들이 서걱거리며 소리를 낸다. "천 년 묵은 이무기 양주"가, "머리 푼 귀혼"이, 그리고 "돌미륵"은 하나같이 대숲에서 연상되는 푸르스름한 기운을 띤다. 그들은 화자의 상상 속에서 '똬리를 틀어 앉'고, '입술에 피를 묻'히고 '매무새를 고쳐 앉'으며, '다리를 바꿔 앉'는 등 현실에서는 일어날 리 없는 행동을 한다. 그것 역시 화자인 '나'와 분리된 '대숲'이라는 화자의 상상영역이 만들어낸 신비한 공간에서만 가능한 것이다.

3. 구체적인 현실의 감각화

대숲 바람 속에는 대숲 바람 소리만 흐르는 게 아니라요
서느라운 모시옷 물맛 나는 한 사발의 냉수물에 어리는
우리들의 맑디 맑은 사랑

봉당 밑에 깔리는 대숲 바람소리 속에는
대숲 바람소리만 고여 흐르는 게 아니라요
대패랭이 끝에 까부는 오백년 한숨, 삿갓머리에 후득이는
밤쏘낙 빗물소리……

머리에 흰 수건 쓰고 죽창을 깎던, 간 큰 아이들, 황토현을 넘어가던
징소리 꽹과리 소리들……

남도의 마을마다 질펀히 깔리는 대숲 바람소리 속에는
흰 연기 자욱한 모닥불 끄으름내, 몽당빗자루도 개터럭도 보리숭년도 땡볕도
얼개빗도 쇠그릇도 문둥이 장타령도
타는 내음……

아 창호지 문발 틈으로 스미는 남도의 대숲 바람소리 속에는
눈 그쳐 뜨는 새벽별의 푸른 숨소리, 청청한 청청한
대닢파리의 맑은 숨소리

—송수권, 「대숲 바람소리」 전문

　송수권의 「대숲 바람소리」는 우리 시의 운율을 살리는 가운데 대나무
를 우리 고향의 향토적이고 정겨운 삶의 모습을 드러내는 소재로 사용
하고 있다. 여기에서 대나무는 막연한 이미지, 혹은 소리로 존재하는 것
이 아니라 구체적이고 감각적인 삶의 여러 무늬를 드러내는 주요 동기
이자 내용이 된다. 그러므로 대숲에는 "대패랭이 끝에 까부는 오백년 한
숨"뿐 아니라, "우리들의 맑고 맑은 사랑"과 "대닢파리의 맑은 숨소리"
가 살아 있다. 이 맑음 속에는 차가운 냉수물의 서느라운 느낌이, 청청하
고 맑은 기운이 날것 그대로 살아 숨쉰다. 우리가 살아온 구체적인 삶의
소리, 즉 "징소리", "꽹과리 소리", "문둥이 장타령이" 그대로 살아 있고,
"모닥불 끄으름내"와 "몽당 빗자루", "개터럭" 등의 타는 내음이 날것 그
대로 살아 생동하는 것이다. 이 시에서 대나무는 그 서걱이는 '대숲'으로
구체화되었으며, 대숲은 생동하는 삶의 구체적이고도 감각적인 모습을
드러내는 소재로 사용되었다고 할 수 있다.

4. 투명한 빈틈과 대나무 피리 소리

김승희의 「만파식적—남편에게」에서 대나무는 "이음과 이음 사이의 투명한 빈 자리"로서의 상징성이 두드러진다.

> 두 개의 대나무가 묶이어 있다.
> 서로간에 기댐이 없기에
> 이음과 이음 사이엔 투명한 빈자리가 생기지,
> 그 빈자리에서만
> 불멸의 금빛 음악이 태어난다.
>
> 그 음악이 없다면
> 결혼이란 악천후,
> 영원한 원생동물처럼
> 서로 돌기를 벋쳐
> 자기의 근심으로
> 서로 목을 조르는 것
>
> 더불어 살면서도
> 아닌 것같이
> 우리 사이엔 투명한 빈자리가 놓이고
> 풍금의 내부처럼 그 사이로는
> 바람이 <u>흐르고</u>
> 별들이 나부껴,
> 그대여, 그 신비로운 대나무피리의 전설을 들은 적이 있는가?
>
> —김승희, 「만파식적—남편에게」 중에서

김승희는 묶여 있는 두 대나무의 거리를 부부의 거리로, 좀 더 나아가서는 사람과 사람, 사람과 사물의 관계로 치환시키고 있다. 그런데 이 관계는 서로의 존재 자체를 위협할 만큼 독점적이고도 끈질기다. 이에 시인은 대나무 자체가 아니라, 두 대나무의 사이에 놓이는 적절한 '거리', '빈공간', '틈'을 노래한다. 대나무 속의 '틈'은 너무 가까워서 서로에게 무거운 짐이 되는 관계를 아름답고 조화로운 관계로 만들어 준다. "투명한 빈자리"이자, "풍금의 내부처럼 그 사이로는 / 바람이 흐르고 별들이 나부"끼는 것이다. 이것이 바로 대나무 피리가 그 텅 빈 공간을 통해 맑은 소리를 만들어내는 과정이다. 이 시에서 대나무 피리가 만들어내는 '거리'는 결혼, 가족 관계 속에서 아내가 남편에게 하는 하나의 당부이며, 전언이다. 이에 전통적인 의미에서 대나무가 환기하던 남성적인 이미지, 즉 강인한 정신, 이성, 선비로서의 이미지는 거두어진다. 이 시에서 대나무는 김승희의 시작(詩作)을 통해 지속적으로 보여왔던 페미니즘적 문제의식을 개인적 상징을 통해 효과적으로 드러내고 있다고 하겠다.

순수함과 불변함의 아름다움

한국의 현대시에 나타난 소나무의 상징적 이미지

1. 지조와 절개의 이미지

소나무는 사군자인 매화, 난초, 국화, 대나무와 함께 우리 문학사에서 가장 보편적으로 형상화되어 온 소재이다. 소나무는 비바람이나 눈보라와 같은 험난한 자연적 역경 속에서도 사계절 푸른 잎을 지니고 있다. 뿐만 아니라 소나무의 잎은 직선으로 꼿꼿이 뻗어 있어 강인함까지 느껴진다. 그러한 소나무의 모습에서 선인들은 고난에도 굴하지 않는 군자와 충신의 지조, 그리고 절개를 읽어냈다. 소나무에 대한 전통적 의미를 환기하는 비유 체계는 현대시에 있어서도 계승·변용되고 있다.

소나무야 소나무야 겨울 소나무
너는 왜 이 겨울에 더 푸르르냐?

무슨 피 무슨 피의 무슨 愛人 갖어서
눈부시게 눈부시게 푸르르냐?

약손가락 끊어서 피를 흘려서
죽은 남편 목구먹에 흘려넣고서
청상과부 홀몸으로 웃고 살다 간
내 할머니 미소 같은 너 솔나무야.

―서정주, 「겨울 소나무」 전문

서정주의 시 「겨울 소나무」는 문학작품 속에서 지속적으로 드러난 소나무의 상징성을 그대로 형상화한다. 그러나, 소나무가 흔히 남성적 절조를 표상해 온 것과는 달리 이 시에서는 여성적 절개에 주목하고 있다. 혹독한 겨울에 더욱 "눈부시게" 푸르른 절개는 "내 할머니"의 삶, 즉 여성적 이미지로 연결되고 있는 것이다. 남편의 목숨이 이미 끊어졌음에도 불구하고 자신의 손가락을 베어 내어 피를 흘려 넣었던 할머니는 남은 생마저 기꺼이 수절한다. 겨울에 오히려 더욱 푸르다는 소나무의 역설적 속성은 할머니가 고단한 삶 속에서 웃음과 미소로 지켜온 절개의 이미지와 일치되고 있는 것이다.

2. 순수함과 불변함의 의미

소나무는 사철 푸른 잎을 지닌다는 점에서 흔히 절개와 지조를 상징해 왔다. 따라서 그러한 시들은 주로 소나무의 강인함에 주목한다. 그러나 순수성과 불변성이라는 측면에 특히 초점을 맞춰 조명하는 시들 역시 발견된다.

가느디가는 솔잎이여
어찌하여 너희는
이름도 없이 무수히
그러나 햇빛과 바람에 어울려 그렇게도 반짝반짝 빛나는가.
사실 그 한 깃밖에 못하지만
없는 듯이 하고 있네.

나는 죽으면 망할
몸뚱이를 가지고
異性의 몸뚱이만 탐내고 있으니
이 원죄를 버릴 수 없는 한
시도 어느새 때가 낄 수밖에.

—박재삼, 「솔잎 반짝임에」 전문

박재삼의 시에서는 소나무의 변하지 않는 순수한 속성에 대해 주목하고 있다. 여기에서 소나무는 "가느디가는 솔잎"과 "이름도 없이" "무수히" 살아가는, 외형적으로는 이름 없고 약한 존재로 보여지고 있다. 하지만 약해 보이는 것과는 달리 햇빛과 바람에 어울려 "반짝반짝" 빛나는 모습은 시인에게 커다란 깨달음과 반성을 불러일으킨다. 죽음과 동시에 소멸되어 아무 의미도 지닐 수 없는 육체를 가졌음에도 불구하고 음욕을 품는 데에만 열중하고 있는 자신의 원죄에 대해 한탄하고 있는 것이다. 게다가 자신이 쓰고 있는 시 역시 그러한 죄로 인해 때가 끼고 있음에 대해서도 자탄한다. 이 시에서 소나무는 시인의 시선을 통해 시인의 삶뿐 아니라 시인의 시와 대비되면서, 그 불변함과 순수함이 갖는 아름다움을 강하게 부각시키고 있는 것이다.

3. 강한 생명력과 민족의 표상으로서의 상징성

소나무는 혹독한 외부 상황에도 불구하고 늘 변하지 않는다는 속성과, 오래 산다는 점 때문에 예부터 십장생의 하나로 장수를 상징해 왔다. 때문에 소나무는 시에서 질기고 강인한 생명력을 표현하는 소재로서 자주 활용되고 있다.

엄동에도
솔잎은 얼지 않고
나무들은
뿌리만으로 겨울을 견딘다
모두 오염되고
파괴돼 있어도
생명은 얼지 않고
뿌리에서 오는 힘으로 넉넉히
새봄을 준비한다.

—김지하,「솔잎」전문

김지하의 시 「솔잎」은 엄동에도 불구하고 얼지 않는 솔잎에 주목한다. 소나무를 둘러싼 모든 것들이 오염되고 파괴되었지만 솔잎은 이에 전혀 흔들리지 않는다. 오히려 미래의 언젠가 다가올 봄을 위해 "뿌리에서 오는 힘"으로 "넉넉히" 새 봄을 준비한다. 이는 시인이 소나무를 통해 강인한 생명력을 읽어내고 있음을 보여주는 것이다.

이러한 생명력의 이미지는 우리 민족의 강인함으로 더욱 구체화되기도 한다. 소나무는 어디서나 쉽게 볼 수 있다는 점에서 우리 민족에게 친숙한 나무이다. 동시에 이미 많은 문학작품에 등장해 온 문학적 소재이기도 하다. 때문에 많은 시인들이 소나무를 우리 민족과 국가의 문제

로 연관시키고 있다. 이 과정에서 흔히 역사적 시련은 겨울의 이미지로,
또한 소나무는 그것을 꿋꿋이 견뎌내는 존재로서의 민족을 드러낸다.

> 소나무야 소나무야 겨울 애솔나무야.
> 네 잎사귄 우리 아이 속눈썹만 같구나.
> 우리 아이 키만한 새벽 애솔나무야.
>
> 통일된다 하는 말 그거 정말 진짤까.
> 겨우 새 뿔 나오는 송아지 눈으로
> 끔벅끔벅 앞만 보는 우리 애솔나무야.
>
> 고추장이 익는다 고추장 주랴.
> 기러기 목청이나 더 보태 주랴.
>
> 천 만 번 벼락에도 살아 남아 가자고
> 겨울 새벽 이 나라 비탈에 서 있는
> 너무 일찍 잠깨난 우리 애솔나무야.
>
> —서정주, 「새벽 애솔나무」 전문

　서정주의 시에서 소나무는 외형상으로는 전혀 강하지 않다. "우리 아
이 속눈썹", "우리 아이 키"만큼 작고 여린 애솔에 지나지 않는 것이다.
그러나 애솔은 천 만 번의 벼락과 차가운 겨울에도 꿋꿋이 살아남은 강
인한 생명력을 지니고 있다. 여기에서 "겨울"의 이미지는 우리 민족이
그동안 겪어 온 역사적 시련이며, "벼락"은 "천 만 번"이라는 과장된 수
관형사를 통해 우리 민족이 그러한 고통을 얼마나 많이 겪었는가에 대
해 이야기하고 있다. 이 모든 것을 견뎌내고도 여전히 "겨울 새벽 이 나
라 비탈에 서 있는" 애솔에 대해 시인은 대견함과 "너무 일찍 잠깨난"
것에 대한 연민의 심정을 가지고 있다. 그는 민족과 함께 해 온 소나무
에게 통일이 될지 물어보지만, 애솔은 미래에 대해 아무 것도 모른 채

"끔벅끔벅" 앞만 보며 그 자리를 지키고 있다. 그래서 시인은 익은 고추장을 줄지, 기러기 목청을 보태줄지 순진하고 여린 애솔에 대해 이런저런 걱정으로 보살피고 있는 것이다. 이러한 애솔은 결국 앞으로도 무수히 많은 시련을 겪겠지만 여전히 그 자리에서 꿋꿋이 견뎌낼 민족의 강인함을 상징한다고 하겠다.

한국 현대시에 나타난 길의 원형심상과 시적 상상력

1. 세계와 자아의 탐색, 길에 관한 명상

끝없이 길게 펼쳐진 길, 혹은 저 언덕 너머로 소실점만 남기고 사라져
간 길들은 사람의 마음을 유혹한다. 아침저녁으로 늘 똑같은 길을 오가
는 우리들의 일상은 반복에서 비롯된 권태로 닳아 있지만, 새로운 길에
대한 욕망은 늘 잠재되어 있다. 길은 멈춰 있으면서도 움직이고 아무 것
도 없으면서도 모든 것이 있는 역설적인 공간이자, 우리의 생각과 의지
와 삶을 모두 투영하는 원형적인 공간이다.

가보지 않은 길, 선택을 기다리는 몇 갈래 길, 떠나고 다시 돌아오는
길, 이 모든 길은 천 갈래 만 갈래로 복잡하게 얼크러진 우리들의 마음
을 닮았다. 이런 내밀한 미로로서의 길은 한 곳과 다른 곳을 이어주기도
하고 이곳과 저곳의 거리를 벌려놓아 쉽사리 돌아올 수 없는 단절된 곳

으로 만들어버리기도 한다. 길은 늘 그렇게 무심히 있는 듯 하지만 마치 사람의 마음과도 같아서 통로와 폐쇄의 지도를 스스로 지니고 있는 존재인 것이다.

길의 공간성은 언제나 도달해야 할 목적지를 갖고 있다는 데에서 드러난다. 길은 출발과 도착의 의미를 지니는 행위의 공간이기 때문이다. 그래서 길은 탐색의 과정을 상징한다. 목적지를 향해 나아가는 구체적인 과정으로서의 길인 동시에, 그곳에 다다르기 위해 시련을 극복해야 하는 정신적인 과정으로서의 길이다. 길은 생명의 끊임없는 움직임과 연관되는 공간이기에, 길의 심상에 나타난 시인의 태도는 한 시인의 시적 세계관과 그 맥이 닿아 있다.

2. 김소월의 길─십자로 위에서의 망설임

길 위에서 서성거리는 것이 시인된 자의 운명임을 맨 먼저 체득한 사람은 소월이었다. 일상이라는 공간에 뿌리내릴 수 없는 사람은 저쪽을 꿈꿀 수밖에 없기에, 이곳과 저곳은 필연적으로 모순된 공간으로 자리한다. 그리고 이 모순이 빚어내는 갈등의 체험은 늘 길 위에서 이루어진다. 이것은 김소월의 시에서 '가다'와 '오다' 또는 '돌아오다' '돌아서다'라는 서술어의 대립적인 중심축으로 드러난다.

> 눈은 내리네 와서 덮이네.
> 오늘도 하룻길
> 칠팔십리
> 돌아서서 육십리는 가기도 했소
>
> ─「산」 중에서

삭주구성은 산 넘어
먼 육천리
가끔가끔 꿈에도 사오천리
가다 오다 돌아오는 길이겠지요

—「朔州龜城」 중에서

　「산」이나 「삭주구성」은 소월 시의 출발 지점이다. 이곳이 아닌 저곳을
향한 지향이야말로 우리 문학의 전통 속에서 끊임없이 노래된 것이었는
데, 여요인 「청산별곡」은 정작 저곳에 다다른 인간은 또 다른 저곳을 꿈
꿀 수밖에 없음을 이미 간파한 대표적인 시이다. 그런데 소월은 이곳과
저곳의 탐색이라는 문학적 전통 위에 서 있으면서 독특하게도 이곳과
저곳 사이를 이어주는 길 자체를 계속 응시하고 있다. '칠팔십리를 돌아
섰다'가 다시 '육십리를 가기도 하는' 또는 '사오천리를 가다 오다 돌아
오는' 길은 두 공간 사이의 통로라기보다는 오히려 어느 곳에도 속하지
못하는 사람이 자리하는 숙명적인 장소로서의 의미를 강하게 지닌다. 따
라서 가거나 오는 대립적 행동은 '가다', '오다'의 지시적 의미를 넘어서,
행동과 멈춤, 방황과 정착 사이에서 흔들리는 자의 망설임을 상징해주는
것이다. 「가는 길」은 바로 대립적 행동이 만들어내는 심리적 풍경이 잘
드러내는 시이다.

그립다
말을 할까
하니 그리워

그냥 갈까
그래도
다시 더 한 번……

져 산(山)에도 가마귀, 들에 가마귀

서산(西山)에는 해 진다고
지저귑니다.
압강물 뒷강물
흐르는 물은
어서 따라오라고 따라가쟈고
흘너도 넌다라 흐릅듸다려

—「가는 길」 전문

이 시에서 화자는 행동과 멈춤 사이에서 망설이고 있다. 팽팽히 이항 대립을 이루는 두 운동구조 사이에서 망설이는 것은 소월의 내면적 갈등을 표현하는 운동의 특징이다. 흐르는 물처럼 길따라 가려는 마음과 그리워 주저하는 멈춤의 충동 사이에 서 있는 화자의 심리적 풍경을 보여주기 위하여 대응적인 구조가 선택되었다. 이는 "말을 할까 / 그냥 갈까", "산 까마귀 / 들 까마귀", "앞강물 / 뒷강물" 등 모순되는 이항대립으로 긴장을 형성한다. 이와 같은 갈등은 다음 단계에서 3연의 "저 산에도 가마귀, 들에 가마귀 / 서산에는 해 진다고 / 지저귑니다"의 시간성과도 밀접하게 연관된다. 길 위에 서서 이쪽도 저쪽도 가보지 못하고 망설이기만 하다가 흘러가 버리는 수많은 시간들, 해지는 일몰에 우짖는 까마귀는 우리에게 시간의 유한함을 경고한다.

생의 머뭇거림, 살아가는 동안 무수하게 와 닿는 선택의 질문, 즉 가고자 하는 마음과 머물고자 하는 마음, 방황과 정착에 대한 두 명제는 인간을 영원히 머뭇거리게 하는 운명이다. 이곳과 저곳 또는 행동과 멈춤 사이의 망설임은 시간의 유한성과 결부되면서 더욱 비극적인 응시의 시선을 획득하고 있다. 이처럼 소월의 시선은 끊임없이 길 위에서 흔들리고 있으며 따라서 세계와 쉽사리 동일화를 이루지 못한다. 오히려 그의 길은 더욱 더 심오한 운명의 탐색의 여로를 따라 펼쳐진다. 「길」에는 탐색의 여행길에서 발견한 변전(變轉)의 길이 제시되어 있다.

어제도 하로밤
나그네 집에 가마귀 가왁가왁 울며 새었소

오늘은
또 몇 십 리(里)
어디로 갈까.

산으로 올라갈까
들로 갈까
오라는 곳이 없어 나는 못 가오

말 마소, 내 집도
정주 곽산(定州郭山)
차(車) 가고 배 가는 곳이라오

여보소, 공중에
저 기러기
공중엔 길 있어서 잘 가는가?

여보소, 공중에
저 기러기
열십자 복판에 내가 섰소

갈래갈래 갈린 길
길이라도
내게 바이 갈 길은 하나 없소

—「길」 전문

　화자는 길을 선택해야 할 "열십자"의 공간에 서 있다. 자기가 알 수 없
는 어떤 의지에 휘몰려 방황하며 날아야 하는 그 비상이 운명적이라는
점에서 기러기와 화자는 같은 운명에 처해 있다. 지상에서 나그네가 또

몇 십리 어디로 가야 할지를 모르듯이 공중에서도 기러기가 열십자 복판에 서서 가야 할 바를 모르는 상황에 놓여 있다. 열십자의 길은 구체적으로 "갈래갈래 갈린 길"로 나타난다. 그러나 화자는 그렇게 많은 길이 있음에도 불구하고 정작 자신이 갈 길은 없음에 "내게 바이 갈 길은 하나 없소"라며 탄식한다. 여기서 '길'은 혼돈된 자기 심정의 상징으로 나타난다. 아무리 많은 행로가 그 앞에 나 있더라도 자신이 택할 수 있는 길은 하나도 없다는 절망의 뿌리는 갈 곳 잃은 자의 절망감을 말하고 있는 것이다.

그의 내면적 갈등은 특이한 시적 아름다움을 형상화하고 있다. "울며 새"는 나그네 집이나 "정주 곽산"의 내 집은 현실의 집인 동시에 허구의 집이라는 이중성을 지니고 있다. 그의 시선은 수평적인 네 갈래 길에서 수직적으로 상승하면서 공중의 기러기가 다니는 "열십자 복판"으로 솟구쳐 오르고 있다. 즉 나그네 집의 화자와 나그네 집에서 울며 새우는 가마귀와 공중의 기러기는 길을 찾아 헤매는 변전(變轉)의 길을 제시하고 있다. 즉 본래적 자아의 모습을 찾아 방황하는 길이 탐색과정의 다양한 변형으로 나타나는 것이다. 즉 지상의 길은 물론 공중의 길조차도 방황의 갈림길로 포착한다는 것은 소월의 길이 자기 구제를 위한 내면의 탐색으로 이어지고 있음을 말해준다.

한국 현대시에 나타난 '길'의 이미지들은 이곳과 저곳, 또는 현실과 꿈 사이에의 망설임으로 나타나면서 내면과 세계 사이의 경계로 옮아간다. 그리고 수많은 사유의 길들과 이어지게 된다. 1920년대에 소월이 서 있었던 자리가 "열십자 복판"이었다는 점은 이런 의미에서 매우 상징적이다.

3. 윤동주의 길―길찾기를 위한 지도(地圖)와 미래시제

윤동주의 '길'은 소월과 달리 명료한 전진의 방향성을 보여준다. 하지만 그 길을 따라간다 해도 목적지에 쉽게 다다르지는 못한다. 오히려 그 길목길목은 끊어져 있으며, 깊은 자아성찰과 고독한 정적에 휩싸여 있다. 윤동주의 길은 잃어버린 역사 위에서 새로 그리는 지도이기 때문이다.

> 순이가 떠난다는 아침에 말못할 마음으로 함박눈이 내려
> 슬픈 것처럼 창 밖에 아득히 깔린 지도 위에 덮인다.
> 방안을 돌아다보아야 아무도 없다. 벽과 천장이 하얗다
> 방안에까지 눈이 내리는 것일까. 정말 너는 잃어버린 역사처럼 홀홀이 가는 것이냐.
> 떠나기 전에 일러둘 말이 있던 것을 편지를 써서도 네가 가는 곳을 몰라 어느 거리, 어느 지붕 밑, 너는 내 마음 속에만 남아 있는 것이냐. 눈이 녹으면 남은 발자국 자리마다 꽃이 피리니 꽃 사이로 발자국을 찾아나서면 일년 열두 달 하냥 내 마음에는 눈이 내리리라.
>
> ―「눈오는 地圖」 전문

이별이라는 상실감은 바깥 세상('지도 위')과 '방안', 그리고 '내 마음'을 하얀 눈으로 뒤덮는다. 하얀 눈이 텅 빈 공허감과 상실감을 자아내는 것은 바로 발자국들이 남아 있는 지도를 뒤덮어 역사 자체를 잃어버린 것으로 무화시키기 때문이다. 윤동주에게 있어서 길의 상실은 곧 지도의 상실이 되며, 이 눈에 뒤덮인 지도는 역사적 존재로서의 자아를 파편화시키고 고립시키게 된다. 따라서 아무런 방위 감각도 갖지 못하는 자아는 지도 위의 한 점으로 망각되어 갈 것인지, 또는 자신만의 길을 찾아 새로 지도를 만들어 갈 것인지 하는 실존적 선택 앞에 놓이게 된다. 윤

동주의 선택은 "내 마음"속에 남아 있는 발자국을 따라, 꽃을 피우는 것이었다. 지도를 지우고 길들을 은폐시키는 눈을 헤치고 피어나는 꽃은 바로 고독한 자아성찰과 내면에의 응시가 찾아낸 역사적 이정표이다. 흐릿하게 남아 있는 발자국을 응시하는 시선은 「자화상」에서 "산모퉁이 논가 외딴 우물"을 들여다보는 시선, 그리고 「참회록」에서 "파란 녹이 낀 구리 거울"을 응시하는 시선과 그대로 연결된다. 이 고독한 응시가 꽃피운 길은 역사적 방위 위에 그려진 새로운 지도이기에, 윤동주의 길은 항상 미래라는 시간을 향해 열려 있고, 그 길을 걷는 이의 의지 또한 투명하다.

> 내를 건너서 숲으로
> 고개를 넘어서 마을로
>
> 어제도 가고 오늘도 갈
> 나의 길 새로운 길
>
> —「새로운 길」 중에서

　"내"와 "숲"과 "고개"와 "마을"을 이어주는 길은 새로운 지도를 찾아가는 것이기에 항상 새로운 것이며 미래지향적이다. 하지만 눈이 발자국을 지우듯, 이 길들은 항상 현실의 장애들에 막혀 있으며, 그때마다 시인 특유의 부끄러운 서성거림과 내면에의 깊은 성찰이 지도 위에 드리워진다.

> 잃어버렸습니다
> 무얼 어디다 잃었는지 몰라
> 두 손이 주머니를 더듬어
> 길에 나아갑니다.
>
> 돌과 돌과 돌이 끝없이 연달아
> 길은 돌담을 끼고 갑니다.

담은 쇠문을 굳게 닫아
길 위에 긴 그림자를 드리우고

길은 아침에서 저녁으로
저녁에서 아침으로 통했습니다.

돌담을 더듬어 눈물 짓다
쳐다보면 하늘은 부끄럽게 푸릅니다.

풀 한포기 없는 이 길을 걷는 것은
담 저 쪽에 내가 남아있는 까닭이고,

내가 사는 것은, 다만,
잃은 것을 찾는 까닭입니다.

—「길」 전문

목적어가 생략된 "잃어버렸습니다"로 시작되는 1연은 무엇을 잃어버렸는지조차 모르는 완전한 방향 상실의 상황을 보여주고 있다. 무엇인지도 모르는 것을 찾는 화자는 우선 두 손으로 "주머니"라는 작고 내밀한 공간을 헤맨다. 두 손으로 잃어버린 것을 찾는 행위는 곧이어 두 발로 길을 걸어가는 행위와 대비된다. 즉 두 손으로, 두 발로, "주머니"에서 "길"이라는 확장된 공간으로 나아가고 있는 것이다.

그러나 화자가 걸어가는 길은 돌과 돌이 연이어 있고 담이 있으며, 그 담을 계속 긴 채 계속되는 공간이다. 그 담 저쪽에는 화자 자신이 남아 있다. "돌담"은 화자가 극복해야 할 장애물이지만, 3연에서 제시된 굳게 닫힌 "쇠문"은 담 저쪽으로 갈 수 있는 통로이기보다는 오히려 "돌담"의 견고성을 더욱 부각시킨다. 담 저편을 향한 희망은 이내 "길 위에 긴 그림자"처럼 절망으로 기울어버리고, 담 저쪽에 남아 있는 자신을 길과 길

을 걷는 화자 자신과 평행으로 놓여 있기 때문에 화자가 할 수 있는 최
선의 것은 돌담을 낀 채 "풀 한포기 없는" 길을 "아침에서 저녁으로 / 저
녁에서 아침으로" 끊임없이 걷는 것뿐이다.

　잃어버린 것을 찾아 길에 나선 화자는 '나'는 아직도 '담 저쪽에 있고',
그래서 '나'는 계속 그 길을 걷는다. 그 길은 돌담을 끼고 있는 길이다.
'돌담'은 극복되어야 할 대상이며, 그 극복을 위한 시인의 최대행위가 바
로 길을 걷는 것이다. 길은 돌담을 끼고 있지만 그 돌담을 무너뜨리고
담 저쪽에 남아 있는 '나'를 구하기 위해서 시인은 그 장애물의 어려움
을 헤치고 계속 길을 걸어야 한다. '길을 걷는 행위'가 시인이 이룰 수
있는 최선의 행위이며, "아침에서 저녁으로 / 저녁에서 아침으로" 끝없이
이어지는 길과 돌담이 없어질 때까지 짊어지고 나아가야 할 삶의 여정
인 것이다.

　윤동주의 시에 나타난 길의 이미지는 잃어버린 역사 위에서 지도를
찾는 행위의 연속선상에서 존재한다. 따라서 '길을 걷는' 행위 자체가 바
로 시인의 진지한 삶의 자아성찰을 위한 행위이며, 동시에 길은 지도와
역사라는 방위를 갖고 있기에 항상 새로움과 희망과 도약을 위한 매개
항이 된다. 그 길은 새롭게 만나야 할 대상들을 수없이 담고 있으며, 장
애물 또한 많다. 그러나 발자국 위에서 피어난 꽃이 때로는 밤과 우주의
이정표인 '별'이 되어서 "나에게 주어진 길"(「서시」)을 밝혀준다. 따라서
그 길은 오늘도 가야 할 미래를 위한 다짐과 의지의 길이 된다.

4. 박목월의 길─몽상의 길을 지나 냉혹한 실존의 길로

　　박목월의 초기시에서 시인은 원경(遠景)적 구도에 의해 길을 바라본다. '머언 길', '黃土 먼 산ㅅ길', '가느른 가느른 들길', 등 길은 멀고 아득하여 비의(悲意)를 머금고 있는 듯이 느껴진다. 화자는 길로부터 떨어져 있다. 주로 화자와 풍경 사이에 길이 존재하는 것이다. 풍경 속으로 사라져 가는 길을 원경에서 바라보기에 화자의 눈에는 길을 가로막는 장애나 시련보다는, 고개나 비탈을 돌아서 보일 듯 말 듯 가늘게 이어지는 길의 아득함이 더 잘 포착된다.

> 가느른 가느른 들길에
> 머언 흰 치맛자락
> 사라질 듯 질 듯 다시 뵈이고
>
> ──「가을어스름」 중에서

> 아지랑이 아른대는
> 머언 길을
> 봄 하로 더딘날
> 꿈을 따라 가며는
>
> ──「춘일」 중에서

> 휘휘휘 비탈길에
> 저녁놀 곱게 탄다
> 黃土 먼 산ㅅ길이사
> 피먹은 허리띠
> 워어어임아 워어어임
>
> ──「산그늘」 중에서

뵈일 듯 말 듯한 산길

산울림 멀리 울려 나가다.
산울림 홀로 돌아 나가다.

…… 어쩐지 어쩐지 울음이 돌고

생각처럼 그리움처럼……
길은 실낱 같다.

—「길처럼」 중에서

따라서 길이 환기하는 정서는 곧 아득하게 점점이 이어지는 여로가 주는 사색적이고 몽환적인 슬픔으로 나타난다. '절로 슬픔이 일어나는 길'이나 '울음이 돌고 있는', '울며 가는 길' 「달무리」에서 나타나는 슬픔의 정서가 「청노루」에서는 '느릅나무 속잎 피어나는 열 두 구비'를 들여다보는 신비스러움이나 환상적 이미지로 변모하기도 하고, 「삼월」에서는 길의 끊임없음이 '열 두 고개 넘어가는 타는 아지랑이'로 몽환적으로 상승하기도 한다.

원경적 시선은 「길처럼」에서처럼 풍경 밖의 공간에 고정되어 있어서, 대상과 나의 경계를 좁히지 못한다. 자신의 울음조차도 산울림으로만 돌아 나가고, 실낱처럼 가늘게 이러지는 길 위에서는 그리움도 눈물도 그냥 묘사적인 풍경의 한 부분으로 존재할 뿐이다.

그런데 화자가 길 위에 들어서서 자연 대상과 직접 만날 때, 화자는 풍경 안에 동화되어 들어간다. 따라서 목월 초기시에서의 길은 경계나 통로와는 다른 독특한 비현실적 몰입의 통로가 된다.

강나루 건너서

밀밭 길을

구름에 달 가듯이
가는 나그네

길은 외줄기
남도 삼백 리

술 익는 마을마다
타는 저녁 놀

구름에 달 가듯이
가는 나그네

―「나그네」 전문

이 시의 '길'은 마을에서 마을로 이어지는 지속구조를 갖고 있다. 강
나루와 밀밭길과 술 익는 마을은 남도 삼백리의 외줄기 길에 의해 연결
된다. 그 길을 나그네는 멈추는 법 없이 나아가고 있다. "구름에 달 가듯
이" 홀홀이 자유롭게 보여지기를 바라고 있는 세계를 향하여 걸어간다.
인간들의 목숨처럼 "외줄기"로 향하고 있는 길과 밤으로 가는 시간에서
타는 저녁놀과 석양녘의 마을을 향해 나아가는 나그네의 보행은 동일화
되고 있다. 즉 공간과 시간과 그리고 인간의 일이 합일된다. 따라서 「나
그네」에서 화자는 풍경 안으로 직접 들어가 슬프고도 가늘게 이어진 삶
의 행로를 무심하게 걷는다. 그리고 풍경 안으로 몰입되어 일체가 된다.

이와 같이 목월의 초기시에서 '길'은 경계에 자리하면서 운명적 망설
임이나, 삶의 방위를 가리키는 것이 아니라, 삶에 대한 몽상적 거리를 확
보해주는 공간 또는 아득한 풍경 안으로 용해되어 들어가는 비현실적

몰입의 통로로서 존재한다.

　그런데 화자를 둘러싼 풍경이 자연에서 일상으로 변화하고, 그 길이라는 통로가 일상과 자아 의식 사이에 놓여질 때, 몽상의 몽환성이 부서지면서, 목월의 길은 실존적 탐색의 길로 열린다. 초기시에서 수평적으로 흔들거나 나선형으로 원만하게 이어지던 길은 후기 시에 이르러서는 상하의 수직적인 급격한 낙차의 이미지로 치환되면서 그의 길은 "층층대"나 "지하로", "우회로"로 변이된다.

　　　밤 한시 혹은
　　　두시 用便을 하려고
　　　아래층으로 내려가면
　　　아래층은 單間房
　　　온가족은 잠이 깊다.
　　　서글픈 것의
　　　저 無心한 平安감

　　　아아 나는 다시
　　　2層으로 올라간다
　　　(사닥다리를 밟고 原稿紙위에서 曲藝師들은 지쳐 내려오는데…..)
　　　나는 날마다
　　　生活의 막다른 골목 끝에 놓인
　　　이 짤막한 층층계를 올라와서
　　　샛까만 유리창에
　　　수척한 얼굴을 만난다
　　　그것은 너무나 어처구니없는
　　　<아버지>라는 것이다

　　　　　　　　　　　　　　　—「층층계」 중에서

　　　발에 밟히는

逆流하는 층층계가 끝나면
地上
寂寞의 領土를
下降은 계속된다
희게 乾燥한 0.1...0.2....0.3....0.4........
數値가 불어날수록
알맹이가 줄어드는 世界를

—「連續」 중에서

　상하로 놓인 층층계는 현대적인 삶이 인간에게 부여한 운명적 길의 또 다른 상징이다. 지상의 한 점과 다른 한 점을 이어주는 길의 수평적 전이는 이곳과 저곳이라는 두 공간 사이에 일어나기에 인간으로 하여금 어떤 방향성이나 지향을 갖게 한다. 그러나 지상에서 상층으로 올라가기도 하고, 때로는 지상에서 지하로 역류하기도 하는 층층계는 쉽게 방향을 가늠할 수 없이 가파르기만 한 현대적 길의 한 도상으로 자리한다. 즉 층층계는 일상의 무게를 가까스로 버텨내는 꿈이 교착되는 현대적인 길이며, 그것은 시 「층층계」에서는 시인으로서의 삶과 아버지로서의 삶 사이의 아슬아슬한 곡예를 지탱해주는 것이기도 하고, 때로는 시 「연속(連續)」에서처럼 지상과 지하를 오르내리면서, 삶의 소멸과 일상의 가벼움을 발견하게 해주는 것이기도 한다.

1.
詩를 쓰는
이 아래층에서는 아낙네들이
契를 모은다.
목이 마려워
물을 마시러 내려가는
층층대는 아홉칸.
열에 하나가 不足한 발바닥으로 地上에 下降한다

2.
열에 하나가 不足한
발바닥으로
生活을 疾走한다
달려도 달려도 열에
하나가 不足한
그것은
끝인 없는 白熱競走

3.
열에 하나가 不足한
계단을 오르면
上層은
공기가 희박했다

―「上下」 중에서

　이 시에서는 표면적으로 '상층 공간의 詩'와 '지상의 契'가 대비를 이루면서 꿈과 일상이 이항대립되는 듯 하지만, 이 두 공간 사이를 오르락 내리락 하는 계단이 바로 시인의 신체(발바닥)와 동일화되면서 상하 사이의 의미를 전도시킨다. 아낙네들의 계는 물이나 공기와 같은 삶의 원초적인 욕구로 상승되는가 하면, 시를 쓰는 상층까지 경주(競走)의 열기가 전이되면서 그곳은 안식의 공간이 아니라 공기가 희박한 경주의 장으로 하강하기도 한다. 즉 위와 아래, 또는 꿈과 현실의 대립은 고정되어 있는 것이 아니고, 맨발의 왕복운동 속에서 철저하게 전복되고 또는 와해된다. 결국 그 긴장과 전복 자체가 현대적 삶의 본질이라는 통찰이 이 시에는 내재되어 있는 것이다. 그러므로 맨발이 체감하는 상층과 하층을 오르내리는 일상적인 반복성은 냉혹한 실존의 상황이 만들어낸 현대적인 길의 한 전형이 된다.

시인의 이러한 현실인식은 '나선통로(螺線通路)'·'미로(迷路)'·'가교(假橋)' 등의 길의 심상으로 확대되고 있다.

> 흔들리는 다리가 끝나면
> 하지만 누구나
> 자기가 바라는 곳에 이르게 되리라고
> 믿는 것은 착각이다.
> 대체로
> 전혀 생소한 곳에 이르게 된다.
> 그리고 마지막 난간에 의지하여
> 경악과 두려움으로
> 사방을 두리번거리게 된다

—「假橋」 중에서

「가교(假橋)」는 길이 끝나는 곳에서 맞닥뜨린 생소한 길에 대한 두려움을 토로하고 있다. 균형과 절제를 잃게 하는 다리의 흔들림은 불안한 마음의 상태와 동일화되고 있다. 그러나 이 시인의 강인함은 허무와 불안에 맞부딪치는 용기에서 비롯된다. 날카로운 직관, 현실적인 성찰로 자신이 가는 길을 객관화시키면서 냉랭한 인간 조건에 대한 자각을 깨우치고 있는 것이다.

5. 시의 길, 정신의 지도

노래는 항상 길 위에서 만들어졌다. 「아리랑」은 길 떠나는 님의 뒷모습을 바라보면서 부른 노래이고, 황진이는 '동짓달 기나긴 밤을'로 시작되는 시조에서 현실의 답답한 길을 박차고 나와서 우주적 시간에다 새 길을 내지 않았던가. 세계와 마주하여 노래하는 시인에게 있어 길은 자신과 풍경 사이의 경계이고 통로이며 동시에 실존적인 삶의 장소이기도 하다.

현대시의 초기에 소월이 서 있었던 열십자 복판은 인간 운명의 상징적인 지형도이며, 우리시가 발견한 하나의 중요한 갈림길이기도 했다. 그 십자로로부터 윤동주는 지도와 역사에 그려진 이정표를 탐색하면서 미래를 향한 다짐과 의지의 길을 걸었다. 또한 그 길은 목월의 자연에 대한 몽상 혹은 실존의 각박한 층층계와 미로(迷路), 가교(假橋) 등의 수많은 길들로 이어졌다. 현대적 삶의 혼돈스러움은 길 찾기조차 부질없는 것으로 만들어 버린다. 이렇다 할 지도도 없이 모두들 흔들리며 밀려간다. 그래서 길은 땅 위에도 있지 못하고 그냥 가교로 걸려 있다. 하지만 가교 위에서 사방을 두리번거리는 사람들 틈에서 시인들은 여전히 이정표를 찾고 정신의 지도를 그려나간다. 그래서 오늘도 시의 길은 지속된다.

존재의 공간으로서의 '가족'

1. 한국 현대시사를 통해 읽어 본 '가족'

한국 근현대문학사의 주된 주제 가운데 하나는 '가족'이다. 근현대사를 거쳐오는 동안 국가 혹은 민족과 더불어 삶의 뿌리를 가장 깊이 두어온 곳이 가족이기 때문이다. 그만큼 가족은 역사의 변화와 가장 밀접한 사회의 최소단위이다. 가족은 사회성뿐 아니라 내밀한 비호성과 폭력의 억압성까지 모두 지닌 추상체로서, 사적이고 혈연적인 관계 및 사회와 정치, 경제와 관련해 그 형태와 존재 의미가 끊임없이 변해왔다. 가족은 추상체이기도 하지만 엄연한 실체여서 늘 우리의 삶의 중심에 있어왔기 때문이다.

가족을 둘러싼 공간은 한 인간의 출생 이후 성장의 과정을 비호해주는 공간이자, 황폐한 현실에서 가장 따뜻한 힘을 주는 생명의 공간이다.

동시에 그 공간은 그 자체가 억압적이고 식민지적인 공간이기도 하다. 가족은 온갖 개인적이고 사회적인 욕망들이 한데 모인 전쟁터이고, 사회 집단을 상징하는 알레고리이기도 한 것이다. 특히 가부장제, 모성 신화, 중산층 이데올로기 등은 가족을 전쟁터로 만드는 대표적인 기제들이다. 더욱이 우리 사회는 경제 정책과 의식의 진화에 따른 전통적인 가부장 의식의 위기와 여성 의식의 급진적인 성장이 가족이라는 문제의 본질을 더욱 선명하게 드러낸 바 있다. 무능하고 소외된 아버지, 자아와 모성 사이에서 갈등하는 어머니, 집 나가는 아이들 등은 우리 사회에서 가족이라는 단위가 변화의 소용돌이에 가장 민감한 존재임을 가시적으로 보여 준다. 최근에는 새로운 양상의 대안가족과 평등한 가족 이념, 그리고 유목민적 가족의 양상이 드러나는 한편 전통적 가족의 복고주의도 재론되고 있는 실정이다.

한국 현대시사에서 '가족'은 가장 상징적인 은유, 혹은 함축적인 비유로 드러난다. 즉 서사와 달리 시에는 가족의 위기, 국가의 억압, 경제적 어려움, 불륜과 가출의 모티브들이 직접적으로 드러나지는 않는다. 그럼에도 불구하고 근현대사와 밀접한 가족의 징후들은 매우 강하게 드러난다. 가령 '아버지'의 경우에도, 나라를 잃은 민족적 부친으로서의 아버지, 길 위의 가족과 떠도는 아버지, 부재하는 아버지와 오이디푸스 콤플렉스, 가족 욕망의 충족자로서 도구적인 아버지, 타자로 소외된 이름의 아버지, 그리고 이와 늘 병행되는 것으로 끝내 그리워하게 되는 아버지들 등으로 변주되는 식이다.

한국 현대시사를 통해 읽어본 '가족'은 우리의 삶과 일상, 의식과 무의식은 물론, 선체험과 추체험의 양상까지 포괄적으로 드러내고 있다. 더욱이 '가족'의 문제는 결혼·성·육체·사회·문화·경제 등에 대한 성찰의 계기까지 함께 제기하는 핵심적인 테마라고 할 수 있을 것이다.

2. 자기 정체성의 원형으로서의 가족(1920년대)

1) 윤리적 보편성의 체험과 계승

가정은 모든 집단이나 사회단체를 이루는 근간이 된다. 즉 모든 공동체를 이루는 최소집단이 된다. 가정에서 인간은 자기 자신을 성찰할 수 있고, 그것을 통해 자신의 정체성과 역할을 깨달을 수 있다. 가정이라는 단위 속에서 우리는 자신의 정체성을 되찾음으로써 진정한 자신의 역할과 위치를 알 수 있는 것이다. 김소월의 「부모」는 이러한 윤리적이고 보편적인 가족의 모습을 잘 보여주고 있다.

> 落葉이 우수수 써러질째,
> 겨울의 기나긴 밤,
> 어머님하고 둘이안자
> 옛니야기 드러라.
>
> 나는 어쩨면 생겨나와
> 이니야기 듯는가?
> 뭇지도마라라, 來日날에
> 내가父母되여서 알아보랴?

—「父母」 전문

어머니의 이야기를 듣는 화자는 자신이 부모가 되는 내일을 당연하게 받아들임으로써, 시간의 유기적 질서 속에서 자신의 정체성을 파악하고 있다. 가정은 진정한 '나'의 정체성에 대해서 생각할 기회를 가질 수 있게 해주는 원형적 공간으로 설정되어 있다. 자신의 출생에 대한 원천적인 물음은 "내가 父母되여서 알아보랴"는 대답에 의해 부모와 자식간의 연속성이라는 삶의 한 원리를 말해주고 있다. 보편적이고 어떤 면에서는 도식적이기까지 한 이 시의 주제는 자문자답의 형식에 의해 서정시가 갖는 일인칭 독백을 변화시키는 어법의 형식을 취함으로써 가족에 관한 생각을 정리하는 자기 내면에의 말 걸기 혹은 치열한 자기 탐구를 형상화하고 있다.

> 오오 안해여, 나의사랑!
> 하눌이 무어준짝이라고
> 밋고사름이 맛당치안이한가.
> (…중략…)
> 나는 말하려노라, 아무러나,
> 죽어서도 한곳에 무치더라.
>
> —「부부」 중에서

김소월의 시에서 '가족'은 사랑의 강력한 힘이 만들어낸 가장 원형적인 존재로 나타난다. 특히 '부부'는 남녀의 사랑이 가족이라는 형식 속에서 순수하고 완전하게 결합된 것으로 상정되어 있어서, 분열과 상실의 세계상이 끼어들 수 없는 충족적인 세계를 구현한다. 「안해몸」이나 「훗길」 등에서도 볼 수 있듯 소월의 시에서 드러나는 가족의 모습은 가장 보편적인 원형성을 갖추고 있다.

이러한 김소월 시의 가족 이미지의 보편성은 '누나'를 상징으로 하는 여성공간에서도 전형화된다. 「접동새」에서의 '누나'는 어머니 이미지의 변용이다. 즉 '누나'는 어머니 없는 아홉 남동생들의 실제적 어머니였기 때문에 의붓어머니의 시샘의 대상이 되어 죽음에 이르게 되는 데에도 논리적 무리가 없다. 소월은 전설 속의 '누나'를 '우리 누나'로까지 동일화시키는 것이다. 이는 '누나'라는 객관적, 보편적 존재를 '우리나라'의 이야기로 연결시켜 공감대를 형성한 후 급기야는 '우리 누나'로 발전시키고 있는 것에서 볼 수 있다. 연이 거듭될수록 화자의 어조가 매우 강력해져 '우리 누나'는 시인의 의지대로 독자들의 동생들로 가까워지게 하고 있는 것이다. 그리하여 시 속에서 '아홉이나 남아되던 오랩동생'의 누나는 객관적 누나에서 화자의 누나로 그리고 독자의 누나로 의미가 진전되고 있다. 「엄마야 누나야」에서도 보여지듯 소월시의 여성공간은 비현실적, 비실체적 공간에서도 전형적으로 형상화되고 있다.

　김소월을 필두로 1910~20년대의 황석우·정인보·이은상의 시들에서도 가족들은 전통의 윤리가 지켜지고 자연스럽게 계승되는, 순수하게 결속된 이미지로 이어진다. 이러한 가족공동체의 중심에는 항상 어머니가 있는데, 이 어머니는 개별적 존재가 아니라, 가족의 구체적인 현신 또는 원형으로서 자리한다.

> ① 꽃동산에서 珊瑚卓을 놓고
> 　어머님께 상장을 드리렵니다
> 　어머님께 훈장을 드리렵니다
> 　두 고리 붉은 금가락지를 드리렵니다.
> 　한 고리는 아버지 받들고
> 　한 고리는 아들딸, 사랑의 고리
> 　어머님이 우리를 낳은 공로훈장을 드리렵니다.
>
> 　　　　　　　　　　　　　　　　　— 황석우, 「초대장」 중에서

> ② 바릿밥 남 주시고 잡숫느니 찬 것이며
> 　두둑히 다 입히고 겨울이라 엷은 옷을.
> 　솜치마 좋다시더니 보공(補空)되고 말아라.
>
> 　　　　　　　　　　　　　— 정인보, 「자모시초(慈母思抄)」[1] 중에서

> ③ 천 넘을 한결같이 비가 오나 눈이 오나,
> 　어여쁜 아드님이 바치시는 공양이라,
> 　효대에 눈물어린 채 웃고 서 계신 저 어머니!
>
> 　그리워 나도 여기 합장하고 같이 서서,

---

1) 『신생』 4호, 5호(1925)에 나누어 게재된 이 시는 전 40수의 연시 형식을 취하고 있다.

저 어머니 아들 되어 몇 번이나 절하옵고,
우러러 다시 보오매 웃고 서 계신 저 어머니!

—이은상, 「효대(孝臺)」 중에서

어머니의 은혜를 기리는 이 시들은 한결같이 희생을 바탕으로 한 어머니의 사랑에 감동하고 있다. 한 가족의 중심에 서 있는 어머니, 그 어머니는 개성을 지닌 개인이라기보다 한결같이 보편적인 원형성을 보여준다. 가족 안에서 어머니는 회귀하고 싶은 생명성의 원천으로 존재하며 자식들은 그러한 어머니에게 사랑과 보호를 기대한다. 인간의 기본적 욕구를 해결해주고 궁극적으로는 생명력을 불어넣어 주기에 어머니는 대모적 존재로서 가족의 중심이자, 근원이 되는 것이다.

2) 길떠남의 출발점으로서의 무덤

인간의 보편정서를 억압하는 시대적 분위기 속에서 '따뜻한 가족'은 점차로 실체성을 상실해간다. 그런데 가족이 붕괴되는 시대적 징후의 한 편에서는 현실에서 부재하는 따뜻한 가족은 희구의 대상으로 추상화되며, 궁극적으로는 시적 모색의 계기로 작용하고 있다. 김소월의 「무덤」은 '원형적 가족'이 부르는 구심의 소리와, 그 가족이 부재하는 현실의 비극성이 상충하는 긴장된 한 지점을 보여준다.

누가 나를헤내는 부르는소리
붉으스럼한언덕, 여긔저긔
돌무덕이도 옴즉이며, 달빗헤,
소리만남은노래 서리워엉겨라,
옛祖上들의記錄을 무더둔그곳!
나는 두루찾노라, 그곳에서,

형적업는노래   흘너퍼져,
그림자가득한언덕으로   여긔저기,
그누군가   나를헤내는   부르는소리
부르는소리,   부르는소리
내녁슬   잡아끄러   헤내는   부르는소리

—「무덤」 전문

무덤은 옛 조상들의 기록을 묻어둔 곳으로서 가족의 죽음, 그리고 공동체의 현실적 부재를 확인시켜 주는 공간이다. 즉 전통의 세계가 더 이상 존속할 수 없는 시대 정신을 보여주는 곳이다. 하지만 조상의 무덤에서 자신의 넋을 잡아끌어 부르는 소리를 듣는다는 것은 이 전통의 세계가 완전히 단절된 것이 아님을 말해준다. 더 나아가 이 전통의 세계는 자아로 하여금 원형적인 세계를 그리워하며 가족공동체로 회귀하고 싶어하도록 재촉하는 역할을 한다. 따라서 무덤은 상실한 원형의 세계를 자각시켜 주는 곳이자 가족을 잃고 길떠남을 시작하는 출발점으로 자리한다.

3) 정체성의 역설적 확인과 신여성의 결혼담론

따뜻한 가족의 원형성이 강렬한 만큼 그것은 시적 인식에서 긴장을 일으키는 반대축으로 작용하여 새로운 사고와 감각을 만들어내기도 한다. 가족에 대한 구심적 원형성이 긴장으로 작용하고 있기에, 가족의 부재를 확인하는 것은 곧 자기 존재의 고독을 확인하는 것으로 이어지며, 또한 가족을 부정하는 것을 통해 역설적으로 새로운 자기 정체성에 닿기도 한다.

①어메야 5~6년이 넘두락 일자소식이 없는 이 불효한 자식의 편지를, 너는 무슨 손꼽아 기두르는 것이냐. 나는 틈틈이 생각해본다. 너의 눈물을…… 오—어

메는 무엇이었느냐! 나의 눈물은 몇 차례나 나의 불평과 결심을 죽여버렸고, 우
는 듯, 웃는 듯, 나타나는 너의 환상에 나는 지금까지도 서른 마음을 끊이지는
못하여 왔다.

— 오장환, 「향수」 중에서

② 넓고 個體 많은 토지에서
　나는 더욱 고독하였다.
　힘없이 집에 돌아오면 세 사람의 가족이
　나를 쳐다보았다. 그러나
　나는 차디찬 壁에 붙어 回想에 잠긴다
— 박인환, 「잠을 이루지 못하는 밤」 중에서

위의 시들에서 가족은 위로와 평안을 주는 사람들이 아니다. 단절과
반란을 생각하게 하는 중압감의 대상이다. 그리하여 집은 가족과의 일체
감을 통해 화평을 얻는 공간이 아니라 고독과 한에 빠지는 공간으로 나
타난다. 자신을 더욱 고독하게 하는 가정은 결핍감과 함께 자기 확인이
보장되지 않는 공간으로 드러나고 있다. 오장환의 「향수」는 신성시되던
어머니의 존재를 부정하면서 슬프고 초라하며 외면하고픈 현실 속의 어
머니를 그려낸다. 분열적으로 나타나는 어머니의 표상과 함께 어머니에
대한 자식의 연민과 부정의 복합심리는 전통적인 가족 개념을 해체하고
있는 징후들이다.

박인환의 「잠을 이루지 못하는 밤」도 친화력의 중심공간인 가정 내에
서 단절과 고립을 경험하면서 자신을 회상이라는 과거의 시간 속에 가
두고 있다. 이것은 가족의 구성원들이 주는 억압성으로부터 자기를 보존
하기 위한 의식적 지향으로 생각된다.

① 나는 인형이었네
　아버지의 딸인 인형으로
　남편의 아내인 인형으로

존재의 공간으로서의 '가족'　327

　　그네의 노리개이었네.
　　　노라를 놓아라
　　　순순히 놓아다고
　　　높은 장벽을 헐고
　　　깊은 규문(閨門)을 열고
　　　자유의 대기 중에
　　　노라를 놓아라.

— 나혜석, 「노라」 중에서

　② 「나라야 서울아 쓰러져라
　　　父母야 兄弟야 너희가 惡魔거늘」 하고
　　　싹싹 영영 찢고 두들기는 것은
　　　피투성이 한 兄弟의 모양과
　　　피뿜는 내 가삼.

—김명순, 「외로운 變調」 중에서

　　또한, 가족의 구성원 중 특히 여성이 자아를 발견하고 자의식에 눈뜨게 되면서 시에서 가족은 새로운 양상으로 드러나게 된다. 서서히 시작된 근대 사회의 요인들과 더불어 가족의 분열 혹은 신여성의 새로운 결혼 담론이 가부장의 억압과 전통적 가족의 신성성에 균열을 가져오게 된 것이다.[2] 1920년대는 남성작가가 문단을 중심으로 일정한 문학적 경향을 형성하며 집단적 힘을 행사한 시기였다. 김동인·염상섭의 논쟁, 카프 집단의 논쟁 등으로 한국문학에서는 식민지 현실에서 문학이 어떤 역할을 해야 하는가에 대한 진지한 논쟁이 이루어졌던 것이다. 그런데 김일엽과 나혜석·김명순 등은 이러한 문단적 흐름과 상관없이 여성의 고통을 주목하고 그것을 그려갔다. 이와 같은 여성들의 자기 찾기 몸부림을 1920년대 남성 중심적 문단에서는 그리 중요하게 취급하지 않았다.

---

　2) 나혜석, 「조선문단」(1926.4), 『나혜석 전집』(이상경 편집 교열), 태학사, 2000, 126~127면.

여성의 문제가 민족 문제나 계급 문제보다 중요하게 취급받지 못한 것이라 하겠다. 그러나 이러한 사회적인 분위기하에서도 이들은 끊임없이 전통적인 가부장제가 지니는 여성억압을 고발하는 데에 주력을 다하였다. 한국 근대여성문학사의 1세대로서 그들의 시는, 여성이 사회적 존재로 인정받지 못하던 가부장적 사회풍토에 맞서 남성 중심적인 사회의 부조리와 불평들을 고발하였다. 또한 여성들을 억압하는 것들을 직시하고, 여성 자신의 정체성을 모색하였다. 그러한 주체적 자각의식을 보여주었다는 점에서 그 의미가 크다고 하겠다. 나혜석이 가정을 입센의 「인형의 집」에 비유하여 아버지와 남편에게 구속되어 살아온 여성의 '어머니'와 '아내'로서의 삶을 "인형"이자 "노리개"라 비판하고, 김명순이 국가와 민족뿐 아니라 삶을 속박하는 부모와 형제를 일러 감히 "악마(惡魔)"라고 부르짖을 수 있었던 것은 이 시기에 들어 비로소 가능할 수 있었던 가족 해체의 징후라 할 수 있다.

3. 가족 상실과 낙원 회복의 꿈 (1930년대~해방 이전)

　1930년대 이후의 시들은 가족과 고향의 상실이라는 민족의 비극을 격렬하게 체험하면서, 상실의 시대를 관통해 낙원을 회복하고자 하는 시대정신을 다채롭게 구현하고 있다.

1) 공동체적 상상력과 확산되는 가족

　백석에게 있어 가족은 구원의 상상력을 발동시키는 근원으로 작용해

단절된 세계를 연속적으로 이어주게 하는데, 이러한 가족의 모습은 특히
「여우난골族」·「모닥불」·「故鄕」 속에서 두드러지게 나타난다.

그의 시 속에서 가족은 친족, 혹은 대가족 속의 구성원들로서 등장한
다. 특히 「여우난골族」은 잔칫날이나 제삿날이라는 한국인의 전형적이
고 전통적인 삶의 모습을 통해 친족공동체적 연대를 강하게 보여주고
있다.

> 밤이 깊어가는 집안엔 엄매는 엄매들끼리 아르간에서들 웃고 이야기하고 아
> 이들은 아이들끼리 웃간 한 방을 잡고 조아질하고 쌈방이 굴리고 바리깨돌림
> 하고 호박떼기하고 제비손이구손이하고 이렇게 화디의 사기방등에 심지를 멫
> 번이나 돋구고 홍게닭이 멫번이나 울어서 졸음이 오면 아릇목싸움 자리싸움을
> 하며 히드득거리다 잠이 든다 그래서는 문창에 텅납새의 그림자가 치는 아츰
> 시누이 동세들이 욱적하니 흥성거리는 부엌으론 샛문틈으로 장지문틈으로 무
> 이징게국을 끓이는 맛있는 내음새가 올라오도록 잔다
>
> ―「여우난골族」 중에서

이 시는 명절날 큰집에 모인 친족들과 그들의 특성을 나열하면서 화
자와 모든 친족구성원들이 공통된 공간 속에서 공통된 놀이와 음식을
통해 조화롭게 화합되는 장면을 보여준다. 여기에서 각 구성원들은 모두
"진할머니와 진할아버지가 있는 큰집"이라는 상위의 공간에 포섭되고
있으며, 각각의 친족들은 모두 "엄매아배―나"의 관계를 동일하게 보여
주고 있다. 이러한 나열방식을 통해 화자는 친족의 범위를 수평적으로
확대시킨다("新里 고무―고무의 딸 李女 작은 李女"―"土山 고무―고무의 딸 承女
아들 承동이"―"큰골 고무―고무의 딸 洪女 아들 洪동이 작은 洪동이"―"삼촌 삼촌엄
매―사춘누이 사춘동생들"). 그리고 이러한 친족구성원들은 동일한 공간 속
에서 동일한 감각, 특히 동일한 후각("새옷의 내음새", "인절미 송구떡 콩가루차
떡의 내음새")과 촉각("끼때의 두부와 콩나물과 뿔은 잔디와 고사리와 도야지비계는
모두 선득선득하니 찬 것들이다")을 경험한다. 이러한 동일한 감각의 체험은

큰집에 모인 친척들 간의 공동체적 연대감을 확인시켜주는 중요한 계기가 된다. 그리고 이러한 공동체적 연대감은 곧 음식과 놀이의 나열을 통해 보다 강화된다. 어린아이들의 놀이들("호박떼기", "제비손이구손")과 어른들이 행하는 이야기들("엄매는 엄매들끼리 아르간에서들 웃고 이야기하고"), 그리고 다음날 아침 풍겨오는 "무이징게국 끓이는 맛있는 내음새"는 모두 각 구성원들을 하나로 묶는 강력한 체험이라고 할 수 있다. 이러한 동일한 체험의 장 속에서 친족 구성원들 각각이 지닌 개인적 약점들은 모두 덮어지고, 그들이 함께 하고 있는 곳은 곧 충만한 화합의 공간이 된다. 이러한 화합의 모습은 특히 '웃음'을 통해 가시화되고 있다("엄매는 엄매들끼리 아르간에서들 웃고 이야기하고", "졸음이 오면 아릇목싸움 자리싸움을 하며 히드득거리다 잠이 든다"). 이 시에서 혈연집단 구성원들의 대화합과 친화력을 이루는 이러한 동일화의 요소들—특히 공통된 음식 체험과 놀이들—은 한 개인을 작은 단위의 직계가족에서 친족으로, 그리고 더 나아가 민족적 공동체로까지 연결시키는 매개체의 기능을 한다.

「모닥불」과 「고향」에서는 이러한 '나'와 '타자'—특히 한 개체와 혈연 공동체—의 연결이 '온기'의 전이를 통해 이루어지고 있다.

> 모닥불은 어려서 우리 할아버지가 어미아비 없는 서러운 아이로 불상하니도 몽둥발이가 된 슬픈 역사가 있다
>
> —「모닥불」 중에서

이 시의 각 연은 모닥불 안에서 타고 있는 사물들, 모닥불을 둘러싸고 불을 쪼이고 있는 사람들, 그리고 불을 쪼이고 있는 사람의 역사를 각각 환유적 논리에 통해 보여주고 있다. 공간적 인접성에 의해 환유적으로 나열되고 있는 사물들("새끼오리"—"헌신짝"—"소똥"—"갓신창"—……)은 모두 모닥불을 계속 타오르게 하고 있는 존재들이다. 각각의 물건들은 그것이 사소한 것이든 아니면 중요한 것이든 모두 모닥불이라는 하나의 공간 속에

서 '불'을 유지시키는 속성 속에서 동일화된다. 그리고 이어서 이러한 사물들을 통해 계속 타오르는 모닥불 앞에서 동일한 감각(따뜻함)을 체험하는 사람들이 환유적으로 나열된다("재당"-"초시"-"門長늙은이"-"더부살이 아이"-……). 이때 나열되고 있는 사람들은 '온기'라는 동일한 감각 속에서 동일화되고, 이로써 이들은 모두 하나의 공동체로 묶이게 된다. 화자는 할아버지의 "슬픈 역사"를 끌어옴으로써 이러한 공동체와 개인의 역사를 연관시키고 있다. 즉 '온기'라는 매개를 통해 연대되고 있는 공동체가 한 가족의 역사와 연관되면서 보다 확장된 혈연적 연대감을 담보하는 민족적 공동체의 위치에 놓여지고 있는 것이다. 요컨대 이 시는 모닥불 내부에서 모닥불 외부로 이어지는 공간의 확장, 그리고 공시적 온기에서 통시적 온기로 이어지는 시간의 확장을 동시에 보여줌으로써, '나'와 '타자'의 연결을 '나'와 '가족'의 관계를 넘어 '나'와 '민족적 공동체'의 관계로까지 확대시키고 있다고 할 수 있다. 「모닥불」의 '온기'는 이렇게 수평적 확산과 수직적 확산을 동시에 보여줌으로써 전방위적으로 확산되고 있으며, 이러한 확산 속에서 '나'와 '타자' — 특히, 유년의 충족된 공동체로서의 가족 혹은 혈연집단 — 의 단절은 '온기'로서 전달되는 공동체적 연대감을 통해 극복되고 있다. 「고향」 또한 '온기'로서 전달되는 공동체적 연대감을 잘 보여준다.

　　　　새끼손톱 길게 돋은 손을 내어
　　　　묵묵하니 한참 맥을 짚드니
　　　　문득 물어 故鄉이 어데냐 한다
　　　　平安道 定州라는 곳이라 한즉
　　　　그러면 아무개氏 故鄉이란다
　　　　(…중략…)
　　　　醫員은 또 다시 넌즈시 웃고
　　　　말없이 팔을 잡어 맥을 보는데
　　　　손길은 따스하고 부드러워

故鄕도 아버지도 아버지의 친구도 다 있었다

— 「故鄕」 중에서

화자는 "의원"에게 알 수 없는 친근감 혹은 편안함을 느낀다. 이러한 친밀감은 맥을 짚는 의원의 행위와 손목으로 전해지는 의원의 체온을 통해 '따뜻함'의 이미지로 구체화된다. 맥을 짚는다는 촉각적 경험을 통해 화자와 의원의 거리는 순식간에 좁혀지고, 이로써 의원의 치료는 몸의 병을 고치는 것인 동시에 마음의 병—특히 이 시에서는 고향으로부터 이탈된 자아의 외로움—을 치유하는 것이 된다. 그리하여 고향과 아버지에 대한 의원과의 대화 속에서 화자는 자신을 유년의 충족적인 공동체—아버지가 있는 고향—와 다시금 연결시킬 수 있게 되고, 의원과 화자가 마주하고 있는 곳은 "고향"과도 같은 따뜻하고 부드러운 공간이 된다("손길은 따스하고 부드러워 / 故鄕도 아버지도 아버지의 친구도 다 있었다"). 이렇게 화자는 이탈된 자로써 느끼는 외로움과 고독을 아버지의 친구인 의원을 통해 치유받고 있으며 이때 화자로 하여금 공동체적 연대를 재체험할 수 있게 해주는 직접적인 매개가 되고 있는 것이 바로 맥을 통해 전해지는 의원의 체온, 즉 '온기'인 것이다.

개인적 가족에서 친족으로 다시 민족으로 이어지는 공동체적 삶[3]을 적극적으로 구현해냄으로써 현실을 극복해 보려 했던 이러한 시도는 이용악·오장환·노천명 등과도 시사적인 연계성을 보여준다.

뒤울안 보루쇠 열매가 붉어오면
앞산에서 버꾹이 울었다

---

3) 정대현, 「투사적 동일화와 가족 개념의 확장성」, 『가족철학』, 이화여대 출판부, 1997, 416면. 그는 투사적 동일화에서 혈연적 투사 동일화와 공동체적 투사 동일화는 같은 것인가 아니면 다른 것인가라는 물음에 그 둘이 다르다고 할 수 없다고 주장한다. 즉 공선사후(公先私後)라는 동양전통의 한 사회윤리를 수용한다면 양자는 질적으로 다른 것이라고 하기 어렵다는 것이다.

해마다 다른 까치가 와 집을 짓는다는
앞마당 아라사버들은 키가 커 늘 쳐다봤다

아랫말과 웃洞里가 넓어뵈는 村에선
端午의 명절이 한껏 질겁고……
모닥불에 강냉이를 퉤먹는 아이들
곳잘 하늘의 별 세기를 내기했다

— 노천명, 「生家」 중에서

고향은 노천명 시인에게 시적 체험의 원형적 공간이며 자아와 세계와
의 화해를 유발하는 공간이다. 그는 고향에 대한 단편적인 회상에 만족하
지 않고 짤막한 서사적 사건이나 토속적인 어휘, 음식과 지명을 그대로
인용하여 우리의 기억 속에 보편적으로 잠재해 있는 정겨운 고향체험을
생생하게 재현해낸다. 그래서 그의 시들에는 시인의 기억 속에 내장된 다
양한 고향의 풍물과 지명들이 영상으로 드러나는데 이러한 이미지들은
단순한 개인적 경험을 넘어 인간의 무의식 속에 잠들어있는 다감한 감수
성을 일깨우는 보편의 정서로 확대되어 독자에게 감동을 준다.[4)

① 언제든 가리
마지막엔 돌아가리라
목화꽃이 고운 내 고향으로 —

아이들 하눌타리 따는 길 머리론
鶴林寺가는 달구지가 조을며 지나가고

---

4) 노천명, 「자전소전」, 『노천명전집』 2, 솔, 1997. "아버지도 어머니도 유난히 사랑해
주셔서 형제들 틈에 거의 나는 편애를 받고 자랐다. 뒤울안에는 사과나무가 있고, 앞
마당에는 아버지가 가꾸시던 키 큰 아라사 버들들이 늘어서 있던 우리집. …… 어려서
나는 곧잘 앓아 어머니는 늘 병풍 친 방안에서 나를 간호해 주셨다. …… 조용한 편인
나는 일상 말이 적었고, 병풍을 향해 돌아눕고는 거기 그림들을 가만히 보면서 늘 많
은 상상과 혼자 생각하기를 좋아했던 아이였다. 어머니는 책 보기를 즐기시는 편이어
서 흔히 밤이면 어머니의 「옥루몽」 읽는 소리를 듣다가 나는 가만히 잠이 들곤 했다."

대낮에 잔나비 우는 산골

등잔 밑에서
딸에게 편지 쓰는 어머니도 있었다

—「망향」 중에서

② 차일을 친 마당 멍석 위엔
잔치 국수상이 벌어지고
(…중략…)
대례를 지내는 마당에선
장옷을 입은 색씨보다도 나는
그 머리에 쓴 칠보족두리가 더 맘에 있었다

—「잔치」 중에서

시인은 작품 전면에 거의 드러나지 않고 객관적인 서술자의 목소리로만 존재한다. 절제되고 객관적인 미적 거리는 유지하면서도 섬세한 묘사와 구체적인 시어들이 만들어내는 생생한 현장성은 과거로의 회귀가 단순한 풍물적 취미 또는 회피적인 정서로만 치부될 수 없는 것임을 증명한다.

평생 독신으로 지냈던 그가 꿈꾸는 가정은 세속적 명예나 행복을 추구하는 것과는 다른 존재론적 전환을 갈망하는 것이었다.

기차가 지나가 버리는 마을
놋양푼의 수수엿을 녹여 먹으며
내 좋은 사람과 밤이 늦도록
여우 나는 산골 애기를 하면
삽살개는 달을 짖고
나는 여왕보다 더 행복하겠소

— 노천명, 「이름 없는 여인되어」 중에서

젊은 날의 열망과 지향이 자기 이름을 찾고 추구하는 데 있다면 이 시에서는 화자는 멀고 험한 청춘의 고비를 돌아나와 삶을 또 다른 눈으로 응시한다. '이름'이 세속적 명예와 행복을 가리키는 추상명사인 반면에 이름의 대립항으로 등장하고 있는 "하늘", "별", "마당", "박넝쿨", "오이", "들장미"들과 같은 시어들은 하나같이 소박하고 겸손하며 묻혀지내는 자연스런 삶을 지칭한다. 기차도 지나쳐버리는 고립된 산골, 시간적으로도 한 밤에 달을 보고 짖는 삽살개가 그려내는 비현실적이고 아득한 풍경은 우리들의 심미적 감수성을 일깨우면서 잃어버린 본원의 요소를 그리워하게 한다. 여왕의 이름을 향해 매진하면서도 이름 없는 여인을 동시에 꿈꾸는 모순은 가족 내에서 차지하는 여성의 위치와 길들을 생각해 보게 한다.

2) 단절의 응시와 견인적 거리의식

지용의 시에서는 가족 상실이라는 시대적 주제가 매우 구체적인 경험으로 응축되어 나타난다. 「유리창」이나 「비극」은 자식의 죽음을 소재로 하여 쓰여진 것인데, "외로운 황홀한 심사"(「유리창」), "평화와 슬픔과 사랑의 선물"(「비극」)이라는 부분에서 엿볼 수 있듯이 절대적 고통에 대하여 철저하게 절제된 감성을 보여줌으로써 상실을 인내하는 새로운 견인적 정신의 높이를 이룩하고 있다. 그런데 지용의 시에 있어서 자식을 잃은 비극을 관조적 거리를 갖고 바라볼 수 있었던 태도는, 고향을 상실한 현실을 담담하게 관조하며, 이곳(현실)과 그곳(고향)의 단절을 객관적으로 응시할 수 있는 시선과도 근원적으로 통한다.

    질화로에 재가 식어지면
    귀인 밭에 밤바람 소리 말을 달리고
    엷은 졸음에 겨운 늙으신 아버지가

짚벼개를 돌아 고이시는 곳

—그 곳이 참하 꿈엔들 잊힐리야.

(…중략…)

전설(傳說)바다에 춤추는 밤물결 같은
검은 귀밑머리 날리는 어린 누의와
아무렇지도 않고 예쁠 것도 없는
사철 발 벗은 안해가
따가운 해ㅅ살을 등에 지고 이삭 줏던 곳,

—그 곳이 참하 꿈엔들 잊힐리야.

—「향수(鄕愁)」 중에서

　여기서 표상된 고향의 모습은 아버지와 누이, 그리고 아내의 이미지에 의해서 환기된 가족질서로서 화해의 공간을 이룬다. 엷은 졸음에 겨워 짚벼개를 돌아 고이시는 늙은 아버지, 검은 귀밑머리의 어린 누이, 사철 발벗고 일하는 부지런한 아내는 고향의 가족들이다. 이렇게 「향수」에 나타나고 있는 가족은 미화되지 않은 채 매우 사실적으로 그려지고 있으며, 이러한 거리두기를 통해 차마 잊을 수 없는 고향의 풍광 역시 생생하게 회화적 이미지로서 표현된다. 즉 지용에게 있어 가족은 상실이라는 비극적 체험을 통해, 고통을 투시하고 정화하는 중요한 시적 경지를 만들어내는 바탕이 되고 있다.

　별과 어머니와 시와 가난한 이웃이 등가물이 되어 있는 윤동주의 「별 헤는 밤」에서도 이와 같은 시적 거리가 형상화되어 있다.

　어머니, 나는 별 하나에 아름다운 말 한 마디씩 불러봅니다. 小學校 때 冊床을 같이 했던 아이들의 이름과 佩, 鏡, 玉, 이런 異國 少女들의 이름과, 벌써 아기 어머니된 계집애들의 이름과, 가난한 이웃 사람들의 이름과, 비둘기, 강아

존재의 공간으로서의 '가족'　337

지, 토끼, 노새, 노루, '프랑시스 잠', '라이너 마리아 릴케' 이런 詩人의 이름을
불러 봅니다.

　　이네들은 너무나 멀리 있습니다.
　　별이 아스라이 멀 듯이.

　　어머님,
　　그리고, 당신은 멀리 北間島에 계십니다.

—「별 헤는 밤」 중에서

　하늘에 있는 별과 지상에 있는 화자와의 머나먼 공간적 거리처럼("이네
들은 너무나 멀리 있듯이") 멀리 북간도에 계신 어머니와 자신은 공간적 거
리에 의해 단절감을 느낀다. 생의 좌절에 대한 끝없는 인과적 질서를 자
신과 별과의 거리, 어머니와 자신의 물리적인 거리에 의해 부재(不在)감
을 더 강하게 해준다.

3) 유랑(流浪)과 귀소(歸巢)에의 소망

　1920년대 소월의 길떠남에서부터 시작된 유랑은 해방 이전의 시의 가
장 중요한 모티브 중의 하나인데, 그 유랑의 근원에서는 가족으로부터의
분리라는 비극이 놓여있다. 가족을 상실하고 유랑하는 체험을 가장 처절
하게 보여준 이는 백석이다. 백석의 「흰바람벽」과 「남신의주유동박씨봉
방」은 집을 떠나 유랑하는 이가 느끼는 외로움과 쓸쓸함의 절창이라 할
수 있다. 하지만 집을 떠남과 동시에 주체가 길 위에서 느끼게 되는 외
로움과 쓸쓸함은 유랑 이전의, 즉 분리 이전의 '가족'이라는 이상공간에
대한 회상을 통해 회복되고 치유될 수 있다. 그리고 이러한 회복은 그것
이 현실적일 수 없다는 점에서 상상적인 것일 수밖에 없다. 그렇지만 상

상적 회복은 그것 나름대로 끊임없이 떠돌며 방황하는 개인의 삶을 비끄러맬 수 있게 해주는 하나의 계기가 되어 준다는 점에서 생의 긍정성을 담보해 주는 것일 수 있다. 즉 백석의 유랑시들은 가족과의 거리, 그리고 부재하는 것에 대한 그리움을 강하게 보여주면서 그 그리움 뒤에 가족과의 연대감을 재획득하고자 하는 시도가 있음을 함축하고 있는 것이다. 때문에 백석의 시들은 가난과 고난 혹은 고통 속의 자아를 곧추서게 해주는 가족 본연의 기능을 잘 보여주고 있다고 할 수 있다.

> 이 흰 바람벽에
> 내 가난한 늙은 어머니가 있다
> 내 가난한 늙은 어머니가
> 이렇게 시퍼러둥둥하니 추운 날인데 차디찬 물에 손은 담그고 무이며 배추를 씻고 있다
> 또 내 사랑하는 사람이 있다
>
> —「흰 바람벽이 있어」 중에서

　유랑 끝에 다다른 객지의 낯선 "흰바람벽"에서 화자가 보는 것은 "가난한 늙은 어머니"와 이제는 다른 이와 결혼해버린 사랑했던 여인이다. 즉 흰 바람벽이 보여주고 있는 사랑하는 이들의 모습은 모두 현재의 화자가 느끼는 외로움과 쓸쓸함을 더욱 더 배가시키는 모습을 하고 있다. 이는 운명을 이야기 해주는 메시지들("나는 이 세상에서 가난하고 외롭고 높고 쓸쓸하니 살어가도록 태어났다")의 단정적 표현 속에서 더욱 더 절실하게 드러나고 있다. 가족과도 사랑하는 이와도 단절되어 있는 상황 속에서 화자는 이렇게 "외롭고 높고 쓸쓸함"을 하나의 운명으로 생각한다. 그러나 화자는 이러한 운명 때문에 절망하지 않는다. 왜냐하면 그것은 넘치는 "슬픔"인 동시에 넘치는 "사랑"이기 때문이다. "가난한 늙은 어머니"나 이제는 다른 이의 사람이 된 연인의 모습은 화자로 하여금 연민과 슬픔을 불러일으키지만, 동시에 그러한 모습들은 화자가 "가장 귀해 하고 사랑하

는 것들"의 본질적인 모습이다. 화자는 이렇게 사랑과 슬픔이 함께 공존하는 것이, 그리하여 "사랑과 슬픔"이 넘치는 것이 삶의 본연임을 깨닫는다. 그리고 바로 이러한 깨달음 속에서 "흰 바람벽"은 생의 슬픔을 보여주는 공간인 동시에 그러한 생의 슬픔을 승화시키는 공간이 된다.

시 「남신의주유동박씨봉방」에서 화자는 "슬픔이며 어리석음이며를 새김질하면서" 결국에서 "굳고 정한 갈매나무"를 마음에 심는다. 이런 과정들은 가족 상실과 유랑의 체험이 자아를 끊임없이 내면화하게 하여 존재론적 전환의 계기들을 만들어주는 것을 보여준다.

어느 사이에 나는 아내도 없고, 또,
아내와 같이 살던 집도 없어지고,
그리고 살뜰한 부모며 동생들과도 멀리 떨어져서,
그 어느 바람 세인 쓸쓸한 거리 끝에 헤매이었다.
(…중략…)
더러 나줏손에 쌀랑쌀랑 싸락눈이 와서 문창을 치기도 하는 때도 있는데,
나는 이런 저녁에는 화로를 더욱 다가 끼며, 무릎을 꿇어 보며,
어니 먼 산 뒷옆에 바우섶에 따로 외로이 서서,
어두어 오는데 하이야니 눈을 맞을, 그 마른 잎새에는,
쌀랑쌀랑 소리도 나며 눈을 맞을,
그 드물다는 굳고 정한 갈매나무라는 나무를 생각하는 것이었다.
—「南新義州 柳洞 朴時逢方」 중에서

유랑의 끝에서 화자는 "아내도 없고, 또, / 아내와 같이 살던 집도 없어지고, / 그리고 살뜰한 부모며 동생들과도 멀리 떨어져서, / 그 어느 바람 세인 쓸쓸한 거리 끝에 헤매"이고 있다. 그는 북방의 허름한 쪽방까지 밀려 와서 자신이 살아온 날들을 고통스럽게 곱씹는다. 이러한 고통스러운 반성은 화자를 "슬픔이며, 한탄이며, 가라앉을 것은 차츰 앙금이 되어 가라앉고, / 외로운 생각만이 드는" 체념의 상태까지 몰고 간다. 그러나 이러한 현실에 대한 비극적 인식은 "쌀랑쌀랑"이라는 의성어를 기점으

로 다시 미래적 전망을 내포하는 시선으로 전환된다. 그가 기억해 내고 있는 것은 바로 "어니 먼 산 뒷옆에 바우섶에 따로 외로이 서서, / 어두어 오는데 하이야니 눈을 맞을, 그 마른 잎새에는, / 쌀랑쌀랑 소리도 나며 눈을 맞을, / 그 드물다는 굳고 정한 갈매나무"이다. 이 "정한 갈매나무"는 "어니 먼 산 뒷옆에 바우섶에 따로 외로이 서" 있는 즉, 시인의 내밀한 기억 혹은 추억 속에 뿌리박고 있는 유년의 나무라고 할 수 있다. 그리고 "정한"이라는 형용사에서 확인할 수 있는 것처럼 "갈매나무"는 삶의 건강성을 내포하고 있는 나무이자 시 속의 화자로 하여금 다시 삶을 긍정할 수 있게 해주는 역할을 하고 있다.

시인은 이렇게 과거의 이상 공간―기억 혹은 추억 속의, 즉 유랑 이전의 가족과 함께 했던 행복한 유년 시절의 공간―으로부터 건강성의 상징인 "갈매나무"를 끌어옴으로써 고통스러운 현실인식과 체념적 정서를 다시금 희망적·미래적 전망으로 전환시키고 있다. 이러한 상실된 이상 공간의 이미지, 즉 긍정적인 낙원의 이미지는 현실의 고통스러운 상황을 극복하는 데 있어 하나의 미래적 전망을 마련해줄 수 있다. 이렇게 백석의 시에서 가족은 낙원회복의 소망을 거쳐 궁극적으로는 절망 속에서 자아를 일으켜주고 곧추서게 해주는 바탕이 되고 있다.

① 故鄕에 돌아와서
　　뜰에서 집을 보고
　　집에서 방을 살피니
　　하나도 보잘것없는 집
　　古典도 없고 現代도 없는 집

　　나와 동생과 누이들끼리 얘기를 하면
　　아버지와 어머님은
　　아무 말씀도 없으시다
　　그들은 이미 늙으셨고

나는 돌아다니며 슬피 컸다

―김광섭,「故鄕」중에서

②검정 사포를 쓰고 똑딱선을 내리면
　우리 고향의 선창가는 길보다도 사람이 많았소
　양지 바른 뒷산 푸른 송백(松柏)을 끼고
　남쪽으로 트인 하늘은 기빨처럼 다정하고
　낯설은 신작로 옆대기를 들어가니
　내가 크던 돌다리와 집들이
　소리 높이 창가하고 돌아가던
　저녁놀이 사라진 채 남아 있고
　그 길을 찾아 가면
　우리 집은 유 약국
　행이불언(行而不言)하시는 아버지께선 어느덧
　돋보기를 쓰시고 나의 절을 받으시고
　헌 책력처럼 애정에 낡으신 어머님 옆에서
　나는 끼고 온 신간(新刊)을 그림책인 양 보았소

―유치환,「귀고(歸故)」전문

　위의 시들은 유랑과 방황의 끝에 다다른 귀소의 장소를 보여준다. 거기에는 시간과 공간을 훌쩍 뛰어넘는 원형의 장소, 따뜻한 가족의 모습이 수사나 과장도 없이 담담하게 그려져 있다.「고향」에서 성장해서 돌아온 자식들의 눈에 집은 '古典도 없고 現代도 없'이 그저 여전히 정지되어 있는 '하나도 보잘것없는 집'일 뿐이고, 정정했던 부모는 말씀조차 잃고 너무 늙어버린 존재들일 뿐이다. 그럼에도 불구하고 여전히 집은 되돌아가야 할 곳, 근원적 존재가 깃들여 있는 곳, 방황 끝에 귀소해야 할 원형적인 공간으로 존속되고 있다.

　「귀고」에서는 고향과 집이 보다 따뜻하고 평안한 공간으로 그려지고 있다. 떠났다 돌아오는 사람에게 고향의 하늘은 "기빨처럼 다정하"며 어린 날의 기억 속에 남아 있는 "돌다리와 집들"은 여전하게 남아서 귀향하는 자를 반겨준다. 그리고 "낯설은 신작로"처럼 변화된 모습들조차 그러한 변함없는 것들과 함께 섞여 화자를 맞아준다. 이 시에서는 어머니와 아버지가 계신 고향집까지도 이러한 위안과 안도감, 평안함을 주는 공간으로 나타나고 있다. 특히 이 시는 '엄격한 아버지'와 '순응하는 어머니', 그리고 '순종하는 아들'이 함께 모여 있는 장면을 통해 근대 가족의 전형적인 풍경을 보여준다. 각자의 역할—'품격 있는 아버지', '헌신적인 어머니', '착한 아들'—을 충실히 행하는 평화로운 장면은 독자들에게 말없는 그리움을 전해준다.

「고향」이 고전과 현대라는 물리적이고 인위적인 시간의 흐름 속에서 영속하는 가족의 원형성을 포착하고 있다면, 「귀고」는 길의 맨 끝에 있는 '유약국'이라는 공간을 모색의 마지막 안식처로서 그려내고 있다. 부모의 늙음을 확인하고 자신의 나이듦을 확인하는 곳, 신간이 낡은 책력들 속에서 함께 낡아가는 이 고향집의 공간이야말로 상실의 시대상 속에서 시적 감성이 찾고자 했던 '따뜻한 가족'의 재현이라 할 것이다.

4. 존재의 집으로서의 가족(해방 이후)

1) 생활의 투시와 일상의 발견

목월에게 있어 가정이라는 공간은 실존적인 존재로서의 자기를 자각하게 하는 곳이다. 화자는 자신이 서 있는 공간을 "지상>들간>현관>가정"으로 집중 조명하면서 가정이라는 공간 안에서 자아의 의미를 획득한다.

①地上에는
아홉 켤레의 신발.
아니 玄關에는 아니 들간에는
아니 어느 시인의 家庭에는
알 傳燈이 켜질 무렵을
文數가 다른 아홉켤레의 신발을.
(…중략…)
아랫목에 모인
아홉 마리의 강아지야
강아지 같은 것들아.
屈辱과 굶주림과 추운 길을 걸어
내가 왔다.
아버지가 왔다.
아니 十九文半의 신발이 왔다.
아니 地上에는
아버지라는 어설픈 것이
存在한다.
미소하는
내 얼굴을 보아라.

—「가정」 중에서

②敵産家屋 구석에 짤막한 층층계……
그 二層에서
나는 밤이 깊도록 글을 쓴다.
써도써도 가랑잎처럼 쌓이는
空虛感.
이것은 來日이면
紙幣가 된다.
(…중략…)
아래층은 單間房.

온 家族은 잠이 깊다.
서글픈 것의
저 무심한 平安함.

—「층층계」 중에서

  '아버지'라는 의미는 가족을 통해서 확인되며 가족은 이 아버지를 '미소하'게 하는, 즉 일상에 지친 아버지에게 생명을 주는 대상이라 할 수 있다. 따라서 자신에 대한 성찰은 가족에게서 자신이 차지하고 있는 역할을 발견하게 됨으로써 극대화된다. 이러한 자기발견, 다시 말해 아버지로서의 각성은 "내가 왔다. / 아버지가 왔다"라는 행을 통해 보다 분명하게 표명되고 있는데, 이로써 화자는 현실을 살면서 느끼는 고뇌와 갈등, 일상으로 인해 잃어 가는 자신의 정체성을 가정이라는 공간 속에서 찾아낼 수 있게 된다.

  시「층층계」는 글을 쓰는 행위와 생활을 책임진 가장으로서의 역할 사이에서 갈등을 보여주고 있다. 시인이면서 동시에 아버지인 두 역할은 이층과 아래층이라는 이항대립의 공간구조로 나타나며, 이 대립의 공간과 두 역할을 이어주는 매개항의 장소가 바로 '층층계'이다. 이층은 밤이 깊도록 글을 쓰는 정신적인 공간이며 아래층은 "무심한 평안함"으로 온 가족이 깊이 잠든 가족의 생활 공간이자 휴식 공간이다. 원고지가 지폐가 되는 현실에 공허감을 느끼는 화자는 그 공허감의 끝에서 자신이 어린 '자식'들을 기르는 '아버지'라는 자각을 하게 된다. 층층계가 두 역할 사이의 갈등을 상징하듯 이 시에서 괄호로 처리되고 있는 곡예사의 이미지는 아버지라는 존재의 무거움을 한층 함축적으로 제시하고 있다. 고통과 위험을 감수하면서도 재주를 부려야 하는 곡예사의 비애감은 층층계를 사다리로 전이시킨다. 아버지로서의 역할을 위하여 자신을 끊임없이 지쳐 내려온다는 것은 시인의 양면적 존재성을 드러낸다. 이처럼 목월은 가족을 통해 생활을 투시하여 일상성 속에서 존재의 실존적 의미를 찾아내고 있다.

2) 정화와 치유의 원형 공간

가족은 또한 현실 속에서 부대끼는 생명을 정화해주고, 때로는 병든 생명을 치유해주는 상징으로 나타나기도 한다. 서정주의 「내가 여름 학질에 여러 직 앓아 영 못 쓰게 되면」은 이러한 정화와 치유를 담당하는 가족의 모습을 잘 보여준다.

> 내가 여름 학질에 여러 직 앓아 영 못 쓰게 되면 아버지는 나를 업어다가 山과 바다와 들녘과 마을로 통하는 외진 네갈림길에 놓인 널찍한 바위 위에다 얹어 버려 두었습니다. 빨가벗은 내 등때기에다간 복숭아 푸른 잎을 밥풀로 짓이겨 붙여 놓고, 「꼼짝말고 가만히 엎드렸어. 움직이다가 복사잎이 떨어지는 때 너는 영 낫지 못하고 만다」고 하셨습니다.
> —「내가 여름 학질에 여러 직 앓아 영 못 쓰게 되면」 중에서

이 시에서 '아버지'는 학질에 걸린 자식을 치유하는 존재로 그려지고 있다. 그리고 그 치료의 과정에 있어 '아버지'는 신성한 공간 속에서 자연의 기(氣)를 부여받아 환자의 치료를 적극적으로 주관하는 샤먼의 속성을 강하게 보여준다. 이는 특히 그가 병든 화자를 "山과 바다와 들녘과 마을로 통하는 외진 네갈림길에 놓인 널찍한 바위" 위에 올려놓고, 화자의 등에 "복숭아 푸른 잎을 밥풀로 짓이겨 붙여 놓"는 구체적인 행위를 통해 잘 드러나고 있다. 여기서 "네갈림길"은 "山과 바다와 들녘과 마을"이라는 자연의, 특히 대지의 네 국면을 통하는 공간이며 따라서 이러한 자연의 네 가지 기(氣)가 합쳐지게 되는 지점에 놓여져 있는 "바위"는 일종의 '신성 공간'이라고 할 수 있을 것이다. 그리고 이러한 공간의 신성성(神聖性)을 통해 '아버지'의 '말씀' 또한 동일한 신성성을 부여받게 되고, 이로써 '아버지'의 치료는 하나의 의식(儀式)이 된다. 이러한 신성한 의식은 곧 '아버지'의 처방에 절대적인 권한을 부여한다("꼼짝말고 가만히 엎드렸어. 움직이다가 복사잎이 떨어지는 때 너는 영 낫지 못하고 만다"). 그리하여

화자는 '아버지'의 절대적인 처방에 따라 "추운 바위와 하늘 사이에 다 붙어" 자연의 기(氣)를 받아들인다. 그리고 이러한 치유의식을 통해 그는 "고스란히 성하게 산 아이"가 된다. 이러한 시는 유한한 인간의 신체가 삶과 우주의 비의(秘儀)로 확장되어 가는 시인의 상상력을 구체화한다. 인간의 신체는 확장하며 사람의 일상과 삶의 구석구석을 끌어들여 영원5)과 우주의 차원으로 전이시킨다.

> 내가 또 유랑해 가게 하는 것은
> 내가 거짓말 안한
> 단하나의 처녀 귀신이 나를 찾아 오기 때문이다.
> 문둥이山 바윗금 속에도 길을 내여
> 겨드랑이 옛 湖水를 꺼내여 끼고
> 아버지가 입고가신 두루마기 내음새로
> 또 내가 유랑해 가게 하는 것은
>
> ―「내가 또 유랑해가게 하는 것은」 중에서

영원과 순환의 시간의 중심에는 항상 현재를 사는 인간이 있다. 따라서 인간이 사는 현재란 유한하게 단절된 시간이 아니라, 과거의 우리의 아버지들이 '두루막이'를 펄럭이며 표표히 걸었던 그 시간 위에 연결되어 있으며, 그 길을 걸어 인생이라는 심연의 호수를 건너 신의 나라("처녀귀신")를 찾아가는 여정 속에 있는 것이다. 그러므로 인간의 삶은 이 무한한 영원의 시간 속에서 '유랑'으로 존재하는 것이며, 이 유랑은 나의 아버지의 아버지의 아버지로부터 똑같이 반복된 것이기에 신화적 의미를 갖는다. 그리고 신화의 주인공이 불멸하듯 인간 삶의 원형적 반복 역시 이 영원의 시간 속에서 불멸하는 것이다.

---

5) 김현자, 「한국시와 통합적 상상력―서정주 시를 중심으로」, 『인문학논총』 3권, 2002.6. "서정주 시는 현실적 인식보다 영원 속에서 되풀이되는 현재로서의 인식이 많이 드러난다."

「내가 여름 학질에 여러 직 앓아 영 못 쓰게 되면」에서의 가족이 적극적인 치료자의 모습으로 나타나고 있다면 「내 아내」에서의 가족은 현실적인 삶의 남루함과 찌든 때를 깨끗이 씻어주는 정화자의 모습을 하고 있다.

> 나 바람 나지 말라고
> 아내가 새벽마다 장독대에 떠 놓은
> 삼천 사발의 냉숫물.
>
> 내 襤褸와 피리 옆에서
> 삼천 사발의 냉수 냄새로
> 항시 숨쉬는 그 숨결 소리.
>
> —「내 아내」 중에서

새벽마다 길어와 깨끗한 그릇에 가득 담고 엎지르지 않도록 조심조심 장독대 위에 올린 냉수 한 사발은 아내의 기도이자 사랑이다. 미당에게 '냉수'는 특별한 의미를 지닌 시어로, 그는 '냉수'를 "땅이 낳은 음식물 중 가장 하늘을 잘 비추는 놈, 물질 가운데서 형체를 가지고 하늘까지 여행갔다 오는 놈"이라 언급한 바 있는데, 이 시에서 아내는 바로 냉수와 동일화됨으로써 현실의 티끌을 씻어주어 자신을 정화시키는 은유가 된다. 이러한 정화의 이미지는 특히 화자의 "襤褸와 피리 옆에서 / 삼천 사발의 냉수 냄새로 / 항시 숨쉬는" 아내의 숨결 소리로 구체화되고 있다. 정한수("삼천 사발의 냉수")가 가진 신성함과 정화력은 조용하지만 확실한 존재감으로 다가오는 아내의 냄새와 소리를 통해 화자에게 전이되며, 이로써 화자는 "남루와 피리"로 상징되는 현실적 티끌을 깨끗이 씻어낼 수 있게 된다.

이렇게 한 인간의 고통을 치유하고 보듬어주는 가족의 모습은 김종길의 「성탄제」에서도 발견된다.

서러운 서른 살 나의 이마에
불현듯 아버지의 서느런 옷자락을 느끼는 것은,

눈 속에 따오신 산수유(山茱萸) 붉은 알알이
아직도 내 혈액(血液) 속에 녹아 흐르는 까닭일까.
— 김종길, 「성탄제(聖誕祭)」 중에서

어린 시절 아버지가 준 산수유열매는 아픈 영혼을 치유하는 원형적인 이미지로 나타난다. 아버지의 서늘한 옷자락이나 산수유의 붉은 열매는 과거의 경험이면서 동시에 현실의 나를 치유해주고 어루만져 주는 역할을 한다. 가족의 대표자인 아버지는 나에게 핏줄이라는 연속성을 부여해줌으로써, 내가 삶으로부터 단절되지 않고 오늘을 살아가게 하는 치유제의 역할을 한다.

생명을 서로 나누어 갖고 그 생명을 서로 지켜주는 가족의 혈연적인 원형성은 지극히 구체적이고 생생한 감각들로 나타나면서, 서정 장르 특유의 구체성과 상상력의 장을 확보한다. 서정주의 시는 깊이를 헤아리기 어려운 부모 자식간의 사랑이나 부부간의 애정을 예리한 감각어로 포착하고 있다. 학생 운동하다 감옥에 끌려갔다 나온 아들을 보고 그 반가움과 안스러움 때문에 밥상머리에서 "정그렁" 소리내며 떨어뜨리던 아버지의 밥숟갈(서정주, 「아버지의 밥숟갈」)이나 헌 피아노처럼 낡아서 "으크크 으크크" 하고 웃는 아내(서정주, 「내 아내」)의 이미지는 가족애의 깊고 너른 심연을 아주 구체적이고 명쾌한 소리으로 들려주고 있다. 서사적으로 줄거리를 나열하거나 이야기를 서술하는 대신, 돌연한 한 의성어가 내던져지면서, 깊은 울림과 의미의 파장을 일으키는 것이다.

내고향 어버님 山所옆에서 캐어온 난초에는
내 장래를 반도 안심못하고 숨 거두신 아버님의

반도 채 다 못감긴 두 눈이 들어 있다.
(…중략…)
이 난초에는 그런 내 할아버지와 증조할아버지의 눈,
또 내 아들과손자 증손자들의 눈도
그렇게 들어있는 것이고, 또 들어 있을 것인가.

—서정주, 「故鄕蘭草」 중에서

아버지가 돌아가신 후에야 그의 사랑을 발견하고 그 사랑이 결국 인간의 역사를 이루는 바탕이었음을 깨닫는 내용은 사실 가족을 대상으로 하는 모든 서사의 기본적인 내용이 아닐 수 없다. 하지만 서정장르인 시에서는 그것을 산소 옆에 핀 난초 한 잎에서 발견하고 그 난초잎에서 과거와 현재, 그리고 미래를 투시해 낸다. 그리고 더 나아가 그 앞에 수많은 '눈'을 달아줌으로써, 서로가 바라보고 지켜줌으로써 생명을 이어가는 삶의 원리를 강렬하게 제시해준다. 짧고도 인상적인 청각의 이미지로, 때로는 대상에 대한 전혀 새로운 관찰로 심연의 원형성을 전달해주는 서정주의 작품들은 가족 담론에서 서정 장르가 이룰 수 있는 독특한 지점을 보여준다고 할 수 있다.

3) 재생의 태반으로서의 모성

탯줄로부터 떨어져 나온 생명은 어머니의 보호와 사랑 속에서 자라난다. 어머니는 세상에 내놓은 생명이 숨쉬고 자라날 수 있도록 보살피는 역할을 마다하지 않는다. 따라서 인간은 성인이 되어도, 항상 어머니의 절대적 보살핌을 그리워한다. 오탁번의 시에서도 어머니는 시인이 일상에서 경험하는 좌절과 슬픔을 토로할 수 있는 대상이며, 벌거벗은 자아를 부끄럼 없이 그대로 내보이고 의지할 수 있는 유일한 존재로 그려진다. 그래서 시인은 어머니가 부재하는 강퍅한 현실을 견디고 살아내기 위한 새로운 힘이 필요할 때마다, 또한 성찰과 새로운 재생이 반복될 때마다, 어머니와 아들 사이에 놓인 상상의 탯줄을 통해 저편의 어머니를 부르는 것이다.

> 이제는 달이 되고 별이 된 어머니의 사랑
> 또 바람 피우는 아들의 어둠 비쳐주면서
> 오냐 오냐 탁번이는 내가 안다
> 다 알고 말고 고개 끄덕이시는 어머니
>
> —「어머니」 중에서

「어머니」에서 '나'는 어느새 중년이 되어 현실의 세계를 살아가면서도 아직 어머니의 보호와 위로를 받아야만 하는 연약한 존재이다. 그런 '나'의 눈물을 닦아주고, 일으켜 세우는 힘은 바로 어머니의 모성이다. 이 시의 '어머니'는 "달", "별빛", "대지" 등 세계 속의 '나'를 비추고 감싸는 대자연으로, 혹은 우주적인 모성으로 신성화되고 있다. 절망적 일상을 이겨내고 새로운 생명을 주기에, 상상의 자궁은 부활의 공간이 된다. 그러므로 보이지 않는 탯줄을 통하여, 새로운 생명의 숨결을 불어 넣어주는 어머니의 음성은 신성하기까지 하다. 마치 고해성사를 통해 또 다른 재생의 생명력을 얻는 것처럼 이것은 어떤 종교적인 울림을 느끼게 한다. 한편, 「감나무」에서는 돌아가신 어머니가 지상의 모든 사물로 실체화되고 있는데, 감나무 가지는 어머니와 시적 화자 사이의 교감과 결속을 보여주는 탯줄의 변용이다. 이와 같이 탯줄을 통해 이어지는 어머니와의 소통의 통로는 화자가 절망을 치유하고, 새 삶을 살 수 있게 하는 창조적·근원적인 힘을 주는 것이다.

오탁번 시에서 가족은 어머니라는 존재로 신성화되는데, 어머니는 화자가 일상을 무사히 건널 수 있게 돕는 안내자이며 절망적 현실 속에서 화자를 재생시키는 신화적인 모성을 발휘한다.

5. 자기 정체성의 원형에서 자의식적 주제로의 변환으로

　한국 현대시사에서 '가족'이라는 키워드는 주제를 직접적으로 노출하지는 않되 역사와 시대의 민감한 기류를 함축하고 있다. 1920년대의 시는 가족을 자기 정체성의 원형이자 근원으로 인식해 가족의 의미를 윤리적인 보편성의 체험으로 계승하면서 그 의미를 체화하는 한편, 근대적 자각 속에서 가족 내 여성에 대한 인식을 새로이 하는 신여성의 자의식이 시작되고 있음을 보여준다. 1930년대 이후 해방 이전까지의 시에서는 일제강점기 아래 가족과 고향 상실이라는 민족의 비극을 체험하면서 가족공동체적 상상력과 고향낙원의 회복이라는 소망을 집요하게 추구하는 시들이 주류를 이룬다. 역사와 시대에 떠밀려 나선 유랑은 귀소를 강력히 꿈꾸게 하고, 고향과 가족은 현실의 고통을 견디게 하는 전망의 기제가 되고 있다. 해방 이후 한국전쟁을 거치면서 가족은 실존적 존재로 강조된다. 생활을 투시하고 일상 속에서 가족의 존재를 실존적으로 인식하는 시들이 등장하면서, 정화와 치유, 재생 공간으로서 가족의 의미가 새삼 강조되고 이는 가족구성원의 대표자로서의 아버지와 신화적 모성으로서의 어머니로 드러난다. 1920년대 이후 1950년대까지는 가족에 대해 확고한 전통적인 의식과 미세하고 균열적인 근대적 의식이 병행된 시기이지만, 시대적 상황과 민족적 비극을 거치면서 전자가 후자를 압도하고 있다. 한국 현대시사에서 가족은 1960년대 이후 한층 자의식적인 주제로 등장하게 된다.